단발머리

단발머리

한태진 소설집

개미

|작가의 말|

그들은 논픽션 미래를 제대로 만들어 갔으면 좋겠습니다

단발머리로 묶인 세 편의 중편은 모두 실화이다. 적어도 모티브는 실화이다.

지나간 일은 논픽션이다, 실화이다. 앞으로 올 일은 픽션이다, 오지 않은 일은 허구이다.

어려서부터 큰불이 났을 때, 신기한 세상일을 적을 몽당연필과 비망록을 들고 동네 화재 현장에 달려가 뭔가를 끄적거렸던 기억이 있다. 재동국민학교에서 전학 온 박용민에게서 배운 비망록 수첩이다. 그의 비망록에는 에베레스트 높이와 미시시피강 길이 등 같은 세계 제일의 것들이 적혀 있었다.

6·25 때 폭파되었던 한강 인도교가 1956년 완전 복구되기까지 용산 중지도에서 노량진 사이 한강에 놓인 출렁거리는 고무다리(부교)가 있었다. 그 위를 동대문 천일극장 근처 가판대에서 사지 즈봉(미군 바지) 장사를 하던 어머니와 함께 상도동 밤길을 걸어오던 일, 1950년대 중반의 제일교포 북송 반대 시위를 전차를 타고 지나면서 어린 눈에 담았다. 1960년 4월 11일 마산상고 김주일 학생 눈에 최루탄이 박힌

채 물 위에 떠올랐던 사진도 기억하고 있다. 4월 19일 한강 다리 버스 통행이 끊겨 낙원동 큰이모 집으로 가다가 빨간 총알들을 만났던 누님의 공포를 들었던 기억도 있다. 상도동 집에서 1961년 5월 16일, 월요일 아침 한강 쪽에서 났던 총성을 기억하며 다음 날인가 한강대교 가는 노량진 길에서 탱크 위에 함께 올라탄 군인, 학생들과 일반인들의 태극기 행렬도 기억한다.

조병옥 박사가 미국에서 수술 받다가 서거한 의혹이며…… 가련다 떠나련다 해공선생 뒤를 따라…… 자유당에 꽃이 피고 민주당에 비가 오네…… 하는 유정천리 개사 가요도 기억하고 있다. 조병옥 박사가 그대로 살아 있었으면 어떤 나라가 되었을까 궁금하다. 1965년 7월 29일 흑석동에서 동작동 국립묘지에 이르는 길에 끝없이 이어졌던 만장과 시골에서까지 올라와 울며 그 뒤 따르던 촌로들과 가득 메었던 가두 인파들—이승만 전 대통령 자신이 만든 동작동 국립묘지에 묻히는 날을 실제 가서 목도도 했다.

1968년 김신조 청와대 기습 사건은 대학입시를 치르고 온 바로 1968년 그날 저녁이었고, 이를 대처하기 위해 비밀 공작대 실미도 사건이 일어났다. 대학 수업을 마치고 상도동 집으로 돌아가는 92번 좌석버스를 타고 귀가하던 중, 대방동 유한양행 앞에서 저자가 탄 버스의 바로 앞 버스에서 일어났다.

1974년 8월 15일 광복절 휴일, 저자가 근무하던 학교 당직 날이었다. 하늘이 갑자기 노랗게 변했던 그날의 기억은 지금도 생생하게 머릿속에 남아 있다. 그 학교가 공교롭게도 육영수 여사의 아들 박지만 학생과 그의 짝이었던 본 저자의 지도교수 아들이 이미 졸업한 학교였다. 1979년 10월 26일은 박정희 대통령이 돌아간 날이다. 1980년 5월 14일 서울의 봄. 비 내리는 밤, 비상계엄 아래 무장 군인으로 살벌한 광화문 광장에 저자가 있었다. 그렇게 어려서부터 역사의 현장에 있고 싶어 했다. 통제되었던 5·18 광주 사태 소식은 며칠 후 종로에서 가방을 수색당하고 나서 들었다.

2006년 10월 26일에는 3기 암으로 수술실에 누워있었다. 우여곡절 끝에 살아나 무난히 퇴직했고 이제야 쓰고 싶었던 소설을 써보게 되었다.

「단발머리」의 궁집은 광화문 주변에 있었던 대한제국말 왕가나 궁인 식구들이 머물렀던 곳이다. 궁집은 실제 그곳에서 살았던 조선 왕가 주(柱)자 돌림의 같은 대학교 석주 선배 등이 확인해 주었다. 이곳을 시작으로 우리나라 현대사의 일제 강점과 한국전쟁, 오일쇼크, IMF, 미국발 서브파라임 모기지 사태, 그리고 세월호 사건을 다루었다.

1대 단발머리와 달라상 차이나 아줌마는 실제 인물이다. 세월호와 마찬가지로 안타까운 죽음인 구월산 유격대원들의 서해에서의 수장을 다루었다. 6·25 때 황해도에서 봉기해 KLO부대원이 된 이들과 당시 함경남도의 배공청산단원이나 흥남시 반공구국 청년대원도 다르지 않을 거였다. 안태우도 실제 인물이다. 그의 아버지의 이름이 효창공원 북한반공투사위령탑 옆 '함경남도빈공순국선열' 비석의 180인 속에 들어 있다.

「화백의 딸」은 박정희 대통령 시절 권력 핵심에 있었던 유명 정치인의 전시회를 빗대어 인물을 설정하였다. 또한 대학원 조교로 있을 때 간 MT에서 토론 후 술도 마시며 환담하고 있을 때 커다란 키의 제주 학생이 일어나 고함을 쳐서 처음 알게 되었다. '제주 사람들은 4·3 사건으로 얼마나 고통을 받고 있는지 아냐' 는 거였다. 대학 다닐 때 제주도 출신 학교 신문사 문정인 기자가 생각났다. 평소에 주변에 제주 지인들이 있어 4·3 사건을 알아봤지만 시원하게 말해주는 사람은 없었다. 그러다 소설을 쓰게 되면서 어느 정도 4·3 사건 내용을 알게 되었다. 그리고 독특한 제주의 신화와 제주 무당인 심방에 대해서도 알게 되었다.

「접목」은 아끼던 후배 얘기가 안타까워 쓰기 시작했다. ROTC 유니폼을 입었던 그를 졸업 후 대학원을 다니면서 얼핏 만난 적이 있었다. 그는 그 대학 부설 농업개발원에서 낙농을 전공해 목장을 경영할 거라고 했다. 그 후 그의 소식을 듣고 안타까웠다. 홍수로 산사태가 나 농장 밑 주민에게 피해를 주어 농장을 접을 수밖에 없었다고 했다.

「화백의 딸」 배경인 명동은 그곳에 영업장을 둔 할아버지를 두어 명동을 자주 다녔던 손자가 옛날 명동을 저자와 함께 확인해 줬다. 그는 이 「단발머리」 중편 세 편을 모두 읽어주고 고언까지 아끼지 않았다. 자칭 우우(愚友)였던 석준에게 감사한다. 또 희망을 말하고 싶었던 '접목' 의 주인공인 후배 성서에게 감사한다. 이 소설이 함께 세상에 나오는 날 얼굴을 보여줬으면 좋겠다.

징비록을 쓴 류성룡은 임진왜란 극복의 요인으로 세 가지를 적었다. 첫째 천운, 둘째 의병 셋째가 명나라라고 했다. 충무공 이순신이 없다. 그의 부관참시를 걱정해서였을 거라고 한다. 흔히 충무공은 전사가 아니고 자살한 거라고 하는 이도 있다. 역사는 논픽션인데 그의 죽음엔 픽션이 등장한다.

논픽션인 근현대사에 아픈 일들은 픽션이면 좋겠지만, 그럴 수 없을 것이다. 이제 논픽션의 미래를 제대로 만들어 갔으면 좋겠다. 소설이라도 그랬으면 좋겠다.

2025년 11월
幢未 한태진

차례

작가의 말　004

단발머리　011

화백(畵伯)의 딸　115

접목(接木)　203

단발머리

1. 궁집

내가 처음 여기에 왔을 때는 노래기처럼 구석에 웅크리고 누워있었다. 젖은 몸에 끼니는 물론 물 한 모금도 넘기지 않고 두서너 날은 지났을 거다. 서울역 지하철 바닥. 처음엔 가장 무서운 게 사람이었으나 시간이 지나면서는 불면이었다. 빈 뱃속인데도 허기보다는 머릿속이 맑아지고 잠이 오지 않았다. 어떻게 이 지경이 되었을까. 억울하고 울화가 치밀어 온밤 온 낮이 지옥이었다.

마흔을 갓 넘은 내가 어쩌다 이 지하도에서 엎어져 이 꼴이 되었는지 모르겠다. 내가 왜 이 꼴이 되었는지 모르는 게 아니었다. 그렇다고 천벌을 받아야 할 짓을 한 건 아니었다. 그러나 이건 좀 심하다. 돈 때문에 어려운 사람을 도와주었을 뿐이었다. 공부는 많이 안 했지만, 나름 수완이 있어 좀 많이 생긴 구전으로 돈을 좀 모았었다. 그 돈을 자금이 없어 꿈꾸는 일을 하지 못하고 있는 사람들에게 그 꿈을 이루도록 적정한 이자를 받고 빌려준 거밖에 없었다. 그렇게 해서 생긴 돈으로 내 꿈을 이루기 위해 돈 되는 일에 투자한 것밖에 없었다. 문제가 있었다면 사람을 잘못 만난 것 때문이다. 시절을 잘못 만난 때문이다.

잘나가던 나라 경제가 이 모양이 될 줄은 생각도 못했다.

"이젠 그만 옛날 일은 잊기요."
며칠을 그 지옥을 헤매고 있는데 누군가 내 옆구리를 쿡쿡 찔렀다. 눈을 떠보니 내 옆 함경도 사투리를 하는 할아버지였다. 술판이 벌어져 있었다. 지난날을 간단히 읊는 신고식을 하고, 몇 잔 얻어먹은 술로 모처럼 잠을 좀 잤다. 그렇게 몇 번 남의 알코올로 머릿속을 뿌옇게 소독하다 보니 오히려 염치가 살아났다. 나도 동료가 먹다 버린 과자 상자를 구해와 머리를 숙이고 손을 내밀어 구걸하게 되었다. 머리를 숙인 것은 남의 시선을 피하기 위한 것일 뿐 감사나 존경에서 나온 건 아니었다.
그나마 좋았던 내 운발이 아직 조금은 남아 있었던 모양이었다.
첫날에 동전 위에 종이돈 몇 장 모였다.

"깡통에 돈이 쌓이면 동정심이 안 떨궈진다."
옆 동료의 조언에 따라 적절한 타임에 천 원짜리 하나와 동전 두어 개만 남기고 나머지는 행인의 눈을 피해 주머니에 넣었다. 지폐를 남기는 것은 적선의 급을 알려주기 위해서다. 밤이 이슥하길 기다려 근처 편의점에서 술과 먹을 걸 사 왔다.

"신입의 술을 다 얻어먹게 되었네."
시골집 돈벌레라는 그리마처럼 촉각을 흔들며 동료들이 몰려들었다. 그들도 나도 술과 먹을 게 생기면 그리마가 되어 달려들었다가 술판이 끝나면 노래기가 되어 머리, 손, 발, 몸통까지 돌돌 말아 신문지 속으로 꼬부라졌다. 그리곤 인간 '노래기 냄새'를 내며 짓무른 오이처럼 쓰러져 잠이 들었다. 서리맞은 고춧대처럼 다시는 회복되지 못하게 몸과 마음이 뭉그러져 갔다.

 구걸이 몸에 배면서 내 눈은 떠 있는지 감겨있는지, 좁게 벌어진 도끼눈이 되어 갔다. 뭘 자세히 보려고 도끼눈이 된 게 아니고, 눈꺼풀을 달 힘이 없어 도끼눈이 된 게 맞을 거였다. 설사 눈을 떴다 하더라도, 눈의 초점도 맞춰지지 않고 눈알이 흐려져 사물이 뿌옇게만 보였다. 가까이 지나는 검은 신사 구두도 하이힐조차도 뿌옇게 보였다.

 '이 무슨 냄새' 하듯이 지나는 사람들이 코를 막고 고개를 돌렸다. 나는 모르겠는데 이미 내 몸에서도 동료들에게 나던 고약한 노래기 냄새가 나는 모양이었다. 그 냄새는 차이나 아줌마에게서 났던 시취(屍臭)와 또 다른 역한 냄새였다.

*

 항아 할머니는 아버지와 함께 경복궁 동쪽 개울 건너 궁인들이 살았던 궁(宮)집에서 살았다. 버들치나 송사리가 사는 개울을 따라 난 삼청동 길에는 검은 콜타르를 먹인 나무 전봇대가 줄줄이 서 있었고 빨래터도 있었다.

 궁집에는 남자라곤 없었다. 젊은 남자는 모두가 징병으로 끌려갔고 그나마 나이 먹은 남자들은 금판을 찾아 떠나고 없었다. 그 궁집 마지막 남자였던 할아버지는 일제강점기에 돈을 벌어 온다고 인천 부평의 미쓰비시 무기제조공장에 갔다가, 다시 군함도 탄광에 끌려갔다고 했다. 할아버지는 해방이 됐어도 징용에서 돌아오지 않았다. 아버지를 낳아준 여자는 산후풍으로 돌아갔고, 할아버지가 돌봐 줬던 열두 살 생각시 항아(姮娥)님이 동냥젖을 얻어먹여 가며 아버지를 길렀다. 아버지는 배냇머리를 그대로 땋아 댕기를 맸었다. 아버지는 여자들밖에 없는 궁집에서 여자애들하고만 어울려 놀았다.

동네 사내아이들은 얼굴과 팔다리에는 버짐이 났고, 머리는 상고머리나 까까중머리여서 대부분 두부 백선이라 하는 기계총 자리가 하얗게 드러나 있었다. 그게 보기 싫어서였을까, 아버지는 머리 깎기 싫어했다. 소학교에 들어가면서 항아님이 머리 깎기 싫어하는 아버지의 댕기 머리를 뚝 잘라 여자애들보다 긴 단발머리로 만들어 주었다. 소심했던 아버지는 단발머리나마 깎기 싫어 중학은 다니지 않고, 큰 키로 동네 잡다한 일을 하며 자랐다. 해방이 되자 주(柱)자 돌림의 이 왕가 식구들을 비롯하여 다른 궁 식구들은 각자의 연고를 찾아 모두 떠났다. 갈 곳 없는 여자 몇 사람만 방 두서너 칸에 남고, 나머지 방은 얼굴도 모르는 객식구들이 차지하고 있었다.

6·25전쟁이 터지면서 아버지는 그 단발머리 채로 아무 자취 없이 사라졌다. 그러던 아버지가 전쟁이 끝나고 한참 지나서 단발머리 채로 나타나 항아 할머니에게 나를 "잘 키워달라." 부탁하고 사라졌다.

나는 부평에서 항아 할머니와 둘이 살았다. 부평은 항아 할머니 고향이었다.

항아 할머니는 어린 나에게 너는 선조가 함경도 명천 사람으로 처음에는 보부상이었으나 금광으로 돈을 모아 거부가 되었다고 했다. 그분은 임오군란 때 축지법을 한다고 할 만큼의 발걸음이 빨랐다. 그분은 장호원에 몸을 피한 명성황후 소식을 고종 황제에게 전해 신임을 얻었다고 했다. 그분이 왕실 재정을 맡았던 내장원경과 탁지부대신까지 지낸 이용익 대감이라고 했다. 그러면서 항아 할머니는 "이용익 대감이 너의 멀잖은 일가다."라고 일러주었다. 또 "또 그분은 대학교도 세운

분이니 너도 나중에 큰일을 하게 될 거라." 귀가 닳도록 말해 주었다. 항아 할머니는 부평시장에서 '궁집'이라는 조그만 한복집을 했다. 정통 한복 솜씨로 이름이 나서 살림은 어렵지 않았다.

 항아 할머니는 궁집에서 가지고 나온 달항아리를 다루듯 나에게 지극 정성이었다. 항아 할머니는 할아버지와 아버지 얘기는 하지 않았다. 나도 묻지 않았다.

 아버지는 내가 국민학교 5학년 때 나타났다. 아버지는 키가 컸고 항상 올백의 긴 장발 단발머리에 단학 포마드를 번질번질 바르고 있었다. 그게 모처럼 함께 살게 된 아버지의 모습이었다. 아버지와 함께 살고 있는 차이나 아줌마는 아버지보다 훨씬 나이가 더 들어 보였다.

 나는 호적상은 아니지만 차이나 아줌마의 아들이 되었다. 차이나 아줌마는 남들이 말하는 중국 사람은 아닌 것 같았다. 내가 부평시장에서 본, 중국 아줌마들은 마른 솔방울같이 생긴 얼굴에 나이가 많아 할머니에 가까운 사람들이었다. 키가 작고 쭈글쭈글하게 보이는 그들은 작은 은귀고리를 귓불에 달고 있었다. 중국인 할머니들의 조그만 편족은 꽉 끼는 검은 헝겊신으로 싸 있었다. 간혹 검은 신발 등에 흰색이나 분홍 꽃수가 놓아진 것도 있었다. 오그라진 발이 편치 않아 뒤뚱뒤뚱 걸었다. 그 할머니들은 뻣뻣한 군대 송신용 삐삐선 전깃줄로 엮은 '가고'라는 네모난 장바구니를 들고 시장을 봤다.

 아버지가 나타난 건 나를 서울로 전학시키기 위해서였다. 아버지는 나를 서울 청파동 B 국민학교에 넣었다.

 내가 서울로 온 이듬해 중학교 평준화로 인근 A 중학교에 배정되었다. A 중학교는 만리동 고개에서 청파동 숙명여대 가는 길 왼쪽에 있었다. 그 길은 공덕동, 청파동, 효창동과 연결되어 있었다. 만리동 고개 입구에서 A 중학교로 가는 길 좌우에는 노점상들이 빼곡했었다고 했다. 그 학교에 대통령 아들이 다니게 되어 경호에 어려움이 컸다고 했다. 그 문제를 주상복합 건물 세우는 아이디어로 해결한 사람이 바로 그 중학교 학부모 박통이라고 했다.

　우리 학교는 전국 실력 고사에서 거의 매번 일등을 하는 학교였다. 나는 대통령 아들과 한 반이 되었다. 대통령 아들의 짝은 대학교수 아들이었다. 다른 학교는 어쩐지 모르지만, 우리 학교는 다른 학교보다 매일 한 시간 빠르게 등교하여 각 과목 선생님이 내는 시험을 봤다. 토요일은 쉬고 일요일엔 희망자에 한해 체력장 과외도 했었다. 중학교 3학년이 되면 각자가 학원을 가기도 했고, 학교 인근에서 같은 반 학생끼리 과외를 받기도 했다. 나도 과외를 했지만, 성적은 학급에서 중간을 조금 넘는 정도였다.

　아버지는 시장 상인과 개인 상점 주인에게 차이나 아줌마의 돈을 빌려주고 일수를 찍게 했다. 아버지는 손바닥만 한 공책에 도장을 찍고 다녔는데, 아버지에게는 그 일보다는 목돈을 빌려주거나 차이나 아줌마가 계주인 번호계와 낙찰계가 펑크 나지 않게 관리하는 게 더 큰 일이고 신경 쓰이는 일이었다. 아버지가 바바리코트나 사파리를 입고 나서는 날은 큰돈 수금에 문제가 생긴 날이었다.

　반공일인 토요일 오후, 아버지는 독일제 손도끼를 왼쪽 허리춤에 차고 그 위에 사파리 자락을 덮고 긴장한 얼굴로 나섰다. 아버지는 처음 차이나 아줌마의 미수금을 받으러 나가게 될 때 차마 싫은 말을 할 수 없었다고 했다. 거친 남자들 때문에 힘들기도 했었다고 했다. 그래서 장착한 게 손도끼라고 했다. 오늘 손도끼에 피를 묻힐 일이 생기고 말 거였다. 그날 저녁 아버지는 늦게 취해 들어왔다. 아버지는 혼자 웃음 띤 얼굴로 손도끼를 허리춤에서 빼서 방 밖 장 깊은 곳에 넣었다.

그날 이후에는 수금하러 바바리코트나 사파리를 입지 않았던 것 같았다.

"세상에 어떻게 그런 일이 있나?"
나는 아버지가 차이나 아줌마에게 그날 일을 말하는 걸 듣고 놀랐다.
인근 국민학교 안태우 선생 부인이 우리 학교 앞에서 양품점을 한다고 했다. 그 아줌마는 나도 알았다. 한 달 전엔가 지난 초여름에 수업이 끝나 교문을 나서는데 바로 그 양품점 안에서 싸움이 났다. 사람들이 둘러싸여 있는 틈새에 들여다보니 싸움이라기보다는 일방적으로 양품점 주인아줌마가 두 여자에게 머리채를 잡히고 있었다. 그 옆에 차이나 아줌마도 있었다.
다는 알아듣지 못했지만, 양품점 아줌마가 차이나 아줌마의 번호계와 낙찰계 몇 개까지 타고는, 딸애를 데리고 혼자 야반도주했다가 이번에 딱 걸렸다는 거였다. 아버지에게 하는 차이나 아줌마 말은 그 양품점 아줌마가 전에는 절에 다녔다는데, 양품점을 열고부터는 식구들과 함께 동네 교회를 다녔다고 했다. 양품점 손님도 모으고 계원도 모으고, 자기가 계주까지 하다가 펑크를 냈다고 했다.
둘러선 사람들은 '쓸만한 옷들은 벌써 빼돌리고 그나마 나머지까지 빼돌리려 왔다가 계원들과 빚쟁이들에게 잡힌 것'이라 했다. 그다음 날 양품점 유리창에는 '세 놓습니다. 건물주 백'이라는 쪽지가 붙어있었다.
그날 아버지는 차이나 아줌마한테서 받은 주소로 돈을 받아내기 위해 안태우를 찾아갔다. 아버지가 찾아간 청파동 주소지 집은 정원까지 있는 제법 큰 적산 일본 기와집이었다. 대문 오른쪽에 슬레이트 지붕의 시멘트 블록으로 지은 창고가 있었다. 아버지가 초인종을 누르니 반백 할머니가 나와 문을 열어 주었다. "안태우 씨를 찾는다."라는 아버지 말에 할머니를 따라 나온 국민학교 3학년쯤 되어 보이는 여자아이가 "성미야!" 하며 그 창고 같은 집 문을 열고 안으로 들어갔다. 판자로 엉성하게 엮은 문은 문틀도 없었다. 자전거 바퀴 고무 튜브를 잘라 붙여 여닫이문이었다. 시멘트 블록 방 천장은 슬레이트를 얹었다. 방 밖 부엌 지붕은 주름진 반투명 플라스틱판이 얹어있었다. 대여섯 평쯤 돼 보이는 방 안에는 5단 책장에 책이 가득 차 있고, 떠 있는 벽지 틈에는 빈대 똥이 점점이 찍혀 있었다. 그 옆 3단 서랍장 위에는 이불이 몇 채 얹어있었다. 게 다리 같은 자바라 나무 벽 옷걸이에는 허접한 옷 몇 개가 마른 시래기처럼 걸려 있었다. 예닐곱 살쯤 되어 보이는 성미라고 불린 여자애가 인형을 가지고 놀고 있었다. 주인 할머니보다 젊어 보이는 애들 할머니가 벽에 기대앉아 두세 살쯤 보이는 남자아이를 안고 있다가 걱정스러운 얼굴로 단발머리 아버지를 맞았다.

애들 할머니는 아버지를 보고 묻지도 않은 집 얘길 했다. 안태우는 집 나간 애들 엄마를 찾으러 나갔다고 했다. 애들 엄마가 여기저기 빚을 지고 갚지 않은 채 먼저 집 전세 보증금까지 빼서 집을 나가버렸다고 했다. 애들 아버지가 직장 동료들에게 빚을 내서 지금, 이 단칸방에 사글세로 옮겨 앉았다고 했다. 주인 할머니가 '전에 살던 사람이 빈대를 묻혀 와 빈대 때문에 더 못살고 비워둔 방인데 괜찮겠냐'고 물었지만, 아들이 괜찮다고 해 살게 되었다고 했다.

그다음은 차이나 아줌마가 다 안다고 했다.

안태우는 저녁이 뉘엿해서 집에 돌아왔다. 그는 키가 작고 얼굴은 마른 파 껍데기처럼 초췌해 보였다. 그는 아버지가 내미는 손을 건성 잡았다가 내려놓고는 방문을 열고 나가 창밖 부엌으로 갔다. 잠시 뭔가 끓이는 것 같더니 이내 방에 있는 애들 할머니에게 "밥상을 달라."고 했다. 할머니가 부엌 쪽에 나 있는 창틀 위에 밥상을 내려놓자, 그는 막 끓인 우동 국수 냄비를 올려놓았다. 할머니가 그 상을 받아 방바닥에 내려놓았다. 아버지가 다시 방에 들어온 그의 등을 밀어 밖으로 나왔다.

아버지는 공덕동으로 내려가는 골목의 목로주점에 그와 마주 앉았다. 아버지는 막걸리 한 주전자와 두루치기를 시켜놓았다. 쭈그러진 노란 알루미늄 양재기에 막걸리를 받아 놓은 채 안태우는 술잔 둘레만 바라봤다. 안태우는 흡사 영화에서 고수 검객이 초점 없이 전후좌우를 살피는 듯한 모양의 눈이 되었지만, 그의 눈은 그저 초점 없이 멀거니 뜨고 있을 뿐이었다. 아버지가 허리춤의 손도끼를 탁자 위에 '쾅' 올려놓아도 그의 눈은 여전히 초점 없는 시선으로 도끼만 무심히 바라봤다. 아버지가 도끼를 들어 얼음 끝 같은 도끼날을 엄지손가락으로 문질러도 그의 시선은 바뀌지 않았다. 그의 눈에는 아무 감정도, 공포도 없었다. 그의 절망이 공포마저 없어지게 한 것 같았다고 했다.

한참을 그렇게 아무 말 없이 그 도끼를 쳐다보던 그가 탁자 위에 놓인 도끼를 집어 들었다. 그가 아버지가 했던 것처럼 도끼날을 엄지로 문지르다 말했다. 그가 "이걸 써본 적이 있습니까?"라고 말하곤 여전히 무심한 표정으로 다시 말했다.

"단 한 번에 절 죽여줄 수 있겠습니까?"

아버지가 그의 시선을 피하자 "도끼를 쓸 거면 오늘이 좋겠다."라고 그가 말했다.

"사실 더 살 생각도 없습니다. 어제만 해도 수업 중인 저를 교실 밖으로 나오라며 가족이 다니던 동네 교회 나이 든 여전도사가 눈짓 손짓하며 채근하는 겁니다. 그분한테도 돈을 빌렸다는 겁니다. 그래도 그렇지, 선생이 수업 중인데 그럴 수 있습니까?" 그가 잠시 말을 멈추더니 다시 말을 이어 나갔다. "옛날에는 백령도에 달랑 피붙이를 안고 피난 온 우리 모자에게 물심양면으로 도와준 여전도사도 있었는데… 세상이 변했습니다. 이런 세상 살고 싶지 않습니다. 사실은 오늘 자살을 위장한 교통사고로 죽으려 했습니다. 보상금을 애 할머니가 받게 하려 동사무소 앞 건널목에서 비싼 차를 물색하고 다녔지요. 그런 차를 못 만났습니다. 그곳에 육교가 생긴다는 소리만 듣고 왔어요."라고 했다.

그가 앞에 놓였던 술잔을 단숨에 비웠다. 그날 아버지는 같이 취해 안태우를 창고 집까지 데려다주고 왔다고 했다. 차이나 아줌마도 더 이상 거론하지 않는 눈치였다. 그리곤 그 일은 현금보관증을 쓰고 월급날마다 계좌 이체하는 걸로 끝났다.

중학교 마지막 여름방학 어느 날 아버지가 수금하러 나간 날 아침이었다.

"아버지 저녁 전에 돌아와야 한다."라며, 차이나 아줌마가 나를 앞세워 항아 할머니에게 가자고 했다. 나는 차이나 아줌마가 항아 할머니 애길 하는 게 의아했으나, 처음 한복을 입고 나선 차이나 아줌마와 함께 부평으로 갔다. 차이나 아줌마는 내게 물어 항아 할머니가 좋아하는 맑은 민어탕을 끓였다. 점심을 먹은 후 차이나 아줌마가 항아 할머니에게 새색시처럼 큰절을 했다. 그날도 항아 할머니는 차이나 아줌마 앞에서 이 대감님 얘기만 했다. 그 일이 있고 난 뒤부터, 차이나 아줌마는 가끔 부평에 다녀오는 것 같았다. 그런 날이면 차이나 아줌마에게서 의례 생물 생선 냄새가 났다.

*

　1973년에 시작된 1차 오일쇼크로 3달러하던 원유 가격이 한 달 만에 12달러까지 네 배나 폭등했다. 그래도 경제성장률은 12%나 되고, 소비자물가는 3.2%였는데도 정부는 에너지를 아껴야 한다고 난리였다.

　"이제는 우리가 헤어져야 할 시간…"
　밤 10시면 이 노래가 모든 요식업체, 유흥업체에 울려 퍼지고 주인은 나라가 시키는 대로 손님을 쫓아냈다.
　나는 그 1차 오일쇼크로 세상이 난리였던 1974년에 중학교를 졸업했다. 그해는 경제성장률인 7.2%였는데도 물가가 24.8% 올라 아우성이었다. 회사가 어려워져 취업이 팽이 줄이 바늘구멍 들어가기보다 힘들다고 했다. 나름 유명 대학 어떤 과는 제대로 된 직장은 한 명도 들어가지 못했다고 했다. 대통령 아들과 그 짝이었던 대학교수 아들은 아버지가 살았다는 궁집 가까운 곳에 있는 5대 사립인 C 고등학교에 들어갔다. 나 역시 아버지의 원에 따라 그들 학교 골목길 중간에 있는 D 상업고등학교에 진학했다.

　"탕, 탕, 탕."
　첫 한 발은 문세광이 박 대통령을 향해, 두 번째는 박 경호실장이 문세광에게, 세 번째는 문세광이 육 여사를 쏜 거였다고 했다. 그해 목요일. 장충동 국립극장에서 박 대통령 광복절날 기념 연설 중이었다. 백목련 같다고 했던, 청와대 유일한 야당이라던 육 여사가 문세광에게 저격당했다. 대낮인데도 갑자기 하늘이 노랗다 못해 붉었었다. TV에서 동창생인 대통령 아들의 눈물을 보았다.

나는 용케도 1차 오일쇼크가 회복되기 시작한 1977년에 상고를 졸업하고 성적이 좀 좋지 않아서 제2금융권 기관인 농협에 들어갔다. 처음에 은행 창구에서 예금 입출을 맡았으나 계산이 서툴렀다. 하루 입출금을 확인하는 시재 맞추는 게 자주 틀렸다. 퇴근이 늦어져 동료 직원들의 눈총을 받을 수밖에 없었다. 그 꼴이 한심했든지, 아니면 내가 술자리에서 대통령 아들을 팔고 다녀선지 2년 후에 파격적으로 대출계 여신담당이 되었다. 여신계는 내게 날개를 달아주었다. 나는 열심히 중, 고등학교 동창회에 나갔다. 박통 아들이나 그와 단짝이었던 교수님네 아들 소식도 가끔 들을 수 있었다. 거기서 들은 얘기와 대통령 아들 친분을 내세워 적당히 포장하면, 은행이나 거래처 사람들에게 관심도 얻고 말발도 세울 수 있었다.

"탕, 탕, 탕."

2차 오일쇼크와 1979년 박통의 서거, 신군부의 등장과 광주사태가 겹쳐 물가가 거의 30%까지 올랐다. 경제성장률은 그동안 생각도 못한 -1.5%로 급락했다. 지역 농협은 제2금융권이어서 예금이자가 조금 높고 대출 이자가 일반 은행보다 조금 더 높았지만, 신용도가 낮은 샐러리맨이나 소상공인들은 소위 일반 은행 이자보다 높아도 감지덕지했다. 급한 담보 대출은 더 말할 게 없었다.

여신계가 바빠졌다. 그중에서도 단연 내가 '풀방구리에 쥐 드나들듯' 신나게 바빴다. 나는 주로 금액이 작은 개인 채무자나 소상공인에게 주택담보 대출을 알선해 주었다. 특히 소상공인에게는 위기가 곧 기회라고 조언해 주며 주택 담보 대출을 알선해 주었다. 거기에 시설이나 실내장식에 공격적인 투자 조언도 해줬다. 아버지는 일수를 찍고 다녔으나 나는 단기 자금 부족 시 타개 방법으로 신용카드를 이용한 리볼빙과 ATM 현금서비스, 단기 대출 방법까지 친절하게 고객에게 일러주었다. 거기다 차이나 아줌마를 졸라 나름 저리의 사채까지 알선해 주었다. 그다음은 그들의 몫이었다. 채무자들은 상환에 최선을 다하면 되었다.

내 조언과 대출, 사채 알선으로 성공한 사람들은 내게 고맙다고 사례까지 하기도 했다. 채무자가 은행 빚을 갚지 못하면 담보물이 경매에 넘겨졌다. 경매물은 작은 것은 내가, 큰 것은 VIP 고객에게 넘겨 입찰에 응하게 했다. 나는 채권자와 채무자 두 고객에게 최선을 다했다. 그들은 자신의 노력과 운에 따라 불행해지기도 하고 행복해지기도 했다. 남의 행복이 곧 나의 행복이었고, 남의 불행도 나의 행복이 되었다. 나는 오일쇼크 속에서 손에 넣은 건물을 담보로 은행융자를 끼고 건물 수를 늘려갔다. 80년에 -1.5%로 떨어졌던 경제성장률과 28.7%까지 치솟았던 물가가 그다음 해엔 6.2%까지 회복되었다. 경제성장률도 1983년에는 12%까지 다시 회복되고 물가도 3.3%대로 안정되었다.

그렇게 세상도 나도 잘 나가고 있을 때 느닷없이 점심때가 다 되어 아버지에게 항아 할머니가 위독하다는 전갈이 왔다. 차이나 아줌마는 아침을 먹고 어딜 갔는지 보이지 않았다. 아버지와 함께 허겁지겁 부평 항아 할머니 집으로 갔다. 아버지는 차 속에서 안절부절못하며 나를 재촉했다. '지난주에 다녀왔을 때는 건강하셨는데….' 아버지가 갸우뚱하면서 부평까지 가는 길 내내 안절부절못했다. 나도 아버지 못지않게 당황스러웠다. 나도 모르게 액셀러레이터를 밟은 발에 힘이 들어갔다. 차이나 아줌마가 어딜 간 걸까, 짐작 가는 데가 없었다.

항아 할머니가 예전과 같은 편한 얼굴로 우리 부자를 맞았다. 생각지도 않게 차이나 아줌마가 못 보던 한복을 입고 있었다.

"자네가 이 사람한테 너무했네." 항아 할머니가 웃으면서 아버지를 나무랐다.

나는 두 분의 결혼을 반대할 이유가 없었다. 항아 할머니는 아버지와 차이나 아줌마의 결혼 예복 한복을 손수 지어 놓았다. 두 분은 부평 근처 항아 할머니가 다니는 절에서 결혼식을 올렸다. 차이나 아줌마는 이제 원이 없다며 눈물을 흘렸다. 차이나 아줌마는 정식으로 아버지의 부인이 됐고 나도 서류상 아들이 됐다. 아버지가 항아 할머니와 함께 살기 원했지만, 항아 할머니는 차이나 아줌마를 힐긋 웃음으로 바라보며 "이곳 부평이 익숙해 편하다."라며 고개를 저었다.

나는 아버지와 다른 삶을 살고 싶었다. 돈을 차곡차곡 모으는 게 가장 확실하다고 생각했다. 사업하다 잘못되면 거리에 나 앉기 십상이었다. 어려서 학교 앞 양품점 아줌마를 보고 느낀 거였다. 돈이 생기면 나는 근무처에서 가까운 ○○은행 본점으로 갔다. 창구에서 한 여은행원을 만났다. 그녀는 E 여자상업고등학교 출신이었다. 방통대를 다니던 그녀가 해외사업부로 자리를 옮겼어도 나의 ○○은행 예금은 계속되었다. 나의 불어나는 입금액과 집요한 구애로 그녀에게서 결혼 허락을 받아내 마침내 결혼하였다.

나는 내친김에 아파트를 사 분가하기로 했다. 차이나 아줌마는 같이 살자고 한사코 말렸지만, 나는 듣지 않았다. 나는 가급적 차이나 아줌마 집에서 먼 곳으로 가려 했다. 그러자 차이나 아줌마는 돈까지 보태주며 청파동 집에서 가까운 공덕동 아파트에 평수까지 늘려주었다. 결국은 내 돈 한 푼 들이지 않고 차이나 아줌마 돈으로 아파트도 얻었다.

신기한 것은 따듯한 아파트로 옮기면서 그동안 몰랐던 돈벌레라는 게 그리마 말고 돈벌레가 따로 또 있다는 거였다. 바퀴벌레였다. 바퀴벌레는 '추운 집에는 살지 않는다'라고 했다. 그동안 너무 춥게 지낸 거였다. 애들 엄마는 바퀴벌레라면 질색이었지만, 나는 그 바퀴벌레가 고맙기조차 했다.

*

"앞으로는 더 이상 이런 오일쇼크 같은 일이 없을 것."

우리 58년 개띠 베이비붐 세대가 간덩이가 붓기 시작한 것은 패밀리 봉고를 사면서부터였다. 2종 보통 운전면허로도 운전할 수 있는 9인승의 봉고는 뒷바퀴가 앞바퀴보다 작은, 두 짝씩인 복륜으로 되어 있었다. 아프리카의 영양 이름을 딴 봉고는 평소엔 뒤 의자들을 접어 물건을 싣고, 주말이면 뒤 의자를 세워 식구들을 태우고 들로 산으로 떠났다. 조그만 구멍가게를 해도 모두 사장님이었다. 나는 우리 세대들보다 좀 더 튀어 88 올림픽 승용차인 스텔라를 뽑아 부동산 사업과 그새 생긴 아들, 딸을 데리고 놀러 다니기 바빴다.

"잘 나갈 때 조심해야 한다."

어쩌다 아버지한테 들르면 차이나 아줌마에게 들었다며 안 하던 나라 걱정과 내 걱정을 했다. 아버지의 염려는 기우일 거였다. 비록 융자를 안고 산 부동산들이지만, 전국 요지에 분산되어 있어서 아무 염려가 없었다. 오일쇼크가 아니라 원자폭탄이 터진다고 해도 끄떡없을 거였다.

나는 진작 은퇴한 아버지와 마찬가지로 도끼를 들 일도 없었다. 누가 정치를 잘하냐는 건 관심 밖이었다. 86아시안게임에 이어 88올림픽 성공과, 1989년 해외여행 자유화 시대가 왔다. 좀 있는 사람들이 해외로 여행을 떠난다고 김포공항이 미어터졌다. 3저 호황—저금리,

저유가, 저달러. 지금은 상상도 할 수 없는 대한민국 최대의 호황이었다. 일자리가 넘쳐나 상고, 공고만 나와도 취업은 문제가 없었다. 대기업 입사 경쟁률도 6:1 정도밖에 되지 않았다. 대기업과 중소기업 임금 격차도 덜했다. 집도 마음만 먹으면 대출을 끼고 쉽게 살 수 있었다.

"마이카, 마이카."

어느새 나도 무럭무럭 자라나는 아들, 딸을 둔 핵가족이었다. 우리 세대는 봉고에서 승용차로 갈아타고 여행과 쇼핑을 즐겼다. 모 작가의 소설 '추락하는 것은 날개가 있다'가 영화화되어 공전의 히트를 치며 묵시록적 추락을 말했지만, 모두 남의 일로 여겼다. 1995년, 1인당 국민소득 만 달러를 넘어섰다. 다음해 OECD에 가입되자 선진국이 코앞이라고 국민들이 정치권보다 더 들떠 있었다. 국민의 81%가 중산층이라 자부했다.

바쁜 중에 어쩌다 애들을 데리고 어렵게 아버지 집에 들렀다. 아버지는 몸이 좀 난 것 같았지만, 차이나 아줌마는 얼굴에 핏기가 없고 야위어 있었다. "아버지는 혈압약을 먹고 있고, 차이나 아줌마는 잠이 오지 않아 가끔 수면제를 먹고 있다."라고 했다.

"혹시 필요할 때가 있을지 모르니 아범도 가지고 있어라."

차이나 아줌마는 내게 대문 열쇠를 건네주며 자주 들리라며 현관까지 배웅해 주었다. 애 엄마와 아이들은 벌써 대문을 나서며 빨리 나오라고 손짓했다.

나는 여전히 바빠서 아버지를 자주 들여다보지 못했다. 사업상 사람 만날 일이 엽전 꾸러미처럼 꿰어 있었고, 새로 산 콩코드 승용차로 가족 나들이하기 바빴다. 그렇게 바쁘게 지내던 어느 날 아버지 집 근처에서 만나기로 한 고객이 일이 있다며 갑자기 약속을 취소했다. 잘됐다 싶어 모처럼 아버지 집에 들렀다. 초인종을 눌렀으나 기척이 없었다. 열쇠로 대문을 열고 현관문을 들어서니 생전 맡아보지 못한 역한 냄새가 났다. 차이나 아줌마는 안방 침대에 엎드려 있었다. 냄새는 차이나 아줌마에게서 난 거였다. 경찰에 연락했다. 경찰은 부평에 가 있는 아버지를 찾아내 알리바이를 추궁했다. 인천 항아님 집에 있었던 아버지의 알리바이는 쉽게 밝혀졌으나 경찰은 여전히 의심하는 눈치였다. 경찰은 타살 여부를 확인하기 위해 부검해야 한다고 했다. 차이나 아줌마 머리맡에 수면제 약통이 있었으나 사인은 달랐다. 차이나 아줌마 사인은 관상동맥 협착에 의한 심부전이었다. 아버지의 혐의는 풀렸다. 차이나 아줌마는 관상동맥 세 군데나 막히도록 그 흔한 스탠트 시술 하나 안 하고 살았다. 심장병인 줄도 모르고 수면제만 달고 살았다.

"어머니."
어려서부터 '할머니'만 불러봤던 나에게 '어머니―'는 낯설었고 목구멍 위로 나와보지 못한 말이었다. 다른 아이들이 '어머니―'를 부를 때, 이미 내 목구멍은 막혀 있었다.
"여보."
아버지도 그랬던 것 같았다. '여보, 당신―'을 불러보지 못한 아버지도 목구멍이 막혔다. "어머니―", 나는 처음으로 차이나 아줌마를 '어머니'라고 불렀다. 그렇게 '어머니―'가 터지자 울음이 쏟아져 나왔다. 소리쳐 '어머니―'를 불렀다.
아버지는 "여보―, 당신―"으로 한 번 그렇게 부르곤 눈물이 고인 눈을 하늘로 옮겼지만, 나는 화장장에 가면서도, 화구의 문이 닫히고서도 계속 눈물을 흘렸다.

차이나 어머니를 부평 항아 할머니가 다니는 절에 모셨다.

*

내게 어머니는 차이나 아줌마밖에 없었으나 의식 속에 있는 어머니는 차이나 여전히 아줌마였다. 그러나 아버지 앞에서는 어머니라 했고 머릿속에는 차이나 어머니로 남아 있었다. 아버지도 어쩌면 나 같았을 것 같았다. '어머니—', '여보—'는 의지로 남아 있는 게 아니었다. 나와 아버지가 함께 얘기할 때 호칭이 생겼다. 나에게는 '차이나 어머니', 또는 '그분'으로, 아버지에게는 '그 사람'으로 남았다.

차이나 어머니가 돌아간 후 아버지는 청파동과 만리시장이 있는 그 길을 벗어나 궁집 쪽이 보이는 곳으로 이사하고 싶어 했다. 나도 그 길을 떠나고 싶던 차였다. 꼭 떠나서 살 일은 아니지만, 그게 마음이 편했다.

일본의 일(日)자 모양의 중앙청이 해체된 앞에 광화문이 우뚝 서 있었다. 경복궁도 훤히 보였다. 아버지의 탄성으로 청파동의 넓은 대지의 차이나 아줌마의 일본식 집을 팔아 서울역 뒤 52평 고층아파트로 옮겼다. 주변엔 녹지가 잘 꾸며져 있어 모두 좋아했다.

"광화문이 훤히 보인다."

분가해 나갔던 집을 처분해 평생 쓸 용돈을 아버지께 드렸다. 같이 모여 살게 된 줄 알았더니 나머지 돈은 당시 트랜드에 맞게 미국 조기유학 떠나는 애들 엄마에게 들려 보냈다. 아내는 처녀 때부터 외환계에 있으면서 미국 취업을 원했었다. 그 꿈을 버리지 않고 있었다. 애들 엄마는 그러려고 쉽게 이사를 수락한 거였다. 나는 이른바 '기러기 아빠'가 되었다. 아버지는 여전히 부평에 간다고 집을 자주 비웠으나 그래도 집에 있는 일이 옛날보다 많아졌다. 아버지가 마음에 그리는 궁 집은 없어졌지만, 아버지는 집에 있을 때는 흔들의자에 앉아 광화문 쪽을 바라보며, 그 흔적을 헤아리며 지냈다.

집에 일하는 아줌마를 두니 불편할 게 없었다.

아버지는 차이나 아줌마가 돌아간 뒤에도 단발머리를 자르지 않고 다녔다.

나는 은행 과장이 되었다. 폼도 내 볼 겸 휴가를 내서 아이들을 보러 몇 년 만에 애들이 있는 미국 LA도 다녀왔다. 아내는 미국 은행에 취업했다고 했다. 미국 생활에 익숙해진 아내의 화장과 옷이 화려해진 거 말고는 아이들도 문제없이 잘 지내고 있었다. 다만 LA의 밤낮없이 거리에 울려 퍼지는 경찰차와 앰뷸런스 사이렌 소리가 거슬렸다. 미국에 살자고 해도 살 생각이 없었다. 세계 어디를 가도 우리나라같이 치안이 좋은 나라가 없을 것 같았다. 돈만 있으면 세상에 이렇게 살기 좋은 나라가 어디 있을까 싶었다. 나도, 이 나라도 여전히 순풍에 돛 단 듯이 순항하고 있었다. 이 모든 여유가 '날개 있는 것들의 성공 때문'이라고 생각했다. 오일쇼크는 나에게 고마운 일이었다. 그런데 2차 오일쇼크 10년이 되면서 그때와는 비교가 안 될 일이 벌어졌다.

IMF 사태였다. 70년대 오일쇼크 때와는 달랐다. 환율이 치솟고 있었다.

"외환보유고를 매년 300억 달러 유지하므로 나라에 달러는 충분하다."

정부는 말했지만, 환율 방어를 하다가 달러를 소모해 달러 보유액이 고작 39억, 갚을 돈은 1,539억 달러였다. 시중은행 금리가 29.5%까지 뛰었다.

6·25전쟁으로 힘들어하는 한국의 단물을 빨아먹고 다시 일어선 일본은 아시아 금융위기에도 제 코가 석 자라며 등을 돌렸다. 오히려 일본은 한국정부에 외평채 조기 상환까지 요구하며 쪽박까지 깼다. 미국은 해방 후 애치슨 라인 설정으로 한국에서 발을 뺐듯이 미국 쇠고기에서 O-157 대장균이 검출된 걸 정부가 언론에 흘렸다는 구실로 한국정부를 압박했다. 환경론자 고어 부통령과 책임자 루빈 미 재무장관이 슈퍼 301조를 발동한다며 한국정부의 긴급 차관 요청을 결사반대했다. 르윈스키 스캔들에 시달리던 클린턴 대통령은 그들을 막지 못했다.

1997년 12월 3일. 국제통화기금(IMF)의 구제금융밖에는 방법이 없었다.

볼이 움푹 패고, 귀가 유난히 긴 IMF 캉드쉬 총재는 생긴 것 자체가 뿔 달린 악마, 저승사자였다. 눈빛이 유난히 살벌했던 그는 한국인에게는 실업과 자살, 노숙자를 만든 가정 파괴범이었다. 그가 요구한 대책 없는 구조 조정과 초긴축 정책으로 수많은 기업이 도산했다. 퇴출당한 월급쟁이는 그날로 거리에 나앉았다. 외국 자본의 국내 기업 인수 허용도 유례가 없을 정도로 혹독했다. 임금 조정이나 근로 시간 조절로 공생할 여지조차 주지 않았다.

명퇴는 퇴직금이라도 챙겼지만. 황퇴는 그런 것도 없었다. 젊은이들의 취업은 꿈도 꿀 수 없었다. 혹 모집 공고가 나와도 모두 경력자만 찾았다. 평생 직장은 없어지고 비정규직, 파견직 같은 임시직의 시작이었다.

1997년 12월 24일 크리스마스이브. 2차 구제금융으로 국가부도를 모면했다.

환율이 달러당 거의 2,000원까지 올라 유학 갔던 젊은이들이 돌아오고 있었다. 다행스럽게도 우리집 애들은 잘 적응하고 있다고 했다. 내가 다니던 은행은 외국 자본의 거미줄에서 벗어나 있었다. 그러나 우리 은행에서도 점포 수를 줄이는 자체 구조 조정을 하고 있었다. 그 첫 번째 대상이 상고 출신인 내가 되는 것은 당연한 일이었다. 나와는 달리 상고 출신 대부분은 방송통신대학이나 전문대를 나와 편입까지 하여 어엿한 중견이 되어 있었다. 그들 중에서도 명퇴가 나오는 판이니 나는 하루살이 목숨이었다. 차라리 그들 속에 끼어 황퇴가 되느니 명퇴로 자존심을 지키고 나름 두둑한 퇴직금과 명예퇴직금까지 챙기는 게 나을 것 같았다.

"새로 사업할 아이템이 생겨 사직합니다."

보란 듯이 사표를 냈다. 차라리 지금이 학력 열등감이 없는 사업을 해 볼 기회였다. 사업을 한다는 게 어렵다는 건 알고 있었지만, 내 인맥과 수완이면 가능할 거였다. 오일쇼크에서 내가 몸집을 부풀렸던 것처럼 지금 위기가 곧 기회일 수 있었다. 승부수를 던졌다. 나름 두둑한 퇴직 위로금과 부동산 일부만 처분하면 충분하였다.

*

그 와중에 희희낙락 돈 버는 사람도 있을 터였다. 아무리 불경기라도 먹어야 할 것이다. IMF가 토해 놓은 구토물들이 곳곳에 널려있었다. 마침 목이 좋아 보이는 곳에 한식집이 나왔다. IMF가 아니면 권리금만 몇억이 될 사업체였다. 권리금을 달라길래 업종이 다르고, 인테리어나 집기는 짐이 되니 치워달라 했다. 치우기 힘드니 판매가를 낮춰 주겠다고 했다. 권리금 한 푼 안 주고 집세도 깎았다. 수억을 들여 제대로 인테리어를 다시 하고 집기도 새로 들여놨다. 나도, 이 나라도 여전히 순풍에 돛 단 듯이 순항할 것이다. 그동안 잘한다는 갈빗집을 다녀 봐서 내 혀에는 갈비의 미감이 붉은 루비 원석처럼 박혀 있었다. 주방장 모집 광고를 소식지에 크게 냈다. IMF 영향으로 실직한 주방장들이 바퀴벌레처럼 몰려들었다. 그중에서 내 미감과 갈빗집 편력을 이해하는 5성급 S호텔 출신 주방장을 낙점했다. 그 주방장에게 그가 거래하던 갈비와 부자재 납부처를 고수하도록 다짐시켰다. 통 크게, 주방장에게 그가 받았던 임금에 10%를 더 얹어 주었다. 시원하게 직원들도 주방장에게 일임했다. 주방장의 말대로 고용계약서를 작성해 파일첩으로 사무실에 비치했다.

  대문짝만한 왕갈비 광고를 지역 소식지에 계속 싣고, 지역 공무원과 유지들을 초청해 특별 시식회까지 했다. 화분과 화환이 줄을 이었다. 개업 첫날은 물론 개업 발이 다한다는 한 달이 넘어도 손님이 차고 넘쳤다. 빈익빈 부익부, 블랙홀처럼 돈이 빨려왔다. 그러던 어느 날 은행 일로 만났던 IT 전문가가 갈빗집으로 찾아왔다. 자기가 하는 IT 회사를 인수해 소위 나라가 지원하는 벤처 회사를 같이 하자는 거였다. 상고 다닐 때 타자는 그런대로 잘 쳤으나 주산은 영 아니었다. 그 주산보다 수백 배 수천 배 빠른 컴퓨터 관련 사업이라는 거였다. 주산에 대한 콤플렉스 때문이었을까. 이거다 싶었다. 그가 기술을 대고 내가 자본을 대고, 나더러 소위 얘기하는 CEO가 되달라는 것이었다. 국가 지원금에, 기왕에 보유한 부동산과 아파트를 담보 잡혔다. 나머지는 주변에 투자처를 찾지 못해 안달하고 있는 사람들에게서 잠시 빌리면 되었다. 옛날엔 구멍가게만 해도 사장님 소리를 들었지만, 이건 첨단 IT 벤처 회사 CEO가 되는 일이었다. 머리 좋은 사람들을 밑에 두는 일이었다. 기술을 대기로 한 사람을 사장으로 두고 회장이 되는 거였다. 사장은 컴퓨터 등 초기 자본이 많이 든다고 하였다. 그럴 거였다. 갈비 판

돈으로 충분할 거였다.

"돈 걱정하지 말고 꼭 성공시키시오."

잘 돌아가는 갈빗집은 주방장을 사장으로 맡겨 놓고 나는 회장이 되어 벤처 회사에 CEO 사무실을 두고 열심히 출근하며 직원들을 독려했다. 망하지 않을 것 같던 대기업, 항상 위태위태했던 중소기업, 구멍가게 같은 식당, 카페가 쓰러져나갔다. 쥐약 먹고 나뒹굴어진 쥐 살 속에서 쉬 슬듯 쏟아져 나온 구더기 같은 인간들을 구제해주게 된 것이다. 생각지 않게 나는 하나님도, 부처님도 못 하는 IMF 속, 구원자가 된 거였다. 혹 이제껏 남을 등쳐먹은 거였다면, 이 어려운 IMF에서 되갚으며 살게 되니 좋은 일이 아닐 수 없었다. 밖에 나가면 전쟁터였다. 재벌도 전쟁시 탄생한다고 하지 않았던가. 자신 있었다.

일단 갈빗집은 대박이 났다. 첨단 벤처는 매출은 없고 최신 장비에 계속 비용이 들어갔다. 거기까지였다. 대박 나던 갈빗집이 1년이 안 되어 적자로 돌아섰다. 손님이 줄기 시작했다.

"갈비 맛이 달라졌다."

아는 손님들이 대놓고 불평했다. 주방장에게 갈비를 내와 보라고 했다. 내 앞에서 굽게 했다. 갈비 맛은 여전했다. 그러다 우연히 식사하고 있는 지인들과 합석했을 때 진실이 드러났다. 그들 석쇠에 남아 있는 몇 개 갈빗살 조각 중의 하나를 집어 먹었다. 제맛이 아니었다. 주방장에게 새로 갈비를 내오라 했다. 옛날 맛 그대로였다. 같이 식사하고 있던 지인은 "아까와는 달리 맛이 정말 좋다."라고 했다. 주방장에게 "재료 입출 장부를 가지고 오라."고 했다. 장부에 매출은 줄었는데 경기 좋던 처음과 같은 식자재 구입액이 적혀 있었다. 주방장의 자존심을 무시하고 식자재 냉장고도 열어 봤다. 문드러진 야채가 가득 있었고, 그 밖의 오래된 식자재들이 쌓여 있었다. 그런 상태에서 재료비는 그대로 지출되었다. 이 어려운 시기에 양심도 없이 흔히 들었던 주방장의 빼돌리기였다. "이런 어려운 시절에 이런 짓을 하다니." 급하게 구인 회사를 통해 주방장이 결정되자, 주방장을 불러 해고 통보했다. 주방장은 사무실 의자를 집어던지고 문을 박차고 나갔다. "이렇게 일방적으로 회고 통보하는 법이 어디냐?"라고 했다. 주방장이 데리고 온 직원들도 해고했다. 주방장은 "두고 보자 잘 먹고 잘살게 내버려 둘 줄 아느냐?"라고 저주까지 해댔다.

그런 일이 있은 얼마 후 노동부지청에서 소환장이 왔다. 주방장이 노동계약서를 쓰지 않았다며 고발했다고 했다. 사무실에 있어야 할 고용계약서 파일첩이 없었다. 노동청 직원에게 사정을 말하니 주방장이 "합의를 원하지 않는다."라며 필요하면 형사 고발하라고 했다. 경찰에 수사를 의뢰할 일이었지만 해고당한 직원들은 협조적이지 않았다. 증거도 증인도 확보하기 어려웠다. 노동청 직원은 "그 갈빗집 소문은 들었다."며 벌금 통보가 갈 것이라고 했다. 벌금 150만 원을 물고 생각지도 않은 서류상 전과자가 됐다. 그게 시작이었다. 대마불사라고 했지만, 재계 2위가 3위라던 ○○그룹도 무너지는 판에 내 갈빗집이 대수며 코딱지만 한 벤처가 대수였을까.

"잘 먹고 잘살게 내버려 둘 줄 아느냐."

주방장의 저주를 못 견딘다는 요식업계의 말이 거짓이 아니었다. 급하게 구한 새 주방장은 솜씨가 전 주방장만 하지 못했다. 갈비 맛은 돌아오지 않았고, 손님도 돌아오지 않았다. 매출은 떨어지고 적자가 누적돼 계약기간도 채 못 채우고 갈빗집을 접어야 했다. 그 난리를 치며 성황을 이루었던 갈빗집은 장맛비에 버섯 녹듯 사라졌다.

우후죽순같이 붐을 이루던 벤처들도 추풍낙엽처럼 여기저기 나뒹굴었다. 우리 벤처는 성공률 6~7%에 들지 못하고 무너졌다. 머리만 들고 들어왔던 사장과 직원들은 몸만 나가면 되었다. 엉뚱하게 그들과 그들의 가족이 걱정되었다. 남을 걱정하는 게 처음이었을 것이다. 그러다 고개를 저었다. 그들의 재산인 머리는 남아 있을 것이었다. 그렇게 생각하면서도 나름 전폭 지원했는데도 별 볼 일 없었는데 그들 머리도 쓰일 곳이 없을 것 같았다. 삼풍백화점 무너지는 듯한 부동산 하락과 대출금 미납으로 부도 막을 길이 없었다. 벽돌 한 장 건지지 못했다. 모든 게 봄볕에 눈사람 녹듯 사라졌다.

 말만 들었던 병원 화장실 곳곳에 바퀴벌레처럼 붙어있는 스티커 번호에 전화도 해봤다. 귀신(귀하의 신장)과 헬리콥터(심장, 간, 각막, 췌장, 힘줄, 망막)를 다 팔아도 해결될 일이 아니었다. 미국에 가 있는 아내한테서는 돈을 보내라고 성화였다. 돈이 없다고 하자 아내는 아버지가 용돈으로 드렸던 돈이라도 보내라 했다. 보낼 수밖에 없었다. 계속 싫은 소리를 듣고 싶지 않았다. 그 돈을 보내고 나니 내게 남은 건 아무것도 없었다.

 혹시나 하고 아버지에게 혹 남은 돈 없냐고 하자 잠시 망설이다 아버지가 내놓은 돈으로는 근처 작은방 하나도 얻을 수 없었다. 평생 제대로 벌어본 일 없는 아버지가 내놓을 게 있을 턱이 없었다. 방구석에 쭈그리고 앉아 한숨만 쉬고 있는 나를 아버지가 일으켜 세워 앞서 걸었다. 그 옛날 아버지가 찾아갔던 청파동 안태우의 창고 집 앞이었다. 초인종을 누르자 스무 살 중반의 여자가 나왔다. 아버지는 그녀에게 "할머니는 잘 계시냐?"라고 물었다. 그녀는 반백에 푸수수한 아버지의 단발머리를 힐긋 쳐다보곤 "할머니는 돌아가시고 결혼해서 이 집에서 계속 산다."라고 했다. 안태우네가 살았던 방은 다시 창고가 되어 있었다. 아버지는 전에 "이 집에 아는 사람이 살았다."라고 했다. "성미네요?" 아버지가 말없이 끄덕였다.

"성미네는 아버지가 중구의 초등학교에 근무해요."

그러면서 "지금은 목돈이 조금 필요하니 보증금 조금 내시고 월세는 그냥 두세요."라고 했다. 나는 아버지가 안태우를 만났던 날의 일이 떠올랐다.

도끼, 막걸리, 어깨동무…

다음날, 나는 풍비박산 났던 안태우의 방에 아버지와 함께 누웠다.

나는 할 말이 없어 불 꺼진 천장만 보며 눈만 끔벅이고 있는데, 아버지가 자신의 잃어버렸던 10년 얘길하기 시작했다. 어두운 천장에 흔적 없는 아버지의 인생이 뚜벅뚜벅 찍혔다.

*

아버지는 북한군이 서울을 점령했을 때 대포 소리와 총소리가 나 궁집 밖 골목을 나왔었다고 했다. 피난 가지 못한 남자는 모두 징집을 피해 숨어서 머리꼭지도 보이지 않을 때였다. 아버지는 "옛날에는 긴 단발머리 때문에 남의 이목을 끌었지만, 공산 치하에서는 그럴 필요가 없을 거로 생각했었다."라고 했다. 사람들이 나와 보지 않았던 동네 길에선 그랬는데 큰길에 나서서는 달랐다. 아버지의 단발머리 때문이 아니었다. 큰 키와 민 가슴 때문이었다. 아버지는 인민군 눈에 띄어 의용군으로 전선으로 보내졌다. 아버지는 머리가 깎인 것이 총알 맞는 것보다 더 싫었다고 했다. 인민군이 낙동강 전선에서 후퇴할 때 아버지는 기회를 보다 도망쳐 민간인 옷으로 갈아입고 도망쳤다. 북진하는 국군에게 투항했다. 전선이 급할 때라 군번까지 받고 전선에 투입됐다. 거기서도 머리를 깎였다. 다시 탈영했다. 전쟁이 끝났어도 아버지는 궁집으로 돌아갈 수 없었다. 공소시효 5년에 복귀 명령 이행에 따른 5년 공소시효 연장—맨날 헌병 차가 방송하며 다녔다.

　아버지는 십여 년을 피해서 살아야 했다. 사람들이 많은 시골 장터를 숨어 돌아다니다가 허드렛일을 해 주며 만난 주인집 딸이 내 어머니라고 했다. 무슨 내력인지 내 할머니와 마찬가지로 내 어머니도 나를 낳고 세상을 떴다. 아버지는 핏덩어리 나를 안고 궁집으로 와 항아님께 나를 부탁하고 사라졌다.

　공소시효가 지날 때가 되어 다시 궁집에 왔을 때 궁집 식구들은 다 흩어져 있었다. 주변을 며칠 헤매다, 궁집 근처에서 살았다는 사람에게서 항아님 소식을 들었다.

　"남대문 시장에서 본 것 같다."

　남대문 시장은 사람 천지였다. 몇 푼 안 되는 지전을 바지 주머니에 움켜쥐고, 이 가게 저 가게에서 묻고 다니는데 "소매치기야!" 하는 날카로운 여자의 비명이 들려왔다. 그 소리를 따라잡아 소매치기에게서 달러 아줌마의 가방을 되찾아주었다. 달러 아줌마는 남대문 시장과 명동 대만 대사관 주변에서 불법적인 암달러 장사를 했다. 환화를 수수료를 받고 달러로 바꿔 주는 일이었다. 그 일로 사람들은 달러 아줌마를 차이나 아줌마라고 불렀다. 단발머리 아버지는 차이나 아줌마 일을 거들면서 단발머리 그대로에 포마드를 발라 푸수수함을 감췄다. 차이나 아줌마가 머리를 깎으라 하지 않아 좋았다고 했다. 그 뒤 아버지는 차이나 아줌마를 따라다니다가 항아님이 남대문 시장에서 고향 집으로 갔다는 소리도 들었다. 항아님 고향이 부평이라는 것도 알아냈다. 나를 맡기고 떠난 지 10년이 넘었다고 했다. 갈 곳 없는 아버지는 항아님을 차이나 아줌마와 아들 며느리 모르게 보살펴 왔었다. 아니 그때도 항아님이 아버지를 보살핀 건지도 몰랐다.

　아버지는 안태우 얘기도 했다. 20여 년 전 그의 집에 갔을 때, 왠지 마음이 갔다고 했다. 도끼 앞에서 담담했던 안태우가 눈에 선하다고 했다.

다음날 나는 항아 할머니가 살고 있는 부평에 다녀왔다. 키워준 공도 모르고 잘 나갈 때는 잊고 지내다 모처럼 찾아왔는데도 항아 할머니는 여전히 반갑게 맞아 주었다. 곱게 늙은 항아 할머니는 내 손을 잡고 또 이 대감님 얘기를 들려줬다. 집안에는 옛날부터 궁집에 있었던 달항아리들이며 화병과 그릇까지 옛날 그대로 정갈하게 놓여 있었다. 어려서는 몰랐지만 그 골동품들은 적잖게 가격이 나갈 것 같았다.

그래도 차마 도와달라는 말은 할 수 없었다.

*

나는 안태우가 누웠던 방에 아버지만 단독 세대로 주민등록을 해놓았다. 만일을 생각해 아버지가 영세민 혜택이라도 받게 하는 것이 좋을 듯해서였다. 아들이 부양하지 않는다는 확인서를 동사무소에 제출해 두었다. 아버지와 함께 우동 국수를 삶아 먹으며 며칠을 보내니 할 짓이 아니었다. 뭔가 돈 벌 일을 찾아야 했다. 신용불량자 낙인이 찍혀 전문 직업소개소는 생각도 못 했다.

그날도 맨 소금 간을 한 우동 국수를 후루룩 마시고 남대문 시장 곁 인력시장에 나갔다. 며칠을 공치고 되돌아갔는데, 그날은 아침 녘에 비 오다 갠 탓인지 내 차례가 왔다. 5층 상가를 짓는 데 벽돌을 지어 나르는 일이었다. 골조만 완성된 건물 외벽에 설치된 임시 계단으로 'ㄴ자' 등짐판에 시멘트 벽돌을 지고 올랐다. 비 온 뒤끝이라 발판이 미끄러웠다. 조심조심 올랐다. 점점 힘이 부쳐왔다. 거의 마지막이 될 벽돌을 지고 4층을 오르는데 다리가 휘청였다. 중심을 잡으려고 움찔하는 사이, 등에 진 벽돌이 쏟아졌다. 쏟아지는 벽돌 무게가 내 왼쪽 발에 실려 순식간에 계단을 굴렀다.

 병원이었다. 퇴원했으나 이 꼴을 아버지에게 보일 순 없었다. 얼마 안 되는 돈을 위로금이라고 받았다. 절룩이는 걸음으로 그 돈을 청파동 집 새댁에게 건넸다. 이제 수중엔 잔돈밖에 남지 않았다. 그것마저 없는 게 편할 것 같았다. 우리는 안태우와 달랐다. 각자 자신을 감당하면 되었다.

 저녁이 되면서 하늘은 잔뜩 흐렸다. 아버지와 안태우가 막걸리를 마셨다는 목로주점을 찾아갔다. 아버지가 했던 대로 막걸리 한 주전자를 시켰으나 비닐통 막걸리밖에 없었다. 막걸리 두 통을, 내놓은 김치 조각으로 모두 비웠다. 좀처럼 취할 거 같지 않았는데 술기가 돌았다. 있는 돈 전부를 탁자 위에 얹어 놓곤 주점을 나왔다. 술값은 되었을 것이다. 텅 비운 속에 들여 부어 넣은 술기운이 오히려 절뚝거리는 걸 잊게 했다. 밖은 부슬부슬 비까지 내리고 있었다. 가로등 밑 추적추적 내리는 빗물이 더러운 먼지며, 담배꽁초를 길가 네모난 하수구로 쓸어내리고 있었다. 서부역까지 걸으니 더 걸을 힘이 없었다. 그래도 억지로 걸어 빗물이 쓸어내는 구정물 거품처럼 내 몸이 흘러든 곳이 서울역 지하철 바닥이었다.

*

 서울역에서 내 동냥질이 뻔뻔해질 무렵, 내 옆에서 콜록거리며 잠이 들었던 무연고 할아버지가 아침에 기척이 없어 흔들어 보니 숨져 있었다. 노래기처럼 온몸을 쭈그리고 잠이 들었던 할아버지가 사지가 '쭉' 펴져 있었다. 나와는 아무 연고가 없는데 항상 고개를 끄덕거리며 내

편을 들어 주던 함경도 할아버지였다. 같이 이북 애길 했다면 항아 할머니에게서 대한제국 이용익 대감 애기를 한 거밖에 없었다. 그 할아버지는 같은 고향 사람이라며 마음만으로도 신경을 써줬다. "그래도 니는 지 할 거 다 해봤습메, 내는 잃어버린 딸내미 찾아다니다가 한평생을 보냈지비." 하며 '굳세어라 금순아'를 흥얼거리던 함경도 할아버지였다.

나는 할아버지 상주가 되어 고향에서 가장 가까운 임진강 강가에 뿌려드렸다. 유품이라고 할 게 없지만, 할아버지가 구걸할 때 쓰던 중절모—벙거지를 내가 물려받았다.

과자 상자 대신 그 벙거지를 머리맡에 놓고 엎드렸다.

'툭' 소리가 좋았다. 나는 동전 떨어지는 소리가 안 나는 벙거지가 좋았다. 전에 쓰던 종이상자는 동전 떨어지는 소리가 청파동 단칸방 부엌의 플라스틱 지붕에 소낙비 떨어지는 소리 같아 싫었다. 작은 동전이 소리만 커서 내 속을 뒤집어 놨다.

중절모 냄새를 맡으면 할아버지와 나눈 얘기가 떠올랐다. 벙거지는 할아버지가 떠난 다음 내가 말을 걸면 내가 기억하지 못하는 얘기도 해줬다. 실향민 할아버지의 고생 얘기며, 술기운에 내가 하소연했던 얘기들도 해줬다. 벙거지는, 아는 사람을 특별히 조심하라고 일러 주기도 했다.

*

옛 청파동 방은 시멘트 블록으로 엉성하게 만들어 여름이면 달아올랐고, 겨울이면 찬바람이 휑했다. 시멘트 냄새가 나서 그 방에 누워있으면 누구라도 미라가 될 것 같았다. 내가 이러니 갈 데 없이 종일 그

방을 지키며 누워있었던 아버지는 오죽했을까. 아버지는 좁은 방에서 머릿속이 막혔는지 자다 깨어보니 뇌졸중이 왔다. 아버지도 참 모진 인생이다. 아버지를 국립의료원 5인실에 눕혀 놓고 며칠 만에 들여다보러 갔다가 뚱뚱한 조선족 간병인 아주머니가 싫은 소리를 했다.

"같은 병실 간병인들에게서 맨날 음료수며 간식을 얻어먹기만 했슴. 아들이라는 사람이 어찌 그리 눈치도 없슴. 대체 어떤 집안이기에 음료수 박스 하나 들고 병문안하러 오는 사람 하나도 없슴."

간병인은 내가 말할 겨를을 주지 않았다. 미안하다며 주머니에서 오천 원짜리 한 장을 찔러 주고 나왔다. 다행히 한고비 넘겼다. 아버지는 말을 거의 하지 못했으나 왼쪽만 마비되어 불편한 대로 지팡이를 짚고 부엌과 화장실은 오갈 수 있었다. 아버지도 뭔가 남들에게 좋은 일을 한 게 있는가 보다 했다. 퇴원해 돌아오니 젊은 주인아주머니가 며칠 전에 옛날 이 방에 살았던 안태우 선생님이 잠깐 방을 들여다보고 갔다고 했다. "할아버지가 병원에 입원했다는 애길 했더니 중구청 근처 학교에 근무한다며 다시 들리겠다고 했다."라고 했다. 다시 들리겠다는 얘기를 듣고도 늙은 아버지를 다시 그 방에 눕혀 놓고 나오니 전과 달리 더 숨이 막혀왔다. 왜? 그가 들여다보고 갔을까? 갑갑했다. 젖은 김 몇 겹이 얼굴에 얹혀 있는 것 같았다. 아직 자존심이 남아 있는가 보다.

서울역 동냥질에서 벗어날 길은 죽음밖에 없었다. 그러나 아버지를 어떻게 할 방법이 없었다. 같은 역의 노숙자들 거의가 이런저런 사정으로 죽음보다 싫은 치욕을 견디고 있을 거였다. 아니면 타성에 젖어 벗어날 생각조차 하지 못하고 있는 건지도 몰랐다. 절망. 희망이 보이지 않았다. 또 하루가 지나간다. 조금 지나면 술판이 벌어질 것이다. 알코올이 짓무른 속을 삭이고 뇌 속을 분탕질할 것이다.

단발머리

할아버지의 벙거지에 이마를 대고 엎드려져 있는데 뒤통수를 따가운 시선이 더듬고 있었다. 시선엔 인력이 있다. 그 인력에 동정심만큼의 무게가 동전의 크기가 되어 벙거지 속으로 떨어져야 하는데, 시선은 그냥 무겁기만 했다. 소리가 없으니 종이돈인가. 그도 아니다. 고정되어 꽂히는 시선이 여전히 무겁기만 했다. 샛눈으로 흘깃 쳐다봤다.

내 눈에서 뜨거운 촛농이 떨어졌다. 쌓인 촛농은 그대로 식어 가슴 속에 쌓였다. 항아 할머니였다. '할머니…' 내 입에서는 아무 말도 나오지 않았다.

"집에 들렀다 오는 길이다."

항아 할머니의 목소리는 옛날과 달리 힘이 없었으나 단호했다.

"일찍 아버지한테 들러라."

아무 대꾸도 하지 못했다. 항아 할머니의 말이 무거운 쇠사슬로 내 목덜미에 걸렸다. 그 무게를 이기고 고개를 들다가 항아 할머니의 눈가에 얼핏 비치는 눈물을 보고 다시 머리를 벙거지에 묻었다.

오일쇼크 때는 남의 불행이 곧 내 행복이었었다.

IMF에도 잘될 줄 알았는데, 애 엄마 처녀 시절 예금을 한다고 다니던 때가 좋았다. 그때는 착실하게 잘 아는 일을 하며 절대 사업은 안 한다고 했었는데… 다리를 절룩이는 나는 서울 지하철 바닥에, 늙은 아버지는 안태우의 청파동 단칸방이 궁집이 되어 누워 있었다. 설령 기적이 생겨 여기서 벗어난다고 해도 몸에 밴 악취는 내 마음의 시궁창에서 없어지지 않을 거였다.

아버지가 퇴원한 후로는 일주일에 한 번 저녁은 늦더라도 청파동 집으로 간다. 서울역 로커에 둔 배낭 속 옷을 화장실에서 갈아입고 목욕탕에 들른다. 새 비누 하나를 다 녹일 만큼 땟국물을 빼면 온몸이 비누 냄새에 전다. 쌀이며 반찬 몇 가지를 사서 집에 간다. 밥통—. 많은 재산과 아내와 애들도 잃고…, 한번 해놓으면 일주일을 먹어야 하는 전기밥통 속 밥. 아버지가 한 끼라도 거른 날은 마지막 밥 덩이가 말라붙어 이빨도 잘 들어가지 않는다. 그런 날은 밥솥째로 설거지를 겸해 통째로 끓인 누런 죽을 라면과 함께 아버지와 먹는다.

가족들이 버젓이 있는 동료 노숙자들이 집에도, 목욕탕도 가지 않고 역 바닥에 널브러져 있는 것이 부럽기조차 했다. 그들도, 우리 부자도 참 질긴 목숨이다. 비가 오면 땅속에서 숨을 쉬기 위해 길바닥에 나왔다가 땅속으로 돌아가지 못해 길바닥에 말라 죽는 지렁이가 부러웠다.

혹, 항아 할머니가 집에 계실까? 항아 할머니에게 내 꼴 보이기 싫어 더 비누질을 오래 했는지도 몰랐다. 집 밖에서부터 익숙한 생선찌개 냄새가 났다. 아버지와 내가 나름 좋던 시절, 항아 할머니에게서 차이나 아줌마에게로 전해졌던 익숙한 냄새. 내가 몸에 밴 냄새를 확실히 빼느라고 늦어선지. 아님, 아까 그 길로 부평으로 가셨는지 항아 할머니는 집에 없었다. 모처럼 먹어 보는 민어찌개를 아버지와 함께 허겁지겁 먹고 나니 아버지가 흰 봉투를 내놓았다. 근조(謹弔)라고 혹 쓰여 있는가, 봉투 앞뒤를 살펴봤다. 아무 글씨도 없었다. 속에는 궁집에서부터 부평 집에서 간직해왔던 달항아리며, 화병, 접시들이 들어 있었다. 제대로 부엌이 달린 깨끗한 방 한 칸과 몇 달 치 생활비는 돼 보였다. 열두 살 어린 항아 생각시 몸으로 징용 간 할아버지 부탁으로 궁집에서 핏덩어리 아버지를 키우고, 아버지가 떠맡긴 나까지 키워 준 항아 할머니. 뵐 낯이 없었다.

벙거지가 피하라던 말은 집주인 아줌마였다. 하긴 누군가에게 들킬 때가 되기도 했다. 하필 주인아줌마인 게 면이 없을 뿐이었다. 들키기 쉬운 내 큰 키가 말썽이었다. 엎드려 있어도 쉽게 들켰다.

말라가는 지렁이 꼴에 희망이 생겼다. 뭔가 해 볼 수 있겠구나 했다.

불구의 몸으로 할 수 있는 일을 생각해 보았다. 아내가 아이들을 데리고 조기 유학을 떠나기 전에 찍은 사진을 들여다보았다. 모두 웃고 있었다. 언젠가는 다시 만날 것이다. 그때 아이들과 함께 웃어야 한다. 내 다리마저 공사장 일하다가 고장 났으니, 돈으로라도 웃게 해야 한다.

항아 할머니가 두고 간 흰 봉투를 보며 촛농 같은 뜨거운 눈물이 다시 쏟아졌다. 항아 할머니가 두고 간 봉투 덕에 가슴속에 다시 희망이 활활 타올랐다.

이번에도 실패하면 죽음밖에 없다.

2. 연옥

2차 오일쇼크는 내겐 기회였다. 제2금융권 은행에 있으면서 소소한 부동산을 끌어모았었다. IMF는 더 좋은 기회였다. 지나친 욕심과 경험 부족에 갈빗집과 IT 벤처 회사를 말아먹고 서울역에서 노숙자 신세가 되고 말았다. 이번에야말로 항아 할머니의 세월을 담은 봉투로 실패해서는 안 된다. 꼼꼼히, 욕심 안 부리고, 돌다리도 두들기며 제대로 해야 한다. 내가 제대로 할 수 있는 건 은행일밖에 없었다. 그래도 증권이 내가 맡았던 은행 업무에 제일 가까웠다.

다행히 증권은 활황이었다.

증권 얘기는 은행에서 들어 봤다. 은행직원 누구나 증권 몇 구좌는 하고 있었다.

증권 투자책을 샀다. 아버지처럼 단발머리가 돼가던 머리를 자르고, 구두를 사 신고 소문난 복권방을 찾듯 여기저기 증권사 매장을 기웃거렸다. 증권으로 성공했다는 동창들도 수소문해 다시 동창회에도 나가기 시작했다. 집에서 전철로 쉽게 갈 수 있는 곳이 종로의 'M 증권'이었다. 자고로 종로는 '쩐'이 모이는 곳이라 했다. 금은방도 줄줄이 있었다.

'M 증권' 매장에 두 점의 그림이 걸려 있었다. 설명도 곁들였다.

왼쪽은 렘브란트의 '야경꾼', 오른쪽은 호이엔의 '폭풍우'. 증권회사에 그림이라니, 생뚱맞다. 두 사람 다 투기로 난리가 났던, 같은 시대의 네덜란드 화가였다. 그 유명한 '빛과 어둠의 화가' 렘브란트는 부유했지만, 그림 판매 사업 실패로 파산한 후 '사람의 마음을 빛'으로 그려낸다는 게, 우울하고 음산한 인물로 나타나 오히려 사람들의 외면을 받았다고 했다. 호이엔은 실제로 당시의 증권보다 열광했던 튤립을 선물투자하다 망했다고 했다. 빚더미에 안게 된 호이엔은 죽기 살기로 그림을 그려 2천여 점의 그림을 그렸으나 가난 속에서 죽었다고 씌어있었다. 마음에 들었다. 그렇게 조심해야 한다는 걸 거였다.

이건 또 뭔가. 화장실 세 개 소변기 위에 작은 꽃 그림 액자가 하나씩 걸려 있었다. 첫 번째 변기 위엔 중국인이 좋아하는 모란. 가운데는 최고가 증권이었던 황제 울금향(鬱金香:튤립), 마지막은 본 사람은 죽는다는 푸른 난초였다. 역시 친절하게 한자 설명까지 씌어 있었다. 심했다. 이런 그림을 붙여놓고, 증권을 하라는 건가, 말라는 건가. 맞다. 욕심부리지 말고 차근차근 쌓아나가자. 오히려 전의가 불탔다.

증권에서 성공했다는 개미 투자자들은 하나 같이 매장에서 살았다. 그들 흉내를 내면서 조심조심 주린이(주식 초짜)를 벗어나 물타기를 할 줄 알게 되고, 증권 추세선도 제대로 볼 줄 알게 되어 쓸만한 일개미가 되었다. 급한 마음에 장타는 생각도 못하고 주로 단타를 쳤다. 조심조심. 실패하면 안 된다. 조금만 더 버티면 안태우의 단칸방도 면하고 새로운 사업을 할 목돈도 쥐게 될 거였다. 그러려면 뭐니 뭐니 해도 운이 받쳐 줘야 한다. 다행히 장세는 여전히 활황이다.

장이 서지 않는 토요일엔 챙 달린 모자를 쓰고 혼자 인근 산을 다녔다. 가끔은 궁집이 있었다는 삼청동에도 가보고, 명동도 기웃거려 봤다. 활황에 힘입어 여기저기 빌딩들이 들어서고 있었다. 종로에서 청계천을 지나 을지로 3가에도 커다란 새 빌딩이 들어섰다.

그 빌딩 앞에서 자작나무에 둘러싸인 거인 조각을 만났다. 스테인리스로 만든 아틀라스의 각면상이었다. 두 팔이 하늘을 향해 뻗어 있는 거인은 손아귀에 조그만 땅덩이를 노리개처럼 궁굴리고 있었다. '하늘을 향해 곧게 뻗은 인체 형상을 통해 인간 본성의 영웅적 자질을 시각화하고, 인간이 자연의 일부로서 하늘과 땅을 연결하는 존재임을 표현하였다'라고 표지판에 쓰여 있었다. 이 말이 뭔지 몰랐지만, 학교 미술교과서에서 본 커다란 땅덩이를 양어깨에 지고 힘겨워하는 아틀라스와는 달랐다. 그 거인을 둘러싼 물속에는 노랑꽃 창포가 꽃을 피우고 있었다. 커다란 금빛의 꽃잎은 금가루를 뿌리는 듯 펄렁였다. 거인은 벌을 받는 것도 아니고 땅을 하늘과 연결하는 것도 아니었다. 거인은 공깃돌 같은 땅덩이를 가지고 놀고 있었고, 나는 증권 쪼가리를 가지고 놀고 있었다. 나는 그 증권 쪼가리가 복권보다 당연히 성공 확률이 높을 거라 믿었다.

위로 난 좁은 길에 사람들이 쏟아져 내려오고 있었다. 그 인파를 거슬러 올라가 봤다. 왼쪽엔 병원 장례식장 후문, 오른쪽은 백병원이다. 그 건너편 △△교회에서 사람들이 쏟아져 나오고 있었다. 그 길을 지나니 이번엔 남산1호터널 쪽에서 자동차들이 쏟아져 나왔다. 길 건너에 명동성당이 있었다. 성당 뒤 울타리에는 빨간 덩굴장미가 증권사 객장의 빨간 전광판처럼 담장 너머 가득했다. 개미는 자기 몸무게의

20배까지 들어 올린다지만, 목숨 걸고 매장에 앉아 있는 나는 남과 같을 수 없었다. 그들 중에서도 제일 작고 작았던 나는 50배는 넘게 헉헉거리며 증권에 매달렸다. 여름이 깊어 갔다. 공원엔 목백일홍이 온통 붉은 꽃으로 뒤덮였다. 객장도 좋았다. 빨간 불이 계속 켜졌다.

*

   미국발 서브파라임 모기지 사태가 벌어졌다. 은행 이자가 낮아서 대출만으로 집을 살 수 있고, 은행 돈을 못 갚으면 집만 내주면 되었다고 했다. 죽은 사람 명의로도 대출이 벌어지기도 했다. 거기에 소위 부채담보부증권(CDO) 같은 금융 파생 상품이 모기지론이라는 낡은 부댓자루에서 쥐 더미처럼 쏟아져 나왔다. 이 쥐 떼들이 신용불량으로 세워진 집 기둥을 갉아대자, 금융투자회사들이 무너지기 시작했다. 미국 쥐들 얘기였다. 그게 한국 금융시장을 강타할 줄 몰랐다.
   나는 미국 쥐가 아니라 악어 잇새에 끼었다. 애들 엄마가 이혼 서류까지 보내왔다.
   죽기 살기로 증권을 골라 모았는데, 손가락 사이로 마른 모래처럼 빠져나갔다. 장세가 잘 나가 선물로 투자한 게 문제였다. 팔아 봐야 휴지 조각이었다. 항아 할머니 도움으로 거의 다 왔는데, 하늘은 이번에도 내 편이 아니었다. 내 편이 아니라 증권 편도 아니었다. 틀림없는 건 하늘이 내 편이 아니라는 거였다. 다시 파산신청 자격은 다 갖춰졌다. 소득도 없고, 재산도 없다. 근로 능력도 없다. 있는 건 빚밖에 없었다.
   나는 아직 죽을 용기를 가지지 못했는데, 죽음이 찾아왔다.
   부평에서 사람이 찾아왔다.
   항아 할머니가 다니던 절에서 일하던 보살님이라고 했다. 그렇게 자랑하던 서울 아들과 손주네 집에 다녀온 후로 아흔 살이 넘은 몸으로 거의 매일 같이 불공을 드리러 왔었다고 했다. 아침예불을 드리다가 등신불처럼 그대로 쓰러져 숨을 거두었다고 했다. 열두 살에 항아(姮娥) 생각시가 되어 궁에 들어왔던 항아 할머니. 부평집은 유언대로 동네 유아원에 기증됐다. 할머니가 생애에서 제일 잘한 건 그 유언일 것이다. 할머니가 지녔던 얼마 안 되는 돈이 든 봉투와 유골함을 받았다. 모실 곳이 없었다. 그대로 절에 차이나 어머니 옆에 모셨다. 봉안하고 돌아오는 어두운 숲길을 부엉이가 무심이 울며 배웅했다.

처녀 몸 그대로 3대에 걸쳐 보살펴준 달항아리 같던 항아 할머니. 말 그대로 달 속 선녀라는 상아(嫦娥)로 영 떠났다. 너무 미안해서 눈물도 나지 않았다. 항아 할머니는 내 피가 이용익 대감에게서 받은 것이라며, 귀에 딱지가 앉도록 일러 줬었는데… 그 할아버지처럼 성실하지 못해 이 지경이 된 게 맞지만, 핑계는 있다. 항아 할머니가 남긴 마지막 푼돈 봉투를 들고 죽을 각오로 증권을 같이 했던 친구들을 찾아다니며 살길을 찾아봤지만, 운명은 내 편이 아니었다.

마음이 같잖은 희망에 기대면 몸은 절벽 위에 서게 되는 모양이었다. 인간의 마지막 죽음의 쉬운 선택은 중력이었다. 중력은 무게를 감당하지 못하는 모든 것들의 짐이었다. 자유는 무게를 버려야 얻어지는 거였다. 운명이 나에게 너무 가혹했다 말고 이제 짐을 내려놓아야 했다.

자유를 얻으러 'M 증권'에 왔다. 매장은 썰렁했다. 나는 렘브란트나 호이엔처럼 평생에 걸친 빚 갚을 재능도 없었다. 화장실 푸른 난초 앞에 섰다. 시원했다. 건물 옥상 난간에 기대어 섰다. 아래는 차와 사람이 바삐 다니고 있었다. 나는 서 있는데 저 사람들은 뭘한다고 저리도 분주한가. 나는 중력밖에 없다. 저들처럼 분주할 순 없으니 그들과 함께하려면 나를 던지는 수밖에 없다. 그들이 옆으로 움직이면 나는 수직으로 움직일 수 있다. 아버지는 어떻게든 기초생활보장 수급자로 살아나갈 것이다. 애들은 자기 엄마와 지금처럼 어떻게든 지낼 것이다. 어지러웠다. 그러고 보니 며칠간 제대로 먹지도 못했다. 난간에 올라 다리 저는 몸을 던지면 날갯죽지가 꺾인 잠자리처럼 '빙―' 돌며 떨어질 것이다. 떨어진 내 몸뚱이에 개미 떼처럼 사람들이 몰려들 것이다. 많은 시선이 내 시신을 조각조각 해체할 것이다. 혹 더 날카로운 시선은 깨어진 머릿속까지 헤쳐보려 할 것이다.

간혹 마음이 여린 사람들은 내 마음속을 헤아리며 동정을 보내기도 할 것이다. 아니면 증권에 실패한 또 하나의 인생으로 치부하고 말 것이다. 나는 난간에 오르려 두 손으로 난간을 잡고 성한 오른발을 끌어 올렸다. 한쪽 내 손이 늘어지는 한쪽 발을 마저 끌어 올릴 힘이 없었다.

힘을 쓰는데도, 불편한 왼발이 따라오지 못했다. 죽으려 해도 힘이 없었다. 나는 혼신의 힘을 다했다. 눈앞에 아틀라스 각면상의 하늘이 빙 돌았다. 나는 실물 푸른 난초가 아니라 푸른 그림 난초를 봐도 죽는 건가. 나는 현기증에 쓰러져 정신을 잃었다. 재수가 없으면 뒤로 자빠져도 코가 깨진다는데, 코는 깨지지 않았다. 나는 몇 뼘 콘크리트 옥상 바닥에서 발견되어 병원에 실려 왔다. 링거가 꽂혀 있었다. 영양 부족에 수면 부족이라고 했다. 중력을 벗어나는 것도 쉬운 일이 아니었다.

움직이는 중력을 지닌 채로 집으로 돌아왔다.

아버지는 흡사 모든 속을 빼어낸 미라처럼 누워있었다. 밥상 위 밥그릇엔 몇 숟갈 뜨다 남은 밥이 말라붙어 있었다. 전기밥솥 속엔 가득 남아 있는 밥이 누런 마른 뗏장처럼 덮여 있었다. 그 속에 못자리 파낸

듯한 주걱 자국이 움푹 남아 있었다. 그날 저녁 아버지는 내가 처음 쒀 본 미음도 한 모금 넘기지 못했다. 아버지를 지키다 깜박 잠이 들었다. 눈을 떴을 때 아버지가 흐린 눈으로 나를 쳐다보고 있는 것 같았다. 뭔가 말하려는 듯 입을 움찔했다. 끝내 그 말을 입안에서 내지 못했다. 내 이름을 불렀을까, 아니면 '여보—'였을까. 내가 매장에서 맨날 보았던 푸른 난초의 저주는 나 대신 아버지에게 옮겨졌다. 아버지는 마른 덤불 같은 흐트러진 단발머리 채로, 꺼지는 촛불 심지의 하얀 연기처럼 세상을 떠났다. 무게를 버리면 짐은 허공 중의 하얀 연기가 되나 보다.

오일쇼크 때는 남의 불행이 곧 내 행복이었었다.

IMF에도 잘되고 있었는데, 나라가 외환 거지가 되었기 때문이었다. 별일 없이 증권이 잘나가고 있었는데… 이번에는 미국 쥐 때문이었다. 모두 떠나갔다. 이제는 나 혼자만 남았다.

이미 이혼 서류는 미국에 보냈다. 미국에 가 있는 아이들 얼굴조차 가물거렸다.

항아 할머니는 귀에 딱지가 앉을 정도로 이용익 대감은 나라가 어려울 때 궁 살림을 잘해 나갔다고 했다. 그런 대감님의 흉내는 꿈도 못 꾸고, 내 머리도 아버지처럼 단발머리가 되어가고 있었다.

설령 기적이 생겨 여기서 벗어난다고 해도 몸에 밴 악취는 내 마음의 시궁창에서 없어지지 않을 거였다. 그래도 이 시궁창에서 다시 일어서고 싶었다. 달항아리 같은 항아 할머니가 보고 싶어졌다.

*

아버지를 부평 항아 할머니와 차이나 어머니 옆에 모신 후 다시 'M

증권'에 왔다. 옥상에 올라갔다. 거리는 여전히 사람과 자동차가 오가고 있었다. 몸이 회복되었으나 다시 죽어 볼 용기는 나지 않았다. 옥상을 내려와 을지로까지 왔다. 지난번처럼 걸었다. 거인 아틀라스를 다시 만났다. 바로 뒤가 을지로3가역 지하철 12번 출구였다. 입구에는 구걸하는 사람이 없었다. 12번 출입구 에스컬레이터는 그리 높거나 길지 않은데 다른 역과 달리 2단으로 되어 있었다. 에스컬레이터를 타고 내려가 보니 12층계 옆이 넓은 바닥으로 되어 있었다. 그곳에 오른쪽 위에 'PINE AVENUE' 간판이 있고 간판 말풍선 안에는 스무 개의 상호가 들어있었다. 입구는 회전문과 나란히 미닫는 두 문으로 되어 있었다. 안에도 위로 올라가는 에스컬레이터가 있었다.

일주일간 'PINE AVENUE' 주변을 둘러봤다.

위쪽 에스컬레이터 아래는 큰 공간이 있어 잠자리로도 손색이 없었다. 서울역 지하철보다는 추위는 훨씬 덜할 것 같았다.

'PINE AVENUE' 말풍선 안 20개 영업장의 음식점들과 함께 평일에는 유동 인구가 많았다. 사람들이 너무 바쁘게 움직여, 서 있는 시간에 비해 수입이 적을 것 같았다. 그뿐만 아니라 'PINE AVENUE' 앞은 북적거리는 시간대에 손을 내밀면 민원 소지도 있어 보였다. 점심에만 잠시 있으면 별 무리가 없을 것 같았다. 토요일은 커플 데이트나 가족의 나들이가 많았지만 실익이 없을 것 같았다. 일요일은 교회 사람들이 4~5회 예배 시간에 맞춰서 집중과 휴식이 가능할 것 같았다. 일요일엔 'PINE AVENUE' 안에 서너 음식점이 문을 여는데, 그중 토용 무사 두 명이 문 앞을 지키는 중식당이 있었다. 토용 무사가 진시황 무덤을 연상하게 하고, 또 그 지하 구조가 유대인들의 무덤인 카타콤 같기도 했다. 무인 편의점도 있어 모든 음식점이 다 문을 닫아도 굶을 염려는 없었다. 화장실은 엄청 크고 깨끗했다. 따로 지상으로 갈 수 있는 에스컬레이터까지 있어 오르면 밖이 훤히 보이는 커다란 커피숍과 베이커리로 안내한다.

일단 다음 주부터 시작하기로 했다. 서울역에서의 냄새나 남루함은 나 자신도 더 이상 싫었다. 수입은 신경 쓰지 않았다. 굶지만 않으면 된다고 생각했다. 신경 써야 할 사람이 아무도 없었다.

*

'툭.'

'PINE AVENUE' 옆 에스컬레이터에서의 첫 동전이었다. 등산 모자챙을 쥔 손끝에서 오백 원어치 중력이 전해왔다. 가슴을 울리며 떨어진 동전의 소리 없는 중력이 뇌 속을 먼지떨이 자루 끝으로 또 한 번 '툭' 쳤다. 동냥 그릇은 증권을 하면서 매장이나 산에 갈 때 썼던 등산 겸용 운동모자였다.

나는 실사가 끝난 월요일 아침부터 'M 증권'에 다니던 복장 그대로 새 일터로 출근했다. 'PINE AVENUE' 옆 에스컬레이터 중간에 일개미가 아닌 병정개미가 되어 섰다. 나는 바티칸 수문장 스위스 용병처럼 섰지만, 저는 다리니 일부러 구부리지 않아도 될 터이지만 조금 더 구부정히 섰다. 큰 키를 다소 줄였다. 고객의 눈을 마주 보는 게 싫었다.

동냥 그릇을 운동모자로 바꾼 다음에 생각지도 못한 즐거움이 있었다. 운동모자는 두 손으로 받쳐야 하는 할아버지의 벙거지와는 달리 가벼웠다. 왼손에 쥔 모자는 낚시꾼의 찌와 뜰채의 역할을 동시에 한다. 전에 서울역 지하철 바닥에 엎드려 납작한 과자 상자나 벙거지를 앞에 두고 엎드렸을 때와는 달랐다. 그때는 청력이 동전을 구분해냈다. 모자챙을 쥐고 있으면 지금처럼 중력으로 알 수 있다.

낚시와 다른 건 잔챙이도 방생하지 않고, 월척인 종이돈은 손맛을 느끼지 못하지만 상상하는 재미가 있다. 동전에 쓰인 숫자나 개수도 어림할 수 있다. 지나는 사람이 뭔가 넣었는데 아무 무게가 느껴지지 않으면 그건 지폐다. 종이돈은 소리도 무게도 알 수 없다. 중력이 거의 없는, 가벼운 것이 더 좋은 것이었다. 지폐는 눈치껏 주머니에 넣어야 한다. 물론 영업 개시 전에 낚싯밥으로 모자에 넣어둔 두서너 개 동전 밑에 천 원짜리 하나는 넣어 두어야 한다. 그래야 동냥 넣는 손에 격이 생긴다. 돈띠지에 묶인 돈다발이나 수표는 이제 영영 만져 볼 일이 없을 터였다.

나는 토요일을 빼고 매일 아침 일찍 일터로 간다. 예상대로 평일 벌이는 신통치 않았다. 그래도 매일 나갈 곳이 있어 좋았다. 남영역에서 1호선을 타고 종로3가역에서 2호선을 갈아타고 을지로3가에서 내려 12번 출구 에스컬레이터로 간다. 개찰구에서 나와 왼쪽 꽃집을 지나 장승 같기도 하고 외계인 같기도 한 시계 봉들을 지난다. 처음 칸에는 여덟의 원통 머리 얼굴에 시곗바늘이 있고, 몸통에는 서로 다른 여러 도시의 이름들이 쓰여 있다. 다음 칸에는 달항아리 같은 얼굴에 여러 도시의 이름이 적혀 있고, 기다란 몸통은 전체가 디지털시계다.

SEOUL 09:10, HANOI 07:10, BEIJING 05:10, LONDON 08:10, WASHINTON D.C. 10:10 등. 을지로3가역 12번 출구로 나가는 길의 장승 같기도 하고, 외계인 같기도 한, 시계 봉들이 가리키는 시각이다. 시차는 한 시간 간격—밤낮의 차이만 있을 뿐 출근 시간엔 한결같이 10분을 가리키고 있었다. 서울과 가까운 도쿄는 없었다. 시차가 없는 도쿄에도 서울이 없을 것이다. 그 시계들은 오늘인지 내일인지 구분이 없었다. 애들이 있는 LA는 없었다. 워싱턴 시각 10:10은

단발머리　　　　　　　　　　　　　　　　　　　　　　　053

밤이니 시차가 3시간인 LA는 저녁 07:10. 막 저녁을 먹고 쉬고 있겠다. 아니 서울이 일요일이니 LA는 토요일, 어쩌면 아직 쇼핑을 하고 있을지도 모르겠다. 아이들의 얼굴이 가물거렸다.

착하게 산 사람은 극락에 가고, 죄 많은 사람은 지옥에 간다고 했던가. 항아 할머니는 극락에 가 있을 테지만, 아버지는 아무래도 살아서조차 중풍으로 벌 받은 걸 보면 항아 할머니가 있는 곳엔 가지 못했을 것 같다. 그래도 안태우 이후 개과천선해서 연옥쯤에 가 있을지도 모른다. 자살하려 했던 나는 아버지보다 더 큰 벌을 받을 거였다. 그러나 이 진시황 무덤 속 같기도 하고 카다콤 같기도 한 이곳에서 벌 받는 건 얼마든지 감당할 수 있을 것 같았다. 영업적으로도 내겐 최고의 블루오션이었다. 춥지도 덥지도, 경쟁자도 없다.

계속 크고 작은 동전이다.

요새 카드를 쓰는 사람들의 호주머니에는 잔돈이 있기 어려운데, 동냥 그릇에는 어디서 나타났는지 동전이 잘도 떨어진다. 그래도 동정심은 인플레가 됐다. 10원짜리나 50원짜리는 없다. 보통은 100원짜리나, 500원짜리 동전이다. 가끔 지폐도 있다. 동냥에도 목이 있다. 여기 "PINE AVENUE" 2단 에스컬레이터 앞은 동냥 목으로는 강북의 압구정이다.

평일엔 수입도 적고 지루하다. 토요일은 쉬기로 했다. 연인이며 가족의 나들이만 있어서 내 모자에까지 눈길 둘 겨를이 없다. 일주일 중 일요일이 제일 좋다. 증권 객장은 일요일이면 쉬는데 여기는 성업이다. 교회 예배 1~5부에 따라 수익과 쉼이 보장된다. 보통은 3부 예배가 가장 좋다.

일요일, 세 번째 타임이 되었다. 1, 2부 예배 시작과 끝에는 지나는 사람이 적다. 수입도 적다. 11:30의 3부 예배를 볼 사람들이 올 시간이다. 가장 많은 사람이 온다. 전철 개찰구 쪽에서 사람들이 올라오는 낌새가 났다. 이제 그가 올 것이다.

'…'

소리는 거의 안 났지만, 오백 원짜리 동전이다. 3부 예배 타임 첫 입질이다. 첫 개시 오백 원짜리 동전 뒤 네 번짼가 돼서 그가 나타났다. 곁눈으로 보니 오른쪽 윗도리 안주머니 속에 손을 넣고 있었다. 그가 처음으로 내 모자 속에 넣은 것은 오백 원짜리 동전이었던 같다. 요즘은 그가 넣는 돈은 소리가 나지 않았다.

처음엔 그냥 무심코 지냈는데 그해 추석 전 일요일에는 그가 5천 원짜리 종이돈을 넣었다. 그때는 그저 그런가 보다 했다. 그런데 그해 성탄절 전 일요일에는 만 원짜리를 넣고 갔고, 새해 첫 일요일에도 만 원짜리를 두고 갔다. 그리고 설 전 일요일에는 오만 원짜리를 넣고 갔다. 소위 키다리 아저씨인가? 그는 키가 나보다 작았다.

그가 나타나는 것은 매주 일요일뿐이었다.

옛날에는 교회 다니는 사람들은 티가 났었다. 성경이나 찬송가 책을 들거나 가방 속에 넣고 다녔기 때문이다. 드물지만 지금도 노인 중에는 그걸 무겁게 들고 다니기도 하지만, 대부분 빈손이다. 스마트폰을 사용할 줄 아는 사람들은 앱을 깔아 무게를 줄이기 때문일 것이다. 또는 교회에서 예배볼 때 커다란 모니터로 성경이며 찬송가를 띄어 놓기 때문일 터이다. 그도 맨손이다. 매주 같은 시간에 이곳을 지나는 그는 에스컬레이터를 나와 어디로 가는 걸까? 평일에 오지 않는 걸 보아 백병원과 병원 장래식장 골목을 지나 △△교회로 가는 사람일 것이다.

세탁해서 메고 다니는 배낭 속에 두었던 벙거지를 꺼내 말을 들어보는 것도, 지금은 내가 오히려 벙거지에게 말을 건네는 경우가 많았다.

뭐하는 사람일까?
'…' 신앙심이 깊은 사람이어서일까, 아니면 동정심이 많은 사람인가. 벙거지는 대답이 없었다.
진종일 서서 오가는 사람들을 상대로 낚시질하는 것은 여간 힘든 일이 아니었다. 서울역에서는 엎드려 있기만 하면 되는데 여기서는 진종일 서 있어야 했다. 매 맞는 것도 아닌데, 오른쪽 종아리에 푸른 정맥이 울퉁불퉁 굴뱀이 돋는다. 잠자리에 누우면 종아리가 저리고, 뱀이 지나가는 듯 스멀거려 깊은 잠을 자지 못할 때도 있었다. 그래서 토요일에는 벙거지가 든 배낭을 메고 집을 나선다.
남산 가는 길의 1호선 서울역은 내가 벙거지를 앞에 놓고 동냥하던 쪽이어서 4호선 남대문 경찰서 쪽 10번 출구를 나와 남산길로 간다. 높은 계단을 오르면 남산도서관 앞 안중근 의사 기념관을 만난다. 팔각정을 지나 외곽 도로로 신라호텔, 장충단 공원을 지나 3호선 동대입구역에서 전철을 타고 충무로역에서 4호선을 갈아타고 숙대입구역에서 내려 청파동 집으로 되돌아온다.
가끔은 1호선 그대로 타고 동대문역에서 내려 황학동 벼룩시장에도 간다. 벼룩시장이 제대로 장이 서는 건 토요일과 일요일이다. 동대문역 4번 출구를 나서면 머리가 푸수수한 할머니가 고무판을 댄 엉덩이를 끌며 지나가는 사람들의 얼굴 앞에 손을 내밀고 있다. 지푸라기를 인 것같이 헝클어진 머리—모든 게 남루하다. 세수도 없이 머리를 꼿꼿하게 세우고 손바닥을 내민다. 흠칫 놀라 그냥 지나치려다 주머니에서 집히는 천 원짜리 한 장을 손에 얹어 주었다. 내 모자 동냥 그릇에 떡밥으로 넣어둘 때 쓰는 천 원짜리다. 할머니는 화장을 해도 한 줌도 안 될 것 같았다. 그 가루는 너무 가벼워서 공기 중에 그냥 퍼져나갈 것 같았다. 할머니는 그런 생각을 하는 나를 쳐다보고 히죽 웃었다. 같은 돈인데 동냥에 동냥인 그 꼬질꼬질한 돈으로 산 건 목구멍으로 들어가도 에너지를 내지 못할 것 같았다.

 지나가며 뿜어내는 자동차 배기가스가 할머니 몸에 시내처럼 배어 있는 듯했다. 차이나 아줌마가 떠올랐다. 몇 걸음 걷다 돌아보니 할머니는 여전히 목을 빼고 사람들에게 손을 내밀고 있었다. 낡은 몸, 낡은 옷. 다시 보고 싶지 않았다. 아버지가 생각났고 내 미래가 보이는 것 같았다.

 토요일 오후에 가끔 들리는 황학동 벼룩시장에는 자유가 있었다. 푼돈이면 되기 때문이다. 번듯한 상점은 대부분 주말에 문을 닫는다. 그 상점 앞이며 골목, 빈 곳이면 어느 곳에나 물건을 널어놓았다. 번듯한 상점은 카드도 받지만, 노점은 내 동냥과 같이 현금 박치기다. 바닥에 무더기로 널어놓은 옷가지나 신발들은 엄청 싸다. 오천 원에 두 장 하는 와이셔츠나 남방도 있다. 소 내장을 쏟아 내놓은 듯한 옷 짐 덩어리 속을 이리저리 외과 수술을 하듯 뒤적거려야 한다. 대부분 '메이드 인 차이나'이지만, 잘만 골라내면 번듯한 메이커도 있다.

 북적거리는 사람들. 각종 널려진 물건처럼 이방인들도 있다. 기러기처럼 날아와 영어도 아닌 외래어를 빠르게 끼룩거리는 멀끔한 흰 피부의 젊은 여자들도 있고, 외국인 근로자로 보이는 진한 피부색에 우랑우랑한 커다란 눈, 진한 눈썹의 젊은 남자들도 있다. 그들은 신발이며 옷가지 더미 속에서 자기 내장을 닮은 것들을 골라낸다. 나도 가끔은 내 내장에 맞는 것들을 골라 걸치고 신는다.

 한여름에 남산 등산 도중 비를 만났을 때는 그대로 걸어서 흠뻑 젖어 동대입구역에서 3호선을 타고 4호선을 갈아타고 집으로 온 적이 있었다. 다음날 감기 몸살까지 와서 일요일엔 2부 예배까지만 서 있었다. 그 뒤로는 무리하지 않는다.

　설이 지났다. 겨우내 눈이 오지 않았다. 토요일 아침, 날은 춥지는 않았다. 흐렸지만, 항상 하는 대로 아침을 먹고, 등산복 차림으로 집을 나섰다. 남산 타워에 가까이 오자 눈발이 비치더니 함박눈이 쏟아지기 시작했다. 일찌감치 버스에 올라탔다. 남산 타워에 모여 있던 사람들은 모처럼 보는 흰 눈에 환호하며 커다란 눈송이를 손바닥으로, 얼굴로 받느라 버스 탈 생각을 안 했다. 버스 옆문 창 쪽, 카드 찍기 좋은 자리에 바로 앉았다.

　앞 차창 유리에 커다란 눈송이가 생일 케이크 생크림처럼 얹어졌다. 미국 간 아내와 큰애 생일에 식구 모두가 함께 케이크를 만들던 생각이 났다. 나뭇가지들에 쌓이는 눈이 어느새 창밖을 설경으로 만들고 있었다. 앞 차창 와이퍼가 애써 눈을 치우고 있었다. 무심코 옆 유리창에 입김을 부니 시야가 뿌예진다. 손가락으로 뭔가 적으려 하다 이내 손바닥으로 쓸어냈다. 운전사 앞 와이퍼가 더 열심히 눈을 꺼떡거리며 치운다. 손바닥으로 지웠던 맑은 창유리 가장자리에 맺혀 있던 이슬이 흘러내렸다. 지웠던 기억들. 아는 사람 만나는 게 무서웠는데, 흰 눈을 보니 마음 구석에 떠올릴 사람이 없어 조금 쓸쓸했다. 버스 라디오가 중부지방에 폭설 주의보가 내렸다고 했다.

　버스를 내려 3호선 동대입구역으로 절룩이며 내려가는데, 시선의 인력이 내 뒤통수에 얼른거렸다. 항아 할머니가 날 보던 인력이었다. 혼잡하지 않은 전철. 내가 앉은 맞은편에 그 시선이 앉았다. 어디서 본 듯도 한 얼굴. 그는 방한 파카를 입고 있었다. 나를 안다는 듯한 표정이었다. 그는 보는 듯 보지 않는 듯 나를 지켜보고 있었다. 그는 일요일 3부 예배 타임에 내 동냥 모자에 후한 돈을 넣어 주던 사람이었다. 불과 한 정거장. 나는 4호선으로 갈아타기 위해 다음 역인 충무로역에서 내려야 한다. 잠깐 참으면 된다. 일어섰다. 그도 일어섰다. 이번엔 내 시선이 그를 쫓았다. 나는 4호선으로 갈아타기 위해 그와 멀어졌다. 그는 8번 출입구 쪽으로 가고 있었다. 내 시선이 그의 뒤통수를 쫓았다. 그와 나는 단 한 정거장 만에 헤어졌다. 숙대입구역에서 내려 집으로 오는 내내 그가 나를 보던 시선이 머릿속에 그대로 남았다.

그날 저녁 그 시선에 시달려 저녁 생각 없이 멍하니 있는데, 밖에서 집주인 아줌마 말소리가 들리더니 방문 두드리는 소리가 들렸다.

뒤따라 들어온 사람은 전철에서 만났던 그 사람이었다. 안태우였다. 폭설 경보로 학교에 비상 출근하러 가던 길이었다고 했다. 그럴 필요가 없지만, 옛날 버릇이 있어 나선 길이었다고 했다. 뭔가 학교에 사고가 있지 않을까 해서였다고 했다.

"아버님 계실 때 한 번 들렸었지요."

나를 바라보는 눈이 전철에서 바라보던 의혹의 처음 시선은 아니었다. 차이나 아줌마의 결혼을 말하던 항아 할머니 같이 편했다. 12번 출구에서 처음 나를 봤을 때 내 아버지를 본 것 같아 깜짝 놀라 확인하고 싶어서 그때 들렸다고 했다. 가족사진까지 보니 영락없었다고 했다. 혼자 확인하고 나니 오히려 불편했다고 했다. 아는 체할 수 없었다고 했다. 나는 미안해하는 그의 얼굴을 편안하게 바라보며 그의 말을 들었다. 아버지에게서 들어서였는지 큰형님을 보는 것처럼 안태우가 편했다.

같이 집을 나섰다. 누가 뭐라고 하지 않았는데 옛 모습이 없어진 그 목로주점에 마주 앉았다. 아버지에게서 들은 얘기대로라면, 잔뜩 빚을 지고 어린 남매를 두고 집 나간 부인 때문에, 애들을 할머니에게 맡기고 세상을 뜨려 했던 20대 국민학교 선생님이었다. 껑충한 키에 손도끼를 들고 나타난 단발머리 아버지가 정말 무서웠었다고 했다. 만일 우리 아버지가 기회를 주지 않았다면, 단칸방에 번개탄을 피워 놓고 온 식구 모두 세상을 뜰 수밖에 없었을 것이라고도 했다.

"창고 방 집에서 살면서 제일 어려운 게 뭐였어요?"라고 그에게 물었다.

"빈대였어요. 다행히 내 피가 단지 애들이나 어머니는 견딜 만해 하는 것 같았어요. 나만 고생한 게 그나마 다행이었지요."

"빈대가 그렇게 무서웠어요?" 내가 묻자 그가 몸서리치며 말했다.

"잠이 들만하면 빈대 수십 마리가 물어뜯었어요. 불을 켜고 잡으려 하면 새까맣던 빈대들이 번개같이 베개나 이불깃 속으로 쏜살같이 도망가지요."

안태우는 그 얘긴 그만하자며 손사래를 쳤다.

"빈대가 없던데요?"

"견디다 못해 농약을 사다가 잔뜩 뿌렸지요." 잠시 말을 멈췄던 그가 다시 웃으며 말했다.

"빈대가 싫었던 건 가려운 거 말고 또 있었죠, 빈대 냄새예요. 빈대 입에서 나는 건지 뱉어 논 빈대 똥에서 나는 냄샌지 몰라도 그 냄새가 싫었어요. 그 냄새가 빈대에게 뜯기고 가려운 게 연상되어선지 남들은 맛있게 먹는 비름나물은 지금도 못 먹어요. 이상하게도 사람들은 그걸 꼭 비듬나물이라고 불러요. 비듬하니까 이상하게 빈대가 생각나고 그 나물 냄새가 꼭 빈대 냄새 같아서지요."

그러면서 그가 "하하." 웃었다. 나도 같이 웃었.

그가 차이나 어머니 빚은 물론 얼굴도 모르는 빚쟁이들에게 일일이 현금보관증을 써주곤 그 빚을 이제껏 다 갚았다는 걸 알고 있었다. 그는 "이젠 걱정 없이 지내는데 아들이 집을 나간 지 좀 되었다고 했다."

라고 했다. 나는 좋은 시절이라도 있어 봤지만, 안태우는 빚을 갚느라 자신은 물론 아이들까지 제대로 돈 구경하지 못하고 살았을 거였다. 그러니 아들이 집을 나갔을 터였다.

　어려운 시절 애들 할머니가 다니는 작은 교회에까지 애들 엄마가 빚지고 도망갔다는 소문이 돌아 그 교회를 다닐 수 없었던 것도 어려웠던 것 중의 하나였다고 했다. 결국 전출을 신청해 중구의 국민학교로 옮기고 애들 할머니는 소문 안 날 큰 교회를 찾다가 지금 다니는 큰 교회인 △△교회를 다니게 되었다고 했다. 조용히 다니면 교인 등록을 안 해도 되었다. 애들 할머니는 그림자처럼 교회를 다녔고, 애들 할머니가 돌아간 후에는 그가 어머니와 똑같이 그림자처럼 그 교회를 다니고 있다고 했다. 이제 빚은 없으니 남 부끄러울 일은 없다고 했다. 걱정은 아들이 핏덩이 하날 안겨놓고 간 후 소식이 없는 거라 했다. 지금은 신당동 성당 근처 빌라에서 시집가지 않은 딸애가 조카아이를 키우며 같이 살고 있다고 했다.

　나는 모처럼 안태우와 함께 흠뻑 취했다. 이런 얘기를 누구하고 할 수 있었을까. 이렇게 취할 수 있는 것도, 내 처지가 이 꼴이 되고, 그도 어려운 때가 있어서 서로 편해서였을 거였다. 나와 같은 꼴이 되어 스스럼없이 마신 건데 그가 나보다 훨씬 더 취한 것 같았다. 나보다 오랫동안 더 힘들었을 거였다. 이제 내 패망에 그는 옛날의 악몽에서 벗어날 수 있었을지도 몰랐다.

　늦은 시간 창고 방에 그와 함께 누웠다. 그가 아버지 자리에 누웠다. 사는 건 똑같았다. 초등학교 선생이라길래, 지금쯤은 교장 선생님이나 됐을 줄 알았는데 퇴직을 앞둔 평교사라고 했다. 그래도 아버지가 유일하게 잘한 일이 안태우에게 한 일이라고 생각했는데, 조금은 실망이 되었다. 그는 "모두 하늘의 뜻이라고." 말했다.

아버지의 유일한 선행인데 이렇게 그가 평교사로 아들과 함께 있는 옛집에 누워있는 걸 보면 아버지가 얼마나 실망할까. 나 역시 실망스러웠다. 가끔 큰돈을 동냥 모자에 넣기에 돈 좀 있는 사람인가 했는데 그게 아니었다. 무슨 큰 기대를 한 건 아니었지만, 뭐 이런 팔자가 다 있는가. 그가 '현금보관증을 써준 모든 빚을 다 갚았다.'라고 했으니 새삼 더 신세질 일은 없을 것 같았다. 그래도 그동안 후하게 내 동냥 모자에 넣어 준 마음이 고마웠다.

내일은 일요일, 1부 예배 시간에 대려면 일찍 일어나야 한다. 안태우는 모처럼 마신 술이어서 그런지 한밤중이었다. 그 돈 다 갚느라 술도 안 마셨다고 했다. 직장에서도 교회에서도 술 한 잔 나누며 말 섞을 사람 없이 살았다니 얼마나 힘들었을까. 조카를 제 자식처럼 돌보고 있는 다 큰딸을 보며 또 얼마나 그 속이 탈까.

날이 밝았다. 내가 무슨 생각을 하는지 모르는 채, 그는 내가 빠져나간 옆자리까지 차지하고 깊은 잠이 들어 있었다. 그의 모습은 편안해 보였다. 오늘 예배에 오는 길에 내 동냥 모자에 얼마를 넣어 줄까. 기대보다는 내가 맨정신에 그를 볼 생각하니 쑥스럽기도 했다. 오늘은 아예 눈을 감고 있어야 할 터였다.

1부 예배, 2부 예배의 인파가 끝나고, 3부 예배볼 사람들이 올 시간이 되었다. 눈을 감고 있어야 할 텐데 오히려 신경이 쓰였다. 3부 예배 첫 마수는 이미 했고…, 안태우가 나타날 시간이 되었는데 나타나지 않았다. 마지막 예배까지에도 그는 나타나지 않았다.

저녁에 집에 돌아오자 항상 그대로 펴놓았던 이부자리가 개어있었다. 불편하게, 오늘은 이부자리를 다시 펴야 자게 생겼다. 밥상에 반찬 가게에서 사 온 몇 가지 새 반찬이 놓여 있었다. 그 옆에 메모가 접혀 있었다. '동대입구역 4번 출구 신당동 다산로…' 빌라 이름과 호수가 적혀 있었다. 토요일 남산 갔다 오는 길에 한 번 들리라고 했다. 밥통을 보니 누렇게 마른 밥이 없고 라면도 하나 없어졌다. 그렇게 아버지와 내가 했듯 아침밥까지 챙겨 먹고 설거지까지 해놓았다. 거기다 10kg 쌀까지 사다 밥솥에 안쳐 놓았다. 마지막 남은 밥에 라면이나 하나 끓여 먹을까 했는데… 묵은 밥을 그가 라면과 함께 먹어 치웠다.

전기밥솥에 스위치를 딸깍 내렸다. 시장한데 오늘은 새 밥에 새 반찬까지 먹게 됐다.

그가 내 사는 꼴을 보고 갔다. 그러나 화가 나지는 않았다. 그도 나처럼 살았다. 어머니와 아이들 둘하고 이 방에서. 항아 할머니가 다녀간 듯했다. '제대로 좀 챙겨 먹고 다니시게.' 그가 항아 할머니처럼 말하는 것 같아서 피식 웃음이 났다.

다음 토요일, 눈 뒤끝이어서인지 날이 제법 쌀쌀했다. 안태우네 집에 간다고 황학동 벼룩시장에서 산, 나름 메이커 등산복을 입고 길을 나섰다. 동냥 모자를 그대로 썼다. 땀까지 흘리며 남산 타워까지 와서 멀리 안태우가 산다는 '신당동 다산로… 쪽 다닥다닥 붙어있는 작은 빌라들을 바라보다 갑자기 가슴이 갑갑해졌다. 지난주 백설로 아름답던 숲이었는데 잔설들이 얼기설기 남아 있는 나뭇가지를 보면서 마음이 바뀌었다. 막상 그에 대한 인연과 호기심에 집을 나섰지만, 마음이 내키지 않았다. 그가 일요일에 나타나지 않은 게 마음이 걸렸기 때문이었을 거였다. 내일이면 그가 나타날 텐데… 그냥 돌아왔다. 그날은 저녁밥도 먹히지 않았다. 뭔가… 여전히 마음이 편하지 않았다. 잠자리도 편치 않았다. 그를 다시 만나는 게 상처의 피딱지가 억지로 뜯긴 것 같았다. 어떻든 상처가 아물고 있었는데… 뻔한 구걸질에 다시는 상처에 새살이 돋을 것 같지 않았다.

다음날 일요일, 그가 나타나지 않았다. 다행이었다. 그가 다시 돈을 놓고 가면 종이돈이어도 엄청 무거울 것 같았다. 다행히 그다음 일요일에도 그리고 그다음 일요일에도… 그는 나타나지 않았다. 무거운 마음도 가라앉아 갔다.

그렇게 잊힐 뻔했다. 5월 5일 어린이날에 문득 내 아이들과 아들이 두고 갔다는 안태우의 손주 아이가 생각났다. 나도 아버지가 항아 할머니에게 두고 갔었다고 했다. 뭐에 끌리듯 1호선을 타고 동대문역 4번 출구로 나왔다. 안태우네 아이 장난감이라도 사 들고 갈 맘이 들었다. 내게 손을 내밀고 구걸하던 할머니는 그대로였다. 내가 안태우 흉내를 내는 건가, 오천 원짜리 한 장을 할머니 손바닥에 놓곤, 장난감 도매시장 골목으로 들어섰다. 마침 세일을 하고 있었다. 남자애라 했으니 자동차나 로봇이 제격일 것 같았다. 로봇은 하나밖에 남지 않았다. 어느 걸 살까 망설이다 로봇을 집으려고 하는데, 한 젊은이가 그 로봇을 먼저 집었다. 나는 옆에 있던 자동차를 집을 수밖에 없었다.

동대문역에서 4호선을 타고 충무로역에서 3호선으로 갈아탔다. 동대입구역은 한 정거장이다. 전철 안은 붐비지 않았지만, 빈자리는 없었다. 누가 나를 끌어당겼다. 좀 전에 로봇을 샀든 젊은이가 자리에서 일어나며 내게 자리를 양보했다. 한 정거장인데 나는 사양했다. 절룩이는 다리지만 종일 동냥을 버텨내는 다리였다. 그러나 젊은이는 막무가내였다. 기어이 나를 자리에 앉혔다. 내 무릎 위에 놓인 자동차 위에 그의 로봇을 올려놓았다.

한 정거장이 길었다. 젊은이가 로봇을 받아 들고 먼저 입구로 갔다. 나도 역에서 내려 4번 출구로 나왔다. 내가 번지수를 확인하며 느릿느릿 걷는데 그가 기다렸다가 내가 쥐고 있는 쪽지를 보더니 반색했다.

"우리집인데요."

그렇게 말하는 그를 쳐다보니 안태우를 닮았다.

그가 벨을 누르며 식구를 불렀다. 씩씩했다. 그의 뒤를 따라 함께 현관에 들어섰다.

안태우 아들은 그나마 쓸만한 직장을 얻어 사람 구실을 하게 되어 집에 들어와 살기로 하였다고 했다. 안태우의 얼굴에 비쳤던 그늘이 사라진 것 같았다. 부자간의 사랑은 빛과 소리로 만져지고, 보이지 않는 마음은 포옹의 따뜻한 체온으로 확인되었다. 안태우는 아들 귀가에 밝아진 낯빛으로 나를 아들과 함께 껴안고 등을 두들겼다.

안태우는 청파동 집에서 나와 함께 잠을 잔 이후부터 가까운 동네 교회를 다닌다고 했다. 그게 서로 편할 것으로 생각했다고 했다. 토요일이면 항상 나를 기다렸다고 했다.

'행복한 사람 행복한 세상'이라는 이 동네 교회 현관 표어가 마음에 들었다고 했다. 그날 이후로 가끔 내가 남산에 갔다 오는 날에는 그의 집에 들러 차도 마시고 저녁을 얻어먹기도 했다.

을지로의 거인 아틀라스는 그대로 서 있고, 나도 여전히 연옥인 'PINE AVENUE' 계단 앞에 서 있었다. 안태우가 오지 않아 수입은 조금 줄었지만, 마음은 편했다.

을지로3가역 12번 출구로 가는 길, 외계인을 닮은 시계. 관리를 안 했는지 어느 날 보니 시각이 제각각이었다. SEOUL 11:02, HANOI 10:40, BEIJING 15:00, LONDON 20:10, WASHINTON D.C. 23:50.

남산 길에 벚꽃이 떨어지고 있었다. 안태우 씨 집에 들렸을 때 민수 엄마가 여름이면 집에 온다고 했다. 다행한 일이었다. 안태우네는 그만 고생이 끝날 때가 되었다고 생각했다. '행복한 사람 행복한 세상' 표어 교회를 다녀선가, 안태우가 편해 보였다. 다행이라고 생각했다.

나는 이렇게 남의 적선을 모아 봐야 지금 방을 면하기 어려울 텐데, 아이들이 찾아올까 두려웠다. 안태우의 아들처럼 어느 날 갑자기 내 애들도 나타날지 모른다.

나는 여전히 연옥 앞에서 모자챙을 쥐고 꾸부정히 서 있고, 머리는 다시 아버지의 단발머리가 돼 가고 있었다.

3. 콩돌

서해, 새벽 바다. 안태우는 선상 난간에 기대어 있었다. "붕—" 뱃고동 소리가 머릿속에 여운을 남기며 사라지자 그는 태초의 어둠에 혼자 놓인 듯했다.

하늘도 바다도 구분 없는 무채색 어둠이었다. 서해의 새벽은 검어서 수평선이 없었다. 바다 깊은 곳에 잠겨 있던 해가 흑장미의 꽃봉오리처럼 붉은빛 입자가 농축된 검정 물감이 빛으로 조금씩 풀어졌다. 하늘이 붉은 비단 폭 같은 아침 노을이 만들어지는가 했더니 어느새 맑은 코발트색 하늘로 바뀌었다. 바닷물 역시 농축된 검붉은색 입자가 붉게 풀리어 엷은 주홍 살결이 되었다가 그 속을 알 수 없는 짙푸른 감색 바닷물이 되어 일렁거렸다.

안태우는 이십여 년 전의 긴 시간을 열두 시간으로 가르며 백령도로 가고 있었다. 그는 여명을 지나 한낮이 되어도 뱃머리 난간에 서 있었다. 고깃배도 아닌데 갈매기들이 쫓아왔다. 그 난간 중간에서 갈매기에게 먹이를 주는 여자가 있었다. 갈매기는 그녀가 던져 주는 먹이를 잘도 받아먹었다. 그러다 먹이를 다른 놈이 채갈 양이면 앙칼진 고양이 소리를 냈다. 그래서 갈매기라 하는 모양이었다. 노란 부리 끝에 금방 사냥한 흔적처럼 '콕' 찍은 붉은 점이 있었다. 하얀 가슴에, 날개깃은 재색인데 꼬리 끝은 유난히 검었다. 그녀는 괭이갈매기의 부리 끝과 같은 빨간 립스틱을 발랐다.

한낮이 지나가면서 이번엔 일몰이었다. 하늘에 구름이 모여 해를 가리다가 어느새 구름 사이로 노란 해가 얼굴을 내밀었다. 해를 담았던 구름이 함께 내려오면서 토성처럼 해 주변에 구름 띠를 만들었다. 둥근 해 덩이가 수평선에 가까워지자 납작해졌다. 그러다 어쩔 경황 없이 그대로 바닷물 속으로 '풍덩' 떨어졌다. 바다로 떨어지는 소리마저 들리는 듯했다. 수몰, 침수였다. 종일 떠 있던 해가 하룻낮의 무게를 못 이겨 바닷속에 잠겼다.

다시 캄캄한 긴 밤이 계속되었다.

'부웅' 하는 뱃고동 소리와 선착장 불빛이 용기포항에 도착했음을 알렸다. 그가 천천히 배 출구로 다가가는데, 발판을 내려가는 여자가 눈에 띄었다. 달빛에도 큰 키에 분홍 블라우스와 흰 바지가 눈에 띄었다. 오늘 낮 배 난간에서 갈매기에 먹이를 주던 여자였다.

안태우는 포구에 내려 민박을 알아봤다. 주인이 차려 주는 저녁을 먹었으나 그는 내일 바라볼 장산곶과 어쩌면 석도까지—볼 생각에 잠을 이룰 수 없었다.

그러다 잠시 잠이 들었다. 그대로 새벽이었다. 학생 때부터 아르바이트로 몸에 밴 습관대로 일찍 눈이 떠졌다. 그는 바닷가로 나가 걸었다. 바닷물에 잠겨 있는 모래를 손에 떠보면 부드러운 모래인데 물이 빠져 있는 데는 단단했다. 아침을 먹으며 주인에게 물어보니 사곶해안으로 유리질 규조류가 쌓인 때문이라고 했다. 6·25 때는 최북단 미군 비행장이라고도 했다. 비행기가 내릴 만큼 정말 바닥이 단단했었다.

그는 아침을 먹은 후 민박 주인에게 물어 북쪽 하늘이 보이는 진촌으로 향했다. 한 삼십 분 너머 걸릴 거라 했다. 괭이갈매기 앞가슴 같은 흰 구름이 뜨면서 하늘은 상큼한 푸른 한기를 내며 맑았다. 싱싱한 이끼 같은 황록색 감람암 암편이 아름답게 수놓아 있는 검은 현무암 바위에 섰다. 근처 물범처럼 보이는 바위가 있었지만, 물범은 보이지 않았다.

그는 자신이 태어난 석도가 혹 보일까 준비해온 쌍안경으로 바다 건너 육지를 봤다. 아마도 황해도 장연반도로 보이는 곳에 산꼭지만 간신히 보였다. 바다를 담은 지구는 둥근 게 맞았다. 그 너머는 수평선뿐, 아버지가 유격 활동했다는 구월산이며, 그가 태어났다는 '석도'는 점으로도 보이지 않았다.

"여기까지 와서 쌍안경으로 하늘을 보는 사람이 어디 있어요?"
여자가 말을 걸어왔다.
스무서너 살 되어 보이는 여자가 웃고 있었다. 배에서 만났던 여자였다. 그렇게 안태우가 그녀를 다시 만났다. 늘씬한 큰 키. 하얀 바지에 백령도 하늘을 닮은 푸른 실크 블라우스를 입었다. 섬에서 볼 수 있는 모습이 아니었다.
"고향을 찾아보고 있었습니다."
그가 말했다. 어쩌면 아무도 모를 먼 곳에 온 객기 때문이었을 것이었다.
"고향이 하늘나라인가 보죠?"
"저기 앞에 보이는 육지가 장산곶이죠? 그 너머 점으로도 보이지 않는 '석도'에서 제가 태어났지요."
그렇게 여자 앞에서 그의 말문이 터졌다. 학교 선생이 되어 학부모들을 만나면서 숫기가 생겼을 때문일 수도 있을 거였다. 모처럼 답답한 집을 떠나 아버지의 흔적이며, 자신의 가뭇한 유년의 기억에 상기되었기 때문일지도 몰랐다.

"어제 배에서 본 적 있어요. 어떻게 열두 시간 내내 배 난간에 서 있을 수 있죠?"

"고향 없는 사람이 고향 간다고 들떠서 그런 거겠지요."

"저는 집이 백령도인데 여기 오는 게 끔찍해요. 뱃길만 열두 시간이고, 그것도 기상이 나쁘면 거의 무작정 기다려야 하고…"

"전 이북 석도에서 태어났어요. 기억이 희미하지만, 이곳 백령도에 백일내기로 와서 사오 년 살았지요."

"그래요? 감회가 새로웠겠어요. 민박집은 불편하지 않았나요?"

"피곤해선지 잠은 잘 잤어요. 밥도 괜찮았고, 젓갈무침이 맛있었어요."

"그게 백령도 특산인 까나리젓이에요."

그는 그녀와 서로 말이 섞이면서 편해졌다.

여고를 나와 인천에서 큰아버지 회사에서 사무를 본다고 했다. 위로 오빠 밑에 세 자매의 막내라고 했다. 그는 홀어머니에 외아들인 자신에게 그녀를 맞춰봤다. 자신도 모르게 '다행이다'라는 생각이 들었다.

이름도 서로 나눴다. '이막례'라고 했다. 웃을 뻔했다. 지사 같은 '안태우'라는 자신의 이름은 너무 무거웠다.

"어려서 백령도 중화동교회 도움을 받아 어머니와 그 근처에서 살았어요."

"중화동교회를 다녔어요?"

"어머니를 따라다녔겠지요. 기억은 잘 안 나요."

"요 앞 물범바위는 봤으니까 여기서부터 중화동교회까지 제가 안내해줄게요. 이건 백령도 주민의 의무니까 부담가지지 마세요."

단발머리

가려운 데 긁어 주듯 말도 잘했다. 그녀가 북쪽 바로 앞에 보이는 장산곶 사이와 백령도 사이의 급류가 센 곳이 인당수라고 했다. 물에 빠진 심청이 용궁에 갔다가 연꽃에 실려 나왔다는 전설이 있어, 백령도 곳곳에 연꽃의 이름이 붙어있다고 했다. 이제는 해변 주변에 여름이면 붉은 해당화가 핀다고 했다. 줄기에 가늘고 긴 가시가 촘촘히 나 있는 해당화에는 대추만 한 열매가 붉게 익어 있었다. 고봉포구 앞에서 공룡같이 생긴 사자바위를 봤다. 그래도 여러 가지 볼만한 것들은 두무진으로 가야 하는데, 걸어서 곧바로 가기에는 길이 험하다고 했다.

고봉포구에서 되돌아서 그녀가 다녔다는 백령국민학교 쪽으로 갔다. 학교 정면 양쪽에 자그마한 전나무가 곧게 서 있고 두 갈래로 갈라져 있는 제법 큰 소나무가 있었다. 담장이 없어 운동장 주변 야산에서 소가 풀 뜯고 있었고, 피기 전인 억새가 바람에 흔들렸다.

백령중·고교를 지나 두문진으로 왔다. 그는 그녀가 성의껏 설명하는 기암괴석보다 바위 틈새에 살아 있는 잎 넓은 난초같이 생긴 식물과 괭이갈매기며 가마우지 같이 살아 있는 것에 더 관심이 갔다. 그 포기들은 꽃이 폈다 졌는지 꽃줄기만 남아 있었다. 꽃이 궁금했다. 괭이갈매기는 다른 새 둥지를 탐했고, 가마우지는 먹이를 볼에 채우고, 새끼를 찾아 골짜기 사이로 날아다녔다.

점심때가 가까워 북포초등학교 쪽으로 내려왔다.

그녀가 "이 집 우동이 맛있다."라며 중국집으로 앞장서 들어갔다. 그는 군만두를 추가로 시켰다. 그녀는 접시에 간장을 따르고 식초와 고춧가루로 초간장을 만들었다.

점심 후 중화동교회로 가기 위해 연화리를 지나 중화동 쪽으로 왔다.

"연화리는 심청을 싣고 온 연꽃이 멈췄던 곳이래요."

그녀가 말했다.

잠시 길을 걸어가니 어머니 말에 '귀에 밴 중화동교회'였다. 그녀가 말했다.

"우리나라 두 번째로 생긴 교회래요."

교회 입구에 아직 꽃 몇 개 달린 커다란 무궁화나무가 있었다. 높이가 그의 키보다 훨씬 컸다. 그녀가 말하지 않아도 백 년은 넘어 보였다. 무궁화가 이렇게 굵게 클 수가 있는가 했다. 무궁화나무 가지에는 씨가 가득 찼을 녹색 열매들이 달려 있고 그 가지 끝에 몇 개 꽃들이 남아 있었다. 꽃 색은 보통 무궁화로 꽃잎은 보라색 끼가 있는 연분홍에 속은 새빨갰다. 떨어진 몇 개 꽃은 나무 밑에 푸르죽죽한 매미처럼 떨어져 있었다. 무궁화 말고 또 다른 세월의 목격자가 있었다. 세월의 무게를 못 이겨 납작해진 향나무와 교회 입구의 자생 팽나무였다. 팽나무는 150여 년 이상 되었을 거라니 어머니 기억에 생생할 거였다. 큰 키가 더 자라지 않고 있는 것도 있었다. 녹슨 키다리 종탑이었다. 그 소리가 장산곶까지 들렸을 터다.

어머니가 그를 안고 배에서 내렸을 곳으로 가 봤다. 포구로 나가는 길 출구는 오른쪽 절벽과, 머리에 소나무를 얹고 있는 왼쪽 커다란 원기둥꼴 돌기둥이었다. 눈앞에 보이는 섬이 대청도라고 했다.

바다에서 다시 발길을 돌리다가 바닷물이 가까운 곳에 까나리 '덕'이라는 게 눈에 띄었다. 어머니가 교회 신세를 지다가 얻은 일자리가 이 '덕'에서 까나리 삶는 일이었다고 했다.

그녀가 까나리에 대해 설명해 줬다.

"여기서는 까나리로 불리지만 동해로 가면서 알을 가득 밴 양미리가 된대요."

그녀는 아는 대로 열심히 설명해주었다.

'차르르르~' 에메랄드 같은 시간이 밀리는 바닷소리가 들렸다. 콩돌해변에 왔다. 콩돌이 밀리는 소리가 가슴을 울렸다. 파도에 연마된 콩돌을 세월의 키로 까불어 바닷물이 해변에 깔아놓았다. 마른 자갈밭과 파도가 밀고 밀리는 사이 젖은 자갈밭에서 공깃돌만 한 오색의 보석 알 다섯 개를 골랐다. 녹색은 마땅한 게 없어 청회색을 골랐다. 상관없었다. 모든 콩돌엔 에메랄드 같은 청정한 바닷물이 녹색의 긴 시간으로 스며들어 있을 터였다. 장난일까, 객기일까. 주머니에 넣으려던 콩돌 두 개를 그녀 손에 쥐어줬다.

"고마워요." 흠칫하던 그녀가 콩돌을 받아서 손안에서 공깃돌처럼 굴렸다.

시간을 무겁게 느끼게 하는 콩돌해변을 걸어 아침에 왔던 사곶해변에 다시 왔다.

"…"

콩돌해변의 시간이 순식간에 멈춘 것 같았다. 모든 소리가 사곶 모래사장에 스며든 것 같았다. 거대한 소리를 내며 쏟아지는 폭포수 소리도, 사곶해변은 모두 삼켜낼 것 같았다. 귀가 멍할 만큼 고요했다. 사곶엔 긴 모래언덕이 서남쪽으로 시곗바늘처럼 길게 뻗어 있었다. 그 시곗바늘이 자란 만큼의 시간이 쌓여 비행기가 뜰 수 있는 천연 비행장이 됐을 터였다.

'이 비행장이 여의도 같은 백사장이 되면 통일이 되려나.'

소리가 보이지 않는 무거운 침묵에 잠시였지만, 안태우는 그런 생각도 해봤다. 점점 하늘에 노을이 물들고 있었다. 긴 거리, 긴 시간이었다. 다리가 아팠다. 그녀도 그랬을 거였다.

배에서 내린 용기포항 오른쪽 끝섬으로 갔다.

"원래 작은 섬이었는데 오랜 세월 모래가 쌓여 지금은 백령도에 붙어 한 몸이 되었다고 했다."

끝섬 가운데가 용기원산이었다. 높이 136m밖에 안 되지만 실제 해발 0m에서 시작하는 거여 선지 우뚝 서 보였다. 주변이 어스름해지기 시작했다. 그들은 끝섬에서 나와 가까운 음식점에서 저녁을 같이 먹었다. 그녀가 이끄는 대로 모처럼 못 마시는 술도 마셨다. 잠이 모자라서였겠지만 언제 잠들었는지 기억나지 않았다. 그가 아침 늦게 잠을 깨니 어제 그 방에 옷을 벗은 채로 누워있었다. 그녀는 없었다. 어제 진종일 같이 있으면서 이곳저곳 수선스러울 만큼 설명해주던 그녀가 없어졌다. 홀린 것 같았다. 배 시간이 다 되어 허겁지겁 배에 올랐다.

*

나는 안태우와 목로주점에 앉아서 덤덤히 말하는 그가 만난 여자 이야길 들었다. 짧지만 너무 부러운 로맨스였다. 그에 비해 나는 애써 머리를 굴려 거래 은행 여직원을 만났었다. 나는 이해가 되지 않았다. 그렇게 아름답게 시작했는데 어떻게 그의 인생이 그렇게 바뀌었을까.

"세상에 그런 일이."

나는 안태우가 젊어서 부인이 빚을 지고 사라진 얘기는 아버지와 차이나 아줌마에게서 들어서 알고 있었다. 평생 갚기 힘든 빚을 갚겠다고 채무자 모두에게 현금보관증을 써주고 몇 푼 안 되는 봉급으로 평생 그 빚을 갚아온 안태우—그의 사정을 잘 아는 채무자들에게 '이게 전부다' 하고 빚산치로 나자빠져도 눌성싶은데, 왜 그는 일일이 현금보관증을 써주고 꼬박꼬박 빚을 갚으며 세월을 허송해 왔을까. 사업을 하다 망한 나로서는 이해가 되지 않았다.

안태우는 어머니로부터 아버지와 이 대장(隊長)의 구월산유격대며 석도 애기를 누누이 들으며 자랐다고 했다. 어려서는 아버지 나이쯤 돼 보이는 남자를 보면 혹 아버지가 아닐까 하고, 자신과 닮은 데가 있는가, 몰래 살펴보기도 했다. 자기가 아버지를 닮았다고 어머니가 말해 주었기 때문이었다. 그의 아버지가 유격대로 활동한 구월산과 자신이 태어났다는 석도가 궁금했다. 어려서 몇 년을 살았던 백령도에 가 보고 싶다는 생각을 늘 하고 있었다.

안태우 모자는 백령도 중화동교회 여전도사 도움으로 서울 공덕동 산꼭대기 판자촌에서 살면서 국민학교를 다닐 수 있게 되었다고 했다.

"어떻게든 서울 가서 공부시켜라."

아버지가 백령도에 두 모자를 내려 주면서 한 당부 때문이었다.

그의 어머니는 A 중학교 가는 길가 노점에서 푸성귀를 팔았다. 그는 A 중학교와 그 학교에 있던 야간 고등학교를 다니며 신문 배달을 하며 등록금을 보탰다. 그는 빨리 취직해 어머니 수고를 덜어 드려야 한다고 생각했다고 했다. 등록금 안 드는 2년제 교육대학을 나와 국민학교 선생이 되는 게 그로선 가장 쉬운 선택이었다. 그는 학교에서 군대훈련을 받는 RNTC 학군단을 마치고 졸업하면서 군대도 면제되었다. 학교에서 5년 의무 복무기간을 마치면 되었다.

그는 어머니에게서 들은 구월산유격대 아버지를 생각하면 삐뚤어진 길로 나갈 수 없었다. 그저 한시바삐 자신의 처지에 맞는 여자를 집에 들여 고생해온 어머니를 편히 모셔야 한다고 생각했다.

그는 서울 용산구 E 국민학교 교사가 되어 사글세를 면해 공덕동 밑동네 전세로 내려왔다. 그는 홀어머니에 외아들, 그 굴레가 처음부터 여자를 쳐다볼 처지가 되지 못한다고 생각했다. 여자를 만날 생각은 아예 하지도 못하고 살아왔다.

"선배님은 서울 어데 살아요?"

대학 다닐 때 여자 후배가 그의 집을 알고 싶다고 쫓아온 경우도 있었으나 자기 집이 있는 산동네는 빼고 그 밑만 빙빙 돌다 그대로 돌려보냈다. 언감생심 대학 출신 여자는 쳐다볼 생각도 할 수 없었다.

"아무 여자라도 너를 좋다는 여자면 된다."고 어머니가 말했지만, 그의 눈에 들고 어머니 눈에도 들 그런 여자를 만날 일이 없었다.

그가 국민학교 교사가 되자 어머니 눈이 높아졌다.

"같은 학교 여선생이면 안 되겠냐."라고 어머니가 말했다. 그 말에 그가 흠칫했다. 당시 세간의 최고의 신부감은 교사나 약사였다.

그는 배경도 없고 돈도 없으니 애들 가르치는 일만 신경 쓰기로 했다. 열심히 선배 선생들에게 배웠고 수업 준비도 충실히 했다. 서점에도 다녔고 학교 도서관도 자주 이용했다.

그러던 어느 날 도서관 서가를 뒤지다가 '구월산유격대'라는 만화책을 만났다. 어린이 잡지인 '어깨동무'의 1971년 4월호 부록 'I 구출작전' 한 권뿐이었다. 가슴이 뛰었다. 겉표지를 열었다.

▪책 머리에▪
이 책의 줄거리는 한 마디로 말해서 피의 기록이다.
피에 굶주린 미치광이 공산당과 맞서서, 훈련받은 군대도 아닌 마을의 남녀노소가 맨주먹으로 내 조국 내고향을 지키기 위해 싸운, 만들거나 꾸민 얘기

가 아닌 사실을 만화화 한 것
이다. 벌써 스무해도 더 전
의 일이지만 여기 다시 엮
는 까닭은 이 세상에 공산
당이 없어 지는 날까지 우
리의 마음 가짐이 이야기
의 주인공을 닮아야 하는때
문이다.
1971년 꾸민이

띄어쓰기가 달랐다. 지금 보면 진부한지 몰라도 제일 뒤 겉표지 앞 뒤에는 그 당시 모든 책이 그랬듯 '우리의 맹세'가 있었다.

우리의 맹세
1. 우리는 대한민국의 아들딸
   죽음으로써 나라를 지키자
2. 우리는 강철같이 단결하여
   공산침략자를 쳐부수자
3. 우리는 백두산 영봉에 태극기
   날리고 남북통일을 완수하자

그 당시 대부분의 아이들이 멋모르고 읽었겠지만 안태우에게는 코 끝이 찡했다.

'짱구 박사'를 그렸던 둘째 형 추동성 만화가의 필명을 이어받았던 고우영이 자신의 이름으로 낸 거였다. 당시 고우영 작가는 1972년에 유명 스포츠 일간지에 '임꺽정'을 시작으로 '수호지' 등의 만화를 연재하여 그도 본 적이 있었다.

이웃 학교 도서관을 뒤져 1972년에 나온 구월산유격대 1, 2, 3권을 찾아냈다. 밤샐 것도 없었다. 앉은 자리에서 모두 읽었다. 만화책 앞부분에는 등장인물이 차명으로 소개되어 있었다. 만화를 읽으면서 어머니가 누누이 말했던 이정숙 대장과 김종벽 대장은 쉽게 알아낼 수 있었다. 그는 유격대원 중 그의 아버지를 찾아봤다. 적을 향해 용감하게 총을 쏘는 한 사람이 그의 아버지일 거로 생각하면서 페이지마다 확인하며 읽었다.

그런 마음으로 다시 자세히 읽어 볼 양으로 대출까지 받아왔다. 어머니에게도 보여 드리고 학교에 와서도 틈만 나면 읽고 또 읽었다. 그게 교무실에서 소문이 났다. 그 소문에 황해도 말씨를 쓰는 나이 든 선배 교사가 그에게 그 구월산유격대 이 대장의 아들 김광인 씨를 안다는 사람이 있다고 했다. 그 사람의 주소를 건네주었다. 그 주소로 찾아가 봤으나 이사 가고 없었다. 그는 그 주소지를 단서로 여러 동사무소를 다니며 수소문했다.

이듬해 가을. 김광인 씨를 찾아냈다. 이 대장과 김종벽 대위의 아들인 김광인 씨는 경기도 모처에 살고 있었다. 어머니와 함께 그를 만났다. 그는 "석도에서 아이를 낳았다는 유격대 동지 얘기를 어머니와 아버지에게서 들었습니다. 그 아이가 바로 안 선생이군요."라며 모자를 반가워했다.

*

이 대장은 함흥 부농의 무남독녀 외동딸로 스물일곱 살에 부모와 남편이 반동 지주계급이라 하여 처형되고, 어린 아들까지 살해되었다. 그녀 자신도 황해도에서 강제 노역형을 받고 있었다. 1949년, 그녀는 다음날 처형된다는 경비병의 소릴 듣고 강제수용소에서 탈출하였다. 처음에는 38선을 넘으려 했으나 여자 혼자 쉬운 일이 아니었다. 그녀는 전에 집에 왔던 아버지 친구인 곽 아저씨를 수소문 했다. 그가 안악장에서 가게를 한다고 했다. 다행히 시장 국밥집에서 만났다. 그녀는 그의 집에 임시로 숨어지낼 수 있었다. 이듬해가 되자 매일 38선 쪽으로 병력이 이동하고 있었다. 군인을 실은 트럭이 남쪽으로 내려가고 있었다. 그러다 지붕 없는 무개 기차에 생전 보지 못한 탱크며 대포들이 실려 남쪽으로 실려갔다. 무슨 일이 일어나는 게 분명했다. 기어이 6·25전쟁이 터졌다.

단숨에 서울을 점령했던 북한군이 맥아더 장군의 인천상륙작전 성공으로 밀려나 황해도 해주까지 유엔군이 들어왔다. 북한군 징집을 피하여 이곳저곳 숨어 있던 젊은이들이 모였다. 패주하는 북한군을 쳐부수자는 거였다. 이정숙도 나섰다. 나이가 많아서였을까 아니면 부모와 남편과 아이를 잃은 결기 때문이었을까. 함경도 사투리를 하는 그녀 곁에 젊은이들이 모여들었다. 그들은 그녀의 아픔을 공감하며 그녀를 따랐다.

안태우의 아버지는 안중근 의사와 동본인 순흥 안씨였다. 그의 아버지는 어려서부터 같은 황해도 출신 안 의사의 애국 의거를 듣고 자랐다. 해방이 됐으나 38 이북이 공산화되었다. 남들은 땅문서를 챙겨 이남으로 간다고 야단이었다. 안태우 할아버지는 '설마' 하며 조상 대대로 지녔던 땅을 지킨다며 버텼다. 할아버지는 토지 개혁으로 당이 주인이라며 땅을 빼앗겼다. 해주까지 국군이 들어왔다는 소식에 할아버지는 '이젠 다시 땅을 되돌려 받게 될 거'라며 좋아했지만 두고 볼 일이었다.

갓 결혼한 안태우의 아버지도 당시 동네 청년들처럼 의용군으로 잡혀가느니 무장대가 되어 싸우자고 나섰다. 그의 아버지에게도 안중근 의사의 피가 있었던 모양이었다. '그와 떨어질 수 없다며 그의 아내도 따라나섰다. 대장 이정숙에게 이해를 구해 내외가 함께 무장대가 되었다. 무장대는 이남에서 좌익 민병대를 말하는 거였다. 어머니는 대원들의 밥이며 빨래와 바느질을 맡아 했다. 이때 이미 안태우가 태중에 있었다. 경황 중이어서 그의 어머니도 몰랐다.

이정숙의 무장대는 조직이 커져 구월산으로 들어가면서 서하유격대라고 이름을 바꾸었다. 서하는 황해도 은천군의 옛 이름이었다. 유격대는 우익의 비정규 군인을 말하는 거였다.

구월산(九月山)은 9월의 단풍이 아름다워 이름 붙여진 북한의 5대 명산의 하나였다. 구월산은 조선조 의적 임꺽정과 장길산의 활동무대였다고 했다. 그래서 그런지 구월산 인근에서 태어난 안중근 의사, 김구 주석, 이승만 대통령처럼 의협심과 우국 정신도 강했다.

서하유격대는 후퇴하는 북한군 패잔병들을 대상으로 연승을 거두었다. 그사이 유격대원이 200여 명으로 불어났고 북한군 200여 명을 사살하기도 했다. 서하유격대는 이정숙 혼자서 황해도 재령 유격부대 구출한 일, 월사리 반도 상륙작전과 어양리 상륙작전 등도 함께해냈다.

1950년 10월 26일 국군이 압록강까지 밀고 올라갔다. 육군 보병 6사단 7연대 1중대 2소대 장병이 초산에서 수통에 압록강 물을 담아 대통령에게 보냈다. 그러나 11월 1일 서부전선에서 중공의 인민지원군이 참전하였다. 인해전술 중공군에 밀려 국군이 밀려났다. 다시 공산 치하에 들어가게 되었다. 구월산 서하유격대는 물론 다른 유격대들도 육지에서의 유격 활동이 어려워졌다. 그런 이정숙에게 김종벽 육군

대위가 찾아왔다. 그는 1950년 10월 중순, 후퇴하다 고향에 머물면서 150여 명의 반공 청년들로 구성된 '연풍부대'를 이끌고 있었다. 연풍은 황해도 은률군의 장연면의 옛 이름이었다. 두 사람은 뜻을 같이해 1950년 12월 7일 구월산유격대가 창설하였다.

이정숙은 김종벽 대위의 보좌관 직책으로 다양한 작전에서 큰 공을 세웠다. 1951년 1월 18일 구월산유격대 예하 재령 부대원 300명이 인민군 부대에 포위되었을 때 그들에게 위험을 알려야 하는데 아무도 나서지 않았다. 그녀가 자원해 적진을 뚫고 동지들과 만났다. 그녀의 목숨을 건 일이었다. 그녀의 투지와 설득에 따른 89명은 목숨을 구해지만, 그대로 남아 있던 대원들은 모두 목숨을 잃었다.

육지는 유엔군의 평양 철수 이후 1·4 후퇴로 서울까지 공산군에 다시 점령당했다. 서쪽 황해는 유엔군 군함과 항공권 아래 있었지만, 육지는 공산군의 압박으로 작전을 할 수 없었다. 구월산유격대는 1951년 2월 1,000여 명의 대원과 300여 명의 피난민을 이끌고 진남포 밑 대동강 하구 석도로 탈출했다. 초도 위 석도는 유엔군이 다시 북진할 경우 대동강을 통해 평양으로 들어가는 길목의 전략 요충지였다.

1951년 3월 15일 유엔군이 다시 서울을 재탈환한 3월 말에는 38도선까지 회복되며 교착 상태가 되며 여름이 되어 휴전회담이 시작되었다. 그때 석도에서 안태우가 태어났다. 김종벽 대위는 사태가 심각해지고 있다며 안태우 어머니 혼자 백일 갓 지난 아이를 안고 백령도로 피신하라고 했다. 괴멸되다시피 되었던 북한군이 다시 전열을 재정비해 유격 활동이 제한되었다. 중공군까지 서해 도서에 대부대 공격을 시작하고 있었다. 안태우의 아버지는 목선을 이용해 백령도 중화동 포구에 아내와 아들을 내려놓았다. 어린 안태우의 작은 손가락을 걸고 약속했을 것이다. 다시 만날 것이라고.

이후 석도의 구월산유격대는 황해도 앞 서해지구, 웅도, 청양도 등의 지역 방위와 공격 활동을 수행하여 1950년 12월부터 1951년 10월까지 북한군과 치열한 전투를 벌여 각종 유격 전투로 적 사살 4,000여 명, 생포 57명의 전과를 올렸다. 이러한 구월산유격대를 비롯한 비군인인 유격대들이 점령했던 서해 열도들과 개성을 교환이 휴전 협정에서 큰 의제가 되었다. 미군이 장악하고 있던 서해 도서를 탈취하기 위해 중국군 몇 개 사단이 집중적으로 공격해 왔으나 서해 각 섬 유격대들이 악착같이 막아냈다. 이 같은 비군인 유격대들이 없었다면 전쟁의 양상은 달라졌을지도 몰랐다. 중공군이 해상권 확보를 위해 서해 섬들을 공격해 육지 내 공격력이 분산되었다. 그들 유격대의 희생으로 서해의 백령도 등 서해 5도를 확보하여 바다의 북방한계선(NLL)을 육지 휴전선 위로 끌어올릴 수 있었다.

이후 석도의 구월산유격대는 백령도 동키부대 사령부에 의해 동키 2연대라는 특수부대로 발족하게 되었다. 이 부대가 미군 특수부대의 지원을 받게 되면서 문제가 생겼다. 부대를 이끄는 김종벽 대위가 국군 현역 장교여서 미군의 지휘계통과 기존 부대 사이에 문제가 생겼다. 그게 김종벽과 김정숙 두 사람 비극의 시작이었다.

1951년 4월 중순 미국 버그 동키부대 사령관의 명으로 영문 모르게 비행기로 대구 육군본부로 갔다. 김정숙과 김종벽 두 사람 모두 정일권 참모총장의 표창장을 받았다. 거기서 정 참모총장으로부터 이정숙은 '구월산 여장군'이라는 별명을 얻게 되었다. 김종벽은 소령으로 진급하여 연천지구 부대대장로 배치되었다. 모든 게 세력이 커진 구월산유격대를 와해시키려는 미 버그 동키부대 사령관의 계략이었다. 구월산유격대를 걱정하던 두 사람은 10일간 휴가를 내 1951년 7월 10일 구월산유격대 동지들이 있는 석도로 갔다.

지도자가 없는 동키2연대 구월산유격대는 대대적인 공산군의 강습을 받아 500여 명의 전상자를 내며 위기에 처해 있었다. 그때 두 사람이 나타났다. 구월산유격대는 다시 똘똘 뭉쳐 사기가 올랐다.

버그 사령관은 석도에 주둔하고 있던 한국해병대와 육군본부 헌병대, 백골부대를 시켜 그들을 축출해 버리려고 했으나 불가능했다. 유격대원들과 주민들이 합세해 저항했기 때문이었다. 김 소령이 원대 복귀하지 않을 경우, 구월산유격대를 반란부대로 결정하고 식량, 탄약, 의약품 등의 보급을 중단하겠다는 버그 동키부대 사령관의 최후통첩이 떨어졌다. 구월산유격대는 당분간 쓸 수 있는 무기를 챙겨 석도를 떠났다.

800여 명이 동시에 움직이는 게 쉬운 일이 아니었다. 하취라도에 470명을 하선시켰다. 나머지 정예 대원 330여 명은 대화도에 유격대 근거지를 마련하려고 했다.

정주 앞바다 철산반도 아래 대화도는 전투 상 좋은 위치에 있었다. 그러나 대화도에 내린 대원들은 우군인 백마부대 대원들에게 무장 해제되고 포박당했다. 다음날 그들은 동키부대 사령관이 보낸 두 척의 큰 돛단배에 태워져 거제도 포로수용소로 향했다. 그중 먼저 떠난 173명의 대원이 탄 배가 거센 풍랑을 만났다. 풍랑으로 배에 타고 있던 대원들은 바다로 내팽개쳐져 허우적거리며 구조를 요청했다. 그 아우성 소리가 몰아치는 폭풍우 소리보다 더 컸을 것이다. 이들의 피눈물이 바닷물보다 더 짰을 거였다.

이정숙은 발을 동동거리다 혼절했다. 결국 생때같은 171명의 정예 대원들이 신의주와 평양 사이, NLL 훨씬 위 서해에 수장되었다. 생존자는 뒤따라 오던 동력 예인선에 의해 구조된 두 명뿐이었다. 예인선에 타고 있던 김 소령과 간부들은 무사했다. 구월산유격대 중 현역 장교였던 김종벽 소령 한 사람만 처벌을 면했다. 이정숙은 대구 경찰서에 바로 수감되고, 나머지 대원들 150명은 포승줄에 묶여 거제도 포로수용소에 수용되었다. 구조된 두 명의 행방은 알 수 없었다.

1953년 7월 27일 정전협정이 이루어지자 이후 남아 있던 기존의 각 부대 'KLO·8240부대'의 대원들은 휴전 후 1954년 2월, 753명은 장교로 1만 2천여 명은 사병으로 육군에 새 군번으로 편입되었다. 이들 'KLO·8240부대' 대원들은 두 개의 군번으로 제대했다.

종전 후 석방된 이정숙은 남편 김종벽 소령과 함께 구월산부대기념사업회를 만들고, 구월산유격대의 명예 회복을 위해 활동했다. 그러나 정부나 사회는 응답하지 않았다. 그녀는 함흥에서 처형된 가족과 구월산유격대의 서해 수장 때문에 술을 입에 댔다. 세상에 대한 몰이해를 잊으려 아편까지 손을 댔다. 소위 아편쟁이가 되어 김종벽 소령과 이혼까지 했다. 피폐한 몸이 된 이정숙 대장은 서대문형무소에 구금된 채 38세의 나이로 병사했다. 이정숙 대장은 38선 위 고향 근처도 가보지 못하고 서대문형무소 뒷산에 묻혔다.

안태우의 어머니는 김광인의 손을 잡고 누누이 이 대장의 성품과 그가 베풀어준 은혜를 말하며 감사를 표했다.

"그런 애국자가 오죽했으면… 세상에 정말 그런 분이 없었어요."

이정숙 대장을 떠올리며 그녀의 아들 김광인 씨의 얘기를 듣던 안태우의 어머니가 탄식하며 눈물을 펑펑 쏟았다. 그것을 옆에서 바라보던 안태우의 눈에도 눈물이 핑 돌았다. 안태우는 어머니가 진정되기를 기다렸다가 김광인에게 물었다.

"혹 저희 아버님 생사를 알 수 없을까요?"

그가 묻자 김광인이 안태우 모자에게 설명하면서 내놓았던 자료들을 옆에 치워 놓고 서랍에서 철끈으로 묶여 있는 검은 검은색 표지 서류철을 꺼냈다. 그 서류를 꼼꼼히 살펴보던 김광인이 서류철을 내려놓으며 죄송하다며 말했다.

"거제 포로수용소에 넘겨졌던 구월산유격대 명단에는 안 동지분의 함자가 보이지 않습니다."

"아버지는 대화도 앞 바다에서 돌아가셨을 거라"고 김광인 씨가 담담히 말했다.

그러나 안태우에게는 김광인의 말이 '아버지의 사망선고'로 들렸다. 정말 자신이 아비 없는 자식이라는 걸 확인하면서 코끝이 찡해왔다. 가슴이 격렬한 통증으로 울컥울컥 끓어오르는 울음을 꺼이꺼이 삼켰다. 아버지가 살아계실 거라는 그의 실낱같은 희망이 사라졌다.

김광인의 얘기를 어머니와 들으면서 아버지가 옆에 같이 있었던 것 같았는데… 그는 실망이 되었다. 이제는 혹 아버지가 살아계실지도 모른다는 생각은 영영 하지 못하게 됐다.

안태우는 김광인 씨를 만나고 집에 돌아오면서 헛헛했다. 갑자기 가보지도 못한 대화도 앞 폭풍우가 머릿속에 몰아쳤다. 그 바다에서 돌아간 아버지—아버지 동지들의 아우성이 귓속을 가득 메웠다. 정말 아버지가 돌아가셨다면 혼이라도 두 모자를 내려놓은 백령도 중화동 포구에 와 있을지도 모른다고 생각했다. 그곳에 가면 아버지의 흔적이 아니라도 꿈에서라도 찾아오시지 않을까 했다.

어떻게 그렇게 돌아가실 수 있을까.

"너희들도 이 나라 백성이냐?" 하던 노 해병의 외침이 가슴에 울려왔다.

안태우가 어머니의 권유로 교회에서 하는 노 해병의 신앙 간증이 떠올랐다.

해병 이등병에서 장군까지 되었다는 노 해병은 키가 매우 작았다. 학교 다닌 적이 없어 한글도 몰랐다고 했다. 여러 전투에서 운 좋게 살아남아 훈장도 타고 진급했다고 했다. 갓 소대장이 된 그에게 그가 맡은 고지를 사수하라는 명령이 떨어졌다. 중공군이 대대적인 공세를 가해온다는 첩보가 있었다고 했다.

그는 자기가 맡은 작은 고지 중요성을 알고 있었다. 그는 친구인 포대장에게 "무선 통신으로 '나다—' 한마디 인사말을 하면 아무 대답 말고 자신이 지키는 고지 위에 '집중 포격' 해 달라"고 일부러 지프차까지 타고 가서 부탁했다. 혹 적에게 통신 내용이 발각될까 해서였다. 그는 소대원들에게 고지 위 '집중 포격' 내용을 알렸다. 고지 둘레에 참호를 든든히 파고 1개 소대가 1개 연대에 해당하는 적을 맞았다. 그들은 밀려오는 중공군에게 소대원들이 적당히 응사하며 중공군을 고지로 끌어들였다. 중공군이 고지 위에 엿 덩어리에 몰린 개미 떼처럼 뒤덮였다. 그는 감청되어도 알 수 없는 암호인 안부 인사인 '나다—' 한마디했다. 전화를 받은 친구 포대장이 명령을 내렸다. "발사!" 그는 친구 머리 위에 집중포화를 쏟아부었다. 소대원들은 참호 속에 모두 숨어야 했다. 그는 독전하다 정신을 잃었다. 포격이 끝난 아침이 돼서야 그의 의식이 돌아왔다.

아무 소리도 들리지 않았다고 했다. 포탄에 그의 청각이 마비되었다. 그는 자기 귀에도 거의 들리지 않아 최대 고함을 질렀다. 반복반복 목이 터저라 소대원들을 불렀다. 자신처럼 용케 살아남은 병사들이 삼분의 일은 되었다. 대승이었다. 고지 주변에 적군의 시체가 산을 이루었다. 10대 1, 아니 100대 1은 되는 것 같았다. 전과 확인 나온 대대장이 '신임 소대장이 용케도 살아남았군' 하며 빈정댔다. 그는 M1 총을 들고 대대장을 이끌어 살아 있는 되놈이 있는지 확인 사살하자며 나섰다. 대대장을 손사래를 치며 도망치듯 떠났다. 그의 한쪽 청각은 회복되었으나 아픈지 몰랐던 왼쪽 다리가 욱신거렸다. 방망이 수류탄 파편을 몇 개 맞고 그는 진해 해군병원에 후송되었다.

그는 환자복 주머니에 항상 권총을 넣고 있었다. 그는 어느 정도 다리가 회복되어 걸을 수 있게 되었을 때 병원 밖으로 나가봤다. 1952년 4월 13일 충무공 이순신 장군의 동상을 세우고 충무공의 얼을 기리기 위해 거행된 추모제 뒤끝이었다. 제1회 진해 벚꽃놀이가 한창이었다. 따듯한 날씨에 벚꽃이 만개했다. 가로수에 태극기와 만국기가 줄줄이 걸려 있었다.

일반 시민들은 물론 휴가 나온 군인까지 고지의 중공군만큼이나 깔려있었다. 전후 사정을 알지 못하는 그는 권총을 꺼내 공중에 발사했다. 사람들이 흩어졌다. 전선에서는 '병사들이 나라를 위해 죽어 나가는데' 이럴 수는 없다고 했다. 그는 총소리를 듣고 달려온 헌병들에게 끌려가면서도 계속 외쳤다.

"너희들도 이 나라 백성이냐?"

때마침 1974년 10월 14일이 구월산유격대 이정숙 대장의 기일이었다.

토요일 아침에 출발해서 일요일 마지막 배로 나오면 될 것이다. 백령도에서 어쩌면 자신이 태어난 석도가 보일지도 모른다. 보인대도 조그만 점처럼 보일 거였다. 쌍안경도 준비했다. 토요일 아침에 출발해서 일요일 마지막 배로 나오면 될 거였다. 쌍안경을 목에 걸고, 간단한 세면도구와 소지품이 든 작은 가방을 들고 새벽 기차를 탔다. 인천에 내려 커다란 여객선인 옹진호를 탔다.

  그의 어머니는 항상 백령도에 살 때 애기와 어린 그와 어머니를 도와주었던 박 여전도사님 애길 했었다. 어쩌면 혹 그 여전도사 소식을 들을 수 있으면 좋겠다고 생각했다.

*

  안태우는 담담히 다음 애길 계속했다.

  백령도를 다녀온 두 달쯤 되어 학교로 전화가 걸려 왔다. 그녀였다. 학교 근처 다방에 와 있다고 했다. 그가 종례를 마치고 다방에 가 보니 그녀가 코트를 입고 앉아 있었다. 풍채 좋고 얼굴이 햇볕에 그을린 어른과 함께였다. 아버지라고 했다. 아버지는 "배가 불러오기 전에 식을 올려야 하지 않겠느냐."고 했다. 백령도에서 만났을 때 직업이며 학교 전화번호며 술술 불며 흑심을 품었던 죗값인가, 아니면 술기운 때문이었나. 기억이 전혀 나지 않았다. 그녀는 그가 준 콩돌을 보여주며 웃어 보였다.

  안태우는 더 생각할 여지가 없었다. 홀어머니 외아들에게 아이까지 생겼다. 그녀는 어머니가 다니는 동네 교회를 열심히 다녔고, 그 교회에서 결혼식을 올렸다. 딸을 낳았다. 모든 게 술술 풀렸다. 그녀는 계획이 있다며 공덕동 작은 전셋집을 빼서 효창동에 방 세 개짜리 적산 기와집을 월세로 얻었다. 최소한 학교 봉급이면 월세는 간신이 낼 수는 있다고 했다. 일하는 아이인 '자야'를 두어 살림을 맡기고 딸은 할머니가 맡아서 키우기로 했다. 그녀는 몸을 추스르자 계획대로 만리동 고개 A 중학교 앞에 양품점을 냈다. 가게 보증금은 그녀가 직장을 다니면서 모아둔 돈이면 된다고 했다. 개업식 떡을 이웃 가게에 돌리고 나자 어느새 좁은 매장 안에 여자 손님들로 가득 찼다. 애 엄마가 그들 대부분을 아는 체했다. 교인들도 있었고, 일부는 그 여자들에게 이끌려온 듯도 하였다. 그중에는 반장 엄마와 부반장 엄마도 있었다. 그는 언듯 인사치레하고 가게를 나왔다. 생각지도 못한 일이었다. 학부형들에게서 봉투 한번 받은 일이 없었다. 가문의 안중근 의사가 아니어도 어머니에게서 들은 구월산유격대 아버지를 생각하며 청렴하게 어린이들을 가르치며 살고 싶었다. 그건 얼굴 기억도 없고 생사도 모르는 아버지에 대한 약속 같은 것이고, 외아들 혼자 바라보고 살아온 어머니에 대한 보답이기도 했다. 가게는 잘되는 것 같았다.

동료 선생님들의 사모님들까지 가게에 드나들었다.

이건 아니다 싶었다. 애 엄마와 다투기 싫었다. 교장은 말렸지만 일단 담임 자리는 내놓았다.

양품점이 그럭저럭 유지되면서 둘째가 태어났다. 아들이었다. 아이가 젖을 떼자 그녀가 달라졌다. 한 달에 한 번씩, 그러다가 아이가 돌이 지나 걷게 되자 몇 달이 지나면서는 거의 일주일에 한 번씩 저녁이면 가게 문을 닫았다. 그런 날이면 술도 제법 마신 듯했다. 집안의 가구며 옷가지가 달라졌다. 거기다 딸애 옷도 달라졌다. 모두 백화점 물건이었다. 언제부턴가 다이아몬드 반지를 끼고 다녔다. 그렇게 2년 가까이 지났을 무렵 애 엄마가 딸애를 데리고 사라졌다. 가게 문은 닫혀 있고 유리문에 '휴업'이라고 매직으로 쓰여 있었다. 애 엄마가 계주가 되어 두 개씩이나 관리하던 계가 연속으로 깨졌다고 했다. 그뿐만 아니라 차이나 아줌마가 계주로 있는 번호계의 앞 번호와 낙찰계 세 개도 당겨 갔다.

어떻게 알았는지 반 아이의 어머니까지 집에 찾아왔다. 심지어는 다니는 교회 나이 든 여전도사도 그를 찾아왔다. 그 여전도사는 그가 수업하는 교실 밖에서 나오라고 손짓하며 채근까지 했다 그들은 하나 같이 빌려준 돈을 내놓으라는 거였다.

　심지어 가깝게 지내던 그의 친구에게 빌린 것도 있었다. 그녀는 알고 있었다. 그가 자신도 모르게 백령도에 미련이 있다던 것을. 백령도에 좋은 싼 땅이 나왔다고 했다. 그가 은퇴하면 백령도에서 살 생각이 있다고 생각을 했을 거였다. 300여 평 전원주택에 안성맞춤인 땅이라고 했다. 지금 계약금이라도 넣지 않으면 남의 손에 넘어간다고 했다. 일단 계약금만 넣어 놓으면 그다음은 자기가 알아서 하겠다고 했다. 그래서 남에게 돈을 빌려본 적이 없는 그가 친구에게 돈까지 빌려다 줬다. 과한 그의 꿈이 저지른 결과라고 했다.

　도대체 그 돈을 다 어디다 썼을까.

　생각해 보면 짐작이 가는 곳도 있긴 했다. 애 엄마가 되고 양품점을 열었을 때 얼마 지나 손님이 없을 시간에 양품점에 있는 남자 둘을 보았다. 좀 흉측하게 생긴 남자 둘이 양품에 애들 엄마를 닦달하는 게 보였다. 그런 날이면 저녁 일찍 가게를 닫고 통금 시간이 다 되어 집에 들어오곤 했었다. 뭐하는 남자들일까 궁금했지만, 말도 못하게 했다. 딱 한 마디 새로 구상하는 사업을 돕는 사람이라고 했다. 말은 그렇게 했지만 뭔가 약점을 잡혀 꼼짝 못하는 게 틀림없었다.

　양품점에 있던 물건들이 생각나 가게로 갔다. 유리창에 갇혀 있던 그 많던 물건들이 대부분 사라졌다. 주인집에 들러 애길 들어봤다. 한 보름 전 애 엄마가 물건을 꺼내 가려 가게에 들렀었다고 했다. 차이나 아줌마를 비롯해 빚쟁이들에게 몰려 머리카락을 잡히며 혼나곤 기절해 동네 의원에 입원했다는 연락을 받고 가보니 혈압이 200 가까이 올랐었다고 의사가 말했다. 쇼는 아니었을 거였다. 그날 퇴원한 후 애들 엄마가 자취를 감추었다.

가게 건물주는 밀린 집세는 안 받겠다고 했다. 부인 대신 임의로 가게를 처분해도 된다는 각서나 한 장 쓰라고 했다.
　가게에도 집에도 돈이 될 만한 게 없었다. 가게에는 걸레로도 못 쓸 허접한 옷가지가 몇 개 걸려 있고, 집에도 값나가는 옷가지는 언제부턴가 보이지 않았다. 언제부턴가 다이아몬드 반지라고 끼고 다니며 결혼 예물인 루비 반지는 잘 보관해 두었다는 그 반지는 동네 금은방에 있었다. 보석이 들어 있던 화장대 서랍 보석함에는 그가 그녀에게 쥐여준 콩돌 두 개만 있었다.
　그가 사랑의 증표로 두었던 세 개 콩돌과 함께 주머니에 넣었다. 다섯 개 콩돌로 철없이 그녀를 달래볼 생각이었다.
　그녀의 친정으로 가보기로 했다. 백령도에 사놓았다는 땅이라도 팔아올 생각을 했었다. 그녀는 없었다. 장인은 그런 일 없었다고 했다. 시어머니가 중병에 걸렸다며 병원비를 빌리러 온 적은 있었다고 했다. 그러면서 혹 모르는 사람이 안 왔었냐며 되물었다.
　돌아오는 뱃길에도 괭이갈매기가 먹이를 달라고 '끼룩'거리며 그의 얼굴 앞을 어지럽혔다. 주머니의 콩돌이 손에 잡혔다. 처음 만났을 때를 상기시키며 다독거리며 설득하려 주머니에 넣어 왔던 콩돌이었다. 콩돌 모두를 괭이갈매기에게 던졌다. 먹이로 알고 쫓아왔던 괭이갈매기들이 콩돌을 물려 달려들었으나 곧 포기했다. 콩돌들이 바닷물 속으로 사라졌다.
　바닷속에 떨어진 콩돌들이 바닷물에 쓸려 다시 콩돌해변 그 자리에 되돌아갔으면 했다. 그 돌들은 그곳에 있어야 했다.
　집으로 돌아와 안태우는 복덕방에 가 사정 얘길 하고 집을 알아봐 달라고 했다. 그의 수중에 있는 돈으로는 사람이 살만한 방이 없었다. 복덕방 사장이 "적산 일본 기와집에 붙어있는 시멘트 블록 단칸방이 있는데 보겠냐?"고 했다.

　먼 친척 아이를 손녀로 입양해 키우는 주인 할머니는 그의 소문을 들었는지 복덕방 사장에게 들었는지 "월세는 말고 보증금만 대충 있는 대로 달라."고 했다. 그달 봉급을 봉투째 내놓았더니 반쯤 꺼내 보던 주인집 할머니가 다음 달에 내라고 하였다. 그 덕에 '자야'에게 주던 월급의 며칠 분도 안 되는 돈을 쥐여주며 "미안하다."라는 말이라도 할 수 있었다. '자야'는 안고 있던 성민을 할머니에게 안겨 주며 눈물을 떨구며 애써 돌아섰다. 그는 다음 달에 교실 밖에서 안달하던 늙은 여전도사의 빚부터 먼저 갚았다. 그도, 그의 어머니도 더 이상 그 동네 교회를 다닐 수 없었다. 교회에도 당연히 빚쟁이가 있었다.

　그는 교장을 만나 전근 신청을 했다. 교장도 알고 있었다는 듯 돌아서는 그의 어깨를 두들겨 주었다.

　공포는 희망이 있을 때 생기는 거였다. 절망은 오히려 운명에 순종하게 된다. 아버지는 6·25 이후 궁집 사람들이 사라지고 혼자된 절망 속에서 차이나 아줌마의 충견이 되었었다. 차이나 아줌마도 안태우네 일을 더 이상 거론하지 않는 눈치였다.

　안태우는 나머지 빚쟁이들에게 되는대로 현금보관증을 써 주었다. 그래서 그런지 월급 압류는 면했다. 그것도 차이나 아줌마가 채권자들을 설득한 덕이었을 거였다. 안태우는 어쨌든 다시 살아갈 길은 있었다. 평생이 될지 모르지만, 현금보관증을 받아 간 사람들의 계좌번호에, 바위에 물방울 떨어지듯, 핏방울 짜내는 매혈의 고문을 견디면 되었다. 평생 온 식구가 빈혈로 살아가야 할 터였다.

　그는 빚 문제도 일단락되고 전근도 가게 되었다. 집도 옮기고 싶었지만, 여력이 안 되었다. 그냥 그의 힘든 시간은 흘러가고 있었다. 애 엄마는 어떻게 알았는지 집 근처에서 기다리다 여섯 살 딸애 성미를 데리고 사라졌다. 제 애 데려간다며 학교에 전화 한 통 하곤 감감무소식이었다. 식구가 셋이 되었다. 백방으로 수소문해 봤지만, 성미의 행방을 알 길이 없었다.

한동안 아무 소식이 없었다. 취학통지서가 나올 때가 되어 전근한 학교로 또 전화가 왔다. 아직도 그대로 살고 있는 창고 집을 알리고 싶지 않아 효창공원 원효 동상 앞에서 만나자고 했다. 그가 먼저 갔다. 공원 벤치에 앉아 얼마나 컸을까 하며 성미를 생각하고 있는데 성미 엄마가 성미를 데리고 나타났다. 이혼 서류도 함께 들고 왔다.

성미 엄마와 같이 사는 남자가 다른 남자 피가 섞인 애를 "더 이상 키울 수 없다."라고 했다는 거였다. 고아원에 보낼까 했지만, 성미가 아빠를 찾아 데리고 왔다고 했다. 성미가 그새 꽤 컸다. 성미가 그의 눈치를 보고 있었다. 그렇지 않아도 걱정했었다. 그가 벤치에서 일어나 성미를 오라고 손짓하자 그의 옆구리에 끼어들어 팔로 허리를 감았다. 그가 성미의 머리를 쓰다듬어 주며 다시 벤치에 앉았다. 성미 엄마에게 묻고 싶고 듣고 싶은 얘기는 없었다. 성미가 추운지 오돌오돌 떨고 있었다. 날이 기울고 있었다. 어느새 어스름해졌다. 추운데도 성미는 그에게 기대어 고개를 꾸벅이며 잠들 참이었다. 그가 일어서려는데 성미 엄마가 먼저 돌아섰다.

둥근달이 떠 있었다. 성미를 업고 힐긋 돌아보니 성미 엄마는 검은 뒷모습에 검은 그림자를 드리우며 원효로 쪽으로 꼿꼿이 내려가고 있었다. 그는 잠이 든 성미를 업고 청파동 쪽으로 향했다. 달빛이 그녀의 얼굴을 비추고 있을 터였다. 그는 청파동 쪽으로 걸었다. 달빛이 그의 등을 비추고 그림자가 그의 발에 밟혔다. 성미는 그의 목에 팔을 감고 잠들어 있었다. 그는 인연으로 온 이 아이를 다시는 아프게 하지 않겠다고 다짐했다. 청파동 창고 집에 성미를 눕히고 나니 등짝이 썰렁하였다. 식구가 다시 넷이 되었다.

무탈했다. 다행이었다. 성미는 모든 걸 눈치껏 알아서 잘해냈다. 공부도 밥상 차리는 것도, 남동생 돌보는 것도. 문제는 성민이었다. 어려서 어미와 떨어져서 그런가, 할머니가 돌봐 주는 데도 항상 감기며 편도선염을 달고 다녔다. 편도가 심하게 붓고 열이 오르면 먹은 것 모두 토해내는 게 다반사였다. 어쩌다 학교에서 회식이라도 있는 날에 그렇게 아프게 되는 날도 있었다. 등에 업고 동네 의원으로 뛰었다. 그래서 그런가, 성미를 업고 와 내려놨을 때의 등짝의 애잔한 따듯함은 그대로 남아 있는데, 성민이는 동네 의원 진찰실에 내려놓을 때는 더 작은 몸인데도 무게감이 더 컸다.

성미가 커가면서 방 두 칸짜리 집으로 옮겼다. 그는 경황이 없어 성미가 학교 들어가기 전에 한글을 가르쳐 주지 못한 걸 후회하며 성민은 국민학교 입학 전에 한글 자판을 이용하여 한글을 가르쳤다. 성민이 한글을 깨치자 성미가 제 동생이라고 끼고 동화책을 읽어주고, 할머니가 먹을 걸 나눠주면 아꼈다가 동생에게 주었다. 성미는 할머니 일도 거들고 구두 닦는 일도 거르는 적이 없었다. 그런 성미가 중학교 3학년이 끝나갈 무렵 때늦은 사춘기가 온 것 같았다. 아버지 시중이며 할머니 잔심부름에 성민을 돌봐 주던 일도 옛날 같지 않았다. 아버지를 쳐다보는 눈이 달라졌을 뿐만 아니라 눈을 마주치는 것조차 피했다. 고민이 있어 보였다. 그러다 어렵게 고민을 털어놨다.

생물 선생이던 담임에게서 학과 시간에 배운 혈액형 유전 때문이었다. 엄마 소리는 생전 안 하던 성미가 "엄마를 언제 만났어요?" 했다. 새삼스럽게 '두 사람 혈액형'을 물었다. 성민이 혈액형이 A형인데 성미는 AB형이었다. 아빠 혈액형이 O형이고 엄마는 AB형이라고 일러

주었더니 안심하는 모양이었다. 그는 혈액형 때문에 성미의 출생을 의심해본 적이 없었다. O형과 AB형 부모 사이에 당연한 일이라고 생각한 모양이었다. 백령도 밤이 전혀 생각나지 않는 게 그렇긴 했지만, 애 엄마 본인이 그렇다는데 의심할 수 없었다. 어려운 집안에, 그녀가 임신한 덕에 새 식구가 생기게 된 걸 다행이라 여겼을 뿐이었다.

그 후로 성미는 일상으로 돌아왔다. 더 이상 아무 일도 없었다. 3학년이 끝나는 가을. 친구네 다녀온다던 성미가 돌아오지 않았다. 그 친구에게 전화를 해봤다. 그날 오기로 했는데 오지 않았다고 했다. 이틀 밤이 지나서 성미가 돌아왔다. 잠을 못 잤는지 피곤하고 초췌해 보였다. 성미는 아무것도 묻지 않았다. 하루를 꼬박 자고 나자 옛날의 성미로 돌아왔다. 다행이다 싶었다. 그런가 싶었더니 고교 진학을 앞두고 학교에서 돌아온 성미가 방구석에서 나오지 않았다. 저녁도 먹지 않았다. 아침에 일어난 성미는 눈이 퉁퉁 부어 있었다. 성미는 아무것도 묻지 않았다. 할머니를 도와 아침을 챙겼고, 그의 구두까지 잘 닦아 가지러니 현관에 두고 방으로 들어가서 나오지 않았다. 그와 눈을 마주치지 않으려 했다. 공부도 신경 쓰지 않는 것 같았다.

이번에도 오래가지 않았지만, 지난번과는 달랐다. 고등학교에 가게 되면 이사 가자고 했다. 학교도 정했다고 했다. 공부도 곧잘 했던 성미가 중구에 있는 C 여자상업고등학교 야간에 가겠다고 했다. 그가 극구 말렸지만, 성미는 단호했다. 장학금을 받아 등록금도 내고, 빚 일부라도 함께 갚겠다고 했다. 그러면서 엄마를 만난 얘기를 했다.

엄마는 성미가 그 집 씨가 아니라고 했다. 혈액형을 말했더니 네 지금 아버지를 만나기 전에 이미 임신한 걸 확인했다고 했다. 그날 백령도에서는 지금 아버지와는 아무 일 없었다고 했다. 성미가 황당해서 담임선생님에게 물어봤다고 했다.

성미가 선생님에게 물어본 핵심인 아버지가 O형, 어머니가 AB형인 경우, 아버지 인자형이 OO이고 어머니의 인자형이 AB이면 자식은 AO, BO 두 인자형만 가능해서 자식은 A형과 B형밖에 없다는 거였다. AB형은 나올 수 없었다. 성미는 거기다 자기가 안태우의 딸이 아니라는 엄마의 말을 확인하곤 엄마가 아버지에게 진 빚을 얼마라도 갚겠다고 작정한 거였다.

다시 착실히 공부를 시작한 성미는 장학금도 타고 근처 주간 학교 교무실에서 급사 생활을 했다. 성미는 성민의 용돈도 부족하지 않게 주었다. 성미는 성민이 동복이부(同腹異父) 남매라는 걸 성민에게 차마 말하지 못했다. 그냥 성민이 원하는 것이면 거의 다 받아줬다. 그게 동생을 위하는 거라 생각했다. 성미는 매달 봉투를 안태우에게 내밀었다. 안태우는 차마 그 봉투를 쓰지 못했다. 모아서 성미 대학 진학에 보탤 생각으로 받아 두었다. 여상을 졸업한 후 성미는 금융거래소에 취직이 됐다. 성미는 아버지의 권유대로 2년제 야간대학 복지학과에 진학했다.

매혈 핏방울로 갚아가던 빚도 청산됐고, 애들도 거의 컸다. 때가 되면 이사 다니는 게 만만한 일이 아니었다. 안태우는 애들 할머니가 돌아간 후 은행융자를 받아 그가 근무하는 학교 근처 빌라를 계약했다. 다음날 그는 두 아이를 데리고 단발머리 아저씨에게 인사하러 갔다. 안태우가 집을 장만했다는 애길 듣고 단발머리 아저씨는 함께 축하해 주었다. 방 세 개의 빌라지만 그에겐 궁전이었다. 성미의 도움도 컸다.

새집으로 이사와 첫 저녁을 먹으면서 성민이 느닷없이 아버지에게 물었다.

"아버지는 왜 할아버지 애길 안 해요?"

"아무 기억이 없어서겠지. 6·25 전쟁 중에 지금은 NLL 북한 쪽 섬인 석도에서 태어나 백일이 갓 되어 백령도로 왔으니까."

"할머니는 백령도 '덕'에서 까나리를 쪄내는 일을 하셨다던데요."

"난 까나리젓 냄새만 맡아도 메스꺼워져." 그렇게 말했지만, 백령도에서 맛있게 먹은 까나리 무침이 떠올랐다.

"할머니는 자랑스럽게 할아버지 애길 우리에게 해주셨는데."

"나는 내 아버지가 원망스러웠지."

안태우는 김광인을 만난 애길 하지 못했다. 서해 바닷속에서 돌아갔을 아버지의 얘기를 언뜻 꺼내지 못했다. 어머니를 편하게 모시지 못해 마음이 무거웠다. 젊어서 김광인을 만나 남이 하는 구월산유격대 얘길 들었다. 잠시 감동했지만, 아버지가 서해 대화도 앞바다에서 수장당한 걸 알았다. 아버지며 어머니며 김광인이며 신경 쓰고 싶지 않았다. 혹 아버지가 살아계셨다면, 불구건 가난이건 문제가 아닐 것 같았다. 아니 유골이라도 수습했으면 마음이라고 덜 힘들었을 거였다. 유골이 더 무거웠을 텐데 형체 없을 영혼이 더 무거웠다. 아비 없는 무게가 그렇게 무거웠다.

안태우는 어머니가 혼자 힘들게 자신을 키우며 고생하는 게 너무 미안했었다. 차라리 고아라면 좋았을 거라고까지 생각했다. 모든 게 자신이 잘되려고 결정한 일이었다. 홀어머니에 외아들이라는 굴레를 쓰고 원하지 않는 운명에 고삐를 맡기고 끌려다니는 게 싫었다. 자신이 자신의 운명을 선택할 수 없는 게 힘들었다. 모든 게 아버지가 없었던 탓인 것 같았다. 그게 오늘날까지 핏방울 뽑아내며 모든 식구를 어렵게 만든 운명을 만든 원인이었다.

"전 할아버지가 자랑스럽던데요."

"고맙구나. 난 불효자네…"

안태우는 돌아간 어머니에게도 아이들한테도 할 말이 없었다. 그는 아버지의 뜻을 잇고 싶었지만, 실패한 결혼이며 애들 엄마가 진 빚 때문에 이때껏 어렵게 살아온 걸 어느 누구에게도 말하고 싶지 않았다. 자식에게는 더욱 그랬다. 어쩌면 성미도 싫겠지만, 자기의 운명을 스스로 지기로 한 것 같았다. 그래서 야간 고등학교 다니며 그 고행을 했을 거였다.

저녁이 끝나고 성미가 내온 커피를 마시며 애들 할아버지 얘길 꺼냈다. 커피를 마시지 않았더라도 새집에서 잠도 오지 않을 거였다. 안태우는 사실 자랑거리는 아버지밖에 없었다. 평생 호강 한 번 해드리지 못하고 두 아이를 키운 어머니의 고생은 빚으로만 남았다.

안태우는 말이 나온 김에 아버지 얘길 시작했다. 아버지가 석도에서 백령도로 어머니와 자신을 내려놓고 간 일. 애들 할아버지가 대화도에서 나오다가 서해 바닷물에 수장된 얘기도 했다. 시작한 김에 오래전 어머니와 함께 '아버지 소식'을 알아본다며 구월산유격대 이정숙 대장과 김종벽 대위의 아들 김광인 씨를 만나 들은 이 대장의 활약과 아픔도 얘기도 했다. 마지막으로 병든 몸으로 교도소에서 숨을 걷어 교도소 뒷산에 묻힌 구월산 여장군 이정숙 대장 얘길 했다. 그 후 그 얘길들은 구월산유격대 전우들이 조계사에서 화장해 그 유골을 그녀가 지키려 했던 이 나라 강산에 뿌렸다는 얘기도 했다. 애들 어머니 얘긴 꺼내지도 못했다. 성미의 가슴에 맺혀있을 아픔을 들춰내고 싶지 않았다. 그렇게 말하면서 자신이 살아온 일은 일도 아니었다는 생각이 들었다.

얘기를 마치면서 안태우는 이 대장의 마지막 얘기는 안 할 걸 하며 후회했다.

"그런 애국자가 허망하게 돌아가셨다니…"

서해에 수장된 할아버지와 이정숙 대장의 얘길 들은 후 성민은 탄식과 분노로 입을 악물고 있었다.

우려는 성민에게서 나타났다. 아들이 달라졌다. 그동안 그들이 어렵게 산 게 할아버지의 부재로 생각하는 거 같았다. 모든 게 나라 잘못이라고 생각하는 것 같았다. 그는 아들의 분노를 가라앉히려 했다. 안태우는 자신의 숙명을 받아들여 지금은 행복하다고 말했다. 그리고 평탄한 삶을 살도록 설득하고 싶었다.

'아버지 흔적을 찾느라 백령도를 찾아갔다가 네 엄마를 만난 게, 모든 식구가 고생하게 된 거'라고 말할 뻔했다. 그는 어머니에게도, 애들에게도, 세상 사람들에게도 그 말을 할 수 없었다. 자신에게도 아무 변명을 못했다. 처음엔 애들 엄마 만남이 웬 횡잰가 했었다. 돈고생은 고생이 아니었다. 꿈 없이 그저 관성적으로 빚을 갚으면 되었다. 아들에게서 안태우 자신의 삶을 보상받고 싶지 않았다. 아들이 대신 나랏빚을 짊어지게 하고 싶지 않았다. 그는 이 대장 아들 김광인을 보며 알았다. 자기 아들 성민은 좀 평탄하게 살아줬으면 했다.

마음에 차지 않은 대학이지만 그럭저럭 졸업해 사람 구실을 할까 했던 성민이 사라졌다. 군에 가 있었다. 성민이 현역 해병으로 제대 말년 휴가에 '세월호 참사 1주기 시청 앞 집회' 옆에서 시위하고 있었다. 그는 해병대 정복을 입은 채로 개인 피켓을 들고 1인 시위를 하고 있었다.

4·16 세월호 참사로 희생된 사람은 안산시 단원고등학교 수학여행 학생 325명, 교사 14명, 승무 관련 직원 62명, 기타 관광객을 포함한 민간인 75명, 총승선 인원 476명이었다. 최종 사망자 304명은 단원

고 학생 250명, 교사 11명, 일반인 43명이었다. 미수습자 5명 중 교사가 2명이었다.

2002년 서해교전 후 2004년 군인연금법이 개정되어 적과의 교전 과정에서 전사한 유족이 최고 2억 원 이상의 보상금을 받도록 개정되었다. 2010년 3월 26일 서해안 최북단 백령도 근처에서 해군 PCC 772 천안함이 북한 어뢰에 피격 침몰되었다. 우리 해군 45명 사망에, 6명 실종, 58명이 구조되었다. 전사자 1명당 7억~8억 원의 유족 보상금 2억 원을 받았다. 실종자를 수색하다가 순직한 한주호 준위 가족에게는 5억 원이 지급되었다.

세월호 참사 희생자의 보상은 재난 및 안전관리기본법 등에 따른 것이라 했지만 사회적으로 물의가 있었다. 세월호 청해진해운회사 회장인 유병언에게 보상책임이 있다는 거였다. 그가 감당할 수 없는 거액이라면 어린 학생들 희생의 안타까움을 국고로 일부 부조할 수도 있을 거였다. 또는 국민의 자진 성금도 의미가 있을 거였다.

세월호 참사 배상 및 보상 심의위원회에서 1인당 1억 원으로 위자료를 정했다. 일부 유가족들은 이에 동의하지 않고 법원에 국가와 청해진해운을 상대로 손해배상청구소송을 내기도 했다. 승소할 거라 했다.

그런데 구월산유격대 이정숙 대장은 보상이 아니라 감옥에서 비통한 생을 마감했다. 아들인 김광인은 생활고와 살아나지 못할 병으로 머잖아 돌아갈 거였다. 구월산유격대의 해체와 구속—그 과정에서 서해에 171명의 대원이 몰살되고, 살아남은 대원들을 포승으로 묶여 거제도 포로수용소에 수감되기까지 하고…

그들 뒤를 따라 김광인이 가난 속에서 그 일을 하다 가정을 돌보지 못했다. 그의 두 아들은 소식을 끊고 아버지를 찾아오지 않았다. 그는 정부에서 지급하는 생계보조비도 받지 않고 빈민으로 그날그날을 버티고 있었다. 그는 두 아들을 불효자로 만들까 봐 정부에서 지급하는 생계보조비를 신청하지 않았다고 했다. 아버지 부양하지 않다는 아들의 확인서를 제출해야 하기 때문이라 했다.

김광인과 KLO기념사업회는 정부가 바뀔 때마다 원호처 같은 관계 기관에 어머니의 유공자 신청과 보상을 알아봤다. 이정숙 대장 같은 유격대원들은 국가가 소집한 게 아니어서 국가가 보상 책임이 없다고 했다. 또 KLO부대원은 미군 산하 단체 요원이어서 대한민국이 보상할 책임이 없다는 거였다.

성민이 살펴본 결과 김광인 씨와 KLO기념사업회 말고도 관련 단체들이 많은 걸 알았다. 해마다 이북오도청 함경남도 지사가 관장해 수십 년 동안 효창공원 '북한반공투사위령탑'에서 위령제를 본 적이 있었다. 그 탑은 해방 후 평안도, 황해도, 함경도 곳곳에서 공산당에 저항하다 목숨을 잃은 이들을 기리는 기념탑이었다. 탑 왼쪽 '함경남도 반공순국선열' 비에는 150명의 사망자 명단이 빼곡히 쓰여 있었다. 주로 흥남 '배공청산단'이나 '반공구국청년단' 명단이었다. 이 사망자 월남 유가족들은 국가 지원 없이 살아왔고 어렵게 아이들을 키워 지금껏이었을 것이다. 성민이 그 유가족들에게 들은 얘기는 국가의 보상을 바라는 게 아니었다. 명예 회복만 바라는 거였다.

성민은 이해가 되지 않았다. 군부대 축구 시합에서 가벼운 디스크로 수술받은 사람도 국가유공자로 인정받는 걸 봤다. 그의 자녀들은 취업 혜택도 받았다. 본인은 장애인 스티커를 받아 각종 혜택을 받고 있었다. 그래서 나선 거라 했다. 그들을 폄하시킬 생각은 조금도 없었다. 나라가 이만큼 먹고살 만해졌으면 못해 줄 것도 없는 거였다.

성민의 피켓 내용은 단순했다.

'건져내라! 구해내라!'

구호의 의미는 달랐다. 서해 대화도 앞바다에서 수장된 구월산유격대 대원들과 그 가족들의 명예를 건져내라는 거였다. 그래야 애국심이 유지되고 국가에 감사할 거라는 거였다.

시위대를 취재하러 왔던 기자 하나가 고개를 갸우뚱하다가 해병대 정복의 그에게 관심을 보이며 물었다.

"가족 중에 희생자가 있습니까?"

"네."

"어떤 관계입니까?"

"저희 할아버지는 구월산유격대 안○○ 대원이었습니다. 안중근 의사의 먼 친척이셨습니다. 6·25 사변 때 미군과 국군의 모함을 받아 서해 북쪽 해역 대화도에서 거제도 포로수용소로 끌려가다가 서해에서 수장된 171명 중의 한 분이셨습니다."

"세월호 시위에는 왜 나섰습니까?"

"그 사실을 아무도 모르기 때문입니다."

"그런데 어떻게 혼자 나오셨습니까?"

"원래 구월산유격대 여자 대장 이정숙 씨의 외아들 김광인 씨와 같이 나오려 했습니다. 그분이 병환 중이어서 혼자 나왔습니다."

성민은 할머니와 김광인 씨에게서 들은 얘기들을 열정적으로 설명했다.

기자가 마지막으로 물었다.

"세월호 유족들과 달리 왜 보상에 대한 요구는 없습니까?"

"시대가 다르지 않습니까? 저는 김광인 씨와 마찬가지로 제 아버지와 구월산유격대원들의 명예 회복만 바랄 뿐입니다. 국가 전란에서 군인이나 일반 국민이 희생을 무릅쓰고 나라를 구하는 건 의무입니다.

구월산유격 대원이었던 할아버지의 외아들인 아버님도 혼자 국가 보조 없이 저를 키웠지만, 그분도 국가에 대해 아무 보상을 바라지 않습니다. 이제는 시대가 달라졌으니까 국가와 국민이 기억해 주는 명예면 됩니다. 그러나 어렵게 사는 유족들에게는 국가 능력에 맞는 복지 정책으로 일정 기간 기본적인 주거와 생계 지원이 필요합니다. 또 자녀들이 안심하고 공부할 수 있는 교육제도와 금융지원 등의 국가 경제에 맞는 기본 시스템이 필요합니다. 흔히들 애국과 사회를 위해 희생한 가족과 후손들이 국가와 사회를 원망하는 일이 없게 해주면 됩니다. 희생이 억울하게 하지 않게 하면 됩니다."

성민은 안중근 의사의 셋째 동생 봉근의 부인과 자식들이 안 의사의 가족이라고 핍박받은 얘기도 했다.

그러면서 상민은 확고하게 말했다.

"그 이상은 구걸이고 동냥입니다."

성민이 휴가 기간 내내 피켓 시위를 했지만, 열심히 적는 것 같던 기자의 인터뷰 기사는 신문에서 볼 수 없었다. 어느 매스컴에서도 그런 기사는 발견할 수 없었다. 성민은 휴가가 끝나 가던 날, 해병대 헌병 두 사람에게 연행되었다. 해병대 감방에 며칠 갇혀 있다가, 훈방으로 풀려났다. 성민은 그 안에서 감옥에서 숨졌다는 이정숙 대장의 마음을 헤아려 봤다.

안태우는 김광인을 찾아가 만났다. 성민이 풀려난 후 제일 먼저 김광인을 찾아왔었다고 했다. 그리고 김종벽 소령이 폐암으로 돌아갔다는 말도 들었다. 그는 성민에게 구월산유격대와 동키2연대 켈로부대의 해체와 그 이후의 얘기를 해 주었다고 했다. 성민에게 그동안 발굴해 놓은 자료를 성민에게 인계할 생각이라고도 했다. 안태우는 그렇게 말하는 김광인의 병색이 완연한 걸 보았다. 생명이 얼마 남지 않은 걸로 보였다. 그는 그 짐을 떠맡길 사람을 찾고 있었다. 안태우는 성민이 그 일을 혼자 떠맡아 감당할 수 있을까 걱정되었다.

성민은 제대 후에도 여전히 세월호 집회에 참여하다가, 숨진 아이들 학교가 있는 안산에 가보고 싶었다. 비가 내리고 있었다. 학교며 길거리며 자동차에—아이들을 추모하는 노란 띠, 노란 리본, 노란 스티커가 가득했다. 서해 바닷물 속에 있을 할아버지를 생각하며 부러운 생각이 들었다.

먼저 세월호 참사 학교인 단원고에 가봤다. 교문 위아래 문살에 길고 짧은 노란 리본이 가득 묶여 있었다. 길가 안전 난간대에도 노란 리본이 가득했다. 어떤 곳에는 흰 국화분이나 절화가 놓인 곳도 있었다. 비가 내리기 시작했다. 노란 리본이 걸려 있는 노란 리본이 가득한 길가 난간대에서 한 여자를 만났다. 흰 국화꽃 한 송이를 쥐고 빗속에 서 있는 여자를 만났다.

그녀가 성민 안에 들어와 있었.

성민은 그녀에게 우산을 받쳐주며 말없이 기다렸다. 그녀는 미동도 하지 않았다. 성민이 먼저 입을 열려다 그녀가 움직일 때까지 기다렸다. 어둠이 질 무렵 그녀가 내 우산 속에서 움직였다. 우산 속 국화꽃 한 송이가 움직였다. 촘촘히 묶여 있는 노란 리본이 난간대 밑 화강암 경계석에 한 송이 국화꽃이 놓였다. 그녀는 그 꽃을 내려놓고 난간대 바로 위에 묶여 있는 노란 리본을 풀어 냈다. 모양이 달랐다. 리본을 풀자 끝에 소원 뜨개 팔찌가 매달려 있었다. 그녀는 팔찌를 왼쪽 손목에 끼고 그 끝에 리본이었던 노란 끈을 세 겹 되게 감았다.

그녀가 먼저 입을 열었다.

"제가 뜬 소원 뜨개 팔찌를 여동생 손목에 껴 보냈죠."

"특별한 의미가 있었나요?"

"안 쪽은 황금을 의미하는 노란색, 밖은 희망과 사랑을 의미하는 보라색으로 짰어요. 동생은 노란 프리지어와 보라색 라벤다를 좋아했어요. 동생이 손에 걸고 좋아했었죠."

"마음이 아팠겠어요."

"동생은 수학여행을 간다는 얘길 안 했어요. 언니가 돈 걱정할까 봐 그랬겠죠."

"속 깊은 동생이었네요."

"담임선생님에게서 전화 와서 알았어요. 그 선생님도 돌아오지 못하셨죠."

그녀는 어려서 사고로 부모를 잃고 동생과 함께 살아왔다고 했다. 그녀는 담임선생의 전화를 받고 동생을 꼭 수학여행에 보내겠다고 약속했다. 싫다는 동생을 설득해 용돈까지 찔러줬다. 그런 동생을 시신마저 찾지 못했다. 그녀는 동생이 말하지 않은 수학여행을 억지로 떠밀어 보낸 것 같아 잠도 못 자고 음식도 넘기지 못했다고 했다.

"그러면 그 팔찌는 동생 게 아니겠네요?"

그녀가 팔찌를 내보이며 말했다.

"동생의 죽음이 믿기지 않아 제가 노란 리본 띠와 함께 하나로 새로 뜬 겁니다. 집에서 가장 가까운 난간대에 묶어 두고 시간 되는대로 와 봤습니다."

"그런데 그걸 왜 떼십니까?"

"동생에게 자유를 주고 싶었습니다. 노란 리본이 무사 귀환의 의미랍니다. 이미 애도를 의미하는 검은 리본으로 바뀌었을 시간이 오래되었습니다. 지나도 너무 지났습니다. 무사 귀환은 희망 고문입니다. 이제는 제가 끼고 다니면서 다시는 이런 일이 일어나지 않을 세상을 만드는 데 같이 갈 겁니다. 그때까지 항상 내 팔에 끼고 다니며 투쟁할 겁니다."

"혼자 그게 가능할 거로 생각하십니까?"

그녀는 '수현'이라고 했다.

그녀의 동생은 서해 바닷물 속 어디에 성민의 할아버지와 함께 있을 거였다. 그녀는 성민 할아버지 죽음도 공감해 주었다. 그녀는 보상금을 받았으나 자신을 위해 쓸 생각이 없다고 했다. 그녀는 세월호 그 자체와 안전과 구호 시스템에 대해 말했다. 또 그 배상은 국가 책임 이전에 세월호 청해진해운회사와 선장, 부실을 방조한 감독기관과 구조 과정에서의 해경의 책임을 물어 고인들의 한을 풀어줘야 한다고 했다. 또한 이러한 안전사고가 재발되지 않게 할 시스템이 확보되어야 한다고 했다.

그날 다음부터 성민은 그녀와 함께 피켓을 서로 바꿔 들고 2인 시위를 시작했다.

"건져내라! 구해내라!"

"책임자 처벌하고, 안전 세상 만들라!"

성민은 그렇게 우연히 만난 그녀가 걱정되었다. 감당하기 어려운 일을 한다고 생각되었다. 성민은 성미 누나에게 들은 애기가 맘에 걸렸다. 백령도에서 만난 인연 때문에 아버지 인생이 꼬였다는, 그런 아픔이 자신에게는 없길 바랐다.

안태우는 아들이 걱정되었다. 성민이 며느릿감을 데려온다고 했다. 그러던 아들이 사라졌다. 다음 해 성민이 아무 소리 없이 아일 신당동 집에 데려다 놓고 사라졌다. 백일내기쯤인 된 사내아이였다. 아이 이름은 아들과 아기 엄마의 이름을 따서 민수라 지었다고 했다. 살아있으면 세월호 관련 시위장에 나타날 거였다.

세월호 집회는 계속되었다. 안태우는 시간이 나는 대로 세월호 집회며 기자 회견장을 쫓아다니며 아들을 찾아다녔다. 김종혁 소령과 이정숙 대장이 대전현충원 호국영웅 묘역에 같이 안장되었다는 소식이 들렸다. 좋은 일이었다. 민수가 돌이 지나고 동네 밖에서 놀 나이가 됐는데도 성민은 나타나지 않았다.

그사이 한여름이 되었다. 안태우는 관련 시위대를 따라다니다 종로 모종 시장에서 그 둘을 발견했다.

오후 한낮이었다. 안태우가 백령도 두무진 절벽 바위틈에서 봤던 잎 너른 부채 모양 식물이었다. 둘 화초 잎이 거의 똑같았다. 꽃이 펴있는 게 범부채라고 쓰여 있었다. 그 옆에 대청부채가 있었다. 화원 주인은 서해 5도 중 백령도 다음으로 큰 대청도에서 처음 발견되어 대청부채라 한다고 했다. 대청부채는 꽃이 져 있고 아직 피지 않은 꽃봉오리가 달려 있었다. 대청부채는 져 있는 꽃 모양도 정갈했다. 청색 포플린 치마를 깨끗이 빨아 짜서 함지에 놓은 타래 모양이었다. 84년도인가 소양강 댐이 몇십 센티 밀려나고, 서울에 큰 수해가 났을 때 북에서 쌀과 함께 보내준 연한 청색 꽃무늬의 포플린 옷감이 생각났다. 그 고향 쌀로 밥을 지어 어머니에게 드렸던 생각도 났다. 어머니와 함께 본 백령도 중화동교회 백 년 무궁화나무 밑에 떨궈져 있던 무궁화꽃 꼬투리 색깔도 조금 닮았다.

활짝 핀 범부채꽃은 오므라져 있는 대청부채꽃보다 훨씬 컸다. 늘씬한 꽃대에 다시 난 작은 꽃대에 진한 주홍색 꽃이 달렸다. 꽃잎에는 핏빛 같은 진한 붉은 점이 가득 찍혀 있었다. 범의 입속이다. 대청부채꽃은 활짝 핀 걸 못 봐 망설이는데 꽃집 주인이 "오늘 집에 가져다 놓으면 저녁이면 꽃을 볼 수 있을 거라." 했다.

대청부채 꽃말은 '좋은 소식', 범부채는 '용기, 정성 어린 사랑'이라며 화분 꽂기에 적어주기까지 해줬다. 둘 다 붓꽃 종류라고 했다.

널찍한 부채같이 시원한 잎을 지닌 두 화분을 남향 베란다에 올려놓았다.

늦여름이라 아직 해가 길었다. 선풍기를 틀어 놓고 저녁을 먹었다. 꽃집 주인 말이 맞았다. 눈길이 간 화분에 꽃이 피어 있었다. 기왕에 펴있던 범부채 옆 화분에 대청부채꽃이 피었다. 꽃집 주인 말대로 붉은 기가 조금 있는 엷은 청색 꽃이 피어 있었다. 범부채와 마찬가지로 늘씬한 꽃대에 붙어있는 꽃은 범부채보다 훨씬 작았다. 메모대로 성미에게 '좋은 소식'이라 말해 주며 함께 웃었다. 민수 생일이나 어린이날이면 성민이가 돌아올 것이라는 기대로 모처럼 좋은 저녁이 되었다.

안태우는 며칠이 안되어 확실히 알 수 있었다. 범부채는 아침에 피었다가 저녁이면 지고, 대청부채는 저녁에 피어 한밤중에 진다는 걸 알게 되었다. 둘이 같이 피어 있는 시간은 오후 4시에서 7시 사이였다. 안태우는 그 시간에 성민이 돌아올 거라는 기대가 생겼다.

꽃을 보며 마음의 여유가 생겼는지 아들 생각 때문이었는지 안태우는 어머니 생각이 났다. 평생을 가난하게 살아오다 이제야 조금 살 만한 날을 보지 못하고 돌아간 어머니가 생각났다. NLL 위 서해 대화도 앞바다에 백골이 되었을 아버지도 생각났다. 아버지의 뼈 한 조각만이라도 서해를 돌아다니다가 백령도 콩돌해변 어디엔가 와 있으면 좋겠다고 생각했다. 자신이 골라 성미 엄마에게 쥐여주었던 다섯 개 콩돌도 함께 콩돌해변 제자리에 다시 와줘 있었으면 좋겠다고 생각했다. 그 콩돌을 다시 주어 아들과 며느리에게 제대로 시작해보라 해보고 싶었다. 너희들이면 다시 잘 해낼 수 있을 거라 말해 주고 싶었다.

안태우는 성미 엄마를 생각하면 다시는 백령도에 가볼 생각을 해보지 않았다. 첫새벽에 떠나 한밤중이 되어 도착했던 백령도, 괭이갈매기 붉은 부리 끝이 떠올랐다. 이젠 두 시간이면 갈 수 있는 거리가 되었다.

그는 성민과 민수 엄마가 같이 돌아오면 함께 백령도에 함께 가봤으면 했다. 두무진의 거친 파도를 이기고 솟아있는 기암괴석 사이로 가마우지가 먹이를 볼에 채우고, 새끼들에게 날아가는 광경이 눈에 선했다. 범부채와 대청부채 두 꽃을 보며 모든 식구가 같이 저녁을 먹을 날을 기다렸다. 그럴 날이 왔다. 어린이날, 성민이 수현과 같이 온다는 전화가 왔다.

*

성민이 데리고 들어온 사람이 민수 엄마가 아니어서 안태우가 깜짝 놀란 얼굴이었다. 그가 놀라긴 했으나 이내 단발머리 아들인 나를 반갑게 맞아 주었다. 모처럼 그는 아들과 나를 함께 포옹하면서 양손으로 아들과 내 어깨를 두들겨 주었다.

민수는 로봇과 자동차를 들고 좋아했다. 그의 딸 성미는 내가 올 때면 얼핏 인사를 하곤 고개를 갸우뚱거렸다. 혹 우리 아버지를 기억하는가 싶었다. 어쩌면 어릴 적이었겠지만 포마드를 바른 긴 단발머리 아저씨를 기억할 수도 있을 거였다. 자기 아버지가 꼼짝도 못하고 끌려 나간 게 생각났을 수 있었을 거였다.

내가 안태우와 얘기를 나누고 성미가 상을 차리는 동안 성민은 낯설어하는 아들과 놀아 준다고 땀을 흘리고 있었다. 그만큼 고생했으면 이제 안태우네도 복 받고 즐겁게 살 때 되었다고 생각했다. 저녁 식사가 끝나자 나는 식구끼리 즐겁게 지내라고 일찍 일어나고 싶었다.

사실 여러 식구가 같이 있는 게 낯설기도 했다. 안태우가 곧 퇴직할 텐데, 아들이 빨리 반듯한 직장을 가야 걱정거리가 없겠구나 했다. 그렇게 남을 걱정하는 게 나로선 상상이 되지 않았다. 비빌 언덕이 되던 차이나 아줌마며 항아 할머니가 있을 때 제대로 해야 했었다. 운이 나빴다 하기엔 너무 자만했다. 마지막 기회였는데, 항아 할머니의 오래된 항아리들을 넙죽 받아 모두 탕진하고도 죽지도 못했다. 이제 'PINE AVENUE'에서 기력이 있을 때까지 수문장을 지내며 세월이 주는 동전을 세는 수밖에 없을 거였다.

여름이 지날 무렵 안태우가 일부러 'PINE AVENUE'에 들러 다음 주 토요일에 애 엄마가 온다며 했다. 저녁이나 같이하자고 했다.

민수 엄마가 궁금하기는 했지만, 이제 그 식구들에게 끼어들고 싶지 않았다. 이제 그들은 불행해서는 안 된다. 불행했던 때를 기억해서도 안 된다. 그의 불행한 때를 아는 사람은 나밖에 없을 거였다. 안태우는 나와 다른 사람이었다. 아버님이 안중근 의사의 먼 일가라고 했다. 구월산유격대원이라 했다. 그는 어떻게든 그 어려운 긴 세월을 견뎌 내고 오늘까지 왔다. 그의 아들은 아버지의 명예를 찾는다고 거리에 나가 일인 시위를 하고 있었다.

나는 항아 할머니가 항상 얘기했던 이용익 대감의 피와는 다른 거 같았다. 항아 할머니는 내가 뭔가 큰일을 할 거라고 어려서부터 말했는데 'PINE AVENUE'의 걸인으로 죽을 수밖에 없을 것 같았다. 혹 미국 간 아들이 이용익 대감의 피를 이으려나. 나는 돌연변이고 아들은 그분을 이을 수 있는 유전자를 그대로 받았으면 좋겠다고 생각했다.

그래도 잠깐 들려 안태우에게 얘기는 하고 떠나야 할 것 같았다.

민수 엄마가 와 있었다. 범부채와 대청부채 얘길 같이 하고 있었다.

성민과 수현의 뒷얘기가 궁금했다.

그 둘은 김광인의 집에서 지내다 왔다고 했다. 한사코 사양하는 그를 설득하여 병원에서 진찰받게 했다. 폐암 말기. 큰 병일 거라는 걸 알고 있었지만 그렇게 치명적인 병일 줄은 몰랐다.

그는 잘 버텨내고 있었고 했다. 놀라운 정신력이었다. 그는 곧 나라에서 좋은 소식이 있을 거라 했다. 그 소식이 이정숙 대장의 명예를 회복에 관한 일이었다. 이번에는 진짜라고 했다. 이제 자신도 할 일 다 한 거라며 두 사람도 떠나라고 했다. 그러면서 평생 모아온 자신의 아버지와 어머니, 그리고 구월산유격대의 자료는 국가기관에 맡길 것이라고 했다. 그러니 두 사람도 자기 걱정은 하지 말고 계획하는 새 일을 하라고 당부했다.

그러면서 김광인은 "내가 죽었는지 살았는지 궁금하면 가끔 들여다봐 주면 된다."라고 말했다 했다.

민수 엄마는 동생의 세월호 보상금을 두 사람이 의논한 대로 쓰겠다고 했다. 사회 안전과 국가와 사회에 희생한 사람 중에서 그 당사자나 어려운 가족을 돌보는 일을 할 거라고 했다. 그래서 휴머니즘과 국가 사랑에 도움이 되게 하겠다고 했다.

다시 아버지의 단발머리가 돼가던 나는 안심이 되었다. 나는 꿈에도 생각 못했을 일을 그 두 사람이 해낼 거였다. 안태우가 빚 갚느라고 허송세월을 한 게 아니었다. 이제 안태우는 성민과 수현 두 사람이 계획한 일을 해 나가는 일을 바라만 봐주면 될 터였다. 그가 수십 년 가르쳐온 학교 어린이들이 그의 삶을 보상해 줄 거였다.

편한 마음으로 안태우에게 "인제 그만 돌아가겠다." 작별 인사를 했다. 마음속엔 이제 이들 가족에게 올 일은 없다고 나는 생각했다. "이제부터는 절 걱정하지 말고, 애들 하는 걸 보면서 건강하게 지내시라."

라고 그에게 나름 마지막 인사를 했다.

막 일어나려는데 안태우가 붙잡으며 잠깐 기다리라 했다. 그가 돌아서서 열쇠를 꺼내 책상 서랍을 열고 누렇게 바래가는 편지 봉투를 꺼냈다.

"자네 아버지가 나에게 맡긴 거네. 내가 자네 아버지에게 현금보관증을 써드리고 갚았던 돈을 이 속에 넣어 두셨다고 하셨네. 자네 어머니가 돌아가신 후에도 내가 드린 돈을 그 전처럼 이 봉투에 넣어 두셨다고 했네. 자네 사업이 갑자기 기울어지자 일부러 날 불러 내게 주신 거네."

나는 안태우의 말에 놀랐다. 차이나 아줌마가 살아났다. 아버지도 살아났다.

"이건 안 선생님에게 어머님과 아버님이 힘내라고 드린 겁니다."

나는 어머니, 아버지를 말하며 사양했다.

"맞네, 이건 자네 어머니가 나한테 주신 거지만, 나는 당연히 갚아야 할 빚이었네. 그런 마음이었기에 우리 아이들이 잘 자라 준거라고 생각되네. 이 봉투를 지키는 게 쉽지 않았네. 돈 때문에 어려움이 있을 때가 없지 않았네. 전에 마주 앉아 술을 마셨던 그 주점에서 내 어려운 사정을 들어준 아버님께 감사드리네."

안태우가 내 앞에 무릎을 꿇고 성미, 성민에게도 그렇게 하게 하고 "감사합니다."라고 고마움을 표하게 했다. 수현과 민수도 무릎 꿇고 "고맙습니다." 하고 나에게 인사를 하게 했다.

당황하던 나도 무릎을 마주 꿇고 감사를 표한 다음, 다 함께 자리에서 일어났다.

안태우는 사양하는 내 주머니에 억지로 봉투를 넣어줬다.

나는 안태우네 온 식구들의 배웅을 받으며 그의 집을 나왔다. 다시 단발머리가 되어 가는 머리를 꽁지머리로 묶어 모자 뒷구멍에 꽁지머리가 나오게 썼다. 들어가는 길에 통닭 두 마리를 사서 젊은 주인아줌마에게 건넸다. 깔끔한 꽁지머리에 말쑥한 등산복을 입은 나를 보며 주인아줌마가 눈이 휘둥그레지면서 말했다.
"무슨 좋은 일 있어요? 감사합니다. 잘 먹겠습니다."
"네. 맛있게 드십시오. 항상 감사합니다."
세 마디 말을 서로 나누고 나는 창고 방으로 들어갔다.
주인집에서 환호하는 소리가 들렸다. 이제까지 남루한 동냥쟁이 짓만 해왔다. 나도 모르게 입가에 웃음이 떠올랐다. 그런 마음이 든 건 안태우 식구와 봉투 덕일 거였다. 이제 차이나 아줌마의 돈 한 푼 안 쓰고도 당당해질 수 있을 것 같았다.
걸인은 받는 거만 하는 게 아닐 수도 있었다. 전에 동대문역 4번 출구에서 동냥하는 할머니에게 천 원짜리와 오천 원짜리를 쥐여준 적이 있었다. 그때는 오늘 같은 느낌이 아니었다.
당장은 지금 이대로 좋았다. 사업질할 일은 없으니 봉투 쓸 일도 없을 거였다.
방에 들어섰다. 어두웠다. 앞이 캄캄해 아무것도 보이지 않았다.
어둠은 검은 거로 채워져 있는 게 아니었다. 어둠은 비어있는 것이었다.
'딸각.'
불을 켰다.
빛은 소리가 있었다. 한순간 방이 빛으로 채웠다. 오늘 안태우 식구들의 새 꿈이 내 어둠을 채우는 빛이 돼 주었다. 안태우가 찔러넣어 준 어머니의 빛바랜 봉투가 무거웠다. 쉽게 꺼내지지 않을 거였다.

어느 구석에 있는지 몰랐던 벙거지가 말을 걸었다.

"넌 등산모로 동냥 그릇을 바꾸곤 좋다고 했지? 나는 항상 널 걱정했어. 지금 들어선 방은 완전 어둠이 아냐. 뭔가 희미한 윤곽들이 있었지. 세상엔 완전한 어둠이 있기 쉽지 않아. 항상 희망은 있을 거야. 누레진 돈봉투가 생겼는데 아무 짓도 안 한다는 게 정말 힘든 일이지. 아무튼 잘 해봐. 마지막 기회야. 오늘 모처럼 편한 하루였지? 애썼어. 이젠 자도록 해."

벙거지가 입을 다물었다. 서울역 함경도 할아버지가 생각났다.

'딸각.'

한순간, 잔상 없는 완전한 어둠이었다.

자리에 누웠다. 봉투 때문인가 결혼식을 올리며 눈물을 흘리던 차이나 아줌마가 웃고 있었다. 3대를 돌봤던 항아 할머니가 선한 눈으로 바라보고 있었다. 항아 할머니는 서울역 지하도에 엎드려 있는 날 보고 눈물 보인 게 그때가 평생의 처음이었을까. 항아 할머니도 조용히 웃고 있었다. 단학 포마드를 바른 긴 단발머리의 아버지가 도끼를 서랍에 넣고 말없이 앉아 있었다.

아이들이 떠올랐다. 아버지를 닮지 않기를 바랐다.

아무도 울고 있는 사람은 없었다.

월요일엔 일찍 영업을 끝내고 은행에 가서 통장 두 개 만들어야겠다고 생각했다. 하나는 정기예금, 언제가 유용하게 쓰이길 바랐다. 또 하나는 보통예금, 동냥이 되었든 구걸이 되었든 오늘처럼 사람답게 사는 데 쓰일 용도에 필요할 터였다.

오늘 받은 누렇게 바랜 편지 봉투보다 무거운 눈꺼풀이 고마웠다. 잠이 오고 있었다.

눈꺼풀로 닫힌 '어둠'은 비어있지 않아도 내일을 다시 볼 수 있을 것이다.
 감긴 눈꺼풀 사이로 동전 땟국물 같은 눈물이 한 방울 흘러내렸다.

화백(畫伯)의 딸

소공동 대한항공까지 김 비서를 따라 나온 혜희는 그에게서 제주행 항공권 두 장을 받아 쥐기 바쁘게 길을 건넜다. 아직 약속시간까지는 시간이 많이 남아 있지만 집에 들어갔다 다시 나오거나 순자를 불러내서 시간을 보내기는 싫었다.

영환과 만나기로 한 YWCA 앞으로 가기 위해서 길 건너 명동길 입구 코스모스 백화점 앞으로 왔다. 반공일인 코스모스 백화점 앞은 쏟아져 나온 사람들이 파도처럼 넘실거렸다.

매연이 자욱한 거리.

2월 중순 금요일—태양은 흐린 보름날 달처럼 뽀얗게 빛을 잃고 있었으나 가끔 스며드는 햇볕은 조금은 따스해졌다. 거리를 지나는 젊은 이들의 옷차림도 한결 밝아지고 가벼워졌다. 명동성당 밑 옆쪽 주차장 입구에서 오색 테이프를 두른 검은 승용차가 나오고 있었다. 길거리 사람들의 축복 시선을 받으며 새 길을 떠나고 있었다. 혜희 그녀도 그들 신랑 신부에게 길거리 사람들이 보내는 것보다 조금 더 많은 축하를 보내며 영환을 생각했다. 그녀 가슴속엔 영환을 만날 생각에 기쁨이 가득 차 있는데 머릿속은 흐린 태양처럼 뿌옜다. 영환도 자신과 같은 생각일까. 갑자기 자신이 없어졌다.

그와의 약속시각은 아직 세 시간이나 남아 있었다. 새신랑·신부의 뒤를 천천히 따라가다가 YWCA 옆 골목 2층에 있는 고전 음악다방 크로이첼로 들어섰다.

*

영환을 만난 것은 지난해 초겨울이었다.

제9대 국회 경제분과위원장인 아버지 민 의원의 첫 개인전 날—신세계 공작 화랑은 토요일인데도 성황을 이루고 있었다. 서른다섯 점의 액자가 걸려 있는 화랑 안에는 가지각색의 국화와 겨울꽃인 포인세티아를 비롯한 축하 화분이 즐비하게 놓여 있었다. 그녀가 앉아 있는 안내 데스크 주변에도 마찬가지였다. 출입문 밖 복도에도 각계에서 보내 온 화환들이 경비병처럼 도열해 있었다.

혜희는 층계며 출입문 안팎의 국화에서 내뿜는 냄새에 머리가 지끈거렸다. 국화꽃이 색깔과 관계없이 의미 없는 공동 위령제의 분향 냄새 같았다. 더욱이 데스크 바로 옆에 놓여 있는 크리스마스 꽃이라는 포인세티아가 그랬다. 제1 야당 당수의 리본을 달고 있는 게 화가랄 수 없는 아버지를 비웃는 것 같아 께름직했다. 포인세티아의 붉은 잎이 곤충을 유인하는 가짜 꽃잎이라는 걸 정원사 아저씨에게 들었다. 진짜 꽃잎 없이 꿀만 가득 담는 노란 암술 항아리가 가증스럽게 느껴졌다.

화랑 안은 더 역겨운 일이 벌어지고 있었다. 정·재계의 수많은 인사와 교육계, 사회단체의 인사들이 화랑 안에 빼곡하게 들어찼고, 눈도장을 찍으려는 젊은 당원들까지 계속 밀려들었다. 입에 발린 지루한 개막 행사의 축하 연설도 지겨웠다. 어젯밤 게네들과의 광란의 파티를

벌인 후 또 한 마리 수벌과의 곡예―그 피곤이 그대로 남아 있었다. 억지로 개막 첫날 안내 데스크까지 맡아 피곤하던 오후는 견디기 어려웠다.

그녀가 건성으로 데스크 앞에 서 있는 사람에게 전시회 팸플릿만 내밀고 있는데, 젊은 남자 목소리가 생각지도 않은 질문을 해왔다.

"저 '잠자는 소녀'라는 작품의 누드모델이 혹시 아가씨가 아닌가요?"

줄 서 있는 다음 사람에게 팸플릿을 내밀던 혜희는 아무 대답을 하지 않았다.

"저는 ○○일보 사회부 김영환 기자인데요, 그렇지 않습니까?"

그녀는 채근하는 그를 힐긋 올려다봤다. 제1 야당지 기자인 그가 안내 데스크 가까이 있는 그림을 가리키며 묻고 있었다. 오늘 완장까지 차고 여러 기자들이 왔었다. 그들은 집에서의 아버지 그림 작업에 대해 아부성 질문을 던지고 갔었다. ○○일보 문화부 기자도 예외가 아니었다. 그런데 그가 그녀 자신이 제일 숨기고 싶었던 그림에 대하여 의외의 질문을 던지고 있었다.

그러나 그녀는 그의 질문보다, 귀에 익은 듯 그러면서도 낯선 그의 음성이 머릿속을 공명시켰다.

"…"

그녀는 그 공명이 신기했으나 대답하지 않았다.

"아무래도 아가씨일 것 같은데요?"

"얼굴도 없는데 어떻게 알아요?"

"살짝 보이는 눈매 끝이 아무래도 아가씨와 닮은 거 같습니다."

"저는 아르바이트 학생인데요."

"정말 아르바이트 학생에게 민 의원님의 눈매를 표현하셨다면 의원님이 정말 훌륭한 화가시게요?

목소리로 공명하게 한 그 기자는 점퍼 차림에 왼쪽 어깨에 카메라를 메고 있었다. 보통 키보다 조금 더 컸다. 그는 다소 마른 얼굴에 보통 눈 크기였다. 깨끗하고 흰 공막에 눈동자 움직임이 없었다. 눈빛은 부드러웠으나 진실을 채근하고 있었다.

눈매 끝이 닮았다고? 그녀도 공감한 그의 눈썰미에 동조하며 가벼운 장난기가 솟았다.

"하지만 저 모델이 누구인지는 알아요."

"당연히 아시겠죠. 제 눈이 틀림없지요?"

그는 자신의 안목을 내 세우며 진실을 확인하고 싶어 했다.

"그렇지 않아도 종일 피곤했었는데, 옥상 '스카이 파크'에서 커피 한 잔 사주시면 말씀해드릴 수도 있는데요."

나름대로 그의 요구에 대답할 준비가 되었음은 전달되었을 것이다.

"모델이 누군가가 중요한 게 아니죠. 민 의원께서는 모를 야수파 앙리 마티스의 '푸른 나부(裸婦) ― 비스크라의 추억' 같은 누드에 덕지덕지 덧칠하게 된 게 궁금한 거죠. 커피 한 잔에 그 얘길 들을 것 같진 않습니다만."

그는 그 말을 마치고 잠깐 그녀에게 눈길을 주었을 뿐, "실례했습니다." 하곤 발길을 돌렸다.

유신정권에서 다시 살아나 경제분과위원장까지 된 아버지였다. 제대로 된 작품이라고 할 수 없는 그림을 몇 점 걸어 놓고 정·재계 인사들을 줄 세우는 전시회였다. 이런 같잖은 전시회 기사를 유력 야당지에 싣는 게 부담이었을까.

그는 이제까지 만났던 남자들과 달랐다. 문화부가 아닌 사회부 기자가 야수파 앙리 마티스를 안다. 그리고 생각지도 않은 '덧칠 이유를 알고 싶다'라고 했다.
 영환은 그렇게 갔다. 여전히 사람들이 드나들었다. 그녀는 쉬고 싶었다. 데스크를 아버지 여보좌관에게 맡기고 옥상 '스카이 파크'로 올라가는 층계를 따라 올라갔다. 4층 경양식집을 지나 5층으로 올라가는 층계에 이르렀을 때 갑자기 '울컥' 심한 헛구역질이 났다. 그녀는 잠깐 멈칫하다가 층계를 올라 좁은 옥상 문을 열고 밖으로 나왔다. 곧장 중앙우체국이 보이는 쪽으로 가 난간을 잡고 토하려 했다. 아무것도 나오지 않고 헛구역질만 났다. 잠시 후 진정되는 듯해 아래를 바라보니 다시 눈앞이 아득해지며 자신이 아래로 떨어지는 현기증을 느끼며 눈을 감았다.

*

 혜희의 아버지 민준택 국회의원은 할아버지가 일본인들에게 잘 보여서 치부해왔다. 그는 남산골 필동 정무총감 관저로 쓰였던 '한국의 집' 근처 거택에 살게 되었다. 해방 후 할아버지는 주변의 손 닿는 적산 가옥과 진고개 쪽 일본 상가들을 점유했다. 그렇게 재산을 늘렸고 아버지는 할아버지의 권유대로 큰 벼슬을 해온 가문의 후덕한 지금 어머니와 결혼했다. 아버지는 인맥과 물질을 동원해 국회의원이 되어 나름대로 명망 있는 인사가 되었다.
 혜희가 가정대 의생활과에 들어가면서 아버지는 집 안에 화실을 꾸며 주었다. 할아버지 생전이면 말도 못 해 봤을 아버지는 그녀 옆에서 가끔 그림을 그리기 시작했다. 이젤 앞에서 파이프를 물고 작업하는 아버지의 모습만은 그대로 화가였다. 아버지는 경제분과위원장이라는 직함보다는 민준택 화백으로 불리는 것을 더 좋아했다. 혜희는 아마 그런 아버지의 피를 받기는 한 모양이었다. 혜희는 어려서부터 미술학원에 다녔고 여고에 가서는 미술반 활동도 했다. 그녀 역시 국회의원 아버지보다 민준택 화백의 고명딸로 불리는 게 더 마음 편했다.

지금의 필동 집은 중학교까지 살았던 한옥을 리모델링하여 양식 생활공간으로 바꾸고 정원은 동양식 정원에서 절충식 정원으로 바꿔 잔디를 깔아 우중충했던 옛날 집보다는 한결 밝아서 좋았다.

혜희는 그녀가 누리는 풍족한 그 모든 것이 공기 중의 산소와 같이 자연스러운 거였다. 용모나 지적 수준도 타고난 데다 성품도 신흥 졸부들의 자식과는 달리 귀티가 난다고 했다. 그녀는 자신의 미모와 재주가 어머니에게서 물려받은 것으로 자랑스러웠다. 가정부와 운전사, 정원사들이 떠받들어 주었다. 물론 친인척들에게도 인정받고 있다고 그녀는 자부하고 있었다.

가정부, 운전기사, 정원사 모두가 처음부터 그녀에게 주어져 있던 거였다. 그들은 정원에 있는 수백만 원 하는 소나무들을 비롯한 향나무, 주목과 같았으며, 집에 있는 비싼 고서화, 보물급 청자나 백자 같은 것도 귀한 것이라기보다는 정원의 화초나 돌멩이, 정원석과 다름없었다.

주변의 친구들도 대부분 시녀나 시종 같은 존재였다. 특히 여고에 다닐 때 애들은 그녀가 조금 괜찮은 액세서리라도 주면 감읍했다. 좋은 음식점에서 밥이라도 사 주면 저절로 하녀가 되어 비위를 맞춰주었다. 또 그녀가 조금 불편한 기색을 보이거나 하면 걔네들은 꼬리를 샅에 감고 어쩔 줄 몰라 하는 강아지가 되었다. 당연히 그녀가 웃으면 즐거워하고, 그녀와 함께 있으면 남보란 듯 우쭐거리는 존재들이었다.

그녀는 우리나라 유수의 명문대 의생활과에 우수한 성적으로 들어갔고, 대학에서도 그녀는 빛나는 존재였다. 장관이나 다른 국회의원

딸도 있었지만, 미모와 머리에서도 그녀에겐 비교가 되지 않다고 생각했다. 그런 애들도 그녀 근처에서 맴돌며 동류가 되고 싶어 했다. 그녀는 장차 패션 디자이너가 되기 위해 파리 유학도 가 장차 유명 패션모델과 디자이너가 되려고 마음먹고 있었다.

그녀는 보티첼리에 의하여 탄생된 부끄러운 데만 가린 비너스였다. 그네들은 범접할 수 없는 존재였다. 그래도 그녀는 자신의 우월한 존재를 뽐내거나 자만하지 않았다. 그녀는 유행하던 통기타가 아닌 심포니나 오페라 아리아를 즐겨 들었다. 물론 한다는 집 애들하고는 어울려 미팅도 하고 고고장도 다니면서 그들에게 후광도 베풀었다. 그녀는 그게 그네들에 대한 시혜라고도 생각하지 않았다. 그녀는 자신 스스로가 발광체가 되어 주변을 비춰 주는 게 좋았다. 그녀는 그네들에게 우쭐거리거나 나무라거나 화내거나 하지도 않았다. 그녀가 행복하면 게네들도 함께 좋아하면 되었다. 그녀는 당연히 행복한 것이고 게네들은 그녀만 곁에 있으면 좋아하면 되는 거였다.

다만 자신처럼 행복해 보이지 않는 어머니가 잘 이해되지 않았다. 어려서부터 어머니는 그녀를 대하는 눈길에 따듯함이 없었다. 오히려 그녀는 자신이 실수나 잘못하는 게 없나 주시하는 듯한 눈길을 어머니에게서 발견하곤 했었다. 어머니는 아버지에게도 곰살스럽게 대하지 않았다. 그런 아내를 무던히 잘해주는 아버지가 가엽기까지 했다. 그래도 혜희 그녀는 그대로 행복했고 졸업 후 디자이너 유학 꿈에 부풀어 있었다.

혜희가 대학 졸업반이던 1971년 9월 교련 철폐 데모가 일어났지만, 그녀나 아버지에게는 아무 상관이 없었다. 그러나 이 데모가 독재 타도다, 민주화다, 하는 변화가 생기면서 아버지가 사퇴 소용돌이에 휘

말리게 되었다.

대학생 데모가 끝이 없었다. 10월이 되면서는 부정부패 원흉 처단 벽보가 대학가에 나붙었다. 처단 정치인 명단까지 나돌고 급기야는 반정부 구호까지 나타났다. 급기야 10월 15일 우리나라 최초의 위수령이 내려졌다. 극렬히 데모하는 서울에 있는 10개 대학에 휴업령이 내려졌다. 탱크가 교문 양쪽에 서 있고, 학교에는 병영 텐트가 설치되었다.

학교가 문을 닫는 것이나 정국이 어떻게 돌아가는지는 그녀가 관여할 바 아니었다. 그러나 예기치 않았던 소위 아버지에 대한 소문들이 소문에 소문을 물고 그녀를 강타했다. 아버지의 재산 형성 과정에서의 불의, 그리고 과거의 여자 스캔들 등에 관한 것이었는데, 그 여자 문제에 혜희 그녀가 걸려 있었다. 그녀의 출생에 관한 거였다. 그건 아버지 능력이면 덮일 일이었다. 그러나 이번에는 달랐다. 꼬리에 꼬리를 무는 루머에 급기야는 그녀 생모가 대원각 요정의 기생이라는 거였다. 그녀 생모가 의문의 집 화재로 목숨을 잃었는데 그 배후가 아버지라는 거였다.

매스컴은 샅샅이 뒤지고 있었다. '대원각'은 옛날 한식집이었던 '청암장'을 김영한이 만든 요정이라고 했다. 대원각은 삼청각, 청운각과 함께 알만한 사람은 다 아는 유명 요정이었다. 현재는 정치인과 일본인을 상대로 한 외화벌이 기생 관광의 명소가 되고 있었다. 혜희 생모가 그곳 기생이었다.

혜희 그녀의 출생 연도로 볼 때 대원각 요정 일은 그대로 넘어갈 일이었다. 그러나 그녀 생모가 대원각 기생이었고, 대원각 전신인 청암장에서 각종 대형 연회가 열렸던 일까지 거론되었다. 거기다 청암장 시절부터 있었던 그녀 생모가 불의의 화재로 의문의 죽임을 당한 것까지 겹쳐 민준택 의원을 몰아쳤다. 그녀 아버지는 아무 변명도 하지 않고 적지 않은 재산을 사회에 환원한다는 성명서를 끝으로 아무 일 없었다는 듯이 마무릴 지었다. 그 후 아버지는 집에서 쉬면서 부동산 관리와, 하고 싶어 하던 그림 그리기로 소일하고 있었다.

혜희는 휴교령이나 방학과 관계없이 바깥에 나갈 수가 없었다.
모두가 그녀를 보기만 하면 위아래로 훑어보면서 자기들끼리 수군거리는 것 같았기 때문이었다. 아버지 추문 속에 그녀 출생에 관한 비밀이 돌고 돌아 그녀 귀에까지 들어와 확인되었다. 급기야는 TV에서 이 민망한 얘기가 방송을 타면서 그녀는 더욱더 사람들을 제대로 쳐다보고 다닐 수 없게 되었다.
이제까지 친절하게 그녀를 위해주며 집안일을 보던 사람들, 친구들, 그리고 세상 사람 모두가—발가벗은 그녀 몸을 들여다보는 것 같았다. 그녀 자신도 모르는, 그녀 몸의 점들과 치모를 샅샅이 세고 있는 것 같은 그들의 눈길을 견딜 수가 없었다.
그해 12월 25일 크리스마스 새벽, 충무로 대연각 호텔에 불이 났다.
사망자만 163명이고 다친 사람도 63명이나 되었던 대연각 화재.
그 새벽에 맹렬한 불길 속에서 살려달라고 바둥대다가 떨어지는 사람들이 밤새도록 생중계되었다.
혜희는 눈앞에 벌어지고 있는 그 대연각(大然閣) 호텔 화재가 요정 대원각(大苑閣)으로 느껴졌다. 그녀는 방에서 입술을 깨물고 치를 떨면서 끝까지 그 중계를 보았다. 불길 속에서 살려달라고 몸부림치는 생모를 보는 것 같았다. 요정 대원각의 생모가 그 불길에 휩싸여 몸부림치다가 처참하게 죽어가는 환영이 머리에서 떠나지 않았다.
'엄마—'
속으로만 부르짖으며 눈물을 하염없이 흘리다가 끝내 혼절하기까지 했다.

　보티첼리의 '비너스'는 손바닥과 우아한 머리채로 부끄러운 데를 가려 오히려 섹시할 수 있고, 라파엘로의 '아담과 이브'는 무화과나무 잎으로 부끄러운 치부를 가릴 수 있었으나, 그녀는 미켈란젤로의 '원죄와 낙원 추방'의 이브처럼 창조자밖에 존재하지 않았던 그때에도 부끄러웠던 이브였다―그녀는 자신을 들여다보는 가득한 시선을 감당할 수 없었다. 그녀는 마음의 캔버스에 어떠한 두꺼운 옷으로도, 두텁게 덧바른 물감으로도 자신을 감출 수 없었다. 혜희는 그녀 마음의 낙원에서 추방되었다.
　아버지는 뭘 믿는 데가 있는지 여전히 평안한 화색으로 화실과 서재에서 칩거하고 있었지만, 그녀는 학교 친구들과의 만남도, 졸업식에도 참석하지 못하고 세상에 내쳐졌다. 물론 운전기사나 정원사, 가정부 모두가 바뀌었지만, 어머니와 생모는 피떡과 같이 그녀 가슴속을 찐득찐득하게 덮어서 숨을 쉴 수 없었다. 머릿속에 떠오르는 생각 모두가 자신을 늪으로 밀어 넣어 더 깊게 빠져 헤어 나올 수 없었다. 아버지에게 자기 생모의 죽음에 관해 물어볼 엄두도 내지 못했다.
　다음 해 봄, 그녀는 졸업은 하였으나 패션 디자인을 위해 파리 유학도 가고 장차 패션모델과 디자이너가 될, 그런 생각은 엄두도 못 내고 침잠해 있었다. 사실 그렇게 해 볼까도 생각해 봤으나 집 근처의 검게 타버린 대연각 호텔 근처엔 가볼 엄두도 내지 못했다. 대연각 생모의 일을 알게 된 후부터는 대원각의 대자까지 치가 떨렸다. 방구석을 나서는 것조차 두려웠다. 자주 갔던 인근 신세계백화점에도 쇼핑하러 갈 생각도 못했다.
　주변에서 그녀 출생에 대하여 더 이상 관심을 가지는 사람은 없지만, 생각만 해도 구토가 올랐다.

　아버지는 그해 봄 치러진 유신 정국의 제9대 총선에 나가서 신기하게도 중선거구 차점으로 국회의원이 되고 경제분과위원장에 복귀하였다. 아버지는 열심히 나랏일에만 몰두하는지 옛날과 같이 외박하는 일도 거의 없었다. 아버지는 여름이 되면서는 가을에 개인전을 한다고 했다. 아버지는 일찍 들어오는 날이면 화실에서 작업을 했다. 휴일이나 공휴일에도 공적인 일이 아니면 화실에서 살아서 혜희는 아버지와 마주칠 일도 별로 없었다.

　혜희는 여름 내내 방에만 틀어박혀 있었다. 밤낮이 바뀌면서 먹는 것도 잊은 채, 하얗게 밤을 새우는 날이 늘어나면서 늘 피곤하고 우울했다. 손톱을 물어뜯어 피가 나기도 했다. 그러다가 마음이 좀 가라앉을 때면 옛날 패션 잡지를 보기도 했다. 그러다 모델 얼굴을 볼펜으로 정신없이 찌르거나 미친 듯 볼펜으로 마구 뭉개기도 했다. 급기야 자기 자신을 내던지듯 잡지를 갈기갈기 찢거나 구겨서 집어던지기까지 했다.

　그녀에게서 생모의 환영은 떠나지 않았다. 머리카락을 쥐어뜯으면서 먹는 것도 없는 뱃속을 모두 뱉어낼 듯 구역질하고, 비명까지 질러댔다. 생모에게서 받은 그녀 몸뚱이를 훼손해 버릴까, 하여도 그런 용기는 차마 내지 못했다.

　힘들었다. 그러던 중 생각지도 않았던 전화가 왔다. 여고 시절 좀 논다고 했던 순자였다.

　"우리 옛날에 네 신세도 좀 지고 했는데 좀 갚자, 시간 되면 나와."

　순자는 씩씩하고 명랑하면서도 제 속을 알아주지 않으면 면도날을 핏덩이와 함께 씹어뱉던 애였다. 그녀 나름대로 보이지 않게 마음에 두고 은혜를 베풀었던 시녀급의 하나였다.

그동안 먹지 않아서인 청바지가 헐렁해졌다. 그래도 신경 쓰지 않고 시큰둥한 얼굴로 애들이 있다는 사보이 호텔 옆 OB캐빈으로 갔다.

나름 그들의 리더인 순자를 포함해 여섯 명이 나와 있었다.

"아무 말 말고 같이 놀자. 나중에 싫음, 안 나와도 되고."

순자가 웃음 띤 표정으로 간단히 말했다.

게네들 화장이나 복장은 자유로웠다. 마시는 것도 자유로웠다. 소주면 소주, 맥주면 맥주, 양주면 양주… 뭐든지 사주는 대로 먹고 마셨다.

게네들은 묻지도 위로도 하지 않았다. 아마 순자가 단단히 입단속해 놓은 모양이었다. 그들은 '이제 7공주가 되었네' 하며 즐거워했다.

혜희 그녀도 게네들과 함께 조금은 자유로워지기 시작했다. 게네들은 혜희가 베푸는 시혜를 즐기면서 그녀를 그들의 세계로 혜희를 끌어들였다. 그녀가 나타나면서 다니는 술집도 맥줏집에서 디스코텍이나 클럽으로 바뀌었다. 모두가 담배를 피웠으나 외국영화 여배우같이 멋있게 보이는 애는 없었다.

게네들과 주말은 물론 주중에도 만나 어울리며 해가 바뀌었다.

게네들이 불편한 기색을 보이기 시작했다. 게네들은 마시고 담배 피우고 떼로 춤추러 다녔다. 그게 끝나면 때때로 남자애들과 각각 짝을 지어 같이 나가곤 했다. 희멀겋게 생긴 그녀만이 담배 연기를 피하고, 술 취해도 몸을 가누려고 애쓰는 게 볼썽사나웠던 모양이었다. 결정적인 것은 남자애들과 함께 사라질 때 그녀의 눈치를 살펴야 하는 게 불편한 거였다.

"담배 한 번 피워 볼래?"

어느 날 순자가 그녀 손가락에 담배를 끼워주며 라이터에 불을 붙여줬다.

혜희 그녀가 작정하고 담밸 빨아 봤다. 아버지의 파이프 담배 냄새는 유화 물감 테르펜유 냄새보다 향기로웠었다. 게네들 담배 연기에 면역이 됐으리라고 생각했는데 아니었다. 그녀는 구역질이 올라 기침하며 담배 연기를 토해냈다.

며칠 동안 머릿속이 담배 연기로 가득 차 있는 것 같았다. 입안 벽에서 계속 니코틴이 흘러내리는 것 같았다. 그러나 마음속은 게네들마저 손가락질하는 것 같아 불안감으로 가슴이 쿵덕거렸다. 혜희는 같잖은 자신이 그들과 함께 동화되지 못하는 자 걸 경멸했다. 그네들은 '제깟게 뭐라고', 숨겨 놨던 경멸을 대놓고 할 것 같았다. 아무나 자기네끼리 귓속말하면 그녀 말을 하는 것 같았다.

그날 이후로 한 발자국 더 게네들에게 다가가려던 것이 열 발자국은 오히려 더 멀어진 것 같았다. 내가 게네들보다 나은 게 뭐 있다고.

보티첼리의 비너스가 아니라 스트립 쇼걸보다 못한 요정 접대부 딸인 주제에. 그녀는 게네들과 만나기로 한 날에 세 번이나 나가지 못했다. 그들마저 그녀를 손가락질하는 것 같아 두려웠다. 그네들에게도 제대로 속하지 못하며 전전긍긍하는 게 자못 안타깝기조차 했다. 다시 혼자된 것 같아 외롭고 슬펐다.

게네들과 똑같이 하면 되지 뭐. 아니 어쩌면 그 이상이 될 수도 있어. 혜희는 작정하고 순자에게 전화를 걸었다. 반갑게 받아 주었다.

"전날 힘들어 보이더니 많이 아팠었니?" 하며 이번 토요일 날 저녁에 만나자고 했다.

마음먹고 게네들을 만날 날을 기다리던 전날, 그동안 저녁이면 화실을 지키던 아버지가 들어오지 않았다.

어머니가 "모처럼 한가해지니까 옛날 버릇이 또 나오는가보다." 하며 혜희가 들으라는 듯 "애가 저렇게 다 컸는데 그럴 수 있느냐, 애가 뭐가 되겠냐, 다시 그러면 내가 나간다." 하며 예전과는 달리 큰소리로

화백(畵伯)의 딸

아버지를 윽박질렀다. '한가해지니까 옛날 버릇이 또 나오는가보다' 하는 말은 '네 아버지의 피가 너에게도 흐르지' 하는 말로 들렸다.

혜희는 '그 아버지의 피를 물려받았으면 나도 뭐든지 할 수 있어'라는 마음이 되었다. 그녀는 게네들하고 약속된 토요일 저녁, 점심도 안 먹고 미장원에 들러 머리도 거칠게 만들었다. 짙은 눈화장에 빨간 립스틱과 매니큐어도 했다. 타이트한 청바지에 속 살결이 스며지듯 비치는 흰색의 얇은 아사 블라우스도 입었다. 블라우스 윗단추도 두 개 풀어 놓고 약속된 명동 사보이 호텔 디스코텍에 갔다.

시간이 되어도 아무도 나타나지 않았다.

게네들보다 더 야하고 망가질 준비가 되어 있는데, 20여 분이 지났는데도 한 명도 나타나지 않았다. 혜희는 안절부절되었다. 정말 나를 따돌리기로 한 건가, 아니면 골탕 먹이기로 작정하고 일부러 늦장을 부리는 걸까. 그녀는 무료한 김에 이번엔 한 번 제대로 담배를 피워서 애들을 놀라게 해 주고 싶어졌다.

종업원에게 담배와 성냥을 부탁해서 담배를 입술에 가볍게 물고 성냥을 그었다. 눈앞이 퍽, 아찔하게 불이 켜지면서 황 내가 훅—콧속으로 파고들었다. 빨간 매니큐어를 바른 왼손 검지와 중지 끝에 담배를 끼고 조심조심 빨아보았다. 시궁창 같은 역한 냄새가 목젖을 간질 건드렸다. 얼핏 테이블 하나 건너에 몇 명의 젊은 사내들이 술을 마시는 게 보였다. 담배 냄새는 중학교 등굣길에서 기겁하게 놀라며 손으로 입을 막고 눈을 돌렸던 죽은 쥐에서 났던 냄새 같았다. 속이 잠깐 우글거렸으나 숨을 멈추고 담배에 불을 붙이곤 멈칫멈칫 다시 빨아보았다. 숨을 죽이고 조심스레 입술 틈으로 조금씩 빠져나오는 흰 연기가 그 쥐 사체에 파고들어 오글거리던 구더기 같았다. 참고 조금 더 빨아보았다. 보이지 않는 담배 연기가 입안에서 목젖 근처에 닿자 지난번처럼 메스꺼움이 올라왔다. 작정하고 또 한 번 깊이 담배를 빨아들였다. 그동안 애들이 흡입한 니코틴까지 입 벽 점막에서 뭉클뭉클 흘러나와 식도를 건드리는 것 같았다. 마주 보는 자리 청년들이 보고 있었다.

참자, 참아야 한다. 그녀는 담배 연기를 더 깊이 가슴으로 빨아들였다.

골수와 내장이 쏟아질 것 같은 구토가 왔다. 그래도 참아야 한다. 그래야 게네들과 동류가 될 수 있다. 눈물이 나는 것을 참으며 담배 연기를 폐 속 깊이 들이마셨다. 그리고 숨을 멈추었다가 한껏 더 들이마셨다. 머릿속이 빙글거렸다. 울컥, 처음 술을 과하게 먹고 오바이트하던 때처럼 빈속에서도, 구토가 식도를 지나 목젖을 경련시키며 걷잡을 수 없게 무언가 쏟아졌다. 점심도 안 먹었는데 시큼한 토사물이 컹컹 쏟아졌다. 창자가 다 쏟아지는 것 같았다. 정신을 차릴 수 없어 테이블을 짚고 팔을 대고 버텼다. 나중엔 빈 구토까지 나며 식도와 위가 계속 꿈틀꿈틀 경련을 일으켰다. 위가 쥐어짜듯 아팠다.

혜희는 정신이 아득해졌다. 문득 두터운 손이 그녀의 어깨를 일으키곤 손수건으로 입가를 막아주었다. 곧 그녀는 양쪽 어깨가 들려져 어정쩡한 걸음걸이로 끌려가듯 화장실로 데려져 갔다.

속은 아직 아프지만, 무슨 상황인지는 알 수 있었다. 여자화장실 앞에서 그녀 팔을 붙잡는 게 순자라는 걸 알았다. 순자는 혜희를 세면대에 데려가 그녀의 입가와 블라우스에 묻은 토사물을 씻어줬다. 조금 안정을 취한 다음 견딜 만해졌다. 화장을 되는대로 고치고 순자와 함께 자리로 돌아왔다. 혜희는 계면쩍기는 했지만 이대로 포기할 수는 없었다. 어떤 각오로 나선 길인데…

게네들이 있는 곳으로 순자가 혜희를 데리고 갔다. 그 자리에는 아까 건너편에 엷은 미소를 짓고 있었던 스포츠머리와 그 일행들이 합석

해 있었다.
　서로 상견례를 했다.
　순자가 꾸민 일이었다.
　순자가 옆에서 소곤거리며 그간의 얘기를 해 줬다. 그녀가 자신들과 잘 어울리지 못하는 게 자기들을 무시해서가 아니라 급이 달라서인 걸 인정한다고 했다. 그녀가 자신들하고는 다른 여왕벌인 걸 알았다고 했다. 순자는 그녀가 일벌인 자신들과는 확실히 다르다고 했다. 그건 확실하니까 시샘할 일이 아니었다고 했다. 수소문 끝에 학벌, 용모, 집안이 그녀와 못지않을 상대를 찾아냈다고 했다. 그에게 마음에 들면 먼저 와서 대시해보라고 귀띔해 주었다. 그가 게네들과 짝맞추어 함께 온 거였다. 스포츠머리 남자가 손수건으로 그녀를 도와줬다고 했다.
　스포츠머리는 준마같이 훤칠하고 건장해 보였고 성격도 활달했다.
　"소문보다 더 괜찮습니다."
　"그쪽도 그만하면 꽤 괜찮네요."
　몸이 좀 견딜만해 져서 그녀도 대꾸해 줬다.
　"혹시 다시 생각 있으시면 여기 '럭키 스트라이크' 담배 맛도 좀 보시고."
　씩씩했다.
　"카투사 제대하고 복학 대기 중, 순자 씨 친구들과 인연이 있어 따라왔는데 부담 없이 즐기겠습니다."
　구역질은 거의 가라앉았다. 스포츠머리 목소리는 깊은 감동은 없었으나 힘차고 우렁찼다. 중견 기업 오너의 둘째라 했다. 형에게 밀려 가업을 물려받긴 어렵다고 했다. 설사 물려받는다 해도 자유로운 것이 좋다고 했다.
　그날은 그가 낸다면서 이태원 '세븐 클럽'으로 안내했다. 미군들이 마시는 군납 작은 병맥주를 맘껏 마시면서 몸을 흔들어 댔다. 새벽이 다 돼서 각자 파트너를 잡아 호텔로 갔다.

스포츠머리는 그녀가 어설프게 담배 피워 보려고 하는 게 재미있어 지켜봤다고 했다. 구토하는 것을 보면서 자신도 모르게 달려와 손수건으로 입가를 닦아 주었고, 미리 와서 멀리서 지켜보던 순자가 놀라 달려와 수습이 잘 되었다고 했다. 군대 가기 전날 총각 딱지를 뗐다며, 싫으면 나가겠다고 우렁한 목소리로 씩씩히 말했다.

그면 나쁘지 않을 거 같다고 그녀는 생각했다.

게네들 속에서 불편했었다. 어차피 통과의례, 언젠가 그들과 똑같이 되려 작정했었다. 거추장스러움을 쳐 내면 자신도 자유롭게 게네들과 좀 더 비슷해질 거였다. 그녀는 생각했다. 자신이 뭐 별거라고, 아버지는 별별 여자들과 더한 짓도 했을 텐데, 이제는 함께 어울릴 수 있는 친구들은 이 애들뿐인데… 여왕벌이 아닌 동류로 그들과 함께 자유를 누리고 싶었다. 이제 아버지와 대원각 엄마의 유전자를 확인하고, 긴긴날 품어왔을 어머니의 복수가 갚아질 거였다. 그녀가 망가지는 그게 키워준 어머니에 대한 보답일 거였다. 또 세상 소문에도 보답해서 소문이 항상 진실함을 확인시켜 주자. 백주에 나체로 끌려 나와 손가락질을 당한다고 해도 그녀 잘못만은 아닐 거였다. 아버지만도 아닌 먼먼 조상의 유전자를 만들어 넣은 이의 탓인 거였다. 그녀 개인의 잘못이 아니라 생각했다.

경험도 있고 매너 있는 스포츠머리가 인도하는 대로 따르면 마침내 그녀는 보통 여자가 되고, 친구들은 물론 이 세상에도 자유롭게 될 거였다. 당당히 해내자.

불은 끄지 말라고 했다.

흰 시트가 붉게 물들었다.

그가 놀랐다.

놀람 속에 만족감이 보였다.

그가 책임지겠다고 했다.

그녀는 원했던 새로운 자유면 족했다. 그것뿐이었다.

스포츠머리가 그녀에게 육체적 감촉을 주었다고 해도 그는 한 마리 수벌일 뿐이었다. 그가 그걸 알아챘는지 묵묵히 담배를 피워 물었다.

'럭키 스트라이크' 때문인가 담배 연기에 헛구역질은 안 났지만 그를 만나고 난 후 몸속이 채워진 게 아니라 텅 빈 것 같았다.

그가 피는 담배 연기를 마시면 채워질까.

흡흡, 그녀는 그가 내뿜는 담배 연기를 힘껏 빨아 마셔봤다.

그의 속을 통과해 여과되어서인가 술이 덜 깨어서인가 크게 메스껍지는 않았다. 오히려 이제 담배를 제대로 피울 수 있을 것 같았다. 그녀는 빨간 매니큐어 손톱의 손가락 검지와 중지 끝에 담배를 물고 불을 붙였다. 힘껏 빨아들였다. 머리가 핑 돌았으나 또 하나의 새로운 자유가 얻어졌다.

그러나 마음의 허기는 채워지지 않았다.

그녀는 담배를 재떨이에 끄면서 원하면 다시 만나 주겠다고 그에게 말했다. 그는 아무 말이 없었다. 그녀 자신도 모르는 허기를 그가 채워줄 수 없는 걸 알았나 보다. 그래도 그녀는 조금은 자유로워진 것 같았다.

자유로워졌다고 생각된 그다음날부터 그녀는 자유인이 된 것 같았다. 그녀는 게네들과 함께 담배도 피고, 술도 마시며 어울리다 만난 다른 남자와도 호텔로 가서 하자는대로 하게 했다. 그래도 잠은 집에서 잤다. 세 번을 연일 그랬더니 게네들이 늦게 배운 도둑질에 날 새는 줄 모른다고 그녀를 치켜세웠다. 비로소 자기네들 패거리가 되었다고 믿는지 별별 남자들과의 경험담을 늘어놓고, 대마초도 건네주며 피워 보라고도 했다. 그러나 술도, 대마초도, 남자도 그녀의 허기를 달래주지 못했다. 피곤만 쌓여 갔다. 그런 반복이 계속되던 토요일 밤, 그녀는 초주검이 되어 집으로 돌아왔다. 화실에 불이 켜있어서 그녀가 "다녀왔다."고 건성 말했더니 화실에서 "왔냐?", 하는 아버지 소리가 들렸다. 그냥 쉬고 싶었다. 피곤한 몸을 다시 샅샅이 씻었다. 씻는 것도 힘이 들었는지 방이 갑갑했는지, 목욕 가운만 걸친 채로 거실 소파에 등을 대고 있다가 금세 잠이 들었다.

　소파에서 든 잠이어서일까. 술을 많이 마셔서일까, 몸이 불편해서 잠이 깨었다.

　화실 작업복을 입은 민 화백이 혜희를 바라보고 있었다.

　아버지가 흠칫하며 시선을 돌렸다.

　아버지의 당황하는 눈빛은 딸을 보는 눈빛이 아니었다. 그녀는 아버지가 딸에게서 그녀도 모르는 생모를 보고 있는 게 아닌가 싶었다.

　그녀의 목욕 가운이 흘러내려 엎드려져 어깨가 드러나고 젖가슴이 눌려 밀려 나와 있었다. 본능적으로 수습하려다가 멈췄다. 그녀는 일어나 옷을 여미고 멈칫멈칫하는 아버지의 허리에 팔을 감고 몸을 기대어 아버지를 화실로 이끌었다.

　그녀는 목욕 가운을 벗고 소파에 누웠던 자세로 화실 소파에 말없이 엎드렸다. 르누아르의 그림에 있었던 자세였던가. 아버지는 지금 딸의 몸을 보고 있는 것일까, 그녀의 생모를 보고 있는 것일까. 그녀는 아버지와 생모의 유전자를 공유하는 그녀의 몸을 보이고 싶었다. 망가져 버린 딸의 몸을 보이고 싶었다. 아버지에게 그와 같은 딸의 유전자를 확인하게 하고 싶었다. 아버지는 여전히 자유로워 보이는데, 그녀 자신은 왜 자유롭지 못하고, 알 수 없는 허기로 기아 상태일까. 모진 인생을 산 생모에게서 나 혜희도 그런 기아 유전자를 물려받은 건가.

완성된 나상은 딸인 그녀가 아니었다. 보티첼리의 날씬한 비너스가 아니라 르노와르의 풍만한 비너스였다. 자세히 들여다보면 최소 세 여자였다. 살짝 보이는 눈매만 그녀와 비슷할 뿐이었다. 처음 몸매는 딸인 혜희 자신이었을 것이다. 거기에 선이 다소 달라 보이는 좀 더 성숙해 보이는 여자가 덧 없혀 있었다. 그 없힌 몸매는 생모였을지도 몰랐다. 최종 여자는 후덕하고 볼륨이 넉넉했다. 그건 지금의 어머니일 거였다. 지금의 어머니가 누드 전체를 덮어 르누아르의 비너스도 아니고 거기에 푸른색을 덧칠해 앙리 마티스의 '푸른 나부'가 되어 있었다. 그것도 정면이 아니고 엎드려 있는 '나부'였다.

그 뒤 그녀 자신의 나상은 다시 보지 못했었다. 수장고 어디에 처박혀 있었을 것이다. 아버지의 첫 전시회에 걸리리라고는 생각지도 못했다.

아버지는 가을에 계획된 전시회 준비에 한창이었다. 아버지는 그동안 틈틈이 그려 놓은 그림을 잔손질하며 작품 수를 늘려 가고 있었다. 거기다 모자라는 숫자를 채우기 위해 보좌관을 통해 밑그림 된 그림들을 구해다가 열심히 덧칠을 해댔다. 그녀의 일상화된 그네들과의 만남도 계속 이어졌다.

그러던 어느 날 우리 모임에 스포츠머리가 잔뜩 취해서 혼자 나타났다. 그는 그녀를 끌어내다시피 하여 그와 처음 만났던 인근 남산 로얄 호텔로 데리고 갔다.

그는 그 후 고민했다고 했다. 혜희 같은 여자는 만나본 적이 없었다고 했다. 사랑한다고 했다. 결혼하자고, 아이도 가지고… 행복하게 해주겠다고 했다.

그러나 그녀는 그에게 몸만 허락한 후 다시는 보지 말자고 했다. 그녀는 그가 싫지는 않았지만, 자신이 어떤 여자인지 아는 그와 다시 엮이는 게 싫었다. 그녀는 생모 일로 자신이 무너지기 전에는 꼭 성우같이 집안도 괜찮고 부담 없는 건장한 남자를 기대했었다. 그러나 이제는 아니었다. 그런 결혼은 아예 생각해 보지도 않게 되었다. 게네들과 함께 어울리며 그럭저럭 지내는 게 편했다. 그냥 이대로 살아가 보는 거였다.
 애를 가지자고? 자신의 유전자를 남과 섞어 새 생명을 만들자고? 생각만 해도 끔찍한 일이었다. 자신의 유전자는 자신에게서 끝나야 했다. 외동딸인 게 정말 다행 아닌가, 아버지의 유전자는 그녀에게서 끝이어야 했다.
 그녀는 술에 취해 잠든 스포츠머리를 그대로 뉘어 놓고 집으로 돌아와 편히 잠이 들었다. 그녀에 사심을 갖는 그와는 이제 끝이었다.
 그녀의 일상은 계속되었다.

*

 취재는 했을까?
 토요일 ○○일보 조간에 아버지의 전시회 기사가 실렸다. 기자 이름이 김영환이 아니었다. 문화부 기자 기사였다. 그의 기사는 실리지 않았다.
 취재를 못했다고, 그만한 일로 잘리진 않았겠지. 그렇게 생각하며 그녀는 영환에 몰두하고 있었다.
 겉으로는 평온해진 일상. 그러나 그녀는 누군가에게 속을 털어놓지 않고서는 숨을 쉴 수 없을 것 같은 나날이었다. 나상 속의 그녀를 처음 알아본 영환에게는 그녀의 속 얘길 하고 싶었다. 불편한 그녀 나상에 대한 진실을 말하기 무안해 농담처럼 차 한 잔을 청했을 뿐이었다. 영환은 그녀 골수를 공명시킨 목소리만 남기고 떠났다. 내일이면 전시회가 끝나는데, 끝내 영환은 나타나지 않고 있었다.

전시회 마지막 날 금요일 점심때까지도 영환은 오지 않았다. 그녀는 위층 레스토랑에서 돈가스를 썰어서 몇 조각 입에 넣다가 포크를 내려놓았다. 며칠 쉴 수도 있었는데 그러지 못했다. 아버지가 전시회 첫날 화랑 데스크에 앉혀 놓은 것은 자신을 지인과 혹 좋은 신랑감 아들을 둔 인사들에 선보이기 위한 것이기도 하였을 것이었다. 사실 내키지 않은 일이었다. 그러나 그녀는 마지막 날까지 데스크를 지켰고 친구들과의 약속도 토요일로 미루었다. 영환 때문이었을 것이다. 몸이 힘들었다. 힘이 빠지고 속도 좀 울렁거리는 것 같았다. 화랑을 떠나 좀 쉬고 싶었다. 아버지가 그린 마티스식의 나상도, 전시회 내내 수평선에 나타난 돛단배 같은 영환도 잊고 쉬고 싶었다.

그녀는 데스크를 아버지의 여성 보좌관에게 미루어 놓고 고전 음악 다방 '전원'에 들어섰다. 바그너의 탄호이저 주인공 엘리자베트의 '그대 고귀한 전당'이 흐르고 있었다. 그녀는 환락의 비너스인 베누스인가, 순결한 엘리자베트인가.

아버지는 딸 혜희를 '푸른 나부' 오달리스크를 만들어 화랑에 걸어 놓았다. 민 화백은 왜 고명딸인 그녀와 그녀 어머니를 보티첼리 비너스로 그리지 못했을까? 딸과 딸의 생모가 순결하지 않은 것을 알아서였을까? 아니면 두 모녀를 남들에게 드러내 보이기 싫어서였을까? 아니면 현재 같이 사는 아내를 의식해서였을까? 그녀는 잡지 모델에 볼펜으로 마구 칠하고 찢었던 때가 생각났다.

그러다 잠이 들었다.

'꽈, 과, 광, 꽝'—크게 스피커가 울리는 소리에 잠이 깨었다. 베토벤의 '운명'이 스피커를 울리고, 실내를 울리고, 그녀 가슴을 울렸다. 옆에서 듣고 있는 사내는 주먹을 불끈 쥐고 소리 없이 입술을 움직이며 박자를 맞추고 있었다. 얼마를 잤는가, 아니 실신해 있었을까. 벌써 세 시가 넘었다. 그녀는 몸을 일으켜 '운명'을 뒤에 두고 화랑으로 돌아왔다.

 보좌관이 ○○일보 김 기자가 두 시 좀 지나서 촘촘히 둘러보고 같다고 했다. 눈으로 화랑을 둘러보았다. 눈에 띄는 모든 액자마다 노란 딱지가 붙어 있었다. 선매를 알리는 표식이다.

 영환은 어쩔 수 없이 들렸을지 모른다.

 국회 경제분과위원장 민준택 화백의 첫 개인전이 첫날 취재한 것이 각 신문 문화면마다 실렸었다. ○○일보 사회부 김영환이 기사를 올리지 않은 건 큰 문제는 될 게 없었다. 그런데 그가 전시장을 다시 왔다고 했다. 신문사 데스크에서 전시회 마지막에 무슨 기삿거리가 없나 둘러보라고 했는지도 몰랐다. 그 핑계로 날 보러 온 건지도 몰랐다. 그녀의 가슴이 쿵닥거렸다.

 다섯 시면 아버지의 전시회는 끝난다. 유일하게 노란 딱지가 붙어 있지 않은 그녀 나상의 비밀은 영원히 묻힐 것이다. 그녀는 다시는 자신의 몸에 덧칠된 그 여자를 보고 싶지 않았다. 아버지가 보좌진에게 '전시회가 끝나면 그 나상만 따로 아버지 차 트렁크에 넣어 두라' 했다고 했다.

 다섯 시, 정리하느라 바빠진 보좌진들과는 달리 그녀 귀에 들리던 베토벤의 운명이 다시 가슴을 두들겼다.

 이걸로 그와는 끝인가.

 그녀는 다시 가슴이 답답해지고 목덜미에 진땀이 났다. 아버지 전시회로 친구들과의 약속도 다음으로 미루어놨으니 갈 데가 없었다. 옥상 '스카이 파크'에 올라갔다. 어정쩡한 시간이어서 사람들이 거의 없었다. 그도 없었다. 그녀는 가슴이 답답하여 난간에 기대어 한국은행 건물 앞 마른 분수를 바라보았다. 오가는 사람들—자동차처럼 자꾸 꼬리에 꼬리를 물고 떠오르는 생각.

개미처럼 복작이는 사람들, 퇴근 시간이 가까워지면서 자동차들에 점점 더 혼잡스러워지는 거리를 보며 그녀는 다시 속이 울렁거렸다. 현기증이 왔다. 눈을 지그시 감고 황급히 머리를 들었다. 왈칵 찬바람이 폐부 깊숙이 밀려들었다. 어지러웠다. 그녀는 몸을 웅크리며 난간을 끌어 쥐었다. 또 걷잡을 수 없는 헛구역질이 났다.

그런 상황에서 그녀가 영환을 다시 만났다.

황급히 다가온 그를 미처 뿌리칠 겨를도 없이 그녀는 그에게 안기다시피 되어 테이블로 옮겨 앉혀졌다. 그녀는 테이블에 엎드려 두 팔로 얼굴을 쓸어 안고 숨을 골랐다. 그녀는 뒷덜미에 그의 시선을 따갑게 느끼며 얼굴을 들었다. 그의 얼굴이 다가와 있었다. 그의 눈을 피하며 "이 시간에 여긴 어쩐 일이세요?"라고 간신히 아는 체를 했다.

"제 무례쯤 용서하셨겠죠?"

여유 있게 말했지만, 말속에 마디가 있었다. 그러나 오히려 그가 그녀보다 더 놀란 것 같았다.

"잠깐 밑을 내려다보다 현기증을 일으켰을 뿐예요."

속은 가라앉았다.

"좋은 기삿거리가 사라져서 아깝네요."

그녀는 자신도 모르게 빈정거렸다. 그동안 그녀를 아프게 한 값을 치르게 하고 싶었는지도 몰랐다.

"그러니까 제가 쇼킹한 사연을 안고 뛰어내려야 했겠네요?"

그녀는 마주 보는 그의 눈을 피하면서 말했으나 자신도 모르게 지난번처럼 장난기가 생겨 웃고 있었다.

"기삿거리 생각하기 전에 저도 모르게 그냥 걱정돼서 뛰어갔죠."

"고맙네요."

"근데 지금은 다시 호기심이 생겼습니다."

"단지 기자의 호기심인가요?"

"댁같은 미인 앞에 기자랍시고 20원짜리 볼펜을 내밀 수야 있겠습니까?"

"역시 단순한 기자의 호기심은 아니시군요?"

"궁금한 게 있어섭니다."

그럴 것이다.

"전시회 첫날에 다녀가셨잖아요? 아마 아무 기사도 쓰지 않았었지요?"

"쓸게 없었습니다. 이렇다 할 화가는 아니신데 판매 딱지가 첫날부터 수두룩하고… 기사라면 그게 기사가 됐겠네요. 재산도 많으신데, 그건 놔두고 매스컴의 공짜 선거운동과 함께 작품을 팔아 정치자금으로 쓰려는 거겠지요."

"그렇게 잘 아시면서 오늘 왜 또 오셨을까요?"

"글쎄요, 우리 부장님이 목을 자른다고 울러대는 바람에 밀려 나오긴 했었는데…"

"요사이 직업적인 기자에게도 가리는 게 있는가 보죠?"

"우리 부장님은 그게 열등감의 소치라고 하더군요. 사실 그가 갑부면 어떻고 거기다 사퇴했다가 부활한 국회의원에, 또 그렇고 그런 화가면 어떻습니까? 정치 잘하고, 여가 선용으로 가진 취미면 뭐라 하겠습니까? 경제분과위원장이라는 노른자위 감투까지 쓰고, 그런 그림을 고가로 판다는 게 말이 됩니까?"

그녀는 그렇게 말하는 그의 강한 시선과 분명한 어조에 공감하고 있었다.

그가 주섬주섬 다시 말했다.

"이제 기자라는 직업도 대서에 지나지 않고…, 하기야 고작 이런 볼펜 하나로 뭘 할 수 있겠습니까?"

"쓰고 싶지 않을 걸, 구태여 쓸 필요까지 있어요?"

"그러게 말입니다. 그러나 세상에 조금이라고 보탬이 될 거라고 믿고 시작했는데… 당장은 우리 부장님이라도 피곤케 해선 안 되죠."

"그렇게 부장님께 아부하시는 걸 보면 출세는 하시겠네요."

"아니죠, 그러잖아도 피곤하신 분인데… 모두 그렇게 사니까 최소한의 걱정은 끼치지 말자는 거지요."

"신문이 사회의 목탁이라고 했던가요? 적어도 우리 김영환 기자님의 목탁 소리는 이번엔 못 듣게 됐네요."

무심코 머릿속에 남아 있던 그의 이름이 그녀의 머릿속에서 튀어나왔다.

"공염불도 못하고 목탁만 두드리는 탁발승에게 누가 시주를 합니까.

"그러면 그건 차라리 동냥 아녜요?"

"그러게요. 그래도 토정비결이 위안을 주듯이 우리 기자들의 목탁 소리나마 없으면 사람들은 어떻게 세상 돌아가는 걸 알고, 어디에 화풀이 하겠어요? 그래도 행간에 들리지 않는 목소리를 끼워 넣으면 그걸 후벼내 보고 듣는 사람들이 있지요. 그 목소리가 조금씩이라도 세상을 변화시킬 거라고 아직은 끄적거리고 있는 겁니다."

"그렇게 해서 언제 세상이 바뀌겠어요?"

"아니, 바뀝니다. 바뀌어야 하고 말고요."

비록 언제 만났나 싶게 장황하기는 했지만, 그녀는 그의 고집스러움과 확신에 놀라며 말을 돌렸다.

"그래, 오늘은 전시장을 꼼꼼히 살펴보고 가셨다는데, 다시 와 봤어도 기삿거리만 한 게 없었을 것 아니에요?"

"왜 없어요? 다음 주에 전람회 피로연 만찬을 거창하게 한다는데요."

"오늘은 그래서 작품 제목 밑에 붙어 있는 딱지들 판매액을 계산해서 기사를 작성해 던져 놓곤 다시 튀어나왔죠."

"신문사에 갔다가 절 보려 다시 오신 거예요?"

"속 갑갑해서 나왔죠."

"그렇게 갈 데가 없어요?"

"그러게요. 집어던지고 나왔으니 시답잖은 기사라고 캔슬될지도 모르죠."

"그러다 진짜 잘리면 어쩌려구요?"

"저 그래도 능력있습니다. 잘리면 스카우트하려고 할 신문사가 줄을 설걸요?"

"그런 자신감은 어데서 나오나요?"

"사실 그렇게 기사를 집어던지고 나오면 안되는 거였어요. 제 자존심도 있고."

"그래서 다시 오신 거예요?"

"사실 그날은 왠지 아무것도 쓰고 싶지 않았었어요."

"그럼 안 쓰면 되잖아요?"

"그러게요. 막상 신문사 데스크에 말 같잖은 걸 기사랍시고 던졌지만 뭔가 답답하고 찜찜하기도 하고… 그 찜찜한 게 '잠자는 소녀' 때문이었던 것 같습니다. 그 눈 끝만 보이는 그 얼굴이 제겐 너무 슬퍼 보였습니다. 뭐랄까 모든 걸 포기한 사람 같았거든요. 그래서 다시 확인하고 싶었는가 봅니다. 그런데 막상 와보니 철수하고 있어서 낭패라 생각하던 차에 이 '스카이 파크'에서 커피 한 잔 사준다는 말이 생각나서 올라와 봤는데, 딱 만났네요."

또 장난기가 생겼다.

"모델이 누군지 궁금한 거죠?"

"아니요. 뭔지 모를 그 슬픔이 나를 아프게 했다니까요."

"너무 감성적 아녜요? 뭐 쓸만한 기사 따려고 온 핑계치고는 감동적이네요."

"오늘 데스크를 보던 여자분이 모든 작품이 다… '솔드 아웃' 됐다던데, 그 누드만은 손을 대지 못하게 했다는 게… 그게 궁금해서 일지도 모르죠."

"기자로서 자존심이 상해 가십거리가 될 만한 거라도 찾고 싶었던 건가요?"

"그것도 그런데, 분명히 댁의 얼굴인데, 도무지 거기에 쓸데없이 왜 그렇게 심하게 덧칠을 했는지 이해하지 못하겠어요."

"모델이 나이고 그 이유를 말해드리면 기사로 쓸 건가요?"

작정하고 그녀는 그 모델이 자신인 것을 내비쳤다.

"이젠 아닙니다. 프라이버시는 지켜드려야지요."

"자비로우시네요."

"오늘 여기 다시 오면서 꼼꼼히 생각해 봤지요."

영환은 자못 진지해졌다.

"그 슬픔은 현재 우리가 겪고 있는 세상과 비슷한 거였습니다."

"너무 비약이네요."

"비약이지만 제게는 지금 이 나라보다 더 슬펐습니다. 이 나라는 그래도 대신 데모도 해주고 함께 울어주는 사람도 있지만…"

영환은 잠시 말을 멈췄다가 정말 안타깝다는 듯 그녀의 눈을 들여다보며 낮은 목소리로 말했다.

"나 자신마저도 나를 위해 울어주지 못했어요."

그녀는 입을 다물었다. 눈물이 왈칵 솟았다. 그러나 울 수 없었다. 이미 눈물을 다 쏟았고, 마음이 아플 만큼 아팠지만, 몸부림치는 건 보이고 싶지 않았다.

영환 역시 마지막에 푸른 물감으로 뭉개듯이 마구 덧칠한 게 궁금하다고 했다.

사실 그녀도 아버지가 왜 그랬는지 궁금하다고 말하고 싶었지만 그러질 못하고 다시 농담조로 말했다.

"대단한 추리력이신데, 전공이 탐정인가요?"
"전공은 미학인데, 세상이 아름답지 못해서 기자하면서 방황합니다."
"무엇을 감추고 싶었을까요?"

그녀는 자신이 한 농담을 자못 진지하게 받아 말하는 그가 점점 더 궁금해졌다. 그 목소리에 숨겨진 눈빛 뒤에는 무슨 응어리가 있을까. 자신의 속에는 구토할 것밖에 없는데, 그가 그의 응어리를 토해낸다면 세상도 뭐라도 바뀔 것 같았다.

"기자가 방황하면 세상은 어떻게 하라구요."

그녀는 그동안 저질렀던 일들이 떠올랐다. 그와 자신이 서로의 응어리를 뱉아내고 무언가로 그 자리를 다시 채워줄 수 있다면… 하고 그녀는 생각했다. 그사이 그가 말했다.

"아무리 못된 사람도 그럴 이유가 있고, 아무리 못된 정권도 할 말이 있더군요. 그러나 그들에게 제대로 말도 못하고, 세상 변화에 아무것도 못하는 제 무능이 화가 납니다."

그녀는 세상을 미워하지 못하고 오히려 자기 비하로 아파하는 그에 비하면, 자신의 작위적 자학과 회피는 얼마나 사치하고 이기적인가 싶었다. 앞이 캄캄한 그녀는 자기 삶은 아무래도 좋으나 영환은 아니어야 한다고 생각했다.

그녀는 자기 자신의 아픔에 일부러 못된 짓을 하면서 살고 있지만, 그에 비하면 남의 고통과 세상의 아픔은 너무 모르고 살았던 건 아닌가 싶었다. 어느 날부터 자신의 개인적 고통으로 자신을 파괴하고 세상을 파괴하는 데 보냈다고 생각했다. 대마초도 피우고 얼굴도 모르던 남자들과의 난교는 해방구가 아닌 수렁 같은 오물 가득한 진창이라 생각되었다.

비록 그가 세상을 바꾸지는 못해도 자신과 세상을 사랑하며 끝까지 꿈을 포기하지 않기를 바랐다. 그가 지쳐서 쓰러졌을 때 기어이 다시 일어날 때까지 그의 곁에 있어 주고 싶어졌다. 그녀는 그가 준 따뜻함으로 그의 곁에 있고 싶어졌다.

그녀는 아파하는 영환의 팔을 끌어 엘리베이터를 탔다. 사람 몇이 더 탔는데 비좁았다. 좁은 공간은 싫었다. 남산이라도 가 볼까.

그녀의 마음은 이미 그의 어깨에 기대고 있었다. 그의 부축을 받으며 엘리베이터를 내려 일층 보석 매대 옆을 지나 건물 출구에 이르렀을 때였다. 뒤에서 김 비서가 부르는 소리가 들렸다.

"혜희 아가씨."

그녀는 뒤도 안 돌아보고 그의 팔을 끌어 황급히 사람들 속으로 끌어들였다. 영환은 말없이 끌려갔다. 그녀는 아무 말도 할 엄두가 나지 않았다. 영환은 묵묵히 길을 건너 중앙우체국과 불난 대연각 호텔 가는 길모퉁이에 섰다.

"솔직히 아깐 그 귀족적인 호칭이 귀에 거슬리더군요."

그의 나지막한 어조가 그녀를 압박했다. 그녀는 아무 말도 하지 못했다.

"아르바이트 학생이라 안 했어요? 설마 했는데 민 의원님의 고명따님이 맞으시는군요."

"우리가 오늘 얘기가 서로 통한 건 혹시나 하는 나의 호기심과 댁의 너그러움 덕이었습니다. 우연은 곧 잊히게 마련이죠. 가끔 농도 하시던데 재미있었겠습니다."

조롱이 아니라 편해져서 한 말이었는데… 속으로 그렇게 생각하며 그녀는 그를 진심으로 걱정하고 있었다.

"그럼 오늘 제가 한 말도 농으로 아시고, 제 결례 잊어 주시죠."

그녀가 무슨 말을 채 꺼내기 전에 처음 만났을 때처럼 그는 힘주어 어깨를 펴고 당당한 걸음으로 중앙우체국 쪽으로 걸어갔다.

군중 속으로 사라지는 그의 뒷모습을 보면서 그녀는 오히려 아픔을 느꼈다. 이제 영환은 그녀가 대연각을 혐오했듯 그녀를 혐오할 터였다. 그러나 그녀는 자신이 대연각을 피하지 않고 그 옆을 걷게 되었듯이 그도 혜희 자신을 다시 보게 될 거라 믿었다.

토요일 조간에 그가 취재했을 아버지 기사는 실리지 않았다.

아버지 전시회가 끝나자 그동안 격조했던 순자에게서 전화가 왔다. "아버지 전시회는 잘 끝났냐."고 했다. 혜희는 피곤이 쌓이고 메스꺼움이 사라지지 않아 내키지 않았지만 술은 말고 점심이나 먹자고 했다. 음식점은 생뚱맞게 '명동닭칼국수'라고 했다. 순자는 "네가 없을 때는 라면이나 어묵꼬치로 땐다."라고 했다.

그랬구나.

순자가 그녀에게 사주겠다는 게 그래도 이름은 들어본 '명동닭칼국수'라 하기에 고맙다고 했다. 정말 사주기만 했지, 순자가 사주는 걸 먹게 되기는 처음이었다. 을지로 쪽에서 국립극장 가는 길 초행이고 옆에 세로로 간판이 붙어 있었다.

순자가 먼저 와 있었다.
"점심때는 자리가 없어서 먼저 와 있었다."라며 그녀를 반갑게 맞아 주었다. 자리에 앉아 둘러보니 정말 많은 사람이 바글거렸다. 그녀는 속이 조금 메슥거렸으나 순자가 "이 집 닭칼국수가 전국에서 최고로 맛있다."라고 하면서 시킨 닭칼국수가 빨리도 나왔다. 순자가 "어서 먹어 보라."라고 했다.

뜨거웠다.

뜨거움보다는 훅 끼치는 닭 냄새가 그녀의 코로 들어가면서 헛구역질이 올랐다. 급하게 입을 손으로 막고 그녀는 화장실로 뛰어 들어갔다. 순자가 뒤쫓아 왔다.

담배 때문에 구토했을 때는 창자가 끌어 올리고 위를 쥐어짜는 심한 통증이었는데 지금은 달랐다. 심한 메스꺼움은 먹거리의 부패로 느껴졌다. 특히 부패 냄새. 식욕이란 허락되지 않는 헛구역질이었다.

순자가 혜희의 등을 토닥거려 줬다.

밖으로 나와 찬바람을 쐬니 조금 안정이 되었다. 순자가 그녀의 어깨를 감싸 안으며 걱정스러운 얼굴로 물었다.

"너 그거 언제 있었니?"

순자 자기도 그런 적이 있었다고 했다. 순자가 자기가 아이를 지웠다는 산부인과로 데리고 갔다. 설마. 3주라고 했다. '어떡하지?' 혜희가 순자를 쳐다봤다.

"너무 서두르지 마. 나는 감당할 여건이 안 됐지만, 지금은 후회해. 그 아이가 있었더라면 오히려 지금처럼 막살지 않았을 거야."

혜희 머릿속에 스포츠머리가 떠올랐다. 대원각 엄마가 떠올랐다. 아버지가 떠오르고 어머니가 떠올랐다.

 그 주 토요일 5시에 조선호텔 '볼룸'에서 열리는 민준택 화백 전시회 사례 만찬장은 화랑 내방객을 한곳에 모아놓은 것처럼 성황을 이루었다.
 "그러니까 그 작품 모두가 고가로 팔렸다는 말씀이죠? 정말 대단하십니다."
 영환은 예의 그 20원짜리 볼펜을 아버지 코앞에 들이밀고 받아적고 있었다.
 "그 '잠자는 소녀'는 어려운 아르바이트 학생이 모델이었구요?"
 "처음엔 사실적으로 그렸었는데 학생 프라이버시도 있고 해서 좀 변형하고 덧칠도 더 해서 전시장에 걸 수 있는 게 아니었지. 그런데 기획하는 사람이 그린 게 있으면 누드화도 하나 넣으면 좋겠다기에 작품성이 없어도 구색을 갖추느라 걸었는데…, 판매는 하지 않았어."
 아버지는 잘도 둘러대고 있었다.
 그가 그럭저럭 아버지와의 인터뷰를 끝내는 것 같았다. 몇 발치 떨어져 그 광경을 생소한 느낌으로 바라보다 자리를 옮기려던 그녀를 영환이 불러세웠다.
 "혜희 아가씨."
 영환은 김 비서가 부르듯 그녀를 불렀다. 그녀 온몸이 얼음물에 잠긴 것 같았다.
 "대단한 성황입니다. 모두가 작품이 좋았다고 찬사가 대단합니다. 판매액도 오백만 원이 넘는다지요? 판매액 전액을 어린이 시설에 기부하신답니다. 판매하지 않은 예의 그 '잠자는 소녀'에 대한 이러저러한 억측이 만발했는데 아버님이 그 비밀을 제게 말해 주시더라구요.

'오프 더 레코드'를 당부하시면서 말이죠. 아르바이트 모델 학생 프라이버시를 지켜주려다 작품을 버렸다고 하시더군요. 아무튼, 민준택 의원님의 정치적 위상과 능력을 과시하는 대단한 파티입니다."

영환은 감색 싱글 양복을 입고 샴페인 잔을 들고 그녀에게 다가와서 생각지도 않은 너스레를 떨었다. 그는 여권 신문사인 △△일보 김영환 차장이라는 명찰을 달고 있었다. 반가운 걸 감추고 그녀는 일부러 못 본 체하며 발걸음을 돌리려 했다.

영환이 그녀에게 다가왔다.

"지난번 전시회 기사가 실리지 않아 신문사에서 잘린 줄 알았는데요…"

"잘렸죠, 덕분에 더 맘 편한 데 스카우트됐지요. 야당지 해 먹기 어려운데 덕분에 잘됐죠."

환하게 웃는 그의 눈가에 잠시 자학적 비웃음이 돌았다. 아니 그도 몰랐고 그녀에게만 보였을 것이다. 그녀는 그의 슬픔을 보았다. 그녀가 친모의 비밀을 알고 아버지에게 보였던 웃음 같았을 거였다.

"사실 전에 작품 제목 밑에 딱지들 판매액을 계산해서 기사를 작성해 던져 놓곤 혜희 씨 만나려고 다시 튀어나왔는데, 그날 혜희 씨를 길에 놔두고… 그날 제가 속이 좀 좁았습니다."

그가 먼저 전날 일을 환기시키며 사과했다. 그리곤 그날 신문사에 생긴 일을 덧붙였다.

"그 길로 신문사에 기어들어 갔는데 난리가 났어요. 그게 기사라고 던지고 갔냐는 거죠. 그거 땜방하느라고 부장만 생고생했다며, 국장이 잡아먹을 듯이 해대길래… 그러면 안되는 건데 방귀 뀐 놈이 성낸다고 국장님에게 대들었죠. 사표 내라고 윽박지르기에 그냥 던져 놓고 나왔죠. 그날은 제가 제정신이 아니었나 봅니다."

영환은 오버하고 있었다. 이미 파티에서 기자들의 화제가 되어 받아 마신 술 때문인지 자기가 능력 있음을 과장해 수다를 떨고 있었다.
"그렇지 않아도 대학 대선배인 △△일보 편집국장이 제게 눈독을 들이고 있었는데 어떻게 알았는지 연락이 왔더라구요. 이제 독배를 함께 마시자구요. '언젠가는 세상이 바뀌지 않겠느냐.'며 그날까지 프락치가 되자고 했어요."
성황리에 민 화백의 파티는 끝나가고 있었다.
전번에 그녀가 김 비서의 부름에 당황해서 그를 끌고 나왔듯이 영환이 그녀를 끌고 밖으로 나왔다. 영환이 불러세운 택시에 그가 뭐라고 말하기 전에 올라타곤 남산 '세종호텔'로 가자고 했다. 항상 다니던 로얄호텔은 스포츠머리며 다른 남자들이 떠올라 싫었다.
그녀는 영환에게 모든 걸 말하기로 작정했다. 호텔 스카이라운지에 앉았다. 그녀가 멀리 서울역 쪽이 보이는 창가 쪽에 앉았다. 그가 옆에 와 앉았다. 그는 양주를 시켜 마시기 시작했다. 이미 파티에서 마신 술이 있어 그의 얼굴은 붉게 변해 있었다. 여권 신문인 △△일보 김영환 차장이 화제가 되어 변절자라며 씹혔을 것이다. 아니면 남의 부러움을 사서 받아 마신 술이었을 것이다. 영환은 그녀가 게네들을 처음 만나 술을 마실 때처럼 수선스럽게 마셔댔다. 그는 한참을 그녀를 쳐다보지도 않고 술을 마시다가 입을 열었다.
"처음 화랑에 들렀을 때 경쟁이나 하듯 보내온 국화 화분의 꽃냄새―그건 마치 회칠한 무덤의 시(屍)내를 감추는 방부제 냄새 같았죠."
영환은 고개를 절레절레하며 그 냄새를 유추하듯 코를 킁킁거리기조차하며 담배를 찾아 물고 창밖 멀리 바라보았다.
"저기 서울역 너머 하늘 밑이 제가 사는 곳이죠."
서울역 둥근 돔 실루엣 안에 불빛이 담겨 있고 더 멀리 희미한 불빛들이 박혀 있는 검은 언덕 위에는 더 검은 하늘이 얹혀 있었다.

사실은 그녀가 연회장이 갑갑해서 탁 트인 곳에 있고 싶어서 여길 왔는데 오히려 힘들어 보이는 건 그였다.

*

"온통 탄가루가 덮인 '까막마을'에 뚜껑 없는 삭도의 '솔개 바가지'에서 떨어지는 무연탄 덩어리를 주어 주먹 탄을 만들거나, 빗물에 젖은 무연탄을 숟갈로 떼어 함석판에 말린 숟가락 탄으로 밥을 해 먹고 살았지요. 아버지가 살아 계실 때는 그런대로 별 고생 안 했죠."

영환은 그렇게 말하곤 어두운 하늘을 바라보며 말했다.

"아버지가 5·16 군사 혁명이 있었던 1961년 초겨울 영월의 마차(磨嗟) 탄광 가스 폭발로 돌아가실 때가 고3 올라갈 때였습니다. 그 탄광이 거의 연속 3년간 똑같은 탄좌 내 가스 사고가 났습니다. 그 결과가 '광산보안법' 제정 계기가 되었죠. 어머니는 아버지를 잃은 후유증으로 몸져누워 계셨습니다. 그때 취재 온 ○○일보 한상렬 기자님을 만났습니다. 아버지 보상금으로 다음 해 서울 공덕동에 단칸방이나마 마련했습니다. 한 기자님의 주선으로 야간 고등학교에 편입했어요. 그리고 서울 어디가 어딘지도 모르는 날 을지로의 작은 인쇄소에 취직까지 시켜줬죠. 그 덕에 생활도 학업도 이어 나갈 수 있었어요. 다음 해 6월에 화폐개혁이 있어서 집에 남은 돈이 4,000환밖에 없던 것이 달랑 400원이 되었지요. 그때 파고다 담배가 300환이었으니까 열세 갑 값이었죠. 그게 제가 가진 전부였죠. 난방을 하지 못한 그해 겨울은 참 추웠어요. 새벽에 일어나서 공부할 때 녹여 놓은 잉크병를 펜으로 찍으면 곧 얼었죠. 잉크가 나오지 않아 입김을 불어 녹여 쓰기도 했죠…"

영환은 주머니를 뒤져 담뱃갑을 꺼내놨다.

"을지로 인쇄소에서 일하면서 종이가 그렇게 무겁다는 걸 처음 알았습니다. 특히 팸플릿이나 화보를 찍는 아트지가 무거웠지요. 그러나 병든 어머니의 약값과 생활비로 학교 등록금이 어려웠어요. 두 번이나 등록금이 밀렸었는데 반장이 등록금이 든 봉투를 주었어요. 누가 주었냐 해도 말을 안 했어요."

"누구였는데요?" 그녀가 물었다.

"나중에 졸업하고 애들한테 들었는데 담임 선생님이 학급회를 해 보라 해서 모금하게 됐는데 처음 등록금은 학생들이 모은 게 반이 안 돼 담임 선생님이 채워주셨다고 하더라구요. 두 번째는 턱없이 더 모자랐데요. 그걸 또 선생님이 채워주시고…"

그의 말이 계속되었다.

"다신 아버지와 같은 죽음이 더 없기 바래서 국립 S대 사회학과나 정치학과를 가려 했지만, 성적이 모자랐어요. 할 수 없이 성적이 되는 미학과에 들어갔지요. 그때부터 대학 등록금은 과외로 걱정이 없었어요."

"그 담임 선생님 한 번 찾아뵙지 않았어요? 그 뒤가 궁금해하셨을 텐데?"

그녀가 고마운 선생님이라 생각되어 물어봤다.

"담임이셨던 박 선생님은 낮에 대학원을 다니셨는데 학교를 관두시고 경남의 ○○대로 가셨다고 하더라구요.

"그런 선생님도 계셨네요. 한번 찾아뵀어요?"

"찾아뵈려고 했지요. 그런데 머니까 일부러 오진 말라고 하셔서 아직까지 찾아뵙지는 못했습니다. 신문에서 제가 쓴 기사는 꼭 챙겨서 읽으신다고 하시더군요."

"부럽네요."

화백(畵伯)의 딸

"반장한테 등록금 애길 들었다고 하니까, 반장이 괜한 소리했다고 하시면서 선생님도 모르는 분한테 신세 진 일이 있었다고 했어요. 그때 그분이 주변에 어려운 사람이 생기면 그때 그 사람을 도와주라 했대요. 그렇게 돕는 게 은혜를 입은 사람이 은혜를 갚는 거라 하셨지요."

"그럼, 저한테 갚으시면 되겠네요."

그녀가 웃으면서 말했다. 진심이었다. 그녀는 영환이 필요했다.

그녀는 영환이 자신을 이해해줄 거라고 믿고 싶었다. 또 어려웠던 그의 삶의 틈을 그녀 자신이 메어줄 수 있을 거로 생각했다. 그녀도 그에게 그럴 수 있게 되길 바랐다.

영환이 서울역 하늘을 바라보고 있었다. 공덕동 그의 집에는 노모가 그를 기다릴 것이다.

그가 다시 말을 이었다.

"사실은 법관이 되어서 아버지 막장 사고로 고통을 주었던 자들을 혼내거나 돈을 많이 벌어 가난한 사람을 돕고 싶었는데, 그게 뜻대로 되지 않았지요. 성적이 되지 않았어요. 핑계지만 고3 때 아르바이트며 어머니와 여동생 병구완으로 공부에 올인할 수 없었어요. 미학과를 다니면서도 법관이 되려고 학생 과외도 하면서 틈틈이 사시 공부를 시작했는데 그것도 역시 쉽지 않았어요. 그래도 대학 4학년 때 1차 시험은 간신히 통과했습니다. 그때 동생 영희가 폐결핵에 걸려 각혈을 했죠. 어머니도 병환으로 힘들고 그래서 그 아이 요양원에 보내기 위해 대학을 졸업하면서 광화문 그룹 과외 선생을 하다가 유명해져서 종로 C학원에서 제법 유명한 사회과목 강사가 되어 생활은 안정되었지요."

"힘들었겠어요."

"영희는 아버지께서 데리고 온 아이죠. 제가 중학교 때인가 아버지께서 아끼던 동료의 딸인데 그 사람이 막장 사고로 죽은 후 게 엄마가 돌이 갓 넘은 그 애를 두고 집을 나갔죠. 혜희 씨보다 많이 어리지요. 영희는 병이 다 나아서 이제 집에서 어머니를 보살피며 대학 간다고 검정고시 학원에 다니고 있어요."

"정말 다행이네요."

"다행히 남들은 군대 갈 나이에 부선망단대독자로 병력이 면제되어 계속 강의와 고시 공부를 병행하면서 피로도가 누적되고 있을 때 뜻밖에도 마차 탄광에서 도움을 주었던 지금 ○○일보 한 부장께서 전화를 주셨어요. 그때는 차장이셨는데 재수학원에 관한 기획 기사를 준비하다가 C학원에서 나름 유명 강사인 저를 발견하셨죠. 제 상황을 아시고 세상을 바꾸고 싶어 고시 공부했다는데 사회부 기자는 어떠냐구요. 어쩌면 고시에 패스한다고 해도 지금 나라 꼴을 보면 당장 제 뜻을 펴기 쉽지 않을 거라고 했지요. 그래서 최초의 그 신문사 미학 전공의 사회부 기자가 되었는데 지금 이 꼴입니다…"

공덕동 하늘을 바라보는 그의 시선은 그대로였다.

"그래도 기자라도 되면 뭔가 할 수 있을 줄 알았는데 제 꼴이 말이 아닙니다…"

영환은 한숨을 쉬다가 엉뚱한 소릴 했다.

"예수가 광야 시간을 끝내자 마귀의 시험을 당했다지요?"

영환은 그렇게 말하며 다시 잔을 들어 연거푸 입안에 털어 넣었다.

"혜희 씨도 얻고, 여당지인 △△일보에서 빨리 커서 민 의원 덕에 정치에 입문해 세상을 바꿔 볼까, 마음먹고 변신했죠. 새 옷을 입고 사람은 더 멀쩡해졌는데…, 남의 눈초리는 견딜 만한데 제 눈초리는 못 피하겠어요. 예수는 마귀의 시험에서 당당히 이겨냈는데, 저는 제가 낸 시험을 감당하지 못하겠어요."

잠시 바깥 어둠에 퀭한 눈을 멈췄던 그가 다시 풀어진 눈 그대로 그녀를 바라보며 중얼거렸다.

"…그러던 것이 △△신문사로 옮기려 마음을 먹자, 그 어려운 환경 속에서도 열심히 공부하며 가졌던 희망의 불씨는 꺼졌고, 모락거리며 부풀던 세상에 대한 사랑의 입김을 담을 길이 없을 것 같습니다."

영환은 그렇게 말하곤 탁자에 실신하듯 엎드려졌다.

종업원에게 부탁해 택시를 불렀다.

그녀는 그를 종업원의 도움으로 힘들게 택시에 태워 공덕동으로 향했다. 택시 기사가 서울역을 지나 염리동 시장을 끼고 만리동 고개에 접어든다며 곧 공덕동이라고 해 그를 흔들어 깨웠다. 그는 '만리동 고개'라는 소리에 잠시 눈을 떴다가 "집엔 안 간다." 하며 "로얄호텔, 로얄호텔" 하며, "나 오늘 혜희와 거기 가려고 작정하고 나왔어!"라고 소리치다가 다시 웅얼웅얼하다 조용해졌다. 영환은 공덕동 집에서 가까운 '로얄호텔'을 말했다. 그녀는 차를 돌려 로얄호텔론 갈 수 없었다. 거기엔 성우가 있었고, 또 다른 남자애들도 있었다.

택시를 다시 세종호텔로 가자고 했다.

호텔 앞에 이를 때까지 영환은 그녀의 가슴에 얼굴을 묻고 잠든 채였다.

혜희는 그를 흔들어 깨웠다. 그가 얼핏 눈을 뜨더니 그녀의 목을 끌어안고 입술을 찾았다. 그녀는 그를 일으켜 세워 간신히 차에서 내렸다. 그녀는 매달리듯 하는 그를 이끌어 '벨 보이'의 도움을 받아 객실로 들어왔다.

객실 안에 들어서자 그가 난폭하게 그녀를 붙잡고 웃옷을 벗겨 떼밀었다. 그녀는 치마 차림으로 몸은 침대에 뉘어지고 다리는 침대에 걸쳐졌다. 환히 전등이 켜있는 천장 아래서 그가 일그러진 얼굴로 넥타이를 풀고 있었다. 뭔가 먼저 해야 할 말들이 있었다. 그러나 생각뿐

전신이 와들거렸다. 그가 양복 윗도리를 바닥에 집어 던진 후 와이셔츠 옷소매 단추를 빼내고 있었다. 이건 아니었다.

그녀는 침대에서 벌떡 일어나 앉았다. 그러자 그가 소매 단추를 풀다 말고 그녀 앞에 무릎을 꿇었다. 영환은 그녀의 배에 머리를 묻고 하소연하듯 울먹이며 말했다.

"오늘 혜희를 가지지 않고 서는 다시 당신을 볼 수 없을 거야, 내가 나를 용서하지 못할 거야."

혜희는 그의 입술을 배에 느끼며 눈을 감았다.

그녀는 온몸의 피가 복부에 몰려드는 것 같았다. 그리고 쿵쾅거리는 그녀 심장 외에 그의 입술이 있는 배에 또 하나의 맥박이 톡탁이는 걸 느꼈다.

"민 의원님과 세상에 맞추려고 악마에게 내 영혼을 팔았어."

영환은 절규하고 있었다. 그녀는 자신이 먼저 대원각 엄마, 그동안 분방한 일탈, 그리고 스포츠머리—그 모든 것을 고백해야 했다.

"제가 영환 씨 앞에 떳떳할 수 없어요."

그러나 고작 이렇게 말했을 뿐이었다.

"우린 이미 아무에게도 구애받지 않아."

영환은 다시 혜희를 끌어당겼다.

그러나 그녀는 그를 거부할 수밖에 없었다. 그의 눈가에 짙은 의혹과 불안이 배여 있었다.

"오늘 혜희를 소유하지 않곤 우리의 미래를 확신할 수가 없어. 결국, 모든 걸 접고 딴 길을 가려는 나의 변신은 수치가 되겠지. 이제 내 자존심도 미래도 없어."

몸을 뒤척이는 그녀를 다시 끌어당기는 그의 어조는 사뭇 애원이었다.

"나도 원해요. 그러나 우리의 미래를 위해 오늘은 그냥 돌아가야 해요."

그녀는 그저 괴롭기만 했다. 이야길 다 해야 했다. 그러나 고작 그렇게 말했을 뿐이었다.

"안 돼. 혜희 씨는 오늘 나의 치졸함 때문에 날 떠나고 말 거야."

"아니에요. 제발 절 믿어 줘요."

그녀는 단호히 그를 밀어냈다. 그녀는 황급히 옷을 추려 입고 도망치듯 밖으로 나왔다.

그녀 몸이 허물 벗는 파충류가 되었다가 걸쳐 입은 옷이 갑갑했다. 짙은 어둠의 거리―상기되었던 얼굴이 찬바람에 식으면서 몸이 와들와들 떨렸다. 입은 옷이 물에 젖은 가죽처럼 옥죄어 왔다. 다시 그녀 자신을 허물어 버릴 듯한 심한 구토가 끓어올랐다. 달라야 한다. 그것은 그녀의 과거의 삶 모두를 토해내기를 강요하는 구토였다. 그도 오늘 그런 구토를 쏟아내고 싶은 게 아닌가 생각되었다. 그러나 지금처럼은 아니었다.

대학 다닐 때 만난 남자들은 대부분 그녀가 민 의원의 딸인 줄 아는 대학 선후배이거나 그들에게 줄을 대어 만난 학생들뿐이었고 여자친구들하고 함께 어울려 차를 마시거나 고고장 정도 갔을 뿐이었다. 친엄마의 비밀을 알고 방황하다 게네들과 함께 만나 몸을 섞은 남자들은 식탐이 강했다. 세상에서 뻔하지 않은 보석을 언제 또 만나겠느냐는 듯, 생전 보지도 먹어 보지도 못한 요리를 본 듯 속속들이 탐했다. 그러나 그녀는 그들에게 빼앗긴 게 없었다. 준 것도 없었다.

그러나 이 답답함. 그리고 그녀가 진실을 알기 전에 가졌던, 아름다운 미래에 대한 절망감. 그 절망이 그녀의 탓만일 수만 없는 억울함. 그녀는 어느 누구에게도 속 시원히 털어놓을 수 없었다. 아무에게나 터놓을 수 있는 일이 아니었다. 들어주고 보듬어 줄 수 있는 사람. 부모도, 친구도―아무에게도 이해받을 일이 아니었다. 다만 스포츠머리가 마음에 걸렸다. 그에게 미안한 생각이 들었다. 그러나 그는 아니었다. 그도 그런 남자 중의 한 사람일 뿐이었다. 그녀는 얼굴 모르는 자기 엄마도 이렇게 아버지를 만나 자신을 낳았을지도 모른다고 생각하니 쓸쓸함과 함께 호기심도 생겼다. 세상에 자신처럼 태어난 아이들이 얼마나 많을까. 그 애들이 다 자신과 같이 힘들어해야 할 건가, 자신이 사랑 없는 부모를 만나 불구의 가족으로 살아온 것에 비하면 영환의 식구들은 서로 힘들 때 도우며 희생하며 살아왔다. 그 가족 속에 그녀는 있고 싶었다.

어쩌면 영환과 함께라면 자신의 뱃속에 있는 이 생명을 상처 없이 키우고 또 혈연이 아닌 여동생을 보듬는 영환의 아이도 함께 잘 키울 수 있을 것 같았다. 영환, 그가 혜희 자신의 구토 거리를 다 쏟아내게 하고, 또 그녀가 그의 구토 거리를 그렇게 쏟아내게 하여, 서로의 빈 속에 새로운 것을 채워 넣고 새로운 삶을 시작할 순 없을까.

그녀는 영환과 함께면 그렇게 할 수 있을 거로 생각되었다.

희망이 만드는 해방감과 안도감―구토가 멈추었다. 자신의 짐이 가벼워진 것 같았다. 이제 영환의 짐이 가벼워지게 할 그녀 자신이 될 수 있길 바랐다.

얼마나 힘들었으면 그랬을까. 그날은 영환 혼자 호텔 방에 그렇게 두고 왔다. 그녀는 옆에서 밤새 그를 위로해 주고 싶었으나 참았다. 집에 돌아와 그녀 방에 누웠으나 잠은 오지 않았다. 그에게 되돌아가고 싶었으나 참았다. 새로운 태양 아래서 다시 그를 볼 것이다.

그녀는 그날 이후 순자의 전화도 받지 않고 영환의 전화만 기다렸다. 그가 알려고 하면 그녀 집 전화번호는 쉽게 알 수 있을 것이다.

전화가 없었다. 그녀가 그랬던 것처럼 자신의 구토를 쏟아내고 그녀를 찾아 주기길 바랬다. 그렇게 일주일이 지났으나 그에게서 전화는 오지 않았다.

신정 연휴가 지나고 금요일이 되었다. 제주행 비행기 티켓은 이번 토요일 오후 4시에만 있었다. 되돌아오는 서울행 비행기 편은 1월 7일, 신문 없는 날이다. 그런 생각으로 비행기 티켓을 예약했었다. '그가 감당하지 못하면 그녀 도와줘야 한다'라고 작정이 서자 그렇게 헤어진 지 13일째인 금요일 오전, 망설이던 끝에 교환을 통해 신문사로 전화를 걸었다.

"잠깐 기다리세요." 하는 여직원의 말끝에 그의 차분한 목소리가 들렸다.

"네―, 사회부 김영환 차장입니다."

전화선 너머 사무적인 그의 목소리를 들으면서 그녀는 눈물이 왈칵 쏟아질 뻔했다. 그녀가 말을 못하고 있자 "전화 끊겠습니다" 그가 말했다.

"저 혜희예요."

이번엔 그가 잠깐 침묵했다.

"지난번엔 미안했습니다. 많이 경멸하십시오."

"미안해요. 이번 토요일 함께 봐요. 저 믿죠? 알았죠?"

그녀는 애교 섞인 목소리로 그를 달랬다.

그녀는 자신도 모르게 그의 자존심이 상하지 않을, 진심을 다해 그를 달랬다. 그건 칭얼대는 아이를 달래는 모성이 아니라 상처받은 자기 남자의 마음을 감싸는 여심이었다. 그런 그녀의 마음이 전해졌는지 망설이던 그가 대답했다.

"알았어요."

무뚝뚝한 그의 한마디―사랑스러웠다. 약속은 했다.

그녀는 영환이 자신의 남자로 다시 돌아왔다고 믿었다.

그다음날 오후 네 시. 명동성당 밑 YWCA 앞에서 만나기로 했다.

*

베토벤을 좋아해 듣던 바이올린 소나타 9번이 명동 음악다방 '크로이첼'의 이름이 될 줄은 몰랐다. 그녀는 명동성당에서 나온 새신랑·신부의 승용차를 부러운 눈으로 보내고 '크로이첼'로 들어섰다.

베토벤의 소나타 크로이첼(바이올린 소나타 9번 Op.47 크로이첼)을 듣고 톨스토이는 '불륜한 아내를 살해한 남편이 무죄라'는 중편 소설 '크로이첼 소나타'를 써서 그 여자의 불륜을 단죄했다. 반면에 사생활에 불륜을 저지른 작곡가 야나첵크는 현악 4중주 1번 '크로이첼 소나타'를 작곡해 '남편에게 짓밟히고 살해당한 아내를 죽인 남편을 단죄해 톨스토이를 비난했다. 금욕주의자인 톨스토이는 홀로 시골 역에서 숨을 거두었고, 야나첵크는 불륜의 애인 카밀라의 품에서 숨을 거두었다.

점심을 안 먹어선가 그녀는 톨스토이의 소설과 야나첵크의 사랑을 생각하다 머리가 어지러워 의자에 기대었다. 거의 머릿속이 하얗게 된 상태로 시간이 흘렀다. 시간이 흘러 안정이 되어 가고 있었다. 무슨 음악을 들었는지 기억이 없었다. 정신이 드는가 했는데 푸치니의 오페라 '토스카'의 아리아가 흘러나왔다. 처형을 앞둔 화가 카바라도시의 '별은 빛나건만'―그 절규와 가희 '토스카'가 성에서 떨어지는 자살이 연상되어 그대로 밖으로 나왔다. 그러나 토스카의 아리아는 계속 그녀를 따라와 사람들이 바글거리는 거리에서도 계속 귓속을 맴돌았다.

공포탄으로 가짜로 처형하기로 했는데, 연인 카바라도시가 실탄 처형되어 죽자 절망한 토스카의 투신―그녀의 '노래에 살고 사랑에 살

화백(畫伯)의 딸

고'―오늘 그런 일은 일어나지 말아야 했다. 그녀와는 결이 다르지만, 영환의 힘들었던 지난 삶과 현재 다니게 된 △△신문사로 가게 된 것도 결국 혜희 자신 때문이었다. 그녀는 자신이 그를 다시 제자리로 되돌려 놓고, 그다음은 그에게 맡길 거였다.

명동의 빌딩 골목 위 좁은 하늘은 여전히 사막의 모래바람이 일기 전처럼 뽀얬지만, 날은 한결 따듯해진 것 같았다.

아직 영환과의 약속시간은 두 시간 넘어 남아 있었다. 그사이 또 혼인 예식이 있었는지 막 끝난 결혼식 하객으로 거리는 다시 붐비고 있었다.

그녀는 크로이첼 '소나타'와 '토스카'를 떨치려 이 골목 저 골목 기웃거리다가 문득 정신이 들어보니 다시 '크로이첼' 앞이었다. 그 골목에서 바로 큰길로 나서면 명동성당이었다. 대원각 생모를 알게 된 이후에는 일부러 피해 다녔던 모교가 있는 명동성당 앞이었다. 그냥 피하지 말자 하고 나서니 명동성당 쪽에서 여순경 모자 비슷하게 생긴 모교의 교모를 쓴 여학생 몇이 내려오고 있었다. 그들에게서 그녀의 철없던 날을 보니 반가웠다. 내친김에 모교에나 가보자 하고 성당 입구 층계를 올랐다. 층계 중간쯤 왼쪽에 성모 마리아상 앞에는 여전히 많은 사람들이 두 손을 마주 잡고 기도하고 있었다. 그들은 복을 비는 것일까, 죄를 사해주길 비는 것일까, 신부에게 고해성사하면 정말 죄가 사해지는 걸까.

대성당 마당에 올라섰다. 오른쪽 뒤 그녀가 다니던 학교 뒤 교정 느티나무와 은행나무가 그대로 서 있었다. 그 느티나무는 많은 가지로 품이 넓었다. 그 밑 돌로 된 낮은 축대에 앉아 삼삼오오 재잘거리며 떠들던 곳이었다. 그 뒤의 은행나무는 봄이면 늦게나마 마른 막대기 같은 데서 새싹을 틔웠었다. 가을이면 그 밑에 노란 잎이 황금색 양탄자처럼 깔렸었다. 지금은 간신이 숨만 쉬고 있겠지만, 봄이 되면 다시 늦은 새싹이 틀 거였다.

성당 입구. 오늘 혼배 미사 일정 게시판에 네 쌍의 남녀 이름들이 나란히 적혀 있었다. … '사무엘·한나', 마지막이 '요셉·마리아'였다. 그녀는 그들의 행복을 빌고 싶었다. 그들의 행복 틈에 그녀의 행복도 끼워 넣고 싶었다. 그녀도 하객들 틈에 끼어 밀리듯 커다란 허파 속 같은 성당 안으로 들어갔다. 명동성당의 본당에서의 미사는 여고 졸업식 이후 처음이었다. 그녀는 그 속에서 자신의 오염된 몸과 마음이 성당 안의 정결한 공기로 정화되기를 바라는 심정이 되었다.

혼배 미사에 오기는 처음이었다. 마지막 혼배 미사가 막 시작되려 하고 있었다.

무서우리만치 조용한 성당 안, 잠시 망설이다 뒷자리 오른쪽에 앉았다. 조용함이 그녀의 온몸을 눌렀다. 혼례가 이렇게 무거운 것인 줄 몰랐다.

주례 신부 앞 의자에 나란히 앉아 있는 두 남녀—그녀도 그들처럼 행복해지고 싶었다. 그러나 그녀는 이미 자격이 없었다고 생각했다. 이 몸으로 영환을 만나러 나온 것부터가 어불성설이었다. 어떻게 하면 좋을까, 어떻게 하면 회복될 수 있을까.

주례 신부가 물었다.

"신랑 요셉과 신부 마리아는 어떠한 강박도 없이 완전히 자유로운 마음으로 혼인하려 합니까?"

"예, 그렇습니다. 두 남녀가 대답했다."

"두 분은 결혼생활을 하면서 일생 서로 사랑하고 존경하겠습니까?"

"예, 사랑하고 존경하겠습니다."

"두 분은 하느님께서 주실 자녀를 사랑으로 받아들이고 그리스도와 교회의 가르침에 따라 그들을 기르겠습니까?"
"예, 그렇게 기르겠습니다."
그렇게 신부가 묻고 새 부부가 대답하였다.
그들 대답 뒤 끝에 그녀도 대답하였다.
"예, 그렇게 하겠습니다."
그녀에게는 이미 새 생명이 와 있었다.
그다음은 정혼자들의 합의 순서였다.
"두 분은 이제 거룩한 혼인 계약을 맺으려는 것이니 서로 오른손을 잡고 하느님과 교회 앞에서 두 분의 합의를 고백하십시오."
새로 된 젊은 부부가 혼인 서약을 했다.

그녀도 서약했다.
"나 민혜희는 김영환을 남편으로 맞아드려
즐거울 때나 괴로울 때나,
성할 때나 아플 때나
일생 신의를 지키며 당신을 사랑하고 존경할 것을 약속합니다."
이제 영환이 대답할 차례다.
"…"
그녀 옆자리에 영환이 없었다.

다음은 주례 신부의 성혼 선언과 축도.
그녀 태내의 새 생명—그 새 생명의 간구도 들리는 것 같았다.
"모든 이들의 잘못을 용서하셨사오니,"
"민혜희의 죄도 용서하시고, 모두를 구해 주소서…"
성혼 선언 끝의 축도가 그렇게 들렸다.

그렇게 넘치는 욕심을 부리기는 처음이었다.

집전 신부의 말에 따라 혼인예식과 성찬 전례에 이어 영성체 예식이 이어졌다.

"…저희에게 잘못한 이를 저희가 용서하오니

저희 죄를 용서하시고

저희를 유혹에 빠지지 않게 하시고 악에서 구하소서."

성찬에의 초대와 영성체 나눔.

순서에 따라서 천주교에서 세례받은 사람들이 줄을 서서 앞으로 나가 신부가 주는 생긴 둥그런 영성체와 포도주를 받아 마시곤 합장하며 자리에 돌아와 앉았다. 여자들은 머리에 흰 '미사보'를 썼다. '미사보'는 여신자로 소박한 생활과 정숙한 몸가짐의 표시였다. 세례성사를 통해 깨끗해진 영육의 순결함을 의미하는 것이었다.

순결.

성당 경내에 들어와 그녀 시선을 끌었던 성당 첨탑—고딕 예술의 특징, 천국을 향한 열망을 상징하는 커다란 성당 첨탑이 송곳이 되어 가슴을 찔러왔다.

영성체 의식으로 내 일탈도 씻어버릴 수 있을까. 태워버릴 수 있을까.

그녀는 괴로웠다.

그녀 민혜희의 원죄적 출생, 그리고 여전히 아무 일 없는 아버지의 일상.

순자네들과의 일탈과 스포츠머리, 그녀의 나상, 그녀에게 온 새 생명.

그리고 한 번도 생각해보지 않았던 생모가 받았을 고통이 떠올랐다.

어지러웠다. 그녀는 뇌와 심장이 폐와 자궁이―빨래통 속에서 비눗물과 함께 주물러지는 것 같은 압박과 혼돈에, 앞 의자에 이마를 얹었다. 몸도 마음도 정신도 소금질한 미꾸라지의 해감처럼 속에 든 모든 걸 뱉어내고 싶어졌다. 살점 하나하나에 배어 있던 생모와 아버지와 자신의 더미를―걷잡을 수 없는 눈물과 땀으로 소진되면서 그녀는 물에 굳어진 석고처럼 움직일 수가 없었다.

그녀의 울음소리 없는 눈물이 철철 흘러 얼굴을 적시고 옷깃을 적시고 가슴을 적셔 내렸다.

대원각도 대연각도 그녀 가슴속에서 다 타버렸다. 아니 그 재마저도 자신의 눈물로 씻겨버리길 바랐다.

누구를 원망하지도 못하고, 누구에게 하소연하지도 못하여 속이 새까맣게 타버린 검은 폐허 위로 그녀의 피눈물이 철철 흘러내렸다.

주례 신부 뒤 4단의 동방박사 경배 '스텐인드 그라스'는 어두워 잘 보이지 않았다. 그녀가 앉아 있는 오른쪽 뒤 2단의 거대한 '스텐인드 그라스'가 넘어가는 해를 담아 투영되는 각 색의 유리 편절(片節)에서, 프리즘처럼 각 파장의 빛이 그녀 오른쪽에 내리쪼이고 있었다. 포도잎 문양과 십자가에서 내려오는 각각의 빛이 그녀의 눈에, 가슴과 배에―온몸으로 쏟아졌다. 빛이 비치지 않는 몸 왼쪽까지 따뜻해졌다. 자신의 모든 구토 거리가 현란한 빛에 다 정화되고, 피떡으로 찐득찐득하게 덮었던 오래된 상처가 봉합되면서 흐르던 진물과 고름이 잦아드는 것 같았다.

그녀 머릿속은 진공으로 빈 것 같았다. 그녀가 변한 게 아니고 그냥 바뀌었다. 그녀 머리가 맑아졌다.

그녀가 한 건 아무것도 없었다.

그러나 분명 그녀는 변해 있었다.

그다음은 영환에게 맡길 수밖에 없다.
 모든 구토 거리가 그 '스텐인드 그라스'의 현란한 빛에 모두 녹아 땀이 흐르듯 흘러나오고 세포 하나하나에 신선한 산소가 빨려 들어왔다. 그녀 자신도, 새 생명도 생기가 도는 것 같았다.

 마지막으로 주례 신부의 강복(降福).
 제주행 항공권이 들어 있는 핸드백을 가슴에 꼭 안았다.
 "주님께서 여러분과 함께."
 예식이 끝나고 밖으로 나왔다.
 이제껏 똑같았던 세상이 다른 세상이 되어 있었다.

 세상이 달라 보였다.
 혼인 미사가 끝난 성당의 혼잡한 마당에서는 YWCA밖에 보이지 않았지만 밑으로 내려가는 층계 근처에 이르니 YWCA 앞에서 많은 행인 속에서 그녀를 찾고 있는 영환의 모습이 보였다. 그녀가 그를 부르며 밭은 걸음걸이로 다가가자, 그 기척을 느꼈는지 그가 돌아보고는 조심하라고 손사래를 쳤다. 그녀는 그 손사래 속으로 넘어지듯 안겼다, 아니 마음으로 그를 힘껏 껴안았다. 그리고 밭은 숨이 진정되자 어리둥절해하는 그의 팔을 꼭 잡고 아버지 개인전이 열렸던 신세계백화점 옥상의 '스카이 파크'로 갔다.
 영환은 제일 구석 자리에 앉은 채 말이 없었다. 그는 전에 세종호텔 '스카이라운지'에서 멀리 만리동 고개 왼쪽 등성이 쪽을 바라보던 초점 없던 표정이었다. 그는 종업원이 가져다준 엽차를 그대로 들이키고 혜희를 물끄러미 바라보았다. 그녀는 그동안 밀렸던 식욕이 되살아났는지 마시는 것보다는 뭔가 다른 게 먹고 싶어졌다.

화백(畵伯)의 딸

주문받는 여종업원이 그들을 채근하였으나 영환은 그 시선 그대로 있었다.

그녀는 메뉴판을 살펴보다 "생선가스 먹고 싶어요." 하며 그의 동의를 구했다.

묵묵부답이었다…

음식이 나왔다.

그녀는 그의 눈치를 살피며 포크와 나이프를 들려 하였다. 그러자 영환이 천천히 자기 나이프를 들더니 그의 앞에 놓인 노랗게 빵가루 옷을 입은 튀김 생선을 차분하게 잘랐다. 영환은 접시를 그녀 앞에 내밀어 놓았다. 생선의 하얀 속살이 보였다.

"고마워요."

그녀는 그의 시선이 나가는 바로 눈 밑에 상긋 웃음을 찍었다. 접시 위 레몬 조각을 집어 즙을 짜서 골고루 뿌렸다. 새콤한 레몬 향이 입 안에 퍼졌다. 그녀는 그가 잘라준 생선 조각을 차근차근 먹기 시작했다. 그동안 메스꺼움과 헛구역질에 제대로 먹지 못한 탓인지 온몸의 세포들이 앞다투어 흡입하는 듯했다. 장식으로 얹어진 파슬리까지. 접시 위의 모든 것을 다 먹어 치우니 남은 것은 짜고 남은 레몬 쪼가리밖에 없었다. 그녀는 그것까지 입에 넣고 오물오물 씹었다. 전에 느낄 수 없었던 신미와 향취가 뇌 속을 씻어내어 머릿속이 맑아졌다.

그녀가 접시 옆에 그대로 놓인 생선가스 접시를 들고 그의 옆에 가 앉았다. 그의 포크와 나이프를 들고 세심하게 생선가스를 한입에 먹기 좋게 자른 후 레몬즙을 뿌렸다. 그녀가 포크로 하얀 속살이 보이는 생선 조각을 집어 그의 입에 대 주었다.

잠시 그가 망설였지만, 입에 받아 우물우물 씹기 시작했다. 그와 눈을 맞추려 애쓰던 그녀는 그의 우물거리는 입 모양이 감동이었다. 그

단발머리

렇게 식사가 끝나고 그녀는 그의 입가를 냅킨으로 정성스럽게 닦아 주었다. 어려서 어머니나 아버지가 그녀에게 그렇게 해준 기억이 없지만, 그의 입가를 닦아주며 그녀는 영환의 유년을 품은 듯 행복했다.

식사 후 그가 담뱃갑을 주머니에서 꺼냈을 때 그녀는 그를 만류하며 대신 술을 마시겠느냐고 물었다. 영환은 커피를 시켰고 그녀는 아직도 머릿속에 남아 있는 신맛의 레몬주스를 시켰다.

영환은 커피를 한 모금 마시곤 다시 창밖을 바라보았다. 그녀는 그와 같은 커피를 시킬 수 없었다. 뱃속의 어린 생명이 신경 쓰여서였다.

그도 그날 밤의 일을 기억하고 싶지 않을 것이었다.

침묵 끝에 그녀가 먼저 입을 열었다.

"전에 있던 신문사로 다시 돌아가지 않을 거예요?"

여전한 그의 침묵.

그녀가 그의 손을 잡으며 말했다.

"영환 씨는 그때가 더 어울렸던 것 같아요."

"나는 헝클어진 머리카락에 점퍼 차림이 어울린다는 거지요?"

전에 세종호텔에서 술 취해 힘들어할 때부터 영환은 그녀에게 자기 낮춤말을 쓰지 않았다. '제'가 아닌 '나'라고 자신을 말하고 있었다. 그녀는 이제 그게 더 편했다.

"아녜요. 그때가 더 눈이 살아있고 활기가 넘쳤었죠."

"지금은 눈이 퀭한 어물전 생선 같구요…"

그가 떠듬떠듬 말을 받기 시작했다.

"그때 공덕동 하늘을 바라보면서 말하던 영환 씨의 살아온 날과 꿈에 반했었는데, 오늘 이렇게 힘들어하는 모습을 보니 더 사랑스럽네요."

진짜 그렇게 느껴져서 '호호' 웃었다. 그녀는 '세종호텔' 스카이라운지는 입에 올리지 않았다.

"지금 신문사는 나한테 안 맞는 옷인 건 맞아요. 전에 있던 신문사로 언제든지 되돌아갈 수 있다고 생각했는데 그게 의외로 쉽지 않네요. 지난번 혜희 씨가 그렇게 간 후 나도 곧 따라 나왔지만, 혜희 씨를 잡을 수 없었어요. 집으로 돌아와 그다음날 술 때문에 힘들었지만, 월요일이 되어도 지금 신문사에 나가고 싶지 않았어요. 사실 이번 주 내내 옛날 신문사에 돌아가려고 끙끙거렸죠."

"한 부장님이 계시잖아요?"

"그렇긴 하지만 내가 대들었던 국장님이 완강하시네요."

"싹싹 비세요. 국장님도 그러실만하시잖아요? 정 안 되면 제가 대신 싹싹 빌어 볼게요."

"내가 누구 덕 보기는 걸 좋아할 사람 같아 보입니까?"

그가 달라졌다. 그가 돌아왔다. 그런 그가 미더웠다.

그녀는 그의 어깨에 머리를 대고 그의 무릎에 놓여 있는 왼손을 잡아 그녀 가슴에 대어주었다. 평온하게 뛰는 그녀의 심장—그러나 그녀가 잡은 그의 손에서 희미하게 느껴지는 맥박은 그녀 뱃속에 있는 새 생명의 맥박처럼 빠르게 뛰고 있었다.

그녀는 자기 심장에 그의 손을 그대로 두고 오른손으로 그의 무릎에 놓여 있는 그의 왼손을 잡았다. 그의 얼굴과 그녀의 얼굴을 마주 바라보게 했다. 그렇게 마주 바라봤다. 그녀는 평온했다. 영환이 그녀를 끌어당겼다. 그의 눈에 눈물이 비쳤다. 그녀는 눈을 감고 그의 입술을 받았다. 어느 누구에게서도 느끼지 못했던 부드럽고 따듯한 입술이었다.

사랑하는 사람과의 첫 입맞춤은 흥분도 아니고 전기도 아니었다. 맞닿은 그의 입술과 그녀의 입술 사이 접속에서 시간도, 물질도, 의식도 없이 온몸에 스며든 건 그녀 자신의 간절한 허락이었다.

그가 입술을 떼었다.

그녀는 그의 가슴에 얼굴을 묻고 잠자는 어린아이처럼 조용히 새근거렸다. 그가 왼팔로 그녀의 오른쪽 어깨를 감쌌다. 성당 의자에서 엎드려 고통 후 느꼈던 평안함과는 다른—자신의 몸이 엄마 뱃속에서 그랬을 태아처럼 쌔근거렸다.

거의 잠들뻔한 그녀가 그의 주섬거림에 얼굴을 들었다. 그가 담뱃갑을 더듬거리고 있었다. 그녀는 자신도 모르게 '담배는 참아달라'고 하면서 그의 눈에 말했다.

"뭐라 안할 테니 오늘은 취해도 돼요."

"알았어요. 나는 위스키 온더록스로 할 테니 혜희 씨는 가볍게 칵테일 한잔해요."

"전 오렌지 주스할게요."

"나는 취해도 되지만 담배는 안되고, 혜희 씨는 칵테일이 아닌 오렌지주스라—어렵게 다시 만났는데 나만 취해야 들을 수 있는 얘기라면 빨리 취해드려야겠네요."

영환은 그렇게 말하며 잔을 훌쩍 비우곤 다시 시킨 위스키를 한 모금 입술을 적시며 그녀를 바라봤다.

'지금 꼭 말해야 한다.' 그녀는 다짐하며 조용히 말했다.

"커피나 술 마시면 안될 일이 있어요."

"이상한 몹쓸 병에 걸린 건 아니죠?"

그가 웃으면서도 자못 긴장한 표정으로 그녀의 입을 쳐다봤다.

"흠이 많은 분이세요."

이렇게 아버지 일부터 입을 열었다.

"이미 전시회 취재 준비하며 많이 알게 되었습니다. 대한제국 말 '을사 수치'에 자결한 민영익의 먼 일가셨죠. 해방이 되면서 필동과 진고개 주위의 적산들을 점유하여 부동산 부자가 되었고, 또 1971년 교련 철폐 학생 데모의 유탄을 맞아 의원직을 내려놓았다가 유신헌법 하의 다음 해 총선에서 다시 복귀하셨지요?"

그가 줄줄이 꿰고 있었다.

"다행히 길게 얘기 안 해도 되겠네요."

"그럼 다음은 대원각 이야긴가요?"

그녀가 힘들어하는 것을 거들어 주려는 것이겠지만 그가 너무 빠르게 실토를 강요하는 셈이 되었다. 마음의 준비는 하고 있었으나 그가 상상도 하고 있지 못할 그녀 몸 안의 또 다른 새 생명에 대해 말할 엄두가 나지 않았다.

그녀는 김 비서가 건네준 내일 오후 제주행 비행기 티켓을 핸드백에서 꺼내며 간신히 말했다.

"내일 오후 다섯 시 제주행 비행기예요."

이렇게 말하며 티켓 한 장을 쭈뼛 내밀었다.

"제주는 4·3 사건 취재로 내가 좀 알아요…"

그의 말이 채 끝나기 전에 그녀가 바쁘게 말했다.

"김포공항 가는 리무진 버스가 세 시에 대한항공 앞에서 출발해요."

그녀 몸 안에 있는 그녀처럼 생겨난 어린 새 생명.

혜희는 그에게 말하기가 쉽지 않으리라고 생각은 했으나 막상 너무 빨리 다가와 당황스러웠다. 영환과 같이 있을 때는 전혀 의식하지 못했던 게네들과 스포츠머리가 그녀 나신의 덧칠처럼 옥죄워 왔다. 단숨에 말하고 말려 했는데 그게 되질 않았다. 눈물이 솟았으나 아까와 같이 그의 가슴에 기댈 수는 없었다. 그녀는 어렵게 말을 끝냈다.

"제 뱃속에 저처럼 생겨난 어린 새 생명이 있어요."

그녀는 이렇게 말하곤 얼굴을 감싸고 자리에서 일어나 뛰쳐나갔다.

집에 돌아온 그녀는 방문을 걸어 잠그고 한없이 울었다. 울음 끝에 그녀는 알았다. 이 울음은 자신을 위한 울음이 아니었다. 그건 자신에게 온 이 생명을 자신이 온전히 지켜야 한다는 약속이었다. 새 생명을 세상 내놓을 용기였다.

자신을 위한 울음은 오늘 성당 의자에 엎드려 울음 없는 눈물이 철철 흘러 얼굴을 적시고 옷깃을 적시고 가슴을 적셔 내렸을 때 이미 끝났다. 그녀는 이제 그냥 시작해 보기로 했다.

'내게 온 이 생명을 행복하게 해줄 것이다.'

그리고 그녀는 곧 잠이 들었다.

다음날 아침 이른 이슬비가 내렸다. 아침은 혼자 우유에 샌드위치, 점심은 순자를 불러 명동교자에서 칼국수와 만두를 사 주며 게네들에게도 감사했다. 순자에게만 제주행을 말했다. 순자가 게네들을 모임장소에 먼저 가 있으라 하고 혜희를 따라왔다.

가랑비 속에 순자의 배웅을 받으며 김포공항 리무진 버스에 올랐다.

영환은 오지 않았다.

예약된 비행기 창가 그녀의 자리에 앉아 출입구 쪽만 바라봤다.

영환은 오지 않았다.

창밖으로 눈을 돌렸다가 조용히 눈을 감았다.

혼자 떠나는 제주길—어느새 비행기가 활주로를 떠올랐다. 새 생명과 함께 나선 길. 감당할 날들을 생각하며 눈을 감았다.

갑자기 옆자리에 수선스럽게 누가 앉는 느낌이 들어 눈을 떴다.

"제주 친정으로 몸 풀러 가는 길인데 좌석을 좀 바꿔주시면 안될까요?"

그녀 오른쪽 비어 있는 영환의 좌석에 젊은 임부가 남산만 한 배를 내밀고 앉아 있었다. 남편으로 보이는 젊은 남자가 건너편 좌석으로 옮겨 주기를 청하고 있었다.

마침 그녀 옆자리 좌석이 예약 취소되어 부인과 같이 앉도록 양해를 구한다. 라고 했다.

영환이 좌석을 취소했다고 했다. 그는 안 올 거였다.

그렇게 바뀐 좌석에 앉아다가 제주공항에 내렸다.

제주는 화창했다. 멀리 말끔한 푸른 하늘을 이고 있는 한라산 위쪽 기슭에 아직 흰 눈이 희끗희끗 남아 있었다. 택시를 타고 김 비서가 예약해둔 '제주 오리엔탈 호텔'로 향했다.

택시는 한라산 반대쪽으로 가고 있었다. 가로에는 버드나무 잎 모양의 작은 나무가 줄줄이 서 있었다. 택시기사는 "제주 방문을 환영한다."라며, "저건 제주도 자생 협죽도입니다. 잎이 대나무 같고 꽃은 복숭아꽃처럼 붉지요."라고 했다. 택시기사의 말은 그녀 집 정원사 아저씨가 '잎이 버드나무 같다.'라고 한, 우리집 온실의 유도화였다. 택시기사는 그 협죽도가 '치명적인 독성 식물이지만 강심제로도 쓰인다'라고 말했다. 목숨을 잃게 하기도 하고 구하기도 한다—그녀는 자신이 영환에게 독이 될까 약이 될까. 잠시 그런 생각을 해봤다. 그녀 하기에 달렸을 거였다.

택시기사는 "호텔의 왼쪽에 일출이 유명한 용두암이 있고, 오른쪽에는 아름다운 일몰을 볼 수 있는 사라봉이 있다."고 했다. 그의 말을 듣다 보니 숙소에 이르렀다. 제주 식물에 해박한 택시기사는 "원하면 관광 가이드도 합니다."라며 명함을 건네주었다.

그렇게 비행기에서 내린 지 채 20분이 안되어 호텔에 도착했다.

예약된 7층 객실은 왼쪽에 작은 창이 있고 앞은 전체가 커다란 통창으로, 둘 다 엷은 흰색 커튼이 쳐져 있었다.

영환 없이 혼자 왔다—아니 혼자가 아닌 새로운 생명과 함께 왔다.

영환과 그녀가 쓸 잠옷과 간단한 물품을 담아온 조그만 트렁크를 테이블 옆에 밀어 놓고 넓은 창가로 다가갔다. 커튼을 젖혔다. 좌우 꽉 찬 푸른 바다가 커다란 액자의 그림으로 펼쳐졌다.

발코니 쪽의 문은 열 수 없게 돼 있었다―혹 자살을 방지하기 위한 걸까? 사실 커튼을 젖히자 푸른 바다가 나타났을 때 그녀에게 잠깐 그런 생각이 스쳐 지나가기도 했다.

방파제 너머 짙푸른 바다에는 흰 물결 꼬리를 끌면서 하얀색 배가 지나가고 있었다. 멀리 수평선 가까이에는 커다란 상선이 멈춘 듯 움직이는 듯 시야에 있었다. 구름 한 점 없는 하늘에 비행기 하나가 천천히 움직이고 있었다.

혹시 저 비행기에…

아직 해가 있다. 휑한 바다를 바라보자니 잠깐 어지러웠다. 창밖 시야가 스크린이 되어 영환이 떠올랐다.

그녀는 가벼운 옷으로 갈아입었다. 프런트에 내려가 사라봉 가는 길을 물어봤다. 공항보다는 가까우나 걸어가기는 힘들어 차를 타야 할 거라고 했다. 지금쯤은 현관에 나가면 들어오는 택시들이 있을 거라고 했다.

사라봉 얘길 하자 이번 택시기사도 "제주에 오신 것을 환영한다."라며 사라봉을 설명하기 시작했다.

사라봉은 북쪽 제주항 바다의 고운 비단처럼 펼쳐져 낙조를 볼 수 있는 사봉낙조로 유명한 오름이라고 했다. 제주 영주십경 중 하나라고 했다. 이번 택시기사는 또 다른 방향에서 유식했다. 영주는 제주의 옛 이름이라고 했다. 진시황이 불사약을 구하러 사람을 보냈다는 삼신산의 하나인 영주산이 한라산이라 했다. 이 사라봉 오름은 자체 높이 150m로 정상에 작은 백록담 같은 화구호가 있다고 했다.

사라봉 오르는 길은 가벼운 알갱이가 섞인 화산흙이었다. 바닷가의 검은 흙과 달리 붉었다. 그녀는 딱히 낙조를 봐야 하는 것도 아니었다. 몸도 풀 겸 천천히 주변을 살피며 걸었다.

길가에 벚나무 꽃봉오리가 터질 듯 부풀었다. 민둥한 데는 가을에 남은 억새 무리들이 뭉텅뭉텅 남아 있었다. 검은 나뭇등걸에 드문드문 매화꽃이 피어 있었다. 공항 길에서 보았던 협죽도도 보였다. 올라가는 길에 사람이 간신히 들어갈 굴들이 폐허처럼 있었다. 굴 안팎에는 고사리 같은 것들이 퍼렇게 우거져 있었다.

그녀는 저런 굴속에 혹 누가 살았던 것일까, 생각하며 주변을 살펴보았다.

좀 떨어진 곳에 검푸르고 반짝이는 둥근 잎 등걸에 붉은 꽃이 피어 있었다. 동백꽃이었다—베르디의 '라 트라비아타(길 잃은 여인)'의 비올레타가 떠올랐다. 고급 매춘부인 결핵 환자 비올레타의 절규와 죽음—지난날의 아름답고 즐거웠던 꿈이여, 안녕!

흠 많은 비올레타인 혜희, 앞길이 창창하고 흠 없는 알프레도 영환.

그 피 토하는 멜로디가 앞 항구에서 떠나고 있는 뱃고동에 실려 전신을 울렸다. 그건 그녀 자신에 대한 허탈한 웃음이고, 아직도 남아 있을 자신의 마음속 찌꺼기를 쥐어 짜내는 소리였다. 명동성당 혼례 미사에서 다 흘렸다고 생각했는데, 자신도 모르게 눈물이 흘러내렸다.

결국 영환은 오지 않았다.

뱃고동 소리가 들렸다. 그녀는 땅에 떨어진 동백꽃을 바라보며 그 옆에 쭈그리고 앉아 있었다. 멀리 있었던 큰 배도 떠나고 없었다. 바다는 황금빛 비단으로 바뀌고 있었다. 일어서야 했다. 눈앞이 핑 돌았다.

"혜희 씨!"

영환이 곁에 서 있었다.

영환이 일어서는 그녀의 손을 잡아 끌어올렸다. 서로 마주 보았다. 그가 그녀의 어깨를 잡았다. 그가 혜희의 왼쪽 어깨에 얹었던 오른손에 힘을 주며 그녀를 가슴에 담았다. 멈추었던 그녀의 차가운 눈물 자국 위로 뜨거운 눈물이 다시 흘러내렸다. 소리 없이 흐느끼는 그녀의 어깨가 그의 가슴 맥박과 맥놀이를 하면서 흔들렸다. 그녀의 심장이 멈추었다. 그녀에게는 그의 심장과 새 생명의 태동만 느껴졌다.

영환은 그녀가 진정되기를 기다렸다가 말했다.

"토요일이라 오전이 좀 지나 △△신문사 국장 집에 가 무조건 사표를 냈습니다. '독배를 함께 마시면서 같이 세상 변하기를 기다리려고 했는데…', 하며 대학 대선배님이 내 손을 잡아주며 말했어요. 사실 그 날이 언제가 될지 나도 자신이 없어, 아마 일제강점기의 춘원도 그랬겠지? 라고 하면서 건투를 빌어 주었어요. '송별회도 못하는데 점심이라도 먹고 가라.'며 억지로 붙잡는데 뿌리칠 수 없었어요. 한술 뜨고 부랴부랴 그 길로 ○○신문사 편집국장님 댁으로 갔어요."

혜희는 묻지도 않았는데 영환의 변명은 계속되었다.

"그게 시간이 좀 걸렸습니다. 국장님은 내 말만으로는 믿을 수 없으니 한 부장님과 함께 와서 자기 앞에서 보증을 세우라는 거예요. 그래서 한 부장님을 찾아갔더니 사모님이 '토요일은 주로 바둑 두러 가신다.'는 거예요. 한 부장님 댁 주변은 물론 인근 기원까지 샅샅이 뒤져도 행방을 찾을 수가 없었어요. 국장님께 다시 사정해보려고 되돌아갔어요."

혜희는 속으로 웃었다.

"늦어서 미안해." 한마디면 될 일을 영환은 무슨 큰 잘못이나 한 사람처럼 변명하고 있었다. 얼마나 '잘못을 한 게 없이 살아왔으면 그럴까.' 생각하니 오히려 믿음이 갔다.
 영환이 혜희 속도 모르고 심각한 표정으로 계속 변명했다.
 "거기에서 부장님이 국장님과 바둑을 두고 계신 거예요. 한 부장님이 빙긋 웃으며 '어제 국장님과 바둑 약속을 했는데 길이 어긋나셨네.'라며 두 분이 껄껄 웃는 거예요. 그리곤 '한 부장이 김 기자 다시 돌아올 거라며 사표를 되돌려 달라고 해서 내가 한 부장한테 사표를 맡아 두라 했지.'라며 '한 부장 실망시키지 말라.'고 했죠."
 멀리서 붕─하며 뱃고동 소리가 들렸다. 영환에겐 그 소리가 들리지 않는 모양이었다. 영환은 계속 말했다.
 "두 분께 진심으로 감사했죠. 그런데 문제는 그다음이에요. '지금 바둑이 막 재미있는 중이니까 훈수도 좀 두고 바둑도 같이 두면서 저녁을 먹고 가라'는 거예요. 내 속 타는 줄고 모르구요."
 그가 무슨 대단한 사건이 있은 양 잠깐 말을 멈췄다가 단호히 말했다.
 "두 분 앞에 무릎을 꿇고 간단히 혜희 씨 얘길 하면서 '지금 가야 한다.' 하고 막무가내로 떼를 썼죠. 그리고 내려간 김에 제주 4·3 사건 특집 취재해 가지고 오겠습니다."
 영환은 그렇게 말하곤 그대로 일어나 공항으로 향했다고 했다. 그러면서 커다란 비밀을 말하듯이 소곤거리듯 말했다.
 "지난해 준비하다가 기사화 못한 4·3 사건 자료가 집에 이미 다 있지요. 우리 둘이 가고 싶은 데 갔다가 월요일 출근 시간에 두 분 뵈면 돼요."
 그가 누굴 속인 게 재미있다는 듯 "하하." 웃었다. 그녀도 공범이 되어 '호호' 같이 웃었다.
 그녀는 자신을 위해 무릎 꿇었다는 영환의 말이 성탑에 갇혀 있는

단발머리

공주를 구해낸 기사의 무용담으로 들렸다. 그녀는 영환의 품에서 나와 그와 함께 동백나무 언덕에 서서 바다를 바라보았다.

황금 바다는 바람에 펄럭이는 붉은 비단처럼 출렁거리고, 구름 한 점 없이 붉은 하늘에는 제주공항에서 뜬 여객기가 태양 밑을 지나고 있었다.

그녀가 힐끗 쳐다본 그의 뒷모습은 성채였다. 자신을 쳐다보는 기미를 알아차린 성채가 움직였다. 마주한 얼굴에 태양이 비춰서 그녀 왼쪽 뺨에 붉게 느껴졌고 그가 다가오자 그녀는 성채의 한 부분이 되었다.

긴 입맞춤 끝에 입술을 떼고 이마를 마주하며 서로를 바라보았다. 두 사람의 접속된 코와 이마 사이로 들어온 빛이 그녀의 눈에 담겼다.

그 응시로 바라보던 그가 그녀의 손을 마주 잡으며 말했다.

"저는 제 부모 얼굴도 모르는 동생 영희를 사랑합니다. 그리고 당연히 당신의 모든 걸 사랑합니다. 당신이 혼자 감당하기에는 너무 무거운 짐입니다. 어쩌면 당신의 아픔이 이 세상 아픔일지도 모릅니다. 내가 같이 감당할 겁니다."

"저 혼자 감당해야 할 일이에요."

"아니요, 당신은 충분히 힘들었어요."

성당에서 생모도, 아버지도—모든 것이 씻어졌다고 생각되면서도 뭔가가 비어 있던 가슴속이 영환의 그 마지막 한마디로 채워진 것 같았다. 그녀는 마주 잡고 있는 그의 손등에 입을 맞추었다. 그녀는 마주 바라보는 영환의 눈에 말했다.

"고마워요."

"나도 고마워요."

잠시 입을 다물고 그녀를 바라보던 그가 또박또박 말했다.

화백(畫伯)의 딸

"이제 앞만 바라보며 당신과 함께 세상에 나설 겁니다."
광활했던 시야가 시시각각으로 변해갔다.
"그만 내려가요."
"내일 일찍 올라가야죠?"
사방이 어두워지고 있었다.
혜희가 그의 팔에 매달리며 말했다.
"내일 아침결에 숙소에서 가까운 용두암 일출만 보고 올라가요."
혜희는 진심이었다. 빨리 그가 신문사에 복귀하길 바랐다.
"용두암 일출만 보고 가자고요? 나는 작년 봄 제주 4·3 사건 취재 차 제주에 와서 이곳저곳 둘러봐 괜찮지만, 혜희 씨는 섭섭하지 않겠어요? 지난번 제주 티켓을 주면서 내 말도 채 듣지도 않고 나갔죠? 금방 뒤쫓아 갔으나 잡지 않았어요. 당신에게 시간을 주고 싶었어요."
그래도 너무 긴 시간이었다. 혜희는 그가 곁에 없으면 언제 어디서도 그럴 것 같았다. 그와 이 제주도에서 조금이라도 함께 더 있고 싶었다.
"올라가서 할 일이 많지 않겠어요? 그래도 섭섭하니까, 아침 먹기 전에 용두암 다녀오고, 떠나면서 가까운 데 잠깐 다녀오기로 해요."
"그래요. 그렇게 해요." 그가 가볍게 웃으며 끄덕였다.
"어데 데려다 주실 거예요?"
"평대리 비자림이요."
영환은 무슨 은밀한 곳에 가는 것처럼 소곤거렸다.
"늦지 않겠어요?"
"비자림 근처에서 점심 먹고 그대로 공항으로 가면 될 거예요."
편했다. 그녀는 그와 함께라면 어딜 가도 좋았다.
"거의 원시림에 가깝죠. 전에 4·3 사건 취재 후 들렀다가 쏙 빠졌지요. 그때 사철난이라는 난초를 발견했어요. 제주에서 자생난은 반출이 안 되니까 사람 발이 잘 안 닿는 곳에 숨겨 놓았거든요. 그걸 보러 가요."

영환은 보물찾기 놀이하는 어린이 해적 선장처럼 으쓱댔다.

"사철난이라구요? 난은 사철 푸르지 않나요?"

"그렇네요. 난초는 대부분 잎이 길지만, 게는 잎이 둥글어요. 사철나무 잎처럼요."

사철난 얘길 하면서 소년 같았던 그가 거의 어두워진 하늘을 보면서 말했다.

"그 숲에는 수백 년이 넘는 비자나무가 많이 있지요. 이 숲은 고려 '삼별초난'을 비롯해서 제주 4·3 사건까지 제주의 많은 주검을 기억하고 있을 겁니다."

무슨 생각을 하는지 그의 입이 앙다물어졌다.

바다는 어두워지고 있었다. 검은 잔물결의 밝은 부분은 붉은 동백꽃들이 되어 바다를 눅진한 핏빛으로 물들였다. 동그란 태양은 횃불의 핵이 되어 어두워지는 수평선을 상하로 가르며 순교자처럼 함몰하고 있었다. 그렇게 하늘과 바다는 어두워지며 오늘을 잠재우고 내일의 부활을 약속하고 있었다.

태양은 검은 수평선 아래 쉬고, 두 사람이 서 있는 사라봉의 사위도 서서히 어두워지고 있었다.

어둑해도 그의 얼굴이 빛이 나 보였다.

"이젠 그만 내려갑시다."

두 사람이 손을 잡고 조심조심 걸었다.

그녀가 올라오면서 궁금했던 동굴이 어슴푸레 어둠 속에 나타났다.

"저 동굴엔 누가 살았을까요?"

그렇게 말하곤 그녀는 금세 후회했다. 그의 아버지가 탄광 사고로 돌아가셨다는 애기가 기억나서였다. 그녀 자신은 대연각 화재처럼 대자만 들어도 소름이 끼쳐 울부짖었었다.
영환은 표정 없이 기자가 되어 말했다.
"동굴 진지라고 해요. 일제강점기 말 일본이 패망하던 해 최후 항전한다고 파 놓은 건데 여기 사라봉에 일곱 개, 옆의 별도봉에 열 개 더 있어요."
어쩌면 영월의 탄광과 아버지의 생각에 더 덤덤해지려고 하는지도 몰랐다.
그녀는 침묵했다.
그녀가 구출되지 못할뻔한 마음의 동굴, 그녀는 자신의 패망이 두려워 얼마나 깊은 동굴을 파놓고 숨었던 걸까?
그녀는 아버지의 정치 애기는 관심 없었다. 사회부 기자인 영환이 일제 침략과 패망에 대하여 한마디쯤 할 만도 한데 영환은 그런 일에 관심 없어 보였다. 아버지의 전시회만 해도 그랬다. 그는 전시회보다 '잠자는 소녀'에만 관심을 가졌었다. 여동생 때문에 사법고시를 포기하고 직업 과외와 학원 선생이 됐다는 게 마음이 아팠다. 영환은 피 한 방울 섞이지 않은 여동생의 생명을 사법고시보다 중요하게 생각하는 사람이었다.
사라봉은 어둠에 잠기기 시작하고 멀리 시가지 불빛이 보였다. 그의 손에 그녀 손의 따듯함이 전해지길 바랐다. 힘내주길 바랐다.

그에게 안겨 갔다.
온몸에 그가 가득 남아 있었지만. 몸은 가벼웠다. 몸과 마음이 다 빈 것 같았다.
곧 날이 밝아올 텐데 영환은 아직 실신한 사람처럼 누워있었다.

어제 진종일 이리 뛰고 저리 뛰다 석양 녘 서래봉으로 날아온 사람. 곤히 자는 그를 깨우기 미안했지만, 그녀는 용두암에서 볼 일출만큼이나 영환이 자신을 바라보는 눈길을 느끼고 싶었다. 그의 반듯한 이마에 입을 맞췄다. 그의 동공에 그녀가 담겼다. 그의 입술이 혜희의 입술을 찾았다. 그의 팔이 다시 그녀를 감았다. 어젯밤처럼 기쁘면 안 되었다. 그러지 않으려면 용두암 일출을 봐야 한다.

그녀는 그의 눈에 가볍게 입을 맞추고 그의 품에서 벗어났다. 좀 전에 다시 뜨거워지려던 몸을 식히려 화장실에 가서 얼굴을 씻었다. 따라 나온 영환이 뒤에서 그녀의 등을 안았다. 투명한 유리컵에 따라 놓은 사이다의 작은 기포가 몸 안에서 소리 없이 통통 터졌다. 혜희의 온몸 솜털들이 감전된 듯 다시 바르르 떨었다. 영환이 그녀의 얼굴을 오른쪽으로 끌어당겨 깊게 입맞춤했다. 이렇게 기쁜 줄 몰랐다. 그녀는 영환을 용서하며 포옹을 풀고 현관으로 나와 영환과 자신의 구두 코를 앞으로 가지런히 놓았다. 아버지의 구두를 그렇게 놓아본 적이 없었다.

잠시 후 나온 영환이 늦겠다며 오히려 그녀를 재촉했다.

밖은 밝아지고 있었다. 해가 뜨는 건 보기 어려울지 싶었다. 바다도 하늘도 붉어지고 있었다. 가까운 곳에서 사람들의 환성 소리가 들렸다. 그들 곁에서 도달했을 때는 이미 날이 밝았으나 해는 보이지 않았다. 그래도 사람들은 흩어지지 않고 용두암을 바라보고 있었다. 두 사람도 같이 사람들이 보는 방향으로 까맣게 어두운 용두암을 바라보았다. 그가 그녀의 오른쪽 어깨를 안았다. 벌써 떠올라 용두암에 숨어있던 해가 용머리 입에 물리려 하고 있었다. 용두가 해를 물었다. 그의 손이 어젯밤처럼 그녀의 어깨를 조여왔다. 또 뜨거운 기운이 그녀 몸 속으로 몰려들었다.

입에 물려 있던 해가 용머리 위로 떠 오를 때까지 두 사람이 함께 서 있었다. '옛날 용이 승천하면서 한라산 산신령의 옥구슬을 훔쳐 물고 달아나다가 한라산 신령이 쏜 화살에 맞아 몸뚱이는 바다에 잠기고 머리만 나와서 울부짖는 것'이라고 안내문에 쓰여 있었다. 울퉁불퉁한 용두 정면은 세월의 파도를 맞아 맑게 씻겨져 검은색의 흑룡이었다. 바닷가에서 해를 배웅하고 돌아본 용두암 뒷부분은 전혀 용이 아니었다. 어제 사라봉길에서 본 붉은색이 많이 남아 있었다. 용이 피 흘린 흔적이랄 수 있는 곳엔 푸릇푸릇 풀들이 돋아 있었다. 용두암 뒷면 붉은색이 다 빠져 앞쪽 검은 현무암처럼 되려면 아직 얼마의 세월이 더 필요할까.

그녀는 게네들과 지내면서 여왕 대접을 받았지만, 자신은 수은 같은 존재라고 생각되었다.

국민학교 때 청소 당번하다 수은온도계를 떨어뜨린 적이 있었다. 담임선생님이 깜짝 놀라며 황급히 쓰레받기로 비닐봉지에 담아 넣던 수은을 보았었다. 온도계 속에 있던 수은이 바닥에 조그만 쇠구슬로 나뉘어져 있었다. 그런데 플라스틱 쓰레받기 속에서는 서로 모여 커다란 물방울처럼 납작해졌었다. 수은은 가장 무거운 액체 물질이라 했다.

중학교 때인가 고등학교 때인가 수은은 금이나 은 같은 금속을 만나면 그 금속을 녹여 잠시 액체 상태의 아말감이 된다고 했다. 이때 어떤 틀에 넣으면 그 틀 모양으로 굳는다고 했다. 금니를 만들 때 그 원리가 사용된다고 했다. 그녀는 자라나면서 이제껏 자신은 주어진 틀 안에서 굳혀져 꿈도 꾸고 꿈을 버리기도 한 거였다.

그녀는 순수한 영환과 새 생명에 자신의 마음만이라도 순수한 바탕이 되었으면 했다. 그걸 안 게 어젯밤이었다. 이 수은 같은 자신이 정말 쓸모가 있다는 걸 지난밤에 깨달았었다. 영환과 함께 되면서 그녀 자신이 쓸모 있는 아말감을 만드는 존재라는 걸 알았다. 지난밤 그의 품에서 생전 처음으로 여자의 기쁨을 알았을 때 혜희 그 자신은 없었고, 온몸에 영환과 태중 새 생명만 가득했었다. 새 생명을 용납하고 혜희 자신과 기꺼이 한 몸이 되기로 한 영환의 아말감이 되었었다. 세 생명이 함께한 용융. 아니 융합이 그토록 자신과 그를 기쁘게 할 수 있었다. 민들레 홑씨 같이 부드러운 만남이 만든—세상에 단 하나밖에 없을 빛나고 견고한 합금—새로운 순수.

'끼룩끼룩.'

용두암에 용두에 물렸던 해가 하늘에 오르자 갈매기 한 쌍이 바다 위를 날았다. 영환이 재갈매기라고 했다. 어깨깃은 푸른 잿빛이고 머리와 가슴, 몸통까지 눈부시게 하얬다. 하늘을 나는 재갈매기의 가슴과 몸엔 잿빛은 없고 온통 하얬다.

용두암에서 돌아와 아침을 먹고 영환이 말한 비자림으로 향했다.

비자림 입구에 그녀 키만 한 나무가 한 그루 서 있었다. 그가 후박나무라고 했다. 울릉도 호박엿은 처음에는 이 후박나무 껍질을 넣어 만들었다고 했다. 지금은 늙은 호박을 넣는다며 웃었다.

매표소를 지나 줄기 한쪽 속이 검게 탄 나무가 나타났다. 기둥 같은 줄기 속이 반쯤 타 없어졌다. 남아 있는 줄기 끝부분이 그대로 봉합되어 그녀 집 반송처럼 대여섯 개 가지가 넓게 퍼져 하늘을 가리고 있었다. 겉에 드러난 나무 속은 생명 없는 세포 집단, 겉 부분이 생명인 걸 알았다. 그 생명 없는 속이 생명을 받치는 기둥이었다.

"벼락 맞은 비자나무예요. 벼락 맞은 대추나무 소리는 들어 봤죠? 그런 타다 남은 흔적이 있는 대추나무는 단단하고 검은 문양이 독특해

화백(畵伯)의 딸

흔하지 않은 예술 도장 재료로 비싸게 팔린대요."

"비자나무도 쓰임새가 있겠죠?"

"비자나무는 은행나무처럼 암수 딴 그루이고 옛날부터 촌충 구충제로 쓰였어요. 단, 청산이 들어 있는 씨는 빼구요. 목재는 최고급 바둑판이죠."

그렇게 말하며 영환은 점점 울창해지는 비자나무 숲속으로 그녀를 이끌었다. 그는 지난번 발견한 사철난을 숨겨 둔 걸 찾는다며 숲속 이곳저곳을 찾아다녔다.

"찾았어요."

앞서가던 그가 상기된 목소리로 손짓했다.

그가 찾던 난초라며 속이 수반처럼 움푹 팬 울퉁불퉁한 붉은 현무암 덩이 앞에 쭈그리고 앉아 있었다.

혜희는 그가 난초를 숲속에 숨겨 놓고 왔다길래 옮겨 심어 놓은 줄 알았다. 어떻게 수반처럼 옴폭한 붉은 현무암 덩이 속에서 살아났을까. 늘어진 줄기에 사철나무 같이 둥근 잎이 붙어 있었다. 집에서 키우던 잎이 길쭉한 보통 난초와는 달랐다.

"이렇게 잎이 넓은 것도 난초예요?" 그녀가 물었다.

"비자나무 고목 밑에 두고 온 게 아른거려서 자료 좀 찾아봤었지요. 얘는 사철난 중에서도 작고 가늘어 애기사철난이죠. 이 조그만 붉은 현무암 덩어리에서 잘도 살아남았어요."

"애기사철난이요? 귀엽네요. 애기…" 말을 마치지 못한 그녀의 입가에 미소가 떠올랐다. 그녀도 모르게 배에 손이 갔다.

"네, 귀엽죠?" 하며 그가 굵은 비자나무의 껍질에 이끼와 함께 붙어 있는 덩굴을 가리켰다. "얘는 잎이 콩 반쪽처럼 짜개졌다고 '콩짜개난'이에요. 얘와 잎이 서로 비슷한 콩짜개덩굴이라는 것도 있어요."

그녀 집 온실에도 양난 있는 곳에 나무에 붙여 키우는 박쥐난이라는 게 있었다. 정원사 아저씨는 박쥐난은 말이 난이지만 고사리 종류라고 했다. 그리고 그 옆에 나무에 붙어 있는 덩굴이 콩짜개덩굴이라 들었던 기억이 났다.

"얘가 콩짜개덩굴 아녜요?"

그녀가 큰 나무에 붙어 있는 이끼에 붙어 올라가고 있는 덩굴을 가리켰다.

"어떻게 혜희 씨가 콩짜개덩굴을 알아요?"

"집 온실에 있어요." 그녀는 긴가민가하며 영환을 쳐다봤다.

"그랬군요. 혜희 씨 대단해요. 얘는 모양은 콩짜개난과 비슷하지만, 식물학적으로는 하늘과 땅 차이예요. 흡사 혜희 씨 집과 우리집처럼요…"

그가 그렇게 말하며 씩 웃었다.

그녀는 그가 고마웠다. 말할 때마다 자기네 집과 그녀의 집을 비교하면서 힘들어 했는데 그렇게 웃어주는 게 고마웠다.

"얘는 고사리와 비슷한 고란초 종류로 홀씨로 번식해요. 반면에 콩짜개난은 다른 난초처럼 씨 꼬투리 속에 가득 들어 있는 작고 가벼운 씨로 번식한대요."

그녀가 재미없어 할 거라 생각했는지 그가 힐긋 그녀를 쳐다보며 말했다.

"재미없죠?"

그렇게 말하며 쑥스러워하는 그가 어린애 같아 그녀가 생긋 웃으면서 말했다.

"우리집 방과 온실에 난초가 엄청 많아요." 사실 그랬다. 아버지가 몇 선 의원이나 되다 보니 당선될 때마다 옥화나 관음소심, 보세난 같은 중국 난이 많이 들어왔다. 드물게는 고가의 한국 춘란과 제주 한란도 있었다. 그 난초들은 향이 있었다. 또 출판기념회나 전시회에는 화려한 서양란인 심비디움, 호접란은 색깔은 화려한 양란이 많이 들어왔지만, 향이 없었다. 향이 있는 양란도 있었다. 양란의 여왕이라고 하는 카틀레야는 꽃도 큰 게 있었고 향기도 한 방 가득하게 내 뿜었다. 그녀는 크고 하얀 카틀레야꽃을 보며 나중에 부케나 코르사주를 만들었으면 좋겠다고 생각했었다.

"정원사 아저씨가 집에 있는 박쥐난도 콩짜개덩굴 같은 고사리 종류라고 했는데 제주엔 박쥐난은 없어요?" 하고 그에게 물었다.

그가 웃으면서 "그래요? 여기선 못 봤어요. 우리나라 식물이 아닐지도 모르죠. 박쥐난이나 콩짜개덩굴도 아마 고란초 종류일 거예요. 낙화암의 고란초 얘기 들어 봤지요?" 그녀는 영환과 식물 얘기로 통하니까 재미있었다.

영환도 혜희가 재미있어 하는 것 같아 책에서 읽은 얘길 계속했다.

"미숙한 상태의 난초 씨는 가벼워 바람에 날아다니죠. 그러다 좋은 장소를 만나면 난균의 도움을 받아 싹튼답니다. 그래서 세계 어딜 가도 바람 속에 난 씨가 들어있다고 해요."

"제가 난초 씨면 영환 씨는 난균이겠네요. 아니 영환 씨가 난이고 제가 난균이겠네요."

혜희는 영환과 함께 난초 얘길 하는 게 재미있어서 무심코 말했다.

"균." 잠시 침묵 뒤 그가 어슷하게 웃는 어조로 말했다.

"남자인 내가 난이면 남들이 웃습니다. 난균은 난초 씨를 발아시키고, 발아된 난초는 난균에 영양분을 주죠. 작은 씨 하나에서 나온 난초가 아름다운 꽃과 향기로 사람을 행복하게 하죠."

말은 그렇게 하지만 영환이 자신을 콩짜개덩굴이나 난균으로 비하하는 건 아닐까? 생각하며 걱정하고 있는데 그가 혜희 생각을 읽었는지 딱 잘라 말했다.
"난과 난균은 공생하는 관계예요. 아마 난균도 행복할 겁니다."
그러면서 덧붙였다. "각각 자기 삶을 살면서 서로 보완하며 자기 삶을 사는 거죠. 적어도 우리나라 정치인과 경제인의 관계는 아닐 겁니다." 하면서 그가 웃었다.

영환은 그녀가 더 생각할 틈을 주지 않았다. 그가 사철난을 제자리에 두고, 그녀를 더 깊은 숲의 커다란 비자나무 있는 데로 데리고 갔다. 오랜 세월 살아온 또 다른 흔적이 쌓여 있었다. 영환이 커다란 비자나무 밑에 섰다. 크고 작은 마른 가지들이 널려 있었다. 영환이 나뭇가지 하나를 집어 들었다. 취재 가방 속에서 손 칼을 꺼내 껍질을 벗기기 시작했다. 나뭇가지 양쪽에 관절 모양 불룩한 하얀 손가락뼈 모양이 나왔다. 더 큰 가지는 팔, 다리뼈 모양일 터였다.
"제주도의 잔혹 역사가 비자림 그 밑에 쌓여 있는 듯하지요. 삼별초와 몽고, 이재수의 난이며 4·3 사건의 아픔과 죽음이…"
그가 제주의 아픔을 말했다. 삼별초와 몽고는 들어본 것 같았지만, 이재수의 난이며 4·3 사건은 처음 들어보는 얘기였다.
"역사는 그리 크지 않을 사건이 엄청난 일로 번질 수도 있죠."
그가 계속 말을 이어 나갔다.
"세계 1차 대전은 사라예보를 방문한 오스트리아-헝가리의 황태자가 세르비아 청년이 쏜 총에 맞아 살해돼 일어났지요."
"설마 제주도에서 그런 일이 있었을라구요."
그녀가 웃으며 신뢰 반 농 반으로 말했다.
"제주도는 육지에서 멀리 떨어져서 커다란 살상의 변란들이 있었어요. 고려 때, 새로 일어난 명나라가 고려에 제주마 2,000필을 요구해 왔어요. 조정에서 말을 징발하려 하자 한라산 2차 초지에서 말을 치던 원나라 사람들이 난을 일으켰어요. 자기들 적국인 명나라에 말을 보낼 수 없다는 거였죠. 그들을 목호(牧胡)라고 했는데 타민족이 집단으로 난을 일으킨 건 처음이었죠. 최영 장군 등이 전함과 군사를 동원해 이 난을 평정했죠."

황금을 보기를 돌같이 하라~ 그녀는 국민학교 때 운동장에서 고무줄을 하며 놀던 때 줄곧 불렀던 최영 장군이 제주 '목호의 난'을 평정했다는 애긴 처음 듣는 거였다.

"그 후 500여 년이 지나, 조선조 말에 천주교인을 학살하는 일이 벌어졌어요. 제주목사와 조정에서 보낸 관리가 천주교인을 세리로 고용해 과중한 세금을 물렸죠. 거기다 천주교인들이 신당과 신목에 불을 지르는 일이 벌어졌죠. 최초의 천주교 순교자인 윤자충이 모친상 때 신주를 불태우고 제사를 거부해 참수된 거와 반대 일이 벌어졌어요. 그러자 제주 유림이 노비에서 풀려난 이재수를 앞세워 난을 일으켰죠. 그들은 제주 관내 천주교인을 색출해 제주 관덕정 앞에서 300여 명을 처형했어요."

'그런 일도 있었나?' 대원군이 천주교인들을 박해했다는 건 알았지만 제주에서 민간인이 천주교인들을 처형했다는 애긴 금시초문이었다.

"결국 프랑스 함대와 관군이 동원돼 이재수 등의 주모자들은 처형되었죠. 우리가 어제 있었던 사라봉 아래 황사평에 천주교인 시신을 안치하고 끝이 났죠."

영환이 계속 말을 이어 나갔다.

"해방 후, 미군정 시기와 대한민국 정부수립 후에 이념 문제로 6·

25 다음으로 많은 살상자를 낸 4·3 사건이 제주에서 벌어졌어요."

"어떻게 그런 일이 벌어져요?" 그녀가 알지 못하는 일이라 되물었다.

"해방 후, 남한엔 이미 미군정에 의해 조선공산당이 합법화되어 있었지만, 그 뒤를 이은 남조선노동당은 군정에 의하여 불법화되었죠. 그렇지만 남로당은 활동을 계속했어요. 주로 신탁통치 반대와 찬성 활동이었지요. 해방 후 모스크바 3상 회담에서 남북한 모두 반대한 한반도 신탁통치를 결의했어요."

"몇천 년 유구한 역사를 가진 우리나라가 남의 나라 신탁통치를 받아요?"

혜희는 정치 얘기는 관심 없었지만 일제강점기를 벗어나자 적산 가옥을 할아버지가 거둬들였다는 얘기가 떠올랐다. 그 얘기가 아니었다. 그는 재미없는 남북 정치 얘길 꺼냈다. 그녀는 무서웠다. 그는 얘길 계속했다. 뭔가 넘어서야 될 제주 얘기가 있는 것 같았다.

"처음엔 남북 모두 신탁통치를 반대했으나 변화가 생겼어요. 이미 북한에 진주한 소련이 신탁통치를 주장하자 남노당 당수 박헌영이 이에 동조했죠. 다음 해 초 남로당이 주최하는 신탁통치반대 대회에서 남로당이 신탁통치를 찬성하자 반탁궐기대회로 알고 왔던 사람들이 돌아섰지요."

그녀는 그것도 처음 듣는 얘기였다.

"남한 사회는 좌우 진영에 따라 나뉘어 투쟁했어요. 정파나 개인 소신에 따라 테러, 암살이 자행됐어요. 그러다가 미군정의 남한만의 단독정부 계획이 세워졌어요. 남한만의 총선거가 1948년 5월 10일 시행되기로 했어요. 이 선거에서 뽑힌 사람들이 제헌국회를 구성해 대한민국 국호와 헌법을 제정하고 대통령을 뽑기로 했어요. 이를 전후로 제주도에 피바람이 불었어요."

그녀 할아버지가 적산 가옥과 상가를 사들일 때 바다 멀리 제주에서는 그런 피바람이 불고 있었다. 이것도 혜희 그녀가 어떻든 감당해야할 일이었다. 그는 제주 얘길 계속했다.

"해방된 지 2년 후인 1947년 제주민전(제주 민주주의 민족전선)이 주최한 3·1절 기념식 행사가 제가 얘기한 제주 4·3 사건의 도화선이 됐어요. 기념식 행사 직후 기마경찰이 어린이를 치고 아무 조치 없이 가버리자 성난 참석자들이 경찰서에 몰려가 항의하자 경찰이 발포해 사람이 상했어요." 그가 담담히 말했다. "공교롭게 이재수가 천주교인들을 처형한 관덕정 앞이었지요."

"경찰이 사과하면 됐을 일이 어떻게 그렇게 됐을까요?" 그녀가 안타까워 말하자 그가 고개를 끄덕이며 말했다.

"그런데 그렇지 않았어요. 경찰이 사과하고 적절한 조처했으면 그런 일이 안 생겼겠지요. 쉽게 넘어갈 일이 역사를 바꾸기도 해요. 소문이 소문을 낳기도 하죠. 막대기로 말을 찌른 사람이 좌익 사람이었다는 소문이었죠. 확실히 확인할 길이 없어요."

소문에 소문이 낳은 일 그 끝에 그녀 혜희가 있었다. 그 소문이 대원각 엄마를 소환했었다. 마음이 다시 힘들어졌다. 빨리 그의 제주 얘기가 끝났으면 했다. 그러나 그는 제주 얘길 계속했다.

"그 일로 경찰서를 찾아가 항의하던 시위대에게 경찰이 발포한 거예요. 민간인 여섯 명이 목숨을 잃었대요."

"의미 있는 날인데 3·1절 기념식에 왜 사람들이 시위해서 목숨까지 잃는 일이 생겼을까요?" 아무래도 그럴 수 없는 일이라 생각되어 그녀가 물었다.

"그 집회가 좌파인 제주 민전이 주최한 거였어요. 이후 주민과 경찰 충돌이 자주 발생해서 1947년 3월의 우도, 중문리에서, 6월엔 종달리, 8월엔 북촌리 등에서 계속되었어요."

영환은 그다음 해 일어난 4·3 사건에 대해 조심스럽게 이야기했다.

"1947년 11월에 유엔총회에서 한반도 인구비례에 의한 남북한 총선거하자는 미국 안이 통과됐어요. 여러 관련 기관과 정당에서 한반도 영구 분단 우려로 옥신각신했어요. 결국 미군정이 결정한 남한 단독선거를 막기 위해 1948년 2월 7일 남로당이 2·7 구국투쟁의 하나로 전국적인 총파업을 일으켰어요. 제주 경우에는 전체 직장의 95%가 파업에 동참했어요. 이어서 남로당 제주도당 임원회에서 무장투쟁을 결의했어요. 무장대 총책은 25세의 김달삼이었어요. 반면 오라리 방화 사건이 우익 청년단체가 일으킨 걸 알면서도 미군정은 평화적 해결 대신 무력에 의한 강경 진압 작전으로 선회했어요. 한라산 중산간의 강경 진압이 대대적으로 벌어졌어요. 마을의 95% 이상이 불에 타 없어지고 많은 인명이 희생되었어요. 삶의 터전을 잃고 목숨을 부지하기 위하여 산으로 들어가 자연히 무장대의 일원이 되는 주민들이 늘어났어요."

여기까지 얘기하고 그가 말을 멈췄다. 큰일이 발생한 걸 예고하는 것 같았다.

"제주 곳곳에서 방화와 살상이 계속되었어요. 동광마을, 의귀마을, 북촌마을, 금악마을, 가시마을, 소길마을, 아라동 1·2구—아라동이 더 심했어요. 먼저 11월 14일 1구의 인다마을과 아란마을이 전소되어 주민들이 2구로 피난 갔고, 보름 후 2구가 초토화되었어요."

그는 연속 기획으로 작년에 취재해온 걸 일 년 동안 가슴속에 담아두었다. 그 얘길 할 곳 없어 얼마나 갑갑했을까. 그의 갑갑함이 그녀와 견줄 바 아니다 싶었다. 제주 사람들이 말하기 꺼려하는 걸 기어이 그가 꺼낼 참이었다. 그 제주 4·3 사건을 그가 오늘 혜희 앞에 꺼냈다.

　1948년 "4월 3일 새벽 2시를 전후하여 한라산 기슭 여럿 오름에 봉화가 올랐어요. 350여 명의 무장대가 제주도 24개 경찰지서 가운데 12군데를 습격했어요. 그들은 경찰, 서북청년회, 대동청년단, 독립촉성국민회 등 우익단체 요인을 습격했지요. 이 일로 경찰 4명, 민간인 8명에, 무장대도 2명 사망했어요. 어떻게 보면 일에 비해서 그렇게 큰 사상자가 나온 건 아닐 수 있어요. 그러나 그건 홍수가 예고된 날 저수지 둑에 구멍을 뚫는 일과 마찬가지였어요. 5월 7일부터 5월 10일 투표 당일까지 4일간 29명이 목숨을 잃었어요.

　그 사건은 남한 단독정부를 세우는 5·10 총선거 반대 시위로 바뀌었죠. 남로당 제주도당은 그런 난리 통에 주민들을 산으로 올려보냈어요. 결국은 5·10선거는 제주만 선거구 1, 2구 모두 과반수 미달로 무효 처리됐어요. 새로 임명된 미군정 제주지구 최고 사령관 브라운 대령이 부임하여 무자비한 진압 작전을 폈지만, 5월 20일에 경비대원 41명이 탈영해 무장대가 된 사건이 발생했어요. 거기다 5월 6일 부임한 제주 출신 박진경 대령이 채 손써 볼 겨를도 없이 6월 18일 암살됐어요. 남로당 프락치인 부하인 문상길 중위의 지시로 손선호 하사가 박진경 대령을 M1 소총으로 쐈어요. 6월 23일의 제주 재선거도 무산됐어요. 1948년 8월 15일 남한에 대한민국이 수립되고, 9월 9일에는 북한에 조선민주주의인민공화국 정권이 수립되었어요. 그해 11월 17일에는 제주도 전역에 계엄령이 선포되어 양민들은 산으로 올라가지도 못했고 내려오지도 못했어요. 계엄령은 1년이 넘어서 다음 해 12월 31일에야 해제됐어요. 다음 해 1949년 3월에는 무장대에 협조했던 주민의 사면령이 내려졌어요. 주민들이 하산했고 제주가 일상화되면서 1949년 5월 10일 재재선거는 무사히 치러졌어요. 그러나 민족

상잔의 6·25가 터지자 잔여 무장대가 봉기하고 산사람들과 형무소 재소자나 예비검속자 등 많은 사람들이 희생되었어요. 1953년 휴전 후에도 크고 작은 충돌이 있다가 안정을 되찾았죠. 다음 해 한라산 금족령이 해제되어 1948년에 시작된 4·3 사건은 7년 7개월 만에 끝이 났어요."

긴 얘기 끝에 그가 물음 아닌 물음을 던졌다. "이 아름다운 제주에서 그런 일이 있었다는 게 믿어지지 않죠?" 그녀는 "상상도 못했어요."라고 말했지만, 그녀는 대원각 엄마가 떠올랐다. 그녀가 힘들었던 때가 생각났다. '참 힘든 세상이었네' 그렇게 치부하면서도 손톱 밑의 가시가 더 아팠던 게 부끄러웠다.

영환은 4·3 사건 취재하면서 느끼게 된 게 있었다. 전쟁이 끝나고 이념이 희미해진 세상에 아직도 제주민들은 4·3에 대해 쉬쉬하며 말하길 꺼린다는 거였다.

"제주도에서는 같은 날 제사 지내는 집이 많다는 얘긴 들어 봤죠?"

"그런 일은 같은 날 돌아가신 분이 많았다는 얘긴데, 그런 일이 4·3 사건과 관련이 있나요?"

"그래요. 일만팔천의 신을 모셔 왔다는 제주도에서 4·3 사건에 관련된 제사나 굿을 하면서도 모두 쉬쉬하죠."

"왜 그렇게 쉬쉬하죠? 굿이 불법이었나요? 아니면 미신이어선가요." 그녀가 이해가 안 가 영환에게 다시 물었다.

"4·3 사건 후에도 많은 민간인이 희생되었어요. 그 민간인 희생자들은 좌익이든 우익이든 들어내 놓고 말하지 못해 왔어요. 이념이 뭔지도 모르는 어린이와 노약자까지 뭔가 대놓고 얘기할 분위기가 아니었어요." 그가 말하며 조심스럽게 말하며 덧붙였다. "영문도 모르고 비명횡사한 이들의 영가가 제주도에 가득했대요."

혜희는 중고등학교와 여대 채플 시간에 영이나 영혼이란 말은 들었지만, 영가라는 말은 처음이었다. 다시 그녀가 물었다.

"영가가 뭐예요?"

"무교나 불교 일부에서 혼백을 일컫는 말이죠. 제18전투경찰대장 차일혁 총경의 아들 차길진 법사의 구명시식(救命施食)에 영가(靈駕)라는 말이 많이 등장하여 일반화되었어요. 특히 아버지 차일혁 총경은 빨치산 근거지인 화엄사를 불태우라는 상부 지시를 어기며 '절을 태우는 데는 한나절이면 족하지만, 절을 세우는 데는 천 년 이상의 세월로도 부족하다.'는 말을 남겨 유명하죠. 또 그는 적대 관계인 남부군 총사령관 이현상의 시신을 화장해 자신이 유골을 직접 빻아 뿌려줬다는 사람이죠. 이현상은 차 총경의 지리산 빨치산 토벌 시 시신으로 발견됐어요."

"그런 분이 있었어요?"

"빨치산 토벌대장이라 불린 차 총경은 37세로 일찍 사망했어요. 영가를 본다는 아들 차길진 법사가 구명시식을 통해 위력에 의한 간접적 타살이었다고 주장했지요. 보통 굿판에서는 영가가 무당에게 찾아오는데 차 법사의 경우는 그가 영가를 불러온다고 하지요."

"정말 그런 일이 가능할까요?"

"글쎄요. 차길진 법사는 용해서 그럴 수 있을지 모르지만, 일반화시키기는 어렵겠죠. 사람들 중에는 영가들이 자기의 억울함을 호소하기 위해 맘 약한 사람에게 씌인다고 해요. 그래서 살아있는 사람을 괴롭힌다고 해요. 영가가 살아 있는 사람에게 병을 생기게 하거나 집안에 흉사를 일으킨다는 거죠."

그녀는 대원각 엄마가 떠올랐다. 대학 졸업반일 때부터 일어난 흉사가 대원각 엄마 영가의 '할 말 있음' 때문인가? 그녀가 그 고통을 겪었던 것도, 엄마 영가가 억울하고 힘든 일이 많아서 그녀에게 뭔가 말하고 싶었던 걸까? 그녀가 잠시 그런 생각을 하는 사이 영환이 말했다.

"한강 이북의 무당은 신병을 앓은 후 신내림을 받은 강신무죠. 한강 이남의 무당은 세습무인데 심방(神房)이라고 하는 제주 무당은 육지의 무당하곤 조금 달라요. 제주 심방은 사연 있는 사람이 입무몽을 꾸고 심방이 된다고 해요. 또 심방은 굿을 앞두고 꿈에서 영가에 대한 꿈을 꾼다고 해요. 제주굿에는 '질침'이라고 하는 '질치기'가 있는데, 육지의 오구굿이나 씻김굿인 해원(解冤)굿과 유사해요."

"제주에서 굿하는 걸 본 적 있어요?" 혜희가 그에게 물었다.

"운 좋게도 이전에 제주 4·3 사건 취재하러 왔다가 용하다는 심방이 질치기하는 굿판을 봤지요."

그러면서 그가 총상으로 죽은 민보단 사람 얘기를 꺼냈다.

"민보단은 주민이 마을을 스스로 지키기 위해 만든 조직이었어요. 제주에는 집에 대문이 없잖아요. 집 앞에 구멍이 세 개 뚫린 정주석을 양쪽에 세우고 나무 자루인 정낭 세 개로 사람의 출입을 알렸어요. 마찬가지로 길에서 마을로 들어오는 길목을 '올레'라고 하는데 '올레신'이 있어 마을을 지켜준다고 믿었어요. 그래서 민보단도 마을 입구 좌우에 돌로 담을 쌓고 돌담 사이에 네모난 문틀 모양을 만들고 정살이라고도 하는 정낭을 설치했어요. 그 민보단 중의 한 사람이 죽었는데 어떻게 죽었는지 아는 사람이 없었답니다. 산사람인 무장대가 그 사람을 죽였는지, 경찰이 죽였는지 아니면 민보단 단원인지, 알 수 없었답니다. 나라에서는 무장대와의 교전에서 전사한 걸로 처리해 장례비와 식구에게 원호 연금을 지급해 주었대요. 나중에 심방이 된 부인은 남편 영가가 일러줘 진실을 알게 되었답니다. 남편의 죽음은 정낭 안의 민보단원끼리 다투다 생긴 오발 사고였답니다. 부인 심방이 그대로 당국에 신고해 연금이 끊어졌답니다. 제주굿은 심방에 영가가 씌는 빙의가 아니라 심방이 영가의 예지몽을 통해 '영게울림'을 듣고 영가가 하는 말을 심방의 목소리로 표현된답니다. 심방이 말하는 건 꿈에 영가가 한 말이 언듯언듯 떠오르는 걸 심방이 전하는 거라 했어요. 그 심방은 4·3 사건에 관련된 굿은 영가도 가해자를 콕 집어 원한을 풀 대상을 말하지 않고, 굿 의뢰인도 명확한 설명해 달라하지 않는답니다. 그 심방의 경우는 이념을 가리지 않고 서로가 시국의 희생자인 걸 수긍시켜 남은 사람, 이웃들이 서로 평안히 살게 한다고 했어요. 좁은 동네서 어쩌면 모두가 이웃인데 잘잘못을 따지는 게 더 아픔이 큰 경우가 많았다고 했어요. 그렇게 해나가는 게 죽은 사람과 산 사람의 해원이고 여전히 이웃한 살아있는 사람들이 함께 살아 나가는 길이라고 말했어요."

"심방이 지혜롭네요." 그녀는 그 심방이 정말 지혜롭다고 생각했다.

"혹 '배뱅이굿'이라고 들어 봤어요? 배뱅이굿은 이제는 하나의 민속으로 내려와 보유 예인이 방송에 나와 시연하기도 했지요. 실제로 무당이 이 굿을 할 때는 영가의 사연을 무당이 그대로 영가의 목소리로 드러내죠. 무당에 빙의된 영가가 하는 대로 말을 하기 때문에 굿 의뢰인은 물론 관람하는 사람까지 울고 웃겨 일종의 집단 엑스터시를 경험하게 된답니다. 영가의 억울한 속을 알아주어 좋은 곳으로 보내 주는 게 해원이고 천도일 수도 있죠. 굿 의뢰인도 함께 답답한 속이 풀어지구요."

그녀는 그의 긴 말을 들으며 대원각 엄마를 떠올렸다.

"정말 무당에게서 빙의된 영가의 목소리를 들을 수 있나요?"

그녀는 꿈에서라도 대원각 엄마의 목소리를 듣고 싶었다. 해원은 죽어서가 아니라 살아 있을 때 해야 할 일이라고 생각했다. 아버지도 어머니도 그녀 자신도. 어쩌면 대원각 엄마도 그럴 수 있었으면 좋을 거로 생각했다. 그런 생각을 하며 '대원각 엄마―'를 부르며 속으로 눈물을 흘렸다.

그녀가 간절한 마음이 돼서 영환을 바라봤다.

영환이 웃으면서 말했다.

"그렇긴 한데 요새 무당들은 돈만 밝혀서 그런지 영험하지 못하다네요. 굿 한 번 하는 데 수백, 수천만 원이 들어요. 실제로 제주도 심방을 만난 후, 경기도 변두리에 있는 굿당에서 며칠을 잠행 취재해 본 일이 있어요. 여느 굿당하고 마찬가지였는데 거기는 작두타기보다 삼지창 세우기로 신력을 갈음하고 있었어요. 생 통돼지를 삼지창에 꽂아 세우는 거였어요. 그런데 굿이 끝난 다음에 밖에서 들은 무당과 도움을 준 이들의 대화가 호기심을 깼어요. '한두 번 세우는 것도 아닌데 오늘 새로 온 아저씨에게 그렇게 일러줬는데도 삼지창에 돼지를 세우는 게 엉망이었어.' 배달된 돼지를 밖에서 엎고 들어온 남자를 질책하는 무당의 목소리였어요. 무당이 기도로 돼지가 꽂혀있는 삼지창이 굿이 진행되는 동안 쓰러지지 말아야 하는데 그날은 굿하는 동안 넘어질 뻔해서 무당이 눈치껏 바로 세웠다는 얘길 하는 거였죠. 삼지창을 세우는 데 무슨 장치나 요령이 있는 게 분명했어요."

영환은 "제주분들이 아직은 4·3 사건에 대하여 쉬쉬하고 있지만 언젠가는 마음 놓고 4·3 얘기를 할 날이 올 겁니다."라고 했다.

*

영환이 그녀의 손을 잡고 숲에서 나왔다. 숲에서 나와 얼마 되지 않아 나무 밑동부터 서로 부둥켜안고 있는 커다란 비자나무를 만났다.

"사랑나무―연리목(連理木)이에요. 나뭇가지와 나뭇가지가 붙어 있는 건 연리지, 나무 몸통끼리 붙어 있는 건 연리목이라고 해요. 또 뿌리가 붙어 있는 건 연리근이라고 하지요." 영환은 그렇게 말하고 연리목에 얽힌 얘길 시작했다.

"연리지 얘기는 동서고금에 알려져 왔어요. 송나라 한징과 하 부인의 가래나무 연리지, 그리스 신화의 필레몬과 바우키스의 참나무와 보리수 연리지 얘기가 전해져 오지요. 우리나라는 삼국사기와 고려사에 전해 오는 연리지와 연리목의 전설은 아들 낳는 이야기와 연결되죠. 연리목 둘레를 왼쪽으로 돌며 빌면 아들을, 오른쪽으로 돌면 딸을 낳는다고 적혀 있어요. 절에서 하는 탑돌이와 비슷한 기자(祈子) 음양이 섞여 있죠. 그러나 무엇보다 당나라 현종과 양귀비의 연리지와 비익조 얘기가 유명하죠." 그렇게 말하곤 그가 당나라 대시인 백거이(白居易)의 장한가(長恨歌) 칠언절구 중 네 구절을 읊었다.

在天願作比翼鳥(재천원작비익조: 천상에선 비익조 되어지이다)
在地願爲連理枝(재지원위연리지: 지상에선 연리지 되어지이다)
天長地久有時盡(천장지구유시진: 장구한 천지는 다할 때 있겠지만)
此恨綿綿無絶期(차한면면무절기: 이 한은 면면히 끊일 날 없으리라)

혜희는 양귀비를 들어본 적이 있었다. 안록산의 난으로 죽음임을 당한 경국지색 중국 미인 네 명 중 한 사람.

영환이 "당나라를 멸망에 이르게 한 양귀비와 현종의 사랑 얘기는 지금도 중국 3장의 가극으로 공연되고 있다."라고 했다.

"그런데 비익조가 뭐예요?" 처음 들어보는 새네요.

"중국 전설의 새죠. 암수 각각 눈과 날개가 하나뿐이어서 짝을 이루지 못하면 날지 못하는 새래요. 사람 눈에 띄면 큰 홍수가 난다고 전해

온대요. 중국에서는 큰 홍수가 났을 때 누가 비익조를 본 모양이라며 재난을 웃어넘긴다고 해요."

영환이 혜희의 손을 꼭 쥐며 그녀의 눈을 바라봤다.

그녀는 연리지보다 영환과 비익조 한 쌍이 되어 함께 하늘을 날고 싶었다. 그의 손을 맞잡았다. 그가 혜희의 어깨를 가슴으로 안으며 하늘을 바라보았다. 하늘이 푸르렀다.

'따라라라라라라라라라락~'
적막하던 비자림 속에서 나무를 쪼아대는 소리가 들렸다.
"무슨 소리예요?"
그녀는 섬찟 놀라며 그에게 더욱 몸을 기댔다.
"수컷 딱따구리 소리예요. 보통 아홉 번에서 열 번 연속적으로 쪼아대죠. 암컷을 부르거나 자기 영역을 알릴 때 내는 소리죠. 그냥 속이 빈 둥지 나무 표면을 두들기는 소리죠. 집을 짓거나 나무 속 먹이를 잡을 때는 나무 속을 파내 뱉어내죠. 뱉어낸 조각이 나무 밑에 수북이 쌓죠. 그때는 쪼아대는 횟수나 강도, 리듬이 불규칙해요."

영환이 딱따구리 소리를 주의 깊게 듣다가 담담히 말했다.
"딱따구리는 탁목조(啄木鳥)라고도 해요."
"탁목조라면 어데 선가 들어본 것 같아요."
"그래요. 목탁(木鐸)은 나무 방울이라는 뜻이지만 탁목조의 탁(啄)은 쪼고 두드린다는 뜻이죠. 기자도 두들기고 쪼는 짓을 하니 탁목조가 맞죠."
"진짜 그렇네요." 그렇게 말하며 그를 쳐다봤다.
"기자는 제대로, 확실하게 쪼아야 하는데—민폐 끼치는 이들도 있고… 때에 따라서는 목숨을 걸 각오도 해야죠." 그렇게 말하는 그의 입술이 앙다물어졌다.

"부리로 쪼는 딱따구리는 무척 아프겠어요. 뇌진탕 걸리고도 남겠어요."

영환이 힘들어 보여 거들어 본 건데, 영환은 딱따구리 얘기를 계속했다.

"딱따구리 목에는 부리로 연속적으로 쫄 수 있는 근육이 발달되어 있고, 머릿속에 충격을 완화하는 완충 구조도 있지요. 그런 걱정은 안 해도 되죠."

그녀는 딱따구리 얘기가 더 재밌었는데 그는 다시 기자 얘기로 돌아왔다.

"기자는 딱따구리인 탁목조(啄木鳥)보다 못하지요. 자기방어를 못해요. 국민에게 위임받은 권력으로 국회의원은 법을 만들고 폐기하는 걸 구실로 권력자가 되죠. 기자는 그들의 권력을 감당하기 어렵죠. 물론 기자도 사회적 문제를 고발한다는 구실로 기업이나 개인에게 크고 작은 폐를 끼치며 사는 이들도 있죠. 그것도 권력이라고 기자가 볼펜을 들고 들이대면서 속이 구린 사람이 많겠죠. 그래서 얻어먹고 사는 기자도 있다고 해요…"

영환이 가볍게 한숨을 쉬며 그녀 손을 쥐었다. 그녀는 그의 한숨과 그에게 가해지는 힘의 의미를 알 수 있을 것 같았다.

그녀는 그의 힘이 되어주고 싶어 그의 손에 있는 그녀의 손에 힘을 주어 맞잡았다. 영환이 그녀의 마음을 알아들었다는 듯이 다시 평온한 마음으로 말을 이었다.

"저 딱따구리는 육지의 큰오색딱따구리와 거의 모양은 같은데 크기가 조금 작아요. 그래서 '제주큰오색딱따구리'로 불러요. 오늘처럼 제주 비자림에서 흔히 볼 수 있지요. 제주에서 부르는 이름은 '남도르기생이'예요. 딱따구리는 번식기에 수컷이 먼저 집 지을 나뭇가지를 정하고 집을 반쯤 짓다가 '따라라라라라라라라락~' 하는 타악기 소리 같은 신호를 보내 암컷을 부르죠. 보통 아홉에서 열 음절 정도 돼요. 짝이 결정되면 암수가 함께 집을 짓고 육아도 같이하고, 새끼가 다 커서 둥지를 떠나면 둘 다 둥지를 떠난다고 해요. 헌 집은 다른 작은 새들의 집이 된대요."

그녀는 그런 놀이를 실제 해보지는 못했지만, 어려서 아이들이 모래에서 하는 놀이가 생각났다. '~헌 집 줄게 새 집 다오.'

"그 딱따구리 집에서 사는 새 중에 동고비가 있어요. 눈섭선이 눈과 일직선인 동고비는 진흙을 물어다 자기만 간신히 드나들 수 있는 좁은 입구를 만들어요. 뱀과 같은 다른 동물이 들어올 수 없게요."

"동고비도 그렇게 살 궁리를 하네요." 그녀가 웃으며 말했다.

"그러다 다른 동물이 집 입구를 훼손하면 계속 보수하느라 힘을 빼죠. 그래서 그런지 수명이 짧다고 해요. 아쉽게도 동고비는 제주에서 이미 멸종됐다고 해요." 그렇게 말하곤 영환이 긴 한숨을 쉬며 말했다.

"아무래도 저는 제주큰오색딱따구리는 못될 것 같아요. 어쩌면 저는 동고비처럼 기자 생명이 짧을지도 모르겠어요. 이번처럼 나 스스로 잘리고 또 어렵게 복귀해요." 영환의 말끝에 쓸쓸함이 배어있었다.

잠시 침묵 뒤 그가 으슷 웃는 어조로 말했다.

"지난번 취재 왔을 땐 한 부장님께 비자나무 바둑판을 선물해 드렸는데, 이번엔 국장님께도 하나 선물해 드려야겠네요. 양쪽 집에서 같은 바둑판으로 바둑 두시게요. 그래야 제 기자 수명이 좀 길어지지 않겠어요?"

영환이 다시 그녀의 손을 꼭 쥐면서 자신에게 이르듯 말했다.

"신문사에 복직되면 탁목조인 딱따구리는 못되어도 동고비라도 되어야겠어요."

비자림을 나왔어도 탁목조의 나무 쪼는 소리는 계속 그녀의 머릿속을 울렸다.

비행기가 땅을 떠나 하늘로 올랐다.
제주 반 하루를 기쁘게 지내다, 다시 집으로 돌아간다. 제주에서 다시 내게로 돌아간다. 비행기 창밖을 내려다봤다. 다도해 해안선이 눈앞에 펼쳐있었다. 어제저녁엔 동백 꽃잎처럼 핏빛으로 물들었던 바다였다. 눈을 들어 하늘을 봤다. 내일 아침에도 용두암 여의주는 하늘로 솟아 비자림을 비추고 있을 거였다. 짧은 시간. 영환과 머리를 맞대고 눈을 감았다. 두 사람이 비익조가 되어 우주를 날았다. 연리목이 되어 무수한 비자 열매를 세상에 뿌렸다.

'쿵' 김포공항에 닿았다. 우주가 멈췄다. 비행기 바퀴가 땅에 닿는 소리가 머릿속을 울렸다. 온통 비자나무들로 가득 찼던 가슴이 '덜컹' 내려앉았다.

트랩을 내렸다.

그녀는 자신을 세상에 있게 해 준 대원각 엄마에게 감사했다. 아버지와 어머니를 만나 수태를 말할 것이다. 순자를 만나 감사하다는 말도 해야 한다.

내일 영환이 출근해 국장을 만날 것이다. 국장은 누구와 비자나무 바둑판에서 첫 바둑을 둘까.

혜희는 영환이 큰오색딱따구리가 되든, 동고비가 되든 쓰고 싶은 기사를 맘껏 쓸 수 있기를 바랐다.

그녀의 마음속 비자림에서 '따라라라라라라라라락~' 남도르기생이가 울었다.

접목(接木)

마상 결혼식

　1989년 개천절, 민영농장의 말 운동장.
　동틀 무렵, 농장 주변에는 엷은 안개가 깔려 있었다. 지난여름 이미 수확을 끝낸 포도원의 포도나무 등걸에는 쭈글쭈글해진 누런 포도잎이 농부의 거친 손처럼 남아 있었다. 낡아진 힘줄 같은 잎맥 사이에 안개가 땀처럼 고였다. 사과원의 사과나무 사이로 스며드는 맑은 햇살에 안개 이슬로 씻긴 홍옥 사과가 홍보석처럼 빛났다.
　안개가 걷혀 맑아진 정오, 바다같이 펼쳐진 과수원 위 말 운동장. 철민과 지영이 마상에 앉아 있었다. 하늘 바다에는 조개구름이 바닷가처럼 펼쳐있었다. 타이트한 검정 승마바지를 입은 철민은 드레시한 흰색 셔츠에 검정 연미복을 입었다. 철민은 미간에 하얀 다이아몬드 모양의 무늬가 있는 검은 더러브렛 위에 앉아 지영을 바라봤다. 지영은 하얀 웜블러드 말 위에서 철민을 마주 쳐다보고 있었다.
　지영은 하얀 샤넬 라인의 웨딩드레스에 은빛 승마바지를 입었다. 그녀의 가슴엔 부케 대신 양란의 여왕인 카틀레야 코르사주가 꽂혀 있었다. 구름송이같이 뭉클한 커다란 흰 꽃송이와 꽃봉오리가 초록 아스파

라거스 잎에 싸여 있었다. 양란 온실을 하는 농업개발원 동기의 선물이었다. 활짝 핀 카틀레야 꽃송이 꽃심에서 맑고 달콤한 향기가 뿜어 나왔다. 풋냄새를 풍기는 봉긋한 꽃봉오리는 어린아이의 살결같이 보드라웠다.

"신랑 철민 군과 신부 지영 양은 완전히 자유로운 마음으로 혼인하려 합니까?"

"예, 그렇습니다." 두 남녀가 대답했다.

철영 토마스가 혼배 미사를 집전했다.

결혼 서약을 한 후 철민은 지영의 입술에 입을 맞추었다. 카틀레야 향기에 얹힌 지영의 체취가 온몸으로 스며들어 왔다.

이제 시작이다. 철민과 지영은 말 위에 앉아 멀리 앞을 바라봤다.

출렁이는 과수원 너머 멀리 논은 황금색으로 빛나고 있었다. 가지런한 시가지가 보였다. 오른쪽은 경산, 왼쪽은 칠곡. 칠곡의 다부동과 왜관은 6·25전쟁 때 낙동강 2차 방어선이었다고 했다. 왜관은 B-29 폭격기 98대가 폭탄 960t을 26분간 융단폭격으로 북한군을 거의 전멸시켜 UN군이 승기를 잡게 된 곳이었다.

더 멀리 팔공산 비로봉이 보였다. 하늘은 맑고 평화로웠다.

결혼식이 끝난 후 하객들의 최고의 관심사는 결혼식 주인공인 철민과 지영이 아니었다. 철영 내외가 데리고 온 다섯 살짜리 영희였다. 영희의 방글 웃음이 무지갯빛 비눗방울처럼 떠올라 사람들 마음속에서 터졌다. 승마복과 승마 모자로 깜찍하게 차려입고 방글거리는 영희는 사람들마다 말 안장 앞에 앉히고 싶어 하는 마스코트였다.

영희는 모두에게 사랑받았으나 정작 영희가 좋아한 건 철민이 접을 붙였던 완생종 백도 물렁이 복숭아였다. 영희는 백도의 하얀 속살과

향기로운 과즙을 흡입하고는 명희가 쥐여준 흰 거즈 수건으로 깔끔하게 입가를 닦곤 했다. 철민은 구김살 없이 밝은 영희에게서 광주에서 목숨을 잃은 철희 누나를 보는 것 같았다. 다섯 살짜리 영희가 처음 만난 사람들을 행복하게 만드는 것이 신기했다.

영희의 웃음은 증조할아버지도 녹였다.

영희는 그런 증조할아버지에게 하나 남은 백도 조각을 넣어드리곤 엄마가 준 손수건으로 그의 입가를 닦아드렸다.

증조할아버지는 그런 영희의 볼에 입을 맞춰 주면서 영희의 엉덩이를 토닥거려 주며 말했다.

"식(植)자 항렬을 맞춰 윤식이라는 손주 이름을 지어놨는데, 철영이든 철민이든 얼른 사내아이를 낳아 그 이름을 주라."

명희는 아무 말 없이 고개를 숙였다. 영희 하나면 족했다. 지영은 자기 몸에 그 일이 생기기를 바랐다.

철민과 지영의 마상 결혼식엔 대학 친구들, 농업개발원 동기들, 함께 경마를 즐겼던 동호인들로 성황을 이루었다. 농업개발원 동기들은 철민과 지영의 농장 시작을 자신들의 꿈이 이루어진 것처럼 기뻐해 주었다.

"필요할 때는 언제든지 돕겠다."

그들은 철민과 지영의 어깨를 두들겨 주며 두 사람의 일이 자신들의 미래인 양 성공을 빌어 주었다.

두 사람 결혼식에 그동안 나타날 수 없었던 사람도 나타났.

광주 금남로에 철영과 철희와 함께 있었던 순영이, 외할아버지를 부축하면서 참석했다. 언니 교통사고로 지영 할아버지 앞에 나서지 못했던 지영 이모가 형부 옆에 나란히 참석했다. 아직도 한 미모 하는 지영 이모는 지영의 손을 어루만지며 눈물을 글썽였다.

철민 아버지는 참석하지 않았다.

가족

철영이 고등학교 1학년일 때, 아버지가 철민과 철민 엄마를 집에 데리고 들어 왔다.
"누나랑 형이 생겼다."
초등학교 6학년이던 철민은 혼자 커서인지 철없이 좋아했다.
철영 아버지는 철민의 중학교 배정 때문에 그동안 숨겨 놓았던 철민 모자를 집에 들였다. 아버지는 처음 얼마 동안은 남의 눈치 볼 것 없이 꼬박꼬박 집에 들어와 철민 엄마 방에서 함께 지냈다. 철영은 그런 아버지에 대한 불만을 표현 못하고 끙끙거릴 뿐이었지만, 여동생 철희는 달랐다. 여중생이었던 철희는 노골적으로 철민을 미워했다.
또 "더럽다."라며 철민 어머니를 노골적으로 면 전에 대고 삐죽거렸다.
한 집에 두 어머니—이제는 밖에 나갈 일이 없는 철영 어머니는 매일 술로 망가지고 있었고, 철민 엄마는 자기 방에서 죽은 듯이 지냈다. 살림은 하던 대로 가정부 아줌마에게 맡겨 놓고, 아버지는 사업을 해외에까지 확장했다. 아버지가 외국에 나가 있는 날이 늘어났다. 모처럼 남편을 보는 날이면 철영 어머니는 남편 면 전에 대고 삿대질까지 하며 막말을 해 대었다.
"대추방망이 같던 짤뚝한 인사가 이제 살만해지니까 숨겨놓은 계집까지 들여놓고 부끄러운 걸 모른다."라며 철민 아버지를 닦아세웠다.
눈앞에 보이면 어린 철민에게 손찌검까지 했다.

그럴수록 철영 어머니는 국내외 출장으로 남편 얼굴을 볼 수 없게 되었다. 철영 어머니는 매일 술을 마시며 지냈고, 자기 방에서 죽은 듯하고 있는 철민 어머니 머리채를 끌기까지 했다.

"네년이 뭐가 잘난 게 있다고 버티느냐? 돈을 해줄 테니 애를 데리고 나가라."

철민 엄마는 철영 어머니 등쌀에 사람 사는 게 아니었다. 처음 이 집에 들어올 때는 들꽃같이 맑았던 철민 엄마는 모래땅 그늘 속 코스모스처럼 병약해져 콜록거리며 자리에 누워있는 날이 많았다. 그럴수록 철영 어머니는 철민 엄마를 더욱 못살게 굴었다.

철영 어머니는 자기 성질을 못 이겨 무슨 일이든 저지르고 말 터였다. 성질 급한 어머니는 "복수하고 말 거야."라는 말을 입에 달고 다녔다. 가파른 절벽 끝에 아슬아슬하게 얹어있던 바위가 기어이 굴러떨어졌다.

철영 어머니는 그 성격을 참지 못하고 아버지가 해외 출장 갔다가 돌아오던 날, 집 도착 시간까지 확인하곤 화장실에서 목을 매었다. 그러나 비행기가 연착하여 그걸 처음 목격한 건 아버지가 아니라 아들 철영이었다. 전날 밤 밖에서 취해서 돌아온 철영 어머니가 철영에게 중언부언했던 결과가 그렇게 나타났다.

매스컴에서 각광 받던 철영 어머니는 매스컴에서 버림받아 아버지와 철민 어머니에게 겁을 준다는 게 어이없게 목숨까지 잃었다. 어머니의 죽음을 목격한 철영은 아버지와 철민 어머니에 대한 미움으로 두 모자를 바퀴벌레처럼 보며 언제든지 밟아버릴 것처럼 툴툴거렸다.

결과적으로 철영은 어머니의 복수를 병약했던 철민 엄마에게 한 셈이 되었다.

매스컴에서는 어머니의 죽음을 '심정지에 의한 돌연사'라고 했다.

그렇지 않아도 '콜록콜록' 하던 철민 엄마가 몸져누웠다.

많이 진행된 폐암이라고 했다. 쉽게 수술만 하면 철민 엄마는 폐를 거의 다 잘라내는 수술을 했다. 항암치료를 두어 번인가 하자 머리가 빠지고 구토로 음식을 먹지 못했다. 철민 엄마는 아버지가 출장 간 뒤 퇴원하여 집으로 돌아와 방에 누웠다. 출장에서 돌아온 아버지의 말도 듣지 않고 결국 항암치료를 중단했다.

철민 엄마는 살려는 의지가 없었다. 암이 생긴 게 철영 엄마의 죽음에 대한 천벌로 생각한 모양이었다. 가정부의 도움도 거절하고 피골이 상접한 채 고통스럽게 세상을 떠났다.

그 후로 집안에 변화가 생겼다.

아버지는 여전히 그대로였지만, 철영과 철희가 달라졌다. 철민을 구박하기만 했던 철희는 철민을 '불쌍하다' 라며 돌봐 주기까지 하였다. 반면에 철영은 철민을 더욱 미워하여 쥐어박기까지 했다. 철영의 등살에 한동안 철민이 대구 과수원 할아버지네에 가 있기까지 했다. 이 일로 철영 할아버지는 아들 집에 발을 끊었고, 예전에 아버지에게 발을 끊었던 아들은 그대로 여전히 집에 들어오는 날이 거의 없었다.

돌아가기 전날 밤 철영에게 아버지 애길 중언부언했던 어머니의 죽음은 대학입시를 앞둔 철영을 더욱 힘들게 했다. 성적이 제대로 나올 수 없었다. 철영은 대학과 학과를 정하지 못해 방황했다. 정신을 차렸을 때는 전기 원서 마감이 지났다. 인연이었을까 '진학' 지를 뒤지다 후기대의 '인도철학과' 에 원서를 넣었다. 모든 꿈을 접은 채 머리를 깎고 산으로 들어갈 생각까지 했다.

철영 할아버지는 과수원을 비롯해 많은 토지를 지닌 동네 유지였다. 아버지의 건설사업이 안정되자 할아버지가 결혼 말을 꺼냈다. 아버지는 어려서부터 고향에서 여동생처럼 친하게 지냈던 철민 엄마를 좋아해서 그녀를 마음에 두고 있었다. 할아버지는 대대로 소작농 집안에 아버지조차 일찍 돌아간 철민 엄마를 극력 반대했다. 사람은 괜찮지만 집안이 안 된다는 거였다. 철영 아버지는 거래처 사장 주선으로 구청 건설 국장 딸과 맞선을 보게 되었다. 철영 어머니였다. 키가 큰 미녀여서인지 키가 작고 뚱뚱했던 아버지는 별말 없이 내색하지 않았다. 이번에도 할아버지가 반대했다. 얼굴값을 한다는 거였다. 그게 철영 아버지 성질에 불을 질렀다. 이번에는 할아버지도 아버지를 꺾을 수 없었다.

어머니와 아버지의 결혼도 쉽게 성사된 게 아니었다. 어렵게 약혼한 후 결혼 날짜를 잡는다고 하고 있을 때, 어머니에게 유혹의 손길이 다가왔다.

"미스코리아에 나가 보라."

어머니가 다니던 미장원이 아닌 누가 소개한 명동의 유명 미장원 원장이 '자신 있다'며 어머니에게 제의했다. 그게 어머니의 인생 반전이었다.

"후회나 하지 않게 한 번 나가보겠다."

어머니의 제의에 아버지는 할아버지 반대에도 약혼까지 했기 때문인지 파혼은 생각하지 않았다. 아버지가 잠시 결혼을 미루는 걸 동의했다. 미스코리아에 당선될 일 없으니 낙선되면 곧 결혼하기로 하였다. 낙선하면 코가 납작해져 작고 뚱뚱한 자신을 무시하지 못할 거로 아버지는 생각했다고 했다.

의외로 어머니는 미스코리아 '미'로 당선되었다. 미스코리아는 접어두고 결혼 얘기가 다시 나왔지만, 이번에도 완강한 할아버지의 반대에 부딪쳤다.

"세상 온 천하에 벌거벗고 맨몸을 드러낸 여자를 며느리로 받아들일 수 없다."

아버지가 우겨서 약혼까지 했지만, 이번에는 어머니가 완강했다.

몇 번 인터뷰에서 발휘된 어머니의 말솜씨를 포기하지 못했다. 미스코리아 '진'이 되지 못해 의기소침해 그냥 결혼할까 했던 어머니 본인의 '끼'를 발견했기 때문이었다. 미스코리아 '미'가 되는 과정에서 어머니의 말솜씨가 매스컴의 각광을 받게 됐기 때문이었다.

어머니는 거의 2년이 넘도록 결혼을 미루며 탤런트로, 영화배우로 광고 모델로 활동하면서, 유명 인기인이 되었다. 여기저기 매스컴에 불려 다니던 어머니가 결혼에 대한 MC의 질문에 약혼한 게 빌미가 되어 결혼 발표까지 하게 되었다.

당시만 해도 여자 연예인의 인기는 결혼으로 끝이었다. 그러나 어머니는 그게 아니었다. 어머니는 결혼 후에 오히려 인기가 더 올라 사교계의 여왕으로 떠올랐다. 재계는 물론 정계까지 영향력을 미치게 되었다. 때 이른 페미니즘도 한몫했다.

어머니가 매스컴의 각광을 받은 덕인지 아버지의 사업이 번창했고 그럴수록 두 사람의 갈등은 커갔다. 아버지는 자존심이 강했다. 아버지는 미스코리아 남편으로 얹혀 가는 게 싫었을 거였다. 아버지는 어머니를 주저앉히려 아이를 가지려고 했고, 어머니는 한사코 마다했다. 그러던 어머니가 결혼을 허락했다. 어머니는 자신했던 것 같았다. 결혼 후 철영이 태어났다. 그러다 철희까지 태어난 뒤에 어머니가 연예계의 유혹을 못 이겨 복귀했다. 그러나 어머니의 연예계 복귀는 옛날 같지 않았다.

어머니가 술에 취해서 들어오는 날이 많아지고, 아버지도 외박하는 날이 늘어났다. 그렇게 어머니가 슬럼프에 빠지면서 오히려 재계 인사와의 스캔들이 터졌다.

　철영은 처음부터 머리 깎을 생각으로 인도철학과에 들어간 건 아니었다. 입시는 코 앞인데 공부가 되지 않았다. 어머니와 철민 엄마의 죽음이 받아들여지지 않았다. 이 가족이 전생에 어떤 인연이 있어 이렇게 얽혀진 건지 궁금은 했다.

　성적도 좀 못 미쳤지만, 이러한 궁금증도 한몫했다. 철희가 광주에서 목숨을 잃자 더 의문이 생겼다. 자신과는 달리 철민도 잘 살펴주고, 나라도 걱정해 데모도 일선에서 하던 철희가 죽어야 할 이유를 찾지 못했다. 그때는 정말 머리를 깎고 절에 들어갈 생각도 했었다.

　1979년 10월 26일, 박정희 대통령이 목숨을 잃고, 이듬해 신군부가 정권을 장악했다. 이어 계엄령이 내려지고 10·27 법란이 일어났다. 사회정화를 내세워 전국의 사찰, 암자를 수색하고, 승려 24명을 청송교육대 순화 교육까지 보냈다. 거기에 K-공작계획에 따른 언론인 강제 해직과 재취업 방지에, 언론사 강제 통폐합까지 이루어졌다. 각종 직장, 교육기관에 공문이 내려와 강제로 순화 교육 대상자를 뽑아 삼청교육대에 보냈다. 각종 직장에서는 눈엣가시였던 사람들을 정리하는 기회라 생각해 자의 반 타의 반 협조했다. 불량배는 물론 공원이나 역 대합실에서 술취해 잠들었던 이들이 눈을 떠보면 삼청교육대였다.

　철영은 집안도 세상도, 이것도 저것도 다 싫었다.

　철영은 출가할 용기는 없었다. 어려서부터 그는 '우리 장손'으로 키워졌기 때문이었을 것이다. 철영은 인도철학과를 졸업하면서 머리 깎을 생각을 바꾸어 개신교와 가톨릭 사이에서 고심했다. 절충으로 성공회대학교 대학원에서 성직 과정(M. Div.)을 이수했다. 동료 중에는 직접 사회 개혁에 나선다며 공부를 더 하거나 정치색을 띤 사회단체나

노동 현장에 발을 들여놓기도 했다.

철영은 대학에서 불교 공부를 해서인지 인간의 업장을 신학적으로 풀어볼 생각도 했지만, 성정상 거리가 멀었고, 세상에 나가 노동운동을 할 자신도 없었다. 철영은 고행하는 마음으로 어디 숨을 곳을 찾았다.

철영이 사회 사역에 관심을 가지게 된 건 소록도를 다녀온 후였다.

소록도의 슈바이처로 불렸던 2대 원장 일본인 하나이와 해방 후 신사참배 반대로 투옥됐던 손양원 목사의 이야기도 들었다. 손 목사는 여수 애양원 한센병 교회 목사로 6·25전 여순 사건 때 자신의 두 아들을 직접 처형한 북한군 안재선을 용서하여 양자로 삼았다고 했다. 손 목사는 한센인 환자들과 함께 교회를 지키다 서울 수복일인 1950년 9월 28일 북한군에게 총살당해 두 아들 곁에 묻혔다. 안재선은 목사 공부를 했으나 살인자가 목회할 수 없다며 끝내 사업만 하다 일찍 세상을 떴지만, 아들 안경선은 목사가 되어 사역을 하게 되었다.

철영은 원주 외곽에 한센인 환자 마을이 있다는 얘길 듣고 무작정 그곳으로 숨어들었다. 철민이 군대 간 사이에 철영은 부제가 되고, 사제 신부가 되어 정식으로 사목을 시작했다. 그곳에서 한센병 음성 환자인 명희를 만나 결혼하여 정착하였다. 철민이 철영 토마스의 결혼식 날 가본 소망원은 작은 공소(예배소)를 중심으로 30여 세대의 주민들이 살고 있었다. 소망원은 미관은 그렇다 해도 위생이 열악하고, 화재에 취약한 게딱지 같은 판잣집들이 다닥다닥 붙어 있었다.

눈썹

영희를 대리고 명희와 함께 민영농장에 간다.

명희는 희망원 아이들이 모두 자기 아이라고 생각하고 있다고 했다. 자기가 아기를 가지게 되면, 희망원 아이들에게 소홀하게 될까 걱정했다. 혹 감염아가 태어나거나 자라면서 감염될까 봐 걱정도 컸었다.

명희 자신도 미감아로 태어나 철이 들면서 세수할 때 눈썹이 빠지지 않도록 조심조심했다. 세숫대야에 눈썹 한 올이라도 떠 있는 날은 며칠을 조바심하며 밥도 제대로 못 먹고 엄마 아빠와 동네 사람들을 피해 다녔다. 그 우려는 중학교를 졸업할 때 현실로 나타났다. 그때만 하더라도 한센병 약은 녹두만 하다는 하얀 알약밖에 없었다. 명희는 그 독한 약을 계속 먹고 어렵게 음성으로 돌아섰다. 그 약을 성한 사람들은 무좀이나 부스럼에 잘 듣는다고 했다. 사람들은 한센병 환자들에게서 그 약을 얻어 가기도 했고, 돈을 주고 사 가기도 했다.

어느 날 명희가 살고 있는 한센병 환자 마을에 한쪽 다리를 저는 철영이 명희 아버지를 찾아왔다. 그는 마을 일을 맡고 있던 명희 아버지와 한 30분가량 이야기하곤 일어섰다. 그길로 얼마 전 돌아간 김 할아버지의 빈집에 트렁크 하나만 들여놓고 들어앉았다. 그는 그냥 가톨릭 신부가 아니라 성공회 신부였다. 그는 김 할아버지가 쓰던 세간이며 이불 가지 그대로 살았다.

그는 명희 아버지를 따라다니며 동네 마늘 농사며, 양계장 일을 거들었다. 명희는 아버지의 권유로 반찬 가지를 가끔 그에게 가져다주었지만, 밥이며 빨래는 서툰 대로 그가 스스로 해결했다. 명희는 그가 혈혈단신인 줄 알았다. 아무도 찾아오는 사람이 없었다. 가끔 말을 나누게 될 때도 식구들에 관한 얘기는 일절 하지 않았다. 일 년쯤 지났을 때 그가 아버지를 앞세워 공동작업을 하거나 농기구를 두었던 허름한 건물을 동네 사람들과 함께 수리하기 시작했다. 건축자재는 교단을 통해 그가 구해 왔다. 그는 고행하듯 농장 일과 집회소 짓는 일에 전념했다. 집회소 겸 예배소인 공소가 만들어졌다.

　새 예배소인 공소에서 미사를 마친 후, 그는 명희 아버지가 동네 사람들과 의논하여 새로 지은 동네 이름 '소망원'을 말했다. 모두가 박수로 환영했다. 소망원은 그들의 삶을 담는 둥지가 되었다. 첫 미사를 드리던 날 명희는 다소 어둡고 내성적인 그의 얼굴에서 맑은 낯빛을 봤다.

　미사를 집전하게 되면서 그의 생활에 변화가 생겼다. 일상생활과 농사일은 그대로 했지만, 미사는 다른 사람의 도움이 필요했다. 그를 허락한 아버지가 초등학생 복사를 정해 줬고, 미사 시 예복이며 강단 꽃꽂이는 아버지의 권유로 자의 반 타의 반, 명희가 돕게 됐다. 어느 날 미사가 끝난 후 명희가 점심으로 내온 콩국수를 같이 먹다가 철영이 명희에게 말했다.

　"우리가 소망원 식구 모두에게 국수를 대접해 드립시다."

　명희는 그가 겸연쩍게 웃으면서 한, 말 한마디에 머릿속이 멍해졌다. 상상도 못 했지만 그를 도우며 그 말을 기다렸는지도 몰랐다. 명희는 망설였다. 명희는 자신의 듬성한 눈썹을 손가락으로 가리고 고개를 숙였다. 철영 그의 청혼이 지금껏 몸에 맞지 않는 농장 일처럼 고행의 한 과정이 아닌가 생각되었다. 그가 얼굴로 다가와 가린 명희의 얼굴에서 손가락을 뗐다. 그리고 명희의 눈썹 가에 입을 맞추었다.

　그 입맞춤에 명희가 그의 청혼을 받아들였다. 그가 자신의 가족을 얘기했다. 아버지와 할아버지 그리고 철민. 제일 마지막에 두 어머니와 철희를 얘기했다. 그의 신부가 되어 소망원에서 본당 주임신부의 주례로 혼배 미사를 올릴 때 축하로 찾아온 그의 식구는 철민밖에 없었다. 명희는 외로운 그에게 피붙이를 안겨주고 싶었으나, 태어날 아이에게 자신이 겪었던 일을 다시 겪게 할 수 없다고 생각하고 있었다.

명희는 소망원 아이들이 모두 자기 아이라고 생각하고 있었다. 그럴 일이 없겠지만 혹 자신이 아기를 가지게 되면 소망원 아이들에게 소홀하게 될까 하는 걱정도 있었다. 자신의 아이가 감염아로 태어나거나 자라면서 감염될 걱정도 컸다. 결혼은 생각도 못했다.

영희가 수태되었다.

그에게 맡기기로 했다. 조바심하며 철영에게 말했다.

그의 눈빛도 잠시 흔들렸다. 그는 멈칫 자신의 눈치를 살피는 명희의 눈을 바라보며 말했다.

"감당할 수 있겠어요?"

명희는 말없이 고개를 끄덕였다.

그가 명희의 어깨를 안으며 말했다.

"내가 일부러 한센인이 될 수 없지만, 보통 사람들처럼 그렇게 삽시다. 조심하며 키우면 가능하지 않겠습니까. 우리 아이도 여기 아이들과 함께 뛰어놀며 자라서 자신들이 하고 싶은 일을 하면서 살 수 있게 도와줍시다. 다음은 하느님께 맡깁시다."

"감사해요."

눈가에 눈물을 비추며 명희가 말했다.

명희는 자신보다 더 귀한 태내 새 생명이 두 사람에게 축복이면서도 시련인 것을 누구보다 더 잘 알고 있었다. 다행인 것은 한센병은 태중 감염은 없어 출산 시 주의하면 거의 감염되지 않는다고 했다. 그러기에 조심하고 조심했다. 부모님도 명희를 키울 때 조심 또 조심하면서 키웠을 거였다. 명희 자신도 조심했지만, 자신이 감염된 것에 집히는 게 있었다. 동네 아이들과 놀다 난 상처였다. 그 상처를 부모님 몰래 소금물로 씻고 또 씻었었다.

명희는 새 생명이 고통이 되지 않게 조심조심하며 달을 채워 영희를 세상에 내놓았다.

 철영 토마스가 강보에 싸인 아이를 안고 감사기도를 드리는 모습을, 명희는 눈을 뜬 채로 눈물을 흘리며 바라보았다. 그 눈물은 감사였다. 명희는 자신이 며느리로 시아버지와 시할아버지가 쳐다보지도 않을 걸 알았다. 결혼식에도 철영의 피붙이라고는 달랑 철민 혼자뿐이었다.

 "애 이름은 증조할아버지께서 지으면 좋겠어요."

 명희가 철영에게 말했다. 철영도 그 생각을 해봤지만 어림도 없는 노릇이었다. 머릿속으로 항렬 식(植)을 따라 아이 이름을 지어봤지만 마땅한 여자애 이름이 떠오르지 않았다. 철영이 잠시 망설이다가 말했다.

 "우리 두 사람 이름을 따서 영희라고 합시다."

 명희는 말없이 고개를 끄덕였다.

 결핵균과 비슷한 레프라균은 공기 중에 나오면 몇 초 안에 죽는다고 했다. 한센병은 환자의 혈액이나 분비물이 피부 상처를 통해서만 전염된다고 했다. 답손, 리팜피신과 클로파지민과 같은 특효약을 조절하여 복용하면 1~3개월이면 전염성이 없는 음성이 된다. 완치 판정이 나는 데는 사람마다 달라 5~20년이 걸린다. 결핵과 마찬가지로 약 복용을 방심하면 다시 양성이 될 수도 있는 두려운 병이었다. 완전 치유됐다고 확신하기 어렵기 때문에 무서운 병이었다. 흡사 5년 생존율을 넘겨 완치되었다고 해도 언제 다시 재발할지 모르는 암과 같은 병이었다. 아니 암보다 무서운 병이었다. 암과 달리 남에게 전염시키는 병이기 때문이었다. 레프라균도 도중에 약을 끊으면 내성균이 생겨 완치가 어려울 수 있다고 했다.

 태어난 지 한 달이 되어 영희에게 결핵 예방 백신인 BCG를 접종했다. BCG 백신은 한센병 예방 효과가 있어 출산 후, 한 달 안에는 접종

해야 한다고 했다. 레프라균은 결핵균과 같은 종류여서 치료법도 비슷한 데가 많았다.

　모유가 충분했으나 만에 하나 가능성을 없애기 위해 영희에게 우유를 먹였다. 젖병도 항상 명희 자신이 위생적으로 챙겼다. 물론 음식과 먹고 마시는 물까지 세세히 신경 썼다. 특히 영희 몸에 상처가 나지 않도록 주의했다. 상처가 나면 즉시 응급 치료와 예방약을 먹였다. 동네 미감아 아이들과 동네 어른 전부에게 위생 교육을 시켰다. 다만 이 과정에서 서로 마음의 상처를 입지 않도록 따듯하게 보살폈다.

　철영과 명희는 언제 발병할지 모르는 살얼음판을 천진난만하게 걷고 있는 영희가 가여웠다. 그저 영희가 감염 없이 곱게 자라 주길 빌었다. 소망원 식구들 감염에 주의 주던 일이, 이제 피붙이의 일이 되었다.

　재작년 철민의 혼배 미사를 집전하러 민영농장에 갔을 때 영희가 얼마나 사람들을 행복하게 했던가. 영희가 많은 사람 앞에서 얼마나 행복해했던가. 명희 자신이 겪었던 일이 영희에게 절대 일어나서는 안 되었다.

광주

1980년 5월 14일. 비상계엄 아래. 봄비가 내리던 광화문. 서울의 밤은 가득 모여든 학생들과 시민들을 통제하는 무장 군인들로 살벌했다. 그곳을 다녀온 철희는 5월 15일 서울역에도 갔었다가 갑작스럽게 학생들이 회군해 의아해했다.

　철희는 대학도 휴교 상태여서 갑갑하다며 무슨 궁린가를 하고 있었다. 철희는 광주 J 대학교 간호대를 다니는 이모네 동갑내기 순영을 보러 가자며 철영을 졸라댔다. 철영은 철희의 성화를 이겨내지 못했다. 기어이 철희는 철영을 앞세워 광주 이모 집으로 갔다. 그들은 하루 이틀은 함께 순영이 다니는 대학에도 가보고 무등산 절에도 가보며 지냈다. 계엄령이 전국으로 확대되었다. 5월 18일을 전후로 서울 집에 갈 길이 막히고 전화도 되지 않아 철영과 철희는 전전긍긍하고 있었다. 다음 날 점심을 먹은 후 참외를 후식으로 먹었다.

"세상은 이렇게 어려운데, 이 참외는 어떻게 이렇게 달지?"

철희는 그해 처음 참외를 먹어본다며 웃었다.

철희가 내일은 시위 현장에 가보고 싶다고 순영에게 말했다.

"그러자."

대답했던 순영이 전화를 받고 나가서는 그날 밤 돌아오지 않았다. 성격이 활달한 철희가 순영이 갈만한 데를 찾아본다고 나서려 했으나, 이모 내외가 말려 꼼짝하지 못하고 집에 있는 수밖에 없었다.

그날 밤 광주역에서 시위대가 숨졌다는 소식을 전해 듣자 순영네 식구 모두가 좌불안석이 되었다. 혹시 순영이 시위에 가담해 잘못되지나 않았는지 걱정하며 밤을 꼬박 새웠다. 석가탄신일인 21일 아침에도 순영은 돌아오지 않았다.

순영 부모님은 물론 철영도 걱정만 하고 있을 때, 철희가 나섰다.

"제가 순영이를 찾아보겠어요."

이모와 이모부가 말렸으나 철희는 끝까지 고집을 부렸다.

철영은 더 이상 철희를 말리지 못하고 함께 따라나섰다.

거리는 살벌했다.

철영과 철희는 순영이 간호학과를 다녔기에, 각 병원을 돌아다녔으나 순영을 찾지 못했다. 그러다가 금남로에 집결해 있는 시위대를 만났다. 데모대와 계엄군이 대치하고 있었다. 철희는 그 속에 순영이 있을지도 모른다며 헤집고 다녔다.
 '무슨 일이 있으랴.'
 철영은 그렇게 생각하며 철희의 손을 잡고 함께 쫓아다녔다. 그러다 철희가 시위대 앞으로 나가 찾아본다며 나서다 시위대 뒤쪽을 바라보곤 멈춰 섰다.
 철희가 누군갈 본 모양이었다.
 "순영아!"
 철희는 시위대 옆에서 흰 가운을 입고 앞을 살피고 있는 순영을 발견해 손짓하며 순영을 불렀다. 순영도 철희를 본 것 같았다. 순영이 손을 흔들었다.
 애국가가 울려 퍼졌다.
 탕탕탕―.
 총성이 울렸다. 낮 한 시였다. 시위대 앞에 서 있던 철희는 쓰러졌고, 그 옆에서 철희의 손을 잡고 있던 철영도 쓰러졌다. 철영은 오른손 안에 있던 철희의 손이 한순간 빠져나가던 무게의 상실감을 잊을 수 없었다. 철희는 영 떠났다. 철영은 목숨을 건졌으나 왼쪽 다리는 절게 되었다. 철희를 떠나보내고 철영은 더욱 말이 없어졌다.
 대학 졸업반이던 철영은 그해 가을에 있었던 불교계의 10월 27일 법난 이후, 자신의 진로를 더욱 고심했다. 고3이었던 철민에게는 자신에게 잘해주던 철희의 죽음은 하늘이 무너지는 듯한 충격이었다. 철영은 철희의 유품 처리엔 관심이 없었다. 자신조차 감당하지 못하고 있었다. 그 일을 철민이 할 수밖에 없었다.
 철민은 철희의 일기장을 무심코 뒤적이다가 어린 자기를 향했던 철희의 분노와 나중에는 철민을 감싸주었던 이유를 알았다. 철민 자신이 아버지에게서 그들의 어머니를 밀어내고, 그들의 어머니를 죽음에까지 이르게 한 걸 알게 되었다.

철희는 일기에 이렇게도 썼다.

"철민이 무슨 죄가 있을까? 같은 아버지에, 우리처럼 엄마를 잃었다."

철민의 눈에서 눈물이 흘러 철희의 일기장에 뚝뚝 떨어져 엄마가 얼룩졌다.

"모든 게 아버지 탓인데…"

철희는 철민을 마음으로 받아 들여준 거였다.

철민도 아버지를 이해하기 어려웠지만, 대학입시가 코 앞이었다. 철민에게는 철희의 일기장이 대학에 들어가야 하는 이유가 되었다. 겉으로는 웃음을 지었으면서도 속으로는 앓았을 철희에게 감사했다. 철희의 아픔을 이해하고 그 삶을 이어가야 한다고 생각했다.

철민은 코피를 쏟으며 공부에 전념했다.

'해냈다. 적어도 철희의 사랑에 보답할 수 있었다.'

철민은 철희가 다니던 같은 대학 같은 학과에 입학했다.

그러나 철민은 철희 뒤를 따라 같은 과에 들어왔으나 뭘 어떻게 해야 할지 몰랐다. 철희에게 진 빚이 그대로 남았다. 그 빚을 어떻게 갚아야 할지 몰랐다.

1980년 5월 16일 금요일, 화순.

계속되는 가뭄으로 포도밭이 생기가 없었다. 며칠째 고장 난 채로 두었던 펌프를 고쳐 포도밭에 물을 대어야 했다. 영진은 만사를 제쳐 놓고 고장 난 지하수 펌프 모터를 1톤 포터 트럭에 싣고 광주에 왔다. 영진은 모터를 맡겨 놓고 내일 오라는 사장을 설득해 그날 저녁이 다

되어 모터는 간신이 고쳤다.

　오랜만에 왔으니 저녁을 먹고 내일 가라는 형수의 말대로 하기로 했다. 내친김에 큰집 형과 함께 모처럼 소주도 한잔했다. 그다음 날 전국으로 계엄령이 확대되었다. 화순으로 가는 길도 막혔다. 18일엔 금남로에서 대대적인 시위가 있었다. 밖에 나가 상황을 알아보고 온 형이 집에서 꼼짝하지 못했다. 21일, 새벽 두 시에는 광주로 통하는 시외전화가 불통 되었다. 석가탄신일이어서 어떻게 집에 갈 길이 없을까 알아보러 밖으로 나왔다. 금남로에서 시위대와 공수부대가 대치하고 있었다.

　"탕탕탕―"

　낮 한 시경 골목에서 나서려 할 때, 애국가가 울려 퍼지면서 총성이 울렸고, 시위대 사람들이 쓰러졌다. 영진은 멈칫했다. 눈앞에 벌어진 일이 믿어지지 않았다. 그는 숨도 제대로 쉬지 못하고 골목을 빠져나와 어렵게 큰집으로 되돌아왔다. 빨리 집으로 가야 했다. 만 일주일이 된 23일 금요일 오전이 돼서야 무료 버스가 운행된다는 소식이 들렸다. 화순행 버스가 출발한다는 곳에 차를 대고 기다렸다. 얼마를 기다리다 그 미니버스가 떠났다. 그 뒤를 멀리서 조심조심 따라갔다. 버스가 주남마을 근처에 이르렀다. 그대로 터널을 지나면 화순이었다.

　갑자기 나타난 철모에 흰 띠를 두른 군인들이 버스를 멈춰 세웠다. 멈칫하던 버스가 그대로 내달렸다. 길가에 있던 군인들이 일제히 총을 쏴댔다. 영진은 급히 트럭을 그대로 길 가장자리에 두고 가로수 옆에 파인 골에 몸을 숨겼다. 총소리는 계속되었다. 얼마나 지났는지 몰랐다. 멀리 세워 놓은 트럭 근처에서 자가 멈춰 서는 소리에 영진은 정신을 차렸다.

　시간은 쌀가마니를 계량해내는 커다란 저울추처럼 무거웠다. 영진은 그 무게를 이겨내며 자라처럼 목을 내밀었다. 지프차에서 군인이 내려 트럭 안과 화물칸을 들여다보다가 그대로 돌아갔다. 영진은 자기 트럭으로 접근할 엄두도 내지 못하고 몸을 숨긴 채 그대로 다시 자라목을 숨겼다. 그는 자동차 전조등을 켜기 시작하는 저녁 으스름이 돼서야 자기 포터 트럭에 올랐다. 지나가는 승용차 뒤를 따라 거리를 두고 천천히 트럭을 몰았다. 앞 승용차가 검문에 잠시 멈추더니 그대로 통과했다. 조심조심 그다음을 따라가던 영진의 차를 철모에 흰띠 두른 군인들이 멈춰 세웠다.

영진은 클러치를 밟고 1단 기어를 넣은 다음 브레이크를 밟은 채로 통과 신호를 기다렸다. 통과 수신호가 떨어졌다.

급히 액셀레이터를 밟았다. 2단 기어를 바꾸어 가속했을 때 뒤에서 호각 소리가 났다. 낮에 트럭을 둘러보고 간 군인이 트럭을 세우는 게 아닌가 하는 생각이 들었다. 3단 기어로 바꾼 뒤 재빨리 4단까지 바꿨다. 머리를 깊이 숙인 채 이를 악물고 전속력으로 차를 몰았다. 낮에 그들이 총을 쏘아댔던 미니버스가 떠올랐다.

총소리가 그의 차 뒤를 따라왔다. 총소리 무게가 허리를 파고들었다.

영진은 정신없이 터널 안으로 진입했다. 광주와 화순을 잇는 너릿재 터널이었다. 그는 잠시 멈칫했다. 앞에 차를 빨아 들였던 하얀 차선이 눈부셨다. 터널 천장의 조명등까지 앞길을 열었다.

눈을 감았다. 총알이 그 길을 계속 따라 쫓아올 것 같았다.

눈을 감은 채 마음으로 총알보다 빠른 속도로 차를 몰았다.

영진은 터널을 지나 시가지 불빛이 보이면서야 제정신이 들었지만, 총소리는 빈 머릿속에 그대로 가득했다. 허리께가 몹시 아프고 왼쪽 다리에 심한 통증이 왔다. 트럭을 병원 응급실로 몰았다.

의사가 긴급수술로 흉추와 요추 사이에 박힌 총알은 빼냈으나 후유증이 있을 거라 했다. 의사는 사무적으로 말했지만, 후유증은 감당하기 어려웠다.

영진은 일상에 복귀했으나 오른쪽 다리를 절게 되었고, 급한 수술로 성 신경을 건드려 아내와 잠자리를 같이하지 못하게 되었다. 의사에게 항의했다.

"하반신 전부를 다 못 쓰는 것보다 낫지 않으냐, 광주에는 의사가 없어 생사람들이 죽어 나갔다."

의사는 역시 사무적으로 말했다. 하긴 목숨을 건진 건만 해도 다행이었다.

영진에게는 광주 금남로에서의 계엄군의 시위대에 대한 총격, 화순으로 가는 버스에 대한 무차별 총격—자신의 부상과 후유증. 감당하기 힘든 시간이었다.

그는 그날의 공포와 수술 후유증보다는 그날 얘기를 남들이 물을까 봐 두려웠다. 아내는 물론 주변 사람들과 제대로 말도 섞지 못했다. 그러기를 수년, 영진은 포도 농사까지 팽개치고 점점 술에 찌들어 살았다.

그의 정성이 빠진 포도 농장은 그와 마찬가지로 황폐해 갔다. 아내가 걱정하기에 사람을 알아보라고 했다. 수소문 끝에 농장 일을 도와줄 박 군이라는 젊은이를 들였다. 농고를 나와 여기저기서 농장 일을 해봤다고 했다. '여기저기'란 말이 걱정되었지만, 그는 아내가 하는 대로로 내버려 두었다.

1987년 1월 14일, 천주교정의구현전국사제단의 서울대 박종철 고문치사 사건 축소 조작 폭로로 대학가에 데모가 다시 벌어졌다. 6월 9일, 연세대 시위에서 이한열이 최루탄에 맞아 쓰러졌다. 잠시 회복되려던 영진의 광주 피격 후유증이 되살아났다.

TV에서 쏟아져 나온 최루탄 총성이 좀 나아질 성싶던 그의 심신이 다시 무너졌다. 그 걱정이 광주의 큰집까지 알려졌는지 큰집 조카가 일부러 다니러 왔다. 조카가 다니는 서울의 대학 애길 하다가 그 대학에 단기 농업인 양성 교육기관이 있다고 했다.

무조건 올라갔다.

어머니가 일찍 돌아간 영진은 지역 농고를 졸업하고 아버지가 혼자 하던 포도 농장 일을 거들었다. 군대를 갔다 와서는 맞선으로 결혼하고 딸 하나를 두었다. 아버지조차 일찍 돌아가자 혼자 부인과 함께 농장을 경영해 왔다.

대학 교문으로부터 은행나무 가로수가 나란히 서 있는 긴 길 끝에 인파가 가득했다. 살풀이춤이 벌어지고 있었다. 서울대 교수라고 했다. 자기와 같은 화순 출신 이한열이라는 이 대학 학생의 발인식이었다. 그 살풀이춤에 영진의 영혼도 빠져나와 자기의 아픔도 하소연하는 것 같았다. 그 춤을 바라보는 동안 영진은 영혼 없이 몸체만 서 있었다. 춤은 끝났고, 인파는 이한열의 운구행렬을 따라갔다.

제정신이 다시 돌아온 영진의 몸은 그 대학교 캠퍼스 뒤 나지막한 산 중턱에 있는 농업개발원으로 향했다. 농업개발원은 빨간 벽돌로 지은 2층 건물이었다. 그는 농업개발원 원예과에 등록했다. 뭔가 새로운 일을 할 수 있을 같았다. 포도 농장 일을 박 군에게 어느 정도 가르쳐 놓았으니 잘해 나갈 수 있을 거였다.

강의가 시작되면서 곧 결혼해 농장을 운영할 거라는 커플이 눈에 띄었다. 그들은 4년제 대학을 나와 해외 연수도 다녀왔다고 했다. 둘은 공부도 실습도 열심이었다. 영진은 그 둘이 부러웠지만, 남의 일이라 치부하기로 했다. 그는 지방 학생들을 위한 기숙사에서 숙식하면서 나이 들어 처음 배우는 강의에 몰두하였다.

그는 방학이 되어도 학교 도서관을 다니며 연말이 오는 것도 잊고 있었다.

농업개발원은 삼애 배민수 목사 사후 부인 최순옥 여사가 연세대학교에 기증한 일산의 56,000여 평의 삼애실업학교 대지 기증으로 시작되었다고 했다. 배민수 목사는 청주 대한제국 진위대 부교였던 부친 배창근의 아들이었다. 아버지가 청주에서 의병 활동하다가 왜병 2명을 살해한 일로 체포되어 1908년 서대문 형무소에서 교수형으로 순국했다. 14세 소년 배민수가 그 시신을 엎고 연세대 뒤 무악산에 봉분도 만들지 못하고 묻은 게 계기가 되었다고 했다.

영진은 그때는 자신의 부상은 일도 아니었다고 생각했다.

겨울방학이 되었다. 신촌가는 크리스마스 분위기로 들떠 있었지만, 영진은 딱히 갈 곳이 없었다. 그래서 내년에 중학생이 되는 딸애도 볼 겸 아내와 딸애의 선물을 사 들고 화순 농장으로 내려갔다. 농장에 딸린 집 대문은 열려 있었다. 아내를 깜짝 놀라게 해 줄 요량으로 조용히 집에 들어가 안방 문을 열었다. 아내는 박 군과 벌거벗은 몸으로 함께 있었다. 박 군은 어물거리다가 자리를 피해 도망쳤고, 그와 아내 둘만 남았다. 벌거벗은 몸을 이불로 감싸고 있는 아내는 아무 할 말도 안 했다. 그도 아무 말 못 했다. 설마 했는데 둘이 그러고 있었다. 방학이 되어 광주 큰집에 간 딸애가 놀러 간 사이였다.

영진은 딸애 선물만 놔두고 서울로 다시 올라왔.

바람이 불고 있는 밤늦은 서울역 광장은 지나는 사람들조차 뜸해 황량했다. 염천교 쪽으로 걷다가 붙잡는 거리 여자를 뿌리쳤다. 그 여자의 욕지거리가 뒤를 따라왔다. 저절로 근처 술집으로 숨었다. 그게 시작이었다.

밤새도록 이 집 저 집 다니며 술을 마셨다. 마지막 술집, 그다음은 기억나지 않았다. 해가 중천에 떠 골목 허름한 여관 침대에서 혼자 눈이 떠졌다. 머리가 지끈거렸다. 탁자 위 물통을 기울여 벌컥거리곤 다시 쓰러졌다. 천장 위에 잠시 아내가 떠올랐다. 눈을 감았다. 분노와 수치가 함께 빙글 돌다 심연으로 떨어지는 꿈속 같은 반 혼수상태가 반복되었다. 점심때가 훨씬 지나서 제대로 눈이 떠졌다. 꿈에도 생시에도 갈 데가 없었다.

영진이 큰 결심으로 시작했던 농업개발원 공부는 뒷전이 되었다. 혼자 술을 마시며 여자도 만날 수 있는 조그만 룸살롱을 찾아다니며 술을 마셨다. 속내를 터놓을 여자가 있을까 해서였다. 아니 술집 여자에게 돈으로 화풀이하고 싶었는지도 몰랐다.

"술이나 곱게 먹고 갈 거지!"

소위 질척거리는 놈이 되어 술집 여자를 못살게 굴다가 룸에서 쫓겨나기 일쑤였다. 그러다 수단 좋은 여자를 만나면 못이기는 체 인근 여관에 따라가도 봤다.

역시나였다. 여자의 온갖 수단의 지저분한 서비스에도 영진의 남자는 돌아오지 않았다. 자신의 모멸감보다 여자의 모멸감을 보상해 주느라 더 과한 비용이 들어갔다. 그런 날은 여자를 보내고 혼자 남아 술을 마시다 잠이 들었다.

심할 때는 술집 집기를 부숴 경찰에 연행된 적도 있었다.

'손에 손잡고 벽을 넘어서.'

북방외교로 88올림픽이 성공하고, 세계화는 됐는지 몰라도 치안은 엉망이었다. 길가에서 사람을 기다리고 있는 멀쩡한 여자를 강제로 봉고차에 실어 농사나 술집에 팔아넘긴다고 했다. 남자들은 혼자 술에 취해 비틀거리거나 벤치에서 잠을 자다가는 염전이나 외항선에 팔려간다는 소문이 길거리 신문지 조각처럼 돌아다녔다.

자유화 바람이 불어 여기저기 스탠드바가 생겨났다. 그냥 스탠드바가 아니었다. 여자들에 대한 영진의 무모한 방황을 멈췄다. 술집 곳곳에 벗은 여자가 널려 있었다. 웬만한 스탠드바에서조차 완전 나체의 스트립쇼가 벌어졌다. 봉에 매달렸던 쇼걸은 여러 가지 음란한 포즈를 취하다 마지막엔 비늘 없는 인어가 되었다. 그녀들은 나체가 되어 무대에서 내려왔다. 그녀들은 각 테이블로 돌아다니며 술을 따르곤 화대를 알아서 채갔다. 그렇게 수금한 돈 가운데 얼마를 뜯기는진 몰라도 그녀들은 당당했다. 그러나 그녀들도 봉고에 태워져 술집을 전전하다 나왔을지도 모를 일이었다.

현란한 기교와 벗은 몸—어떻게 하면 그럴 수 있을까. 영진은 그 여자들이 부러웠다. 그녀들은 자신의 몸이 상품이 되어 마음껏 춤도 출 수 있었다. 돈 들이지 않고 술도 먹을 수 있고, 남자들에게 술 한 잔 따라주고 돈도 빼앗아 갈 수 있었다. 어쩌면 돈을 받아 가며 즐기는 여자들도 있을 거였다. 돈으로 쉽게 벗겨진 여자들을 바라보면서 관음증은 가학증이 됐다가 무관심으로 변해갔다. 자신의 성에 대해서도 무감각해졌다. 영진은 성을 의식하지 않고도 살 수 있을 것 같았다. 그러나 이제는 아내가 동의할 일은 아닐 거여였다. 아내와의 문제는 처음부터 자신의 성불구 때문이었다. 아내에게 물어볼 일도 아니고 대답 들을 일도 아니었다.

기왕에 수업료를 냈던 농업개발원은 수업도 실습도 제대로 못 했지만, 그것도 끝나고 나니 달리 갈 곳이 없었다. 집에서 통장에 입금되던 돈이 차츰 줄어들기 시작하더니 결국은 그것마저 끊어졌다. 이혼이라도 하자는 건가. 그건 자존심이 허락하지 않았다. 당장 내려가 돈을 만들어 올 생각도 했지만, 아내는 보기도, 말 섞기도 싫었다. 아는 사람에게 자신의 불구를 내보일 고향 근처는 발도 들여놓고 싶지 않았다. 그러나 곧 여고를 가야 할 딸애를 생각하면 마냥 모른 체 할 수도 없었다.

있는 돈을 다 털어 고시원으로 들어갔다. 잠들기 힘들어 소주를 사다 마시다 보니 그럴 돈도 거의 떨어졌다. 더 이상 고시원에 낼 돈도 떨어졌다. 저녁이 되어 술기운이 떨어지자 밤이 무서워졌다. 잠이 안 올 터였다. 남아 있는 돈 전부를 털어 소주 두어 병을 사서 공원 벤치로 갔다.

다음날부터는 노숙자가 될 터였다.

영진이 눈을 떠보니 염전 소금 창고였다. 소금 자루 곁에 쭈그리고 누워있었다. 얼듯 말만 듣던 일을 자신이 당했다. 그렇게 끝날 수는 없었다. 정신이 번쩍 들었다. 어떻게든 여길 벗어나야겠다고 생각했다.

그는 다리 병신이 된 걸 써먹게 될 줄은 몰랐다. 처음부터 말도 어눌하게 하며 제대로 서지도 못하는 척했다. 척하는 게 아니라 실제 그랬다. 부실하게 주는 음식도 그랬지만 먹을 힘도 없고 목구멍으로 넘어가지도 않았다. 염전 질을 시켜도 다리를 쩔뚝이며 힘을 쓰지 않았다. 그냥 아무것도 먹지 않고 죽어버리면 좋겠다고 생각했다. 그냥 이대로 있으면 그렇게 될 터였다. 주인이 심하게 주먹질하고 발길질했다. 개의치 않았다. 그는 자업자득이라며 지난날을 되새겼다. 살 생각이 없었는데 어떻게 그런 생각을 했는지 몰랐다. 며칠 동안 먹을 걸 주지 않아 반항할 기운도 없었다. 그는 죽도록 얻어맞고 굶은 채로 염전창고에 집어 던져 져 기진하여 잠들었다.

　빗소리에 눈을 떴다. 어둠이었다. 죽어도 썩지 않을 염전 귀신이 되긴 싫었다. 창고 밖으로 나왔다. 어스름한 어둠이었다. 비를 맞으니 정신이 들었다. 쩔뚝거리며 비틀비틀 염전 둑을 걸었다. 아무도 보이지 않았다. 탈출하자, 걸을 힘도 없었다. 휘청휘청 걷다가 발을 헛디며 염전 바닥에 미끄러졌다. 한두 발짝만 올려 디디면 될 터였다. 그렇지만 몸을 일으켜 세울 힘조차 없었다. 얼굴에 굵은 비가 쏟아졌다. 고개를 돌려 둑에 팔을 올려 엎드린 채 실신했다.

　비는 갰다. 햇살이 등에 뜨겁게 쏟아지고 있었다.

　'거시락(지렁이)'처럼 말라가며 '이제 죽지라' 하는데, 일하러 나온 사람들이 버려진 걸레 같은 영진을 보건소에 옮겼다. 소금을 걷어낸 염전 물에 절어 쭈그러진 그의 입술 가에 가는 가루소금이 핥아졌다.

　영진은 소금질 한 갯벌 낙지처럼 늘어진 채로 보건소 침대에 누워있었다. 딸애 생각이 났다. 이한열의 장례식 살풀이춤도 떠올랐다.

　'젊은 대학상 아는 목심도 바쳤는디…'

　사람 꼴이 말이 아니었다. 보건소장에게 사정 얘기했다. 보건소장이 파출소장에게 전화했다. 파출소장이 서울의 대학생 조카를 불러 보증서게 해 육지로 나왔다. 매스컴에서 인신매매 얘기를 떠든 덕분인가 염전 주인이 뒤쫓아 오지는 않았다.

　제정신이 들어 찾아간 게 농업개발원이었다. 철민과 지영이 계획대로 농장을 하며 결혼하는 소식도 들었다. 선뜻 찾아가지 못했다. 자신의 처지가 불쌍하기도 했지만, 계획대로 해나가는 게네들이 샘이 나기도 했다. 배운 게 도둑질이라고 여기저기 일손이 모자라는 과수원들을 찾아다니며 날품을 팔았다.

접목

철민은 대학에 들어왔으나, 공부에 집중하지 못했다. 철희 누나가 다니던 과까지는 들어왔으나 마땅히 무엇을 해야 할지 막연했다. 대학 2학년을 끝내고 군대에 갔다. 남들은 힘들다는 군 생활이 대학 생활보다 편했다. 집 일을 생각할 게 없었다. 생각 없이 시키는 대로 하면 되었다. 팔다리가 피곤해 잠은 잘 왔다.

철민은 제대 후 그 잘 오던 잠도 안 오고 가슴이 답답했다. 복학하기에는 아직 몇 달이 남아 있었다. 아무 계획도 떠오르지 않았다. 뭘 해야 할지 막막했다. 데모에 앞장섰던 철희 누나의 그다음 목표는 무엇이었을까. 끝내 답을 찾지 못했다. 돌아간 어머니가 떠올랐지만 병약했던 어머니 모습에 오히려 마음만 아팠다.

답답했다. 가슴속을 털어낼 방법이 없었다.

고심 끝에 도망치듯 호주로 떠났다.

호주 특산동물 코알라는 다른 초식동물이 먹지 않는 유칼립투스잎을 주로 먹는다고 했다. 한번 소화하는 데만 백여 시간 걸린다고 했다. 그래서 엄마와 새끼가 함께하고 있는 걸 쉽게 볼 수 있었다. 그 발가락 끝에는 영장류처럼 뚜렷한 지문이 있었다. 지문은 고등동물의 문신일 터였다.

들판에서 뛰어다니는 캥거루도 어미가 성냥개비만 한 미성숙 새끼를 낳는데 이 새끼가 엄마의 앞주머니로 들어가 젖꼭지 없이 땀처럼 흘러내리는 젖을 먹으며 자란다고 했다. 어느 정도 자란 새끼는 주로 새끼주머니에서 나와 주변을 껑충거리지만 급할 때는 다시 주머니로 들어가 숨는다고 했다. 그 동물들이 부럽기만 했다.

갑갑한 마음에 넓은 곳에서 렌트한 승용차 속도 계기판 바늘이 끝에 닿을 때까지 맘껏 달려 봤다. 그러나 가슴은 트이지 않았다. 콧속으로 들어와 쌓이는 건 넓은 벌판의 쇠똥 냄새뿐이었다.

그러다 무공해의 호주 밤하늘에 찬란하게 빛나는 별을 만났다. 누나가 별이 되었으면 바로 남십자성일 거라 믿어졌다. 철민은 누나가 자신을 호주로 인도해준 거라 생각되었다.

힘을 냈다. 목장에서, 밭에서 고행하듯 일하며 햇볕에 그을린 채로 3학년에 복학했다. 그냥 부딪혀 보기로 했다.

구릿빛 얼굴과 건강한 근육질의 몸으로 할 수 있는 거면 못 할 게 없을 것 같았다. 복잡한 가정사에도 누나는 철민 자신을 돌봐 주었었다. 이제껏 철민 자신의 심신이 멀쩡한 것도 남십자성 누나 덕이라 생각되었다. 못 견딜 일은 없을 거였다. 이제 다시 학교에 다니며 철희 누나가 하고 싶었을 일을 열심히 찾아보기로 했다.

복학생 대표가 주선하는 이웃 여대 학생들과의 미팅에서, 지영을 만났다. 마주 앉은 남녀 학생들이 차례로 자기소개를 했다.

"졸업하면 뭘 하든지, 잘 먹고 잘살 겁니다."

철민은 자신도 모르게 그렇게 내뱉었다. 앉아 있던 사람들이 박장대소했다.

"승마는 제게 치유입니다."

지영은 체육학과에 다닌다고 했다. 그녀는 당당했다. 얼핏 한쪽 다리가 절고 있었다. 그녀는 "특기생은 아니지만, 승마 지도나 승마치료에 관심이 있으며 관련 자격증도 가지고 있다고 했다."라고 했다. 철민은 흠칫하며 그녀를 바라봤다. 그녀의 말을 잘 이해할 수 없었지만, 다리를 절룩이는 지영의 당당함에 놀랐다. 형 철영은 광주에서 다리를 다친 후 공부도 팽개치고 힘들어 했다. 철민은 햇볕에 조금 그을린 듯한 그녀의 건강미에도 마음이 갔다.

각자 내놓은 소지품으로 커플을 정하는 순서가 되었다. 철민은 테이블에 놓인 여학생 물건 중에서 손수건을 집었고, 지영은 만년필을 집었다. 철민은 내심 지영과 커플이 되길 기대했지만, 인연이 없었다. 철민은 열쇠고리를 내놓았다. 지영이 내놓은 것은 손거울이었다. 철민은 자신의 열쇠고리를 집은 여학생보다는 지영에게서 눈길을 떼지 못했다. 치유―그녀의 말에 무슨 열쇠를 찾은 것 같았다. 미팅은 철민에게 별 흥미 없이 끝났지만, 줄곧 그녀의 다리 절룩거림에 형 철영이 떠올랐다. 형과는 달리 당당한 그녀―어떻게 형과 그렇게 다를 수 있을까. 철민은 미팅을 주선한 복학생 대표를 졸라 지영이 다닌다는 승마장을 알아내 그녀를 다시 만났다.

지영이 말에서 내렸다. 말을 끌며 다가오는 그녀의 왼쪽 다리가 절룩이는 게 눈에 띄었다. "제 앞에 앉았었죠?" 하며 지영이 미소 지었다. 철민은 아무 말도 하지 않았다. 그냥 자신에게 밝게 웃어주는 미소에 빙긋 웃기만 했다.

"손수건을 집었었죠? 전 제 손수건을 아무에게나 내어줄 수 없었어요."라며 지영이 웃었다.

"제가 손수건을 집은 건, 손수건은 눈물도 닦을 수 있고, 땀도 닦을 수 있고, 또 갖가지 모양의 물건을 담을 수 있지요." 철민은 할 말이 없을 줄 알았는데 지영 앞에서 그렇게 말이 술술 나왔다.

"지영 씬 만년필을 집었었죠? 남자가 글을 쓰거나 사색하는 사람이길 바랐나 봐요?" 철민이 말했다.

"저는 만년필이 철민 씨 건 줄 알았어요. 얼굴은 검게 그을려 건강해 보이고 짓궂게 보였지만 뭔가 속에 할 말이 많은 사람 같아 보였어요."

지영이 철민의 눈을 보며 웃었다.

"제가 치유의 대상으로 보인 모양이죠?"라고 말하며 철민이 빙긋 웃었다.

"저는 열쇠고리를 내놓았는데, 지영 씨는 뭘 내놓았어요?"

철민이 궁금한 표정을 지었다.

"전 손거울요. 거울을 보면서 마음을 봐요. 어려서 심리치료를 받을 때 이모가 일러줬어요. 건강과 아름다움은 마음에서 오는 거라고요. 어린 마음에도 아름다움이라는 데 훅 갔죠. 이뻐지려 열심히 재활했어요."

'훗훗.'

지영이 가볍게 웃으며 다시 말했다.

"그런데 철민 씨는 왜 열쇠고리죠?"

"제 소지품은 지갑과 열쇠고리밖에 없어요. 집 열쇠와 자동차 열쇠. 일하는 아주머니가 있지만, 저도 열쇠를 들고 다니죠." 철민도 지영을 바라보며 '훗훗' 웃었다.

"우리 두 사람은 처음부터 서로 바랬는데 다른 데를 보고 있은 셈인가요?"

그러면서 지영 역시 철민을 보며 다시 웃었다.

두 사람이 함께 웃었다.

지영이 철민에게 말을 쓰다듬어보라 했다. 철민이 말의 목과 머리 사이를 쓰다듬었다. 지영이 말고삐를 쥐고 있는 흰말이 힐끗 철민을 바라보았다.

지영이 말에게 말을 걸어보라 말하며 말 이름이 '엘리제'이고 암말이라고 했다.

"엘리제, 안녕. 잘 부탁해."

철민은 남자 친구에게 말하듯 엘리제의 목덜미를 두들기며 씩씩하게 말했다. 엘리제가 힐끗 철민을 쳐다보더니 '히잉' 하며 고개를 돌리

곧 앞발질했다.

　지영이 웃으며 말했다.

　"말은 생명 있는 악기 같아서 옅은 감성이 있어요. 애하고 철민 씨 첫 대면이 나빴네요. 저는 씩씩한 게 좋지만, 애는 부드러운 게 좋은가 봐요."

　"내가 애하고 그렇게 말하면 지영 씨가 질투 나지 않겠어요?"

　"질투는요. 애를 어린애 다루듯 하라는 건데요? 말에게 준 마음은 제가 눈감아 드릴게요."

　지영이 철민의 손을 잡으며 어린애 달래듯 말했다. 철민은 지영에게 잡힌 손을 그대로 두고 엘리제의 이마를 부드럽게 토닥이며 속삭였다.

　"미안해 엘리제, 나하고 잘해 보자. 네가 덩치만 큰 여자앤 줄 몰랐어."

　엘리제가 부드러운 속눈썹 속 선한 눈으로 철민을 쳐다보며 '히히힝' 했다. 철민은 엘리제의 뺨을 가볍게 토닥거려 주었다. 그렇게 철민과 엘리제의 첫 대면이 끝났다. 마지막은 지영을 엘리제에 태우고 철민이 말고삐를 잡고 걸으며 트랙을 한 바퀴 도는 것으로 끝냈다.

　다음날 지영이 철민에게 등자를 밟고 말에 오르는 상마 요령을 일러주었다. 몇 번 연습 끝에 철민이 혼자 말 등에 쉽게 오르게 되자 지영이 안장 머리를 꼭 잡으라고 하곤, 말고삐를 잡고 트랙을 돌기 시작했다. 철민은 앞을 보면서도 터벅대는 말발 걸음마다 고삐를 통해 전해지는 지영의 절룩이는 발걸음과 손길이 느껴졌다.

　트랙을 한 바퀴 돌고 나자 지영이 안장 뒤에 철민을 태웠다. 말이 걸을 때마다 엉덩이가 말 등에서 따로 놀아 엉덩이가 배겼다. 지영에게 체중을 밀착시키기가 민망했다. 지영이 난감해하는 철민의 팔을 끌어 자기 허리를 꼭 잡게 했다. 구름 위에 앉아 있는 것 같았다. 트랙을 한 바퀴 돌고 내리자 철민은 지영의 허리를 잡았던 팔이 아니라 공중에 떠 있던 다리가 후들거렸다. 지영은 휴게실 가기까지 아무 내색을 하지 않다가 철민이 묻지 못하고 있던 왼쪽 다리 사연을 덤덤히 말했다.
"이모에게서 승마를 배웠어요. 이모는 절 품에 안고 지금처럼 이 트랙을 돌았죠."
이모는 지영이 다니는 여대에 다니면서부터 말을 타기 시작했다고 했다. 대학 축제에서 메이퀸이 될 만큼 미모가 뛰어났다. 이모는 미팅에서 만난 중견 기업 CEO의 둘째 아들을 만나 결혼한 후 그때는 파격이랄 수 있는 소규모 승마장을 갖춘 승마클럽 하우스를 송추에 만들었다.
처음에는 이모부 회사 직원들이 주로 이용하였으나 골프가 유행하면서 사람들이 빠져나갔다. 그러자 이모는 여대 동창들은 불러 말을 타며 지냈다. 그때 지영도 엄마를 따라가 가끔 말을 타게 되었다.
모두 이모를 부러워했다.
처음 얼마 동안은 그랬다. 회사에서 보이지 않는 압력이 들어왔다. 눈치를 볼 수밖에 없었다. 더는 무료로 승마장을 운영할 수 없었다. 실비에 가까운 유료로 전환했지만, 말을 타려는 사람들은 거의 없었다. 그 돈이면 뚝섬 경마장이나 실내 경마장에서 마권을 사는 게 쉬웠다.
이모에게는 아이가 없었다. 관리인 한 명만 두고 혼자 승마장에 남게 된 이모는 우울증에 걸리게 되었다. 이모부는 한 달에 한 번쯤 주말에 들렀다가 저녁도 안 먹고 대부분 싸우다 돌아갔다고 했다.
눈이 올 것 같은 무거웠던 그날, 이모한테서 전화가 왔었다.
이모를 보러 간다는 엄마를 따라 교외선 열차를 타고 가서 택시를 갈아타고 이모 집으로 갔다. 지영 엄마는 우울증에 걸려 자신을 유폐시키고 있던 송추 승마장에 지영까지 데리고 왔다. 동생이 지영을 친

자식 대하듯 하는 걸 아는 지영 엄마는 동생을 위로해 준다며 지영일 함께 데리고 온 거였다. 이모의 우울한 얘기만 늘어놨다. 어두워지고 있는데도 이모는 엄마를 붙잡고 놓아주지 않았다. 그날, 말은 타보지도 못했다.

'괜히 전화했었다.'

지영 이모는 궂은 날씨에 우울해져 언니에게 전화한 걸 후회했다. 기어이 창밖에 무거운 눈이 펑펑 내리고 있었다. 옛날 같으면 밖으로 나가 얼굴과 손에 눈을 맞는다고 하늘을 쳐다보며 빙글빙글 돌았을 거였다. 그러나 이제 그런 낭만은 없어졌다.

전화벨이 울렸다.

벌써 도착했나—언니가 아니고 형부였다.

지영 이모는 차라리 자신이 사고로 사라졌어야 했다고 생각했다.

형부는 침대에 흰 시트로 얼굴이 덮여 있는 언니의 손을 잡고 오열하고 있었다.

지영은 수술실에 있었다.

눈길에 마주 오던 트럭을 피하다가 사고가 났다고 했다. 자동차가 언덕을 굴러 운전사와 뒷좌석에서 지영이를 감쌌던 지영 엄마가 목숨을 잃었다. 지영 이모는 수술실 밖에서 기다리면서 안절부절못했다. 지영 이모가 수술실 밖에서 집도의가 나오기를 기다리는 시간은 지옥이었다. 지영이마저 잘못되지 않을까 하는 생각에 옆구리가 시큰거렸다. 집도의가 수술실 밖으로 나왔다. 수술은 잘됐다고 했다. 회복실로 지영을 옮긴다고 했다.

지영 이모는 회복실에 옮겨진 지영이 깨어나기 전 누워있는 걸 본 게 끝이었다.

지영 아버지는 죄책감에 안절부절못하는 이모에게 뭐라고 못했지만, 소식을 듣고 온 지영 할아버지가 병실에 들어왔다. 지영 이모는 할아버지의 질타가 아니더라도 병실에 더 있을 수 없었다. 이모는 지영이 깨어나는 것 보지 못하고 병실을 나왔다.

지영은 수술 후 깨어나 고개를 두리번거렸다. 엄마가 없었다. 이모라도 보고 싶은데 이모도 보이지도 않았다. 엄마도 이모도 없었다.

지영은 엄마가 자기를 구하고 돌아간 게 믿기지 않았다. 지영은 수술 후 한쪽 다리가 온전히 걷게 되지 못했다. 지영이 다리를 절며 퇴원했다. 마음의 상처도 아물지 않았다. 물리치료를 하더라도 온전히 서기 어렵다고 했다.

수술 상처는 아물었지만, 통증은 남았다. 지영은 그걸 핑계로 일어날 생각을 하지 않았다. 지영이 물리치료를 받기 시작했으나 물리치료사가 하라는 대로 하지 않았다. 일어나 발을 뗄 생각을 하지 않았다. 지영이, 엄마와 이모를 찾았으나 할아버지는 말도 못 꺼내게 했다. 지영 할아버지는 자동차 사고가 이모 탓이라고 이모가 나타나는 것조차 막았다.

지영은 엄마의 죽음을 받아들일 수 없었다. 지영은 엄마가 교통사고로 자기를 구하고 돌아간 게 믿기지 않았다. 할아버지가 이모를 보지 못하게 하는 것도 받아들일 수 없었다. 이모는 지영 할아버지의 눈을 피해 지영을 볼 수 있었지만, 이모도 병원에 누워있는 지영을 보기 힘들어 병원엔 가보질 못했다.

지영은 다친 다리 물리치료를 받아야 했지만, 휠체어에서 일어나기를 거부했다. 물리치료사가 억지로 일으켜 세워도 그대로 주저앉았다. 지영의 다리는 점점 굳어져 갔다. 지영은 엄마를 찾으며 울기만 했다. 지영은 점점 우울한 소녀가 되어갔고, 그 증세가 더 심해져 정신과 치료까지 받는 데 이르렀다.

지영 이모는 그런 소리를 들었지만 나설 수 없었다. 지영이 정신과 치료까지 받고 있다는 소식을 듣고도 지영에게 가보질 못했다.

정신과 의사가 지영 할아버지를 설득했다. 그 설득에 지영 할아버지가 허락했다.

"지영이를 좀 도와줬으면 좋겠슴."

지영 할아버지의 부탁으로 지영은 다시 이모를 만날 수 있었다. 지영은 처음엔 다리에 힘이 없어 그대로 주저앉았다. 지영 이모는 휠체어에서 일어서지 못하는 지영을 가슴으로 안아서 물리치료 기구에 옮겨 주었다. 지영이 물리치료 기구 바닥에 주저앉아 일어나지 못하면 일으켜 세웠고, 발을 못 떼면 10센티 앞에서 손을 내밀어 이모 손을 잡게 했다. 지영은 이모 손을 악착같이 잡고 놓으려 하지 않았다. 이모는 그게 안타까웠지만, 지영의 손을 떼어냈다. 하루 치료가 끝나면 이모는 지영을 품에 꼭 안고 머리를 쓰다듬어 주며 칭찬해주었다. 계속된 물리치료까지 다 마치면서 다리는 더 이상 아프지는 않았으나 지영의 다리는 본래대로 돌아오지 않았다. 지영이 다친 다리에 통증 없이 걸을 수 있었지만 결국 절룩거릴 수밖에 없었다. 지영은 퇴원 후 집에서 멍하니 있으면서 몸을 움직일 생각을 안 했다. 지영은 다리를 절룩거리는 자신이 보기 싫었고 남의 눈도 싫었다.

지영 이모도 그게 안타까웠다. 지영 이모도 그동안 말을 머릿속에서 지우려 애썼지만, 말 눈동자가 어른거려 우울할 때 가끔 혼자 말을 탔던 걸 기억했다.

이모는 지영을 데리고 경마장에 갔다. 엄마와 함께 탔던 말의 커다란 눈망울이 지영이 머릿속에서 되살아났다.

이모는 지영이 처음 탔던 말과 거의 같은 하얀 더러브렛 말 위에 지영을 태웠다. 웃음을 잃었던 지영이 말 위에 올라 이모에게 웃었다. 지영은 말을 타면 절룩거리지 않아 좋았다. 다리 저는 걸 잊어서 좋았다. 지영은 말 위에서 내려오려 하지 않았다. 그런 지영을 품에 안고 내려 주기를 반복하면서 지영은 혼자 걷게 되었다. 지영은 혼자 말을 타는 걸 좋아하게 되었다. 지영은 다리는 절룩이지만 이모와 함께 말을 달리는 게 좋았다. 지영과 이모는 말과 함께 행복해졌다.

지영이 여고생이 되어 대학 선택에 고심할 때 이모가 재활 승마라는 말을 꺼냈다. 재활 승마는 1901년 영국의 '아그네스 헌트' 자작부인이 '장애인 승마' 개념을 처음 꺼내 시작됐다고 했다.

1952년 핀란드 헬싱키 올림픽에서 리즈 하텔이 소아마비 장애를 이겨내고 승마에서 은메달을 따낸 일이 있었다. 그 일이 계기가 되어 재활 승마가 사람들의 관심을 끌게 되었다. 1970년경에는 수치료를 비롯한 물리치료가 발달했던 독일에서 치유 개념의 승마가 정식으로 시작되었다고 했다.

승마가 신체장애뿐만 아니라 정신장애에, 감성적 교감에도 효과가 있다고 했다. 아이들이 인형놀이를 하다가 살아있는 강아지나 고양이를 좋아하듯, 승마는 말과 교감뿐만 아니라 심신 치유의 개념으로 발전하고 있다고 했다.

지영은 이모의 도움으로 육체적 정신적 효과를 체험하면서 승마 교육에 관심을 가지게 되어 비특기생으로 체육학과에 진학했다. 지영은 자신이 겪었던 일이 유용하게 쓰이길 바라며 물리치료사와 마필관리사 자격증까지 땄다. 이모는 필히 재활승마치료사며, 승마치유사라는 자격증이 만들어지는 날이 곧 올 것이라 했다. 실제 이모 자신이 승마협회를 통해 애쓰고 있었다.

대학에 들어와서 지영은 이모와 함께 승마치유를 위해 함께 노력했다.

승마치유는 국내에서는 치료승마라고 하지만, 엄밀한 의미에서 의학에서 말하는 치료(Medical treatment)가 아니었다. 승마치료(Hippotherapy)는 아직 치료라고는 할 수 없었다. Hippo-therapy는 하마 의미의 Hippo와 치유(Therapy)의 합성어로 대체의학적인 분야였다. 승마치유는 수치유, 원예치유, 숲치유, 향기치유, 음악치유, 미술치유, 명상 등에 사용되는 치유(Therapy)의 한 영역을 의미했다. 이러한 보조 요법이 사람의 오감을 이용하는 치유 방법이지만 현대 의사들도 주장하는 마음과 정신뿐만 아니라 물리적 효과 검증도 거쳐야 가능할 것이라고 했다.

이미 정신과 치료와 물리치료가 의학 영역에 포함되어 있다. 지영과 이모는 승마가 근골 체력 향상과 함께 심신을 건강하게 하는 훌륭한 치료법이라고 확신했다. 심신에 효과가 있는 '승마'가 치료로 인정되는 날이 올 거라고 확신했다.

처음엔 상마조차 어려웠던 철민은 승마 연습을 계속하면서 등자 없이 혼자 말에 오를 수 있게 되고, 구보(말 걷기)와 달리기가 되었다. 활쏘기 동작도 되고 재갈과 안장 없는 알말 타기까지 할 수 있게 되었다. 자연스럽게 승마장이 아닌 자연 속에서 말을 타는 외승을 함께 즐기게 되었다. 지영은 외승을 좋아했지만, 철민과 함께하는 게 이모와 하는 거완 달랐다. 속이 트이고 불편한 다리가 땅 위에 떠 있는 건 같았지만 철민과 마상에서 바라보는 하늘이 달랐고 발굽에 차이는 풀이며 나무가 달라 보였다. 그와 바라보는 시선, 말 한마디가 전기처럼 몸을 저리게 했고 몸을 따듯하게 했다.

말을 다룬다는 뜻의 부조는 말을 다룬다기보다는 기수가 말과 소통하는 거였다. 그중에서 음성 부조가 신기했다. 사람이 말에게 말하면 말이 반응하였다. '워~'는 말 속도를 낮추거나 정지시킬 때 하는 말이고, '끌끌'은 전진시킬 때 쓰는 말이었다. 승마에는 '이랴~'는 없다고 했다. '이랴~'는 소를 끌 때 쓰는 거라고 했다. 부조는 말을 다루기 위해 고함치고, 채찍과 박차로 말에게 고통을 주는 게 아니라, 말에게 강한 의사 전달하는 거라는 걸 철민은 알게 되었다. 여러 가지 부조와 함께, 먹이 주기며 씻겨주기는 기본이었다. 때로는 칭찬의 말과 스킨십에, 당연히 먹이 보상도 필요하다는 것을 알았다.

철민은 말과 가까워지면서 자신도 모르고 있었던 마음의 병을 알게 되었다. 겉으로는 대범하고 씩씩했지만, 행복하지 않았다. 가끔 멍청해지는…, 무엇보다도 자신이 뭘 하며 살아야 할지 모른다는 거였다. 그 원인이 아버지의 외도, 두 어머니의 죽음과 누나의 죽음, 형이 신부가 되어 한센병 소망원에 가 있는 것—남들에게 말 못 했던 안타까움이었다는 걸 알았다. 그 병이 답답함이었고, 마음의 배고픔이었고, 희망 모름이고 희망 없음이었다. 지영과 함께 말을 타면서 철민은 행복했다. 지영과 같이라면 무엇이든지 해낼 수 있을 것 같았다.

철민은 "얼굴은 검게 그을려 강해 보였지만 뭔가 속에 할 말이 많은 사람같이 보였어요."라던 지영의 말이 기억났다. 지영은 그런 철민을 처음부터 알고 있었다. 지영은 승마장에서 만난 첫날 궁금했던 자신의 얘길 웃으면서 털어놨었다. 철민은 지영과 더 친해지기 전에 자신의 가족사를 지영에게 얘기해야 한다고 생각했다.

철민은 어느 날 외승에서 돌아오면서 뚜벅뚜벅 말했다. 두 어머니와 철희의 죽음, 소망원 신부 철영에 대해 말했다. 지영은 철민의 마음을 말없이 들어 주며 그의 손을 꼭 잡아 주었다. 철민은 그렇게 속마음을 털어놓고 나니 가슴이 뻥 뚫린 것 같았다. 하늘이 감싸주고 땅이 자신을 바쳐주는 것 같았다. 풀 한 포기, 하늘에 떠 있는 흰 구름이 자유스럽게 보였다.

철민은 암말 타는 마음으로 말 위에서 지영의 손을 잡은 채로 두 팔을 하늘에 치켜들고 한껏 소리쳤다.

"어머니―, 누나―"

그리곤 '지영―'을 외쳐 불렀다.

지영은 철민이 그동안 힘들었던 마음의 족쇄가 풀린 걸 보며 눈물이 났다. 지영도 이모 손을 잡고 그렇게 외쳤었다.

철민의 가족 얘기를 들은 지영은 "처음부터 서로를 바랬는데 다른 데를 보고 있은 셈이네요."라던 기억을 떠올리며 철민의 손을 더 힘있게 잡아 주었다. 그러면서 마음의 상처는 '인디언 기우제'처럼 비가 내릴 때까지 기다리면 치유는 되는 게 아니라고 생각했다. 마음 답답함을 하늘에 하소연하고, 땅에 털어놓는다고 해결되는 게 아니라고 했다. 사람에게서 생긴 상처는 그 속을 들어주고 마음으로 보듬어줄 사람이 있어야 한다고 생각했다. 그 얘길 지영에게 들려줬던 사람도 이모였다.

철민이 승마에 익숙해지자, 철민과 지영은 경마장을 벗어나 각자의 말을 타고 산과 들로 다니는 외승에 나섰다. 처음엔 지영이 앞서서 철민을 따라오라고 했지만, 어느 날부터는 철민이 앞서기도 했다. 철민이 지영을 앞서 달려 나가자, 지영이 힘들다는 표정을 지으며 웃어주었다. 돌아올 때는 항상 말굽을 나란히 했다.

'뚜벅뚜벅'―대지를 노크하는 말발굽 소리는 두 사람의 당당한 심장 소리가 되었다.

지영의 할아버지는 함경남도 북청에서 과수원을 했었다고 했다. 일제강점기에서도 그랬다. 할아버지는 나름 재산이 쌓여 이웃과 나누고 일꾼들에게도 임금을 후하게 주어 인심을 얻었다. 거기다 서울 수상조

합(水商組合)인 수방도가를 운영하던 북청 물장사들을 지원하였다. 원래 북청 물장수들은 북청 선창에 들어와 나가는 배에 필요한 물을 지어 나르는 일을 했었다고 했다. 그런 북청 물장수가 한성에 와 수방도가를 만들어 여염집에 물을 대주는 일을 하게 됐다. 외할아버지는 북청 물장수는 물론 북청 출신 서울이나 일본 유학생들의 뒷배기도 했다.

해방되면서 남들은 남으로 떠난다고 했지만, 할아버지는 대대로 내려오던 과수원을 두고 떠날 수 없었다고 했다. 공산당하는 그들도 사람인데 어쩌랴 싶었다고 했다. 그렇지만 지주로 지목되어 공산 치하에서 견뎌내기 어려졌다고 했다. 내무서원은 그런가 보다 했으나 신세를 많이 졌던 이들까지 갑자기 돌아섰다고 했다.

할아버지는 이미 과수원 땅이 자신의 아닌 것을 알고 식구들과 함께 6·25 이전에 목선을 내어 고향을 떠나왔다고 했다. 금붙이와 쓸모없어진 땅문서가 그들에게 찢기는 게 싫어 그걸 챙겨 가지고 왔다고 했다. 남한으로 와서는 북청 지인이 하던 사립학교에 관여하다가 지금 아버지가 그 학교 교장으로 있다고 했다.

철민과 지영 두 사람이 승마 데이트하는 사이에도 대학가는 혼란이 더욱 깊어 가고 있었다.

1987년 서울대 박종철 고문치사 사건으로 세상이 흔들거렸다. 5월 18일에는 천주교정의구현전국사제단이 박종철 사건 축소 조작 폭로로 전국적인 시위로 이어졌다. 6월 9일, 연세대 시위에서 이한열이 최루탄에 맞아 쓰러졌다.

'이한열 살려내라.'

시위가 전국적으로 가열되어 20여 일간 500여 만 명이 참가하는 6·10 항쟁으로 번졌다.

이한열은 1987년 7월 5일 오전 2시 5분에 만 20세로 사망했다. 재수까지 하면서 어렵게 시작한 대학 2학년을 미처 못 마쳤다.

철민은 지영이 함께 이한열의 발인식을 따라갔었다. 7월 9일 목요일, 대학 백양로길 끝에서 서울대 이애주 교수의 한풀이 춤을 보며, 상경대학 경영학과를 다녔던 철희 누나를 떠올렸다. 철민은 '광주 금남로에서 숨진 누나의 영혼도 그 자리에 함께 와 있었을 거라' 생각했다. 철희 누나가 이모의 만류대로 순영 누나를 찾으러 밖에 나가지 않았더라면 목숨을 잃지 않았을 것이다.

동료 세 사람이 받들고 있는 이한열의 영정이 교문을 나서자 백양로를 채웠던 인파가 따르고, 길가에 있던 시민들이 계속 모여들었다. 사람 더미가 아니라 언제까지 식지 않을 뜨거운 용암이었다. 그 무거운 열기는 울음을 삼키고 분노를 억누르고 있는 국민들의 저주였다.

철민과 지영은 이한열의 운구행렬을 계속 뒤따라갔다. 이한열의 영정이 서울시청 광장에 도착했을 때까지도 행렬은 신촌 로터리에 이어져 있었다고 했다. 두 사람은 이한열의 장례식장서 인파가 흩어질 때까지 발길을 돌리지 못했다.

그날 이후 철민과 지영은 승마 데이트를 잠시 멈추었다.

멈추자 철민의 머릿속에 할 일이 떠올랐다.

"누나와 한열이 시작도 못해 본 경영학 전공을 이어 줄 길이 없을까. 지영과 함께해 볼 일이 없을까."

고심했었다. 그러던 철민이 군대 가기 전, 2학년 여름 방학에 할아버지 과수원에 내려와 복숭아 씨앗을 심었던 기억을 떠올렸다. 이웃 복숭아 과수원에서 보내온 커다란 복숭아를 맛있게 먹고 그 씨를 심었었다. 할머니가 돌아가 혼자된, 연로한 할아버지를 도와 과수원을 새롭게 경영하는 일은 누나도 좋아할 것 같았다.

철민의 제의에 지영이 흔쾌히 동의했다.

'복숭아나무가 얼마나 컸을까.'

4학년 1학기 기말고사를 끝낸 초여름 아침 열 시경, 동대구행 통일호 남행열차. 철민과 지영이 대구에 있는 철민네 할아버지 과수원으로 가고 있었다. 철민은 동의해 준 지영이 고맙고 사랑스러웠다.

남쪽은 이른 장마로 수해를 많이 입었다는데 서울은 비 한 방울도 오지 않았다. 아직 바캉스 철이 아닌 하행 통일호 열차는 빈자리가 보일 만큼 한가했다. 두 사람이 나란히 앉은 주변엔 아무도 보이지 않았다. 창가에 앉은 지영은 소풍을 나온 아이처럼 시종 즐거운 미소를 띠고 차창 밖을 바라보고 있었다. 열차 안은 후덥지근하지만, 열려 있는 차창 문에서 쏟아지는 바람결에 지영의 부드러운 머리카락이 철민의 얼굴을 간지럽혔다. 갓 솟아오른 송이버섯 같은 지영의 흰 목덜미가 아름다웠다. 그녀에게서 그런 송이 향취까지 훅 끼쳤다. 철민은 지영의 어깨를 가볍게 안았다. 그녀의 따스한 체온이 철민의 심장을 뜨겁게 했다. 그의 가슴속에서 뜨거운 피가 솟아올랐다. 심장은 터질 듯 툭탁거렸다. 그는 가볍게 오르내리는 그녀의 어깨에 호흡을 맞출 수 없었다. 오히려 호흡을 가누려고 애쓰면 쓸수록 심장 뛰는 소리가 덜컹거리는 기차 소음보다 요란해졌다. 지영은 그런 철민을 전혀 의식하지 못하는 듯, 스쳐 지나가는 창밖 풍경에만 눈을 주고 있었다. 철민의 호흡은 점점 더 불규칙해졌고 지영을 안은 팔에 힘을 가했다. 조용하던 지영의 어깨 율동이 차츰 불규칙해지면서 호흡이 가빠졌다. 흰 블라우스를 입은 그녀의 어깨가 기차가 덜컹거릴 때마다 얕은 물에 뛰어오른 숭어처럼 팔딱거렸다.

"지영!"

철민이 부르자 지영이 뜨거운 철민의 시선에 끌려들어 오고 있었다. 그녀의 눈동자 속에 자신의 영상이 가득 차고 있었다.

박동하는 두 사람의 맥박 속에 기차의 규칙적인 소음은 이미 들리지 않았다. 지영은 뜨거운 운석처럼 다가오는 무거운 철민의 입술을 감당할 수 없었다. 닿으면 온몸이 터질 것 같았다. 순간 지영은 철민의 입술을 피하며 창밖으로 고개를 돌려 지나가는 풍경으로 철민을 바라보던 눈길을 숨겼다. 철민이 일어나 승강장 쪽으로 갔다. 지영은 숨이 골라지기를 기다려 철민에게로 갔다.

"화났어요?"

지영이 승강장 벽에 기대어 물끄러미 지나가는 풍경을 바라보고 있는 철민의 허리에 팔을 두르며 말했다.

"아니, 내가 심은 복숭아가 얼마나 컸을까 생각하고 있었어."

지영은 그렇게 말하며 얼굴을 돌리는 철민의 모습에 웃음이 났다.

"철민 씨가 정말 복숭아씨를 심었어요?"

"벌써 한 4~5년 되는데… 어쩌면 복숭아가 주렁주렁 달렸을지도 모르지."

"거짓말 같아요. 철민 씨가 심은 나무가 열매를 맺어요?"

"그럼, 내가 믿는 구석이 있으니 말을 꺼낸 거지. 사과 농장에 젖소 방목장도 만들고 와인을 위한 포도도 심고, 와이너리도 만들고… 남은 사치라고 할지 모르지만, 승마장도 만들어 승마치유와 함께 농업 생산물과 가공물의 유통과 관광이 연계된 새로운 2~3…차 산업을 만드는 거지."

철민은 승마를 쉬면서 나름대로 생각했던 농장 계획을 말했다.

지영은 할아버지가 얘기해주던 북청 사과밭과 이모의 승마장을 생각하며 철민의 이야기를 진지하게 듣고 있었다.

철민은 보물섬을 앞에 둔 선장처럼 즐거운 미소를 지으며, 뭉게구름이 피어오르는 하늘을 꿈꾸듯 바라보고 있었다.

차창 밖엔 과수원의 붉어지는 사과들이 어린이 놀이방 공들처럼 기차 뒤로 굴러가고 있었다. 대구에 가까이 왔다. 철민과 지영은 동대구역에서 열차를 내려 버스로 갈아타고 할아버지 과수원이 가까운 정거장에 내렸다.

오랜 장마 끝 햇볕이 쨍하게 내리쪼이고 있었다. 햇발 속에 씩씩하게 푸른 잎을 펼치고 있는 수목들이 한층 싱그러웠다. 흙먼지가 이는 비포장 길가에 줄지어 서 있는 미루나무와 전봇대에 두어 개 까치집이 얹혀 있었다.

길 오른쪽으로 할아버지 과수원으로 가는 댕기 머리 같은 오솔길이 나타났다. 길가에 면한 과수원 기슭에는 간혹 검붉은 흙이 무너져 있었지만, 붉은 기운이 도는 사과들로 출렁거렸다.

막상 할아버지 과수원에 들어서자 모든 게 어수선해 보였다.

두 사람을 맞은 사람은 송 아저씨가 아닌 박 씨라는 영감님이었다.

철민은 할머니가 돌아가셔서 집안이 예전 같지는 않을 것이라 짐작은 했었다. 송 아저씨와 할머니가 없는 집은 집안 안팎의 모든 게 예전 같지 않았다. 집은 윤기가 없고 허름해져 있었다. 안방 잠자리도 개어 있지 않고 흐트러진 채였다.

"어르신은 요새 오후는 대부분 대구 시내에 친구들 만나러 나갔다 들어오십니더."

부산 사람이라는 박 영감은 '목수 일을 하다가 허리를 다쳐 힘든 일은 못 한다.'라며 엄살을 떨었다. 박 영감이 안내하는 대로 집 앞 가까운 과수원을 돌아보기로 했다.

"이번 태풍은 그렇게 큰 게 아닌데도 손이 가지 못해 이 모양입니더."

박 영감은 이 과수원 꼴이 자기 탓이 아님을 애써 변명했다.

"저쪽 너머는 더 심합니다. 그런데도 어르신은 사람을 사서 손댈 생각을 않고 계십니다. 보다 못해 지가 가까운 곳은 손을 좀 댄 게 이 모양입니더. 다른 과수원들은 거의 복구해서 추석 출하를 준비하고 있는데예."

철민은 피폐한 과수원을 보면서 '오히려 쉽게 자신의 계획을 실천에 옮길 수 있을 거라'고 생각했다. 철민은 승마장 사무실에서 본 전설의 '백작 부인 고다이바' 그림을 떠올렸다. 지영과 함께 꿈꾸는 새 과수원에 승마장까지 만들면 좋겠다고 생각했다.

남편 레오프릭 백작이 농노들에게 과중한 세금을 걷자 백작 부인 고다이바가 비판했다. 백작은 그런 부인이 할 수 없으리라는 조건을 내걸어 부인의 비난을 회피하려 했다.

"부인이 벗은 알몸으로 영지를 한 바퀴 돌면 감세해 주겠다."라고 했다.

이 조건을 고다이바가 받아들였다. 남편은 이 사실을 영지 내에 알렸다. 남편하고 약속한 당일, 부인 고다이바가 '알몸으로 말을 타고 나타나자 농노들이 창문을 걸어 닫고 아무도 내다보지 않았다' 라는 얘기였다.

철민은 지영이 '레이디 고다이바 못지않은 현명하고 아름다운 농장의 여주인이 될 것이다'라고 생각했다. 자신 역시 '레오프릭 백작'과는 다른, 훌륭한 성주가 되리라 다짐했다.

철민에게는 어수선한 과수원이 더 이상 황폐하게 보이지 않았다. 태풍이라는 '레오프릭 백작'이 심술부리고 사라진 장원—이제 철민 자신이 새로 가꾸어야 할 장원이었다. 근심스럽게 둘러보는 '레이디 지영'의 붉은 입술에 말했다.

"이제 그만, 내가 심은 복숭아 보러 가봐요."

철민의 재촉에 어수선한 과수원을 둘러보던 지영은 말없이 따라 내려왔다.

할아버지가 돌아와 있었다. 항상 여름에 빳빳이 풀을 먹여 입던 흰 모시옷 대신 풀기 없는 누런 삼베옷을 입고 있었다.

철민이 지영을 소개하고 같이 할아버지에게 절했다. 철민은 박 영감과 함께 둘러본 과수원 복구에 대해 걱정했다. 할아버지는 가볍게 고개를 끄덕이며 철민의 듣고 나서 담담히 말했다.

"이제는 힘에 부친 것도 있지만 영 의욕이 나지 않는데이. 젊은 사람이 있는 과수원들은 그런대로 복구됐지만, 우리 집은 일 잘하던 송 씨가 떠난 뒤여서…. 난감했제. 그래서 지금은 저 박 영감과 그저 밥이나 같이 먹고, 용지나 쓰게 하면서 지내고 있제." 할아버지는 기침을 '쿨럭' 하면서 철민에게 당부하듯 말했다.

"난 이제 너무 늙어서 옛날 같지 않데이. 네 할머니가 떠나니 더더욱 의욕이 없데이. 철민이 니가 마침 이 일에 관심이 생겼다 하이 내년에 졸업하문 이 모든 땅 다 내줄 테이 의욕 컷 한번 해보거레이."

지영이 박 영감이 차려온 밥상을 받아 저녁을 마친 후, 철민은 혼자 할아버지 말을 되새겨 보며 앞뜰에 나와 있었다. 할아버지의 말에 기뻤지만, 새로 닥칠 일에 조금은 마음이 무거웠다.

설거지를 끝낸 지영이 부드러운 과향으로 다가왔다.

지영의 미소에 무거웠던 철민의 마음이 가벼워졌다.

"복숭아 심어 놓은 데 가봐요."

복숭아 생각을 잠시 잊고 있었던 철민이 지영의 반짝이는 눈을 보며 그녀 어깨를 안으며 일어섰다. 지영이 팔로 철민의 허리를 감았다. 붉은 노을에 지영의 두 볼이 잘 익은 홍옥 사과처럼 붉다. 그렇게 뒤뜰에 이르렀으나 복숭아나무는 보이지 않았다. 베어진 나무 밑동에 가는 나뭇가지가 대여섯 개가 나 있었을 뿐이었다. 잎을 봐서는 무슨 나문지 알 수 없었다.
"영감님!"
잠시 멍하니 서 있던 철민이 박 영감을 부르며 앞마당으로 뛰어갔다.
"꽃이야 붉은 게 정말 훤하게 잘 피었지예. 기고 자잘한 열매까지 열렸지예. 긴데 기건 개복숭아같이 작은 거라예. 작년에 파버릴라꼬 했는데, 주인 어르신이 서울 학상이 심은 거라고 캐서 대충 밑둥만 남겼지예. 올해 잔가지 몇 개 나왔심더. 꽃은 좋으니 다시 키워도 되고, 큰 열매를 딸끼면 내년에 철민 학상이 좋은 복숭아로 접을 붙이시소. 긴데 학상이 해낼까 모르겠꾸마…"
"개복숭아라구요? 그렇게 크고 탐스럽던 복숭아를 먹고 씨를 심은 건데… 말도 안 돼요."
"아무리 큰 열매라도 그 과일 씨 기대로는 안 됩니더."
"그럼 저 과수원의 사과들도 이렇게 접붙인 겁니까?"
"그렇지예. 내는 잘은 모르지만, 사과도 배도, 씨를 심지 않고 모도 열매 실한 거로 접붙인 묘를 심는다 아입니꺼."
그렇게 말하곤 박 영감은 혀를 끌끌 차며 자리를 떴다. 철민은 난감했다.
철민은 지영의 눈을 바라보다 아무 말 없이 검어지고 있는 하늘로 눈길을 돌렸다. 철민의 허리에 팔을 감고 있던 지영이 철민의 볼에 조용히 입을 맞춰 주며 말했다.
"같이 다시 해보기로 해요."
이튿날 아침을 먹은 후 철민은 지영과 함께 할아버지 앞에 앉았다. 철민은 할아버지 앞에서 밤새 지영과 머리를 맞대고 궁리한 계획을 말했다. 할아버지는 철민의 계획을 대견해하며 일단 학교를 마치고 그 사이에 '좀 더 구체적인 계획을 만들어 보라'고 하면서 문갑에서 지적도 뭉치를 내보였다. 그러면서 잠시 골똘히 생각하다가 말했다.

"니 혼자 선 힘들데이. 내 송 씨를 다시 찾아다 데려다 놓을 꾸마. 송 씨도 니가 와서 한다면 다시 올끼다. 니도 송 씨를 잘 따랐제?"

철민은 송 아저씨가 없어서 힘이 빠지고 막막했으나, 할아버지가 송 아저씨를 데려온다는 말에 다시 기운이 솟았다.

철민은 선산에서 엄마 장례가 끝난 다음, 아버지를 따라 할아버지 과수원에서 내려와 있었다. 무슨 일인지 아버지와 할아버지가 큰소리로 다투었다. 그 길로 아버지는 서울로 올라가고 철민 혼자만 할아버지 과수원에 남겨졌다.

그 후로 아버지는 할아버지를 보러 내려가는 일도, 할아버지가 서울 식구들을 보러 올라오는 일도 없었다. 나중에 철희가 철민을 데리러 올 때까지 철민은 송 아저씨와 함께 지냈다.

송 아저씨는 혼자 남겨진 철민이 슬퍼할 겨를도 없이 이것저것 재미난 얘기를 들려주었다. 과수원에서는 국광이니, 홍옥이니 하는 사과 얘기를 들려주었다. 과수원 주변이나 선산에 데리고 다니면서 들꽃이나 새, 곤충들 이름도 알려주었다.

송 아저씨는 흰 꽃이 어쭙잖게 핀 찔레 덩굴을 가리키며 말했다.

"니 어미 같다."

방울실잠자리를 보고도

'니 어미 같다'라고 했다.

철민은 엄마처럼 가늘고 커다란 둥근 눈이 있어 방울실잠자리라 부르는 줄 알았데 아니었다. 청록색의 수컷 다리에 가시가 있는 하얀 방

패 같은 방울이 달려 있어 붙여진 이름이었다. 연한 녹색의 가느다란 몸과 큰 눈의 암컷은 정말 엄마같이 생겼다.

과수원 아래 웅덩이에는 커다란 물방개며, 물 위에 떠서 뱅글뱅글 맴을 도는 조그만 물맴이를 보았다.

송 아저씨는 '물맴이는 사과매미'라고도 한다며 철민의 손바닥에 올려 주면서 냄새를 맡아보라고도 했다. 조그마한 물맴이 꽁지에서 정말 사과 냄새가 났다.

이젠 그 웅덩이는 없고 태풍에 떨어져 썩어가고 있는 사과들만 나뒹굴고 있었다.

접목

설이 지나 정월 대보름 다음날 할아버지에게서 송 아저씨를 찾아냈다는 연락이 왔다.

철민은 지체 없이 지영과 함께 대구에 내려갔다. 철민은 지영과 함께 의논했던 농장 계획을 송 아저씨에게 말했다.

송 아저씨는 "예전에 나름대로 계획했던 게 있었다."라며 철민과 지영의 계획을 함께 수정 보완하여 내놓았다.

먼저 자금 확보를 위해 큰길 건너편에 임대로 주었던 오천여 평의 밭을 회수해 농가 주택이나 상가 부지로 나누어 분양하기로 했다. 농가 주택 로망과 88 올림픽의 들뜬 분위기에서 택지 분양은 수월해 종잣돈으로 쓸 경비는 쉽게 마련될 수 있을 거라고 송 아저씨가 말했다.

송 아저씨는 옛날대로 동쪽 방을 그대로 쓰고 전화도 브릿지 해 놓았다. 본채 서쪽에 새로 방을 만들어 박 영감과 손님방도 하나 더 만들기로 했다. 안채에는 철민과 지영이 쓸 방도 꾸미기로 했다. 철민은 살림집 가까이 와이너리와 치즈 만들 시설과 함께, 위쪽에는 우사와 마방, 작은 규모의 승마장도 만들기로 하였다. 산 위쪽은 적당한 경사로 평탄하여 젖소 방목장을 만들기로 했다. 집 아래쪽에는 사과원을 조금 더 늘리고, 포도원을 5천 평 정도 새로 만들기로 했다.

농장체험장과 집하장도 만들기로 했다. 나머지 5천 평은 남겨두어 농장의 발전에 맞는 용도로 나중에 쓰도록 계획했다.

철민은 이러한 구체적인 계획에 고무되어 이벤트 될 일이 없을까 궁리했다. 그 궁리 끝에 뒤뜰의 복숭아나무를 생각해 냈다.

'접을 붙여 보자.'

철민이 송 아저씨에게 물어봤다. 2월 중순이니 가능하다고 했다.

철민이 씨를 심어 난 복숭아 나뭇가지를 대목으로, 송 아저씨가 구해다 준 조생종 백도와 만생종 황도의 가지를 접수로 쓰기로 했다.

대목으로 쓰일 가지 제일 밑부분을 길게 갈라 파란 속껍질이 나오게 하였다. 눈을 두세 개로 자른 접수의 가지 밑부분은 대목에 맞게 밑부분을 쐐기 모양으로 깎았다. 대목의 파란 부분과 접수의 파란 부분이 맞닿게 붙여 비닐로 싼 후 끈으로 꽁꽁 묶었다. 마무리는 접수 가지 끝의 잘린 부위에 붉은색 물질을 발라 주었다.

접붙인 가지 각각을 구분하는 꼬리표에는 황도, 백도, 조생종 만생종을 구분해 적고 접붙인 사람의 이름을 썼다. 딱딱이는 철민, 물렁이는 지영의 복숭아였다. 송 아저씨는 이렇게 큰 나무에 작은 가지를 접을 붙이는 방법을 고접갱신(高接更新)이라고 했다. 과수가 늙었거나 다른 품종으로 바꾸려고 할 때 하는 접붙이기였다. 두 사람이 서울로 올라간 다음은 송 아저씨가 돌봐 주기로 했다.

서울로 올라온 철민과 지영은 얼굴을 맞대고 향후 함께할 계획을 다시 짜기 시작했다. 철민이 다니는 대학의 부설 농업개발원은 8월에 입학하여 9월부터 수업이 시작되는 1년 과정이고, 필요하면 1년 연구 과정을 더 할 수 있게 되어 있었다. 우선 대학을 졸업한 후 농업개발원 입학 때까지 남는 반년을 각자 자신에게 필요한 데 활용하기로 했다. 그렇게 계획을 잡고 보니 더 궁금해졌다. 접을 붙인 복숭아는 어떻게 됐을까.

여름방학이 되기를 손꼽아 기다렸다.

4학년 1학기 기말고사가 끝나자 철민은 지영과 함께 대구 농장으로 내려왔다.

송 아저씨가 계획한 대로 외지인들에게 분양할 계획이었던 큰길 아래 땅이 거의 분양이 끝났다고 했다.

지영이 철민을 이끌고 복숭아를 접붙인 뒤뜰로 갔다. 있었다.

철민이 접목한 가지는 둘 다 딱딱이로 조생종 가지는 말라 죽었지만, 만생종 황도 가지는 살아 있었다. 지영의 접목은 모두 물렁이로 둘 다 살았다. 조생종 가지에는 백도 복숭아가 한 개가 달려 있었다. 작지만 어린애 엉덩이같이 모양이 잡혔다. 물렁이 복숭아는 희고 뽀송했지만, 아직 딱딱했다. 송 아저씨는 '드물지만, 접수에 남 있던 꽃눈이 펴서 열매가 달리기도 한다'라고 했다. 그러면서 '복숭아는 딴 후 하루 이틀 지나야 당도도 오르고, 말랑말랑해지는 후숙 과일이라'고 했다. 조생종은 크기도 작고 당도도 낮다고 했다. 송 아저씨는 지영의 가지에 달렸던 조그만 백도를 따서 지영에게 내주었다.

"할아버지는 치아가 좋지 않으시니 하루 정도 지나서 먹으라."고 했다.

이틀 후 아침 기차로 올라가기로 했으니 함께 맛을 볼 수 있을 거였다.

떠나기 전날 저녁, 둥근달이 과수원 위에 떠 올랐다. 저녁을 먹고 평상에 앉아 두 손을 마주 잡고 달을 바라봤다. 맑게 씻긴 둥근달이 두 사람을 내려다보고 있었다. 철민이 잡고 있던 손을 풀어 지영의 어깨에 얹었다. 지난여름에 자신이 씨를 심은 복숭아만 믿고 큰소리치며 지영을 데리고 내려왔었다. 그 복숭아나무가 개복숭아여서 박 영감이 잘라내, 가는 나뭇가지만 몇 개 나 있었다. 그걸 보고 낙망하는 철민의 볼에 지영이 입 맞춰 줬었다.

올봄에 접을 붙였는데, 지영이 접붙인 가지에 작은 열매까지 열렸다. 두 사람 같이 송 아저씨가 하라는 대로 접붙인 거였는데 철민은 지영이 대견했다. 송 아저씨가 당해 접붙인 열매 맺는 게 드물다고 했다. 보통은 떼 내 버린다고 했다. 그걸 내일 서울 올라가기 전에 할아버지 앞에 내놓고 함께 먹을 거였다. 철민이 지영의 볼에 입을 맞췄다. 그런 두 사람이 부끄러운지 반딧불이 주변을 껌벅껌벅 날아다녔다.

떠나는 날 아침을 먹은 후 복숭아를 할아버지 앞에 내놓았다. 지영이 집에서 하듯 말랑말랑해진 조그만 복숭아를 손으로 껍질을 벗겼다. 과즙이 지영 손에 묻어 흘렀다. 지영이 냅킨에 손을 닦고 그 반쪽을 잘게 자른 조각을 포크로 찍어 할아버지에게 드렸다. 할아버지는 근래에는 복숭아를 먹어본 적이 없다며 단맛은 적지만 말랑해서 먹기 좋다고 했다. 지영은 나머지 반쪽 그대로를 철민이 '먼저 한입 먹으라'며, 철민에게 내밀었다. 철민이 할아버지 눈치를 보며 한입 물었다. 지영이 접을 붙인 복숭아여서일까, 지영의 손이 닿아서였을까 지영의 향이 나는 것 같았다. 과즙이 입가에 흘러내렸다. 지영이 철민의 입가에 흘러내린 과즙을 손가락으로 닦아주자, 할아버지가 '물렁물렁한 복숭아는 그렇게 손에 묻히며 먹는 거'라며 웃어주었다. 지영이 얼굴을 붉히며 조심스럽게 나머지 복숭아 조각을 자기 입에 넣었다.

접목(接木)

민영농원

1988년 2월 철민과 지영이 대학을 졸업했다.

농업개발원은 1학기가 9월에 시작이었다. 지영은 와인과 치즈 생산을 위한 경험과 견문을 넓히기 위하여 유럽으로 떠났다. 철민은 지영이 돌아올 때까지 송 아저씨와 함께 농장 일을 준비하기로 했다.

철민이 내려왔을 때 송 아저씨는 계획했던 대로 새로 와인을 위한 사과원과 포도원 부지를 조성해 놓았다. 인부를 구해 계획한 묘목을 심기만 하면 되었다.

장비를 수배하고 인부를 들여 먼저 포도원에 와인용 포도나무를 심었다. 포도나무는 바로 삽목(꺾꽂이)을 해도 되지만, 당장 수확을 할 수 있는 1년생 삽목묘를 구해 심기로 했다. 새로 조성한 사과원에는 와인용 부사 사과를 따로 심었다.

그동안 할아버지가 구해와 송 아저씨가 씨를 받아 관리해온 능금도 심었다. 능금은 옛날부터 키웠던 임금(林檎)이 왕이라는 순수한 우리말 임금과 같아서 능금으로 바뀐 거라는 것도 알게 되었다. 일본은 지금도 사과를 능금에서 온 이름인 링고(林檎)라고 부른다는 것도 알게 되었다. 능금은 사과보다 매우 작지만, 우리나라 한냉성 토종이어서 기후와 토질에 맞고, 향료를 만들 만큼 과향이 일품이라 했다. 그런 능금은 사과원 위쪽 한냉한 곳에 심으면 잘 자랄 거였다.

사과는 1900년 경 미국 선교사가 대구에 심은 미주리 품종이 적응도가 높아 대구가 사과 명산지가 되었다고 했다. 사과(沙果)는 그 속심이 모래 같아 붙여진 이름이라고 했다.

조기 개화하는 꽃가루받이 용도의 수분수까지 심어 거의 열흘이 넘어 모든 식재가 끝났다.

사과 묘목은 일단 받침대 하나면 됐지만, 덩굴성인 포도는 콘크리트 기둥을 넓은 간격으로 세우고 그 사이사이에 잡목을 자른 나무로 기둥을 세워 와이어로 연결하도록 했다. 그 와이어 위에 비닐 끈으로 포도 덩굴을 유도해 끌어 올려놓도록 했다.

젖소 방목을 위한 목초지 조성이 남았다. 옛 사과원의 위쪽 잡목숲을 없앴다. 먼저 매해 식목일마다 나라에서 권장해 심었던 낙엽송, 리기다소나무, 현사시나무 등이 베어졌고, 기존에 자생하던 참나무 종류인 떡갈나무, 신갈나무와 졸참나무 같은 낙엽 활엽수들도 베어졌다. 그밖에 서어나무, 고로쇠나무, 까치박달나무 등도 베어져 나갔다.

할아버지는 시원하다고 했다. 그러나 일부지만, 울창한 금강송들을 베어낼 때는 얼핏 눈물을 보이며 서운한 기색을 감추지 못했다. 할아버지는 그런 나무들보다 할머니가 좋아했던 그 숲속의 백작약이 없어지는 것을 못내 아쉬워서였을 거였다. 할머니는 어려서 약초를 캐서 수집상에 팔았다고 했다. 그 백작약이 이 과수원 뒷산에 지천으로 있는 것을 보고 좋아했었다고 했다.

토종 백작약은 덕수궁 작약과는 달랐다. 덕수궁 작약은 컸다. 흰색은 물론 분홍, 빨강의 겹꽃으로 작은 겹꽃이 겹쳐져 있는 것도 있었다. 그 가운데는 노란 꽃술이 가득 차 있었다.

철민은 그 백작약 몇 포기를 추려 집 화단에 옮겨 심는 것으로 할아버지의 서운함을 달래드렸다.

벌목이 끝난 후, 베어진 나뭇등걸들을 굴삭기로 뽑아냈다. 평탄 작업까지 끝나자 목초 파종에 들어갔다. 먼저 가파른 경사면의 비탈진 곳은 거름기 없이도 잘 자라고 토양 지님도 좋은 목본 콩과식물을 심었다. 싸리나 비수리 씨를 넣은 녹화마대 망을 덮어 토사 유출을 줄이도록 했다. 경사가 중간쯤 되는 곳에도 콩과식물인 고영양의 붉은토끼

풀과 알파파 씨를 뿌렸다. 일반 초지를 조성하기 위해서는 거름기 있는 종비토를 만들어 씨앗과 함께 뿌리고 흙을 덮었다.

완만한 경사에 비옥도가 어느 정도 되는 곳에는 벼과식물인 다년생 오차드 그라스와, 역시 다년생이고 한해에도 여러 번 수확할 수 있는 큰조아재비(티머시) 씨를 뿌렸다. 제일 밑에 경사가 거의 없는 곳엔 밭을 만들어 엔실리지(담근 먹이)용 중완숙종 옥수수를 심었다.

초여름께 풀들이 어느 정도 자라게 되자 시범적으로 뿔을 잘라낸 3개월짜리 홀스타인 젖소 열 두를 입식 했다. 일이 많을 때를 대비해 일용직 인력도 확보해 놨다.

그렇게 해놓으니 프랑스와 스위스 농가를 돌아보러 갔던 지영이 돌아왔다.

사과원과 포도원에 목초지까지—농장 모양은 갖추어졌다. 이제 태풍이나 홍수만 넘기면 될 일이었다.

다행히 새로 농장을 조성하고 묘목을 심은 첫해인 1988년은 태풍 '로이'를 비롯해 31호 '밸'까지 예년보다 많은 태풍이 있었으나 올림픽에는 물론 농장에도 별 피해가 없었다. 그렇게 하늘이 도와주어 심은 과목들이 잘 활착되어가고 있었다.

일단 농장 관리는 송 아저씨에게 맡겨 놓았다.

철민과 지영은 쉴 틈도 없이 1988년 8월 29일에 농업개발원에 입학했다. 철민은 농업개발원 낙농과에, 지영은 원예과에 입학했다. 철민은 낙농과 축산, 양돈, 수의학과 농업경영 과목을 수강했고, 지영은 채소원예, 과수원예, 화훼원예, 토양비료, 일반작물에, 농업기상 과목을 수강했다. 일상적인 강의와 소규모 실습은 서울 캠퍼스에서 이루어졌지만, 영농실습은 지방 농장에서 이루어졌다. 낙농, 양돈에 관련한 실습은 남양주 덕소농장에서 이루어졌고, 원예 관련한 실습은 고양의 삼애농장에서 이루어졌다. 그래서 실습시간은 견우직녀가 되어 떨어져 지낼 수밖에 없었다.

철민은 새로 캠퍼스에 증개축된 우유 처리장에서 우유 처리 공정에 대하여 열심히 배웠다. 또한 젖소의 인공수정과 출산에 대해서도 배웠다. 특히 난산의 어미 소 자궁에서 어린 송아지를 꺼냈던 경험은 가장 기억에 남는 일 중의 하나였다.

지영은 접목에 대해 배웠다. 접을 부칠 때는 뿌리가 있는 대목에, 접수는 원하는 좋은 품종을 잘라다 붙이면 되었다. 접은 아무 나무에나 붙이는 게 아니라 접수와 같은 과(Family) 대목을 써야 붙는다고 했다. 대목은 적응력이 강한 재래종이나 풍토에 적응된 식물을 쓴다고 했다.

이렇게 접이 붙는 것은 같은 대목과 접수의 껍질 중 녹색 부분 바로 밑에 있는 부름켜 부분에 있었다. 맨눈으로는 보이지 않은 부름켜 부분이 서로 붙기 때문이라고 했다.

지난번 대구 농장에서 접을 붙일 때 발랐던 붉은색 약이 '톱신페스트'로 접수가 마르는 것과 부패를 방지하는 기능이 있다는 것도 알았다.

교수님은 접목에는 대목과 접수가 같은 '과 식물'이라야 가능하다고 거듭 강조했다. 그래야 부름켜의 세포분열능이 있는 세포들이 유전적으로 친화력이 있어서 조직이 융합되기 때문이라고 했다. 사람의 경우도 장기이식을 하지만 여러 가지 접합도가 높아야 한다고 했다. 물론 행복도는 친화력이 높은 가족에 있다고 교수가 웃으며 말했다.

식물육종에 대해서도 배웠다. 육종은 접목과 달리 같은 종의 암술에 같은 종 중에서 원하는 특징을 가진 꽃가루를 발라 주는 것이라고 했다.

난초와 같은 화훼식물 중에는 잎이나 꽃잎에 무늬가 있는 것이 있는

접목(接木)

데 이들 무늬를 결정하는 건 암술의 밑씨에 의해 결정되므로 무늬 특징이 있는 식물의 암술에 그 난초에 없는 다른 형질의 같은 종의 꽃가루를 발라주면 된다는 것도 배웠다.

과수의 육종도 이러한 방법을 쓴다고 했다. 다만 과수의 가지에 있는 눈 중에서 드물지만 우연한 생기는 돌연변이인 가지변이를 이용한다고 했다. 열매가 크고 좋은 색이나 맛이 좋은 경우가 생긴다고 했다. 그런 열매가 만들어진 가지를 잘라 대목에 접을 붙이면 된다고 했다. 애써 키우고 관찰하는 농부에게 주는 자연의 선물이라고 했다.

지영은 대구 민영농장에도 그런 가지변이로 새 품종이 생기는 행운이 있기를 바랐다.

기숙사는 지방에서 올라온 학생들이 숙식하며 규칙적인 생활을 했으나 서울에 연고가 있는 학생들은 통학을 했다. 대부분 학생은 20~30대 안팎이었으나 사십이 넘은 사람도 있었다. 학생 모두가 그를 '선배님'이라고 불렀다.

김영진 씨였다. 그는 오른쪽 다리를 쩔뚝거리면서도 누구보다 열심이었다. 그는 화순에서 포도 농장을 하며 그 지역에서는 어느 정도 성공한 사람이라고 했다. 그는 좀 더 나은 농장 경영을 위해 그의 밑에서 일하던 젊고 유능한 청년에게 농장을 맡기고 왔다고 했다. 나름대로 야망도 있어 보이는 그는 농업개발원 방학 동안 집에도 가지 않았다.

그는 기숙사에서 생활하면서 본교 도서관에 다니며 공부도 열심이었다. 그러던 그가 어느 날부터 기숙에 들어오지 않았다고 했다. 그는 2학기 등록은 했으나 자주 결석하기도 하고 지각도 했다. 그런 날에는 술 냄새까지 나기도 했다. 철영은 처음부터 관심이 갔던 그가 변하는 걸 보면서 걱정이 되었다. 무슨 사정이 생긴 것이라 얼핏 짐작할 뿐이었다. 철민은 공부와 지영과 함께할 시간조차 갖기 어려워 그를 안타깝게 바라볼 수밖에 없었다. 그는 겨울방학이 지나면서 더욱 힘들어 보였다.

다음 해 8월, 철민과 지영은 농업개발원을 졸업했다.

먼저 있었던 사과는 물론, 새로 심은 사과와 포도 출하를 위하여 사업자등록증을 새로 냈다. 할아버지 허락을 받아 농장 이름을 철민과 지영 두 사람의 이름을 따서 민영농장이라고 지었다. 드러브렛과 웜블러드 암수 말 두 수를 들여왔다. 이제 승마도 하고 승마 치유도 시작할 수 있게 되었다.

가을이 되어 철민과 지영은 결혼식을 올렸다.

결혼식도, 현판식도 끝나 모든 하객이 돌아갔다. 가족들만 남은 저녁 늦게, 의외의 손님이 민영농장에 나타났다. 초췌하고 피곤한 얼굴로 나타난 원예과 김영진 씨였다. 졸업은 했으나 졸업 앨범 사진도 찍지 않고 졸업식에도 나타나지 않았던 그였다.

그가 밥상을 허겁지겁 비우더니, 철민과 지영에게 말했다. "이런 큰 농장을 만드느라 솔찬히 힘들었겄소. 긴데 내 여기서 머슴 살면 안 되갔소?"

영진이 민영농장에서 일하고 싶다고 했다.

"잘 오셨습니다."

광주와 염전에서 겪은 영진의 얘길 듣고 철민이 환영의 말을 했다. 철영이 두 사람이 마주 잡은 손 위에 손을 얹으며 말했다.

"오늘 함께하기로 한 마음이 어쩌면 따라올 어려움도 이겨내게 할 것입니다."

그러면서 철영은 철민에게 "농장 일만 아니라 사람 사는 일에는 항상 예기치 못한 일이 생길 수도 있다, 만일 그런 일이 생기면 언제라도 돕겠다."라고 말했다.

영진에게는 "부디 심신이 회복되어 새 삶을 시작할 수 있기 바란다." 라고 당부의 말을 했다.

철민은 원주로 돌아가는 식구들에게 사과며 포도를 넉넉히 실어 주었다.

철영과 명희는 승마복을 입고 좋아하는 영희를 데리고 소망원으로, 순영은 원주 병원으로 돌아갔다. 철영은 영진에게 가까운 시일 내에 소망원에 꼭 한번 들리라고 했고, 영진은 소망원에 도움이 필요한 일이 있으면 언제든지 달려가겠노라고 했다.

신혼여행 없이 철민과 지영의 민영농장 생활이 본격적으로 시작되었다.

영진이 송 아저씨의 짐을 나누어지게 되면서 농장이 활기를 띠게 되었다. 영진도 시간이 지나면서 처음의 초췌한 모습과는 달리 화색이 돌기 시작했다. 영진은 지영이 찾아내 긴 색깔 띠로 표시해 놓은 가지 변이의 특징을 세심히 살폈다. 기존에 있었던 사과와 능금은 물론 새로 심은 사과에 이르기까지 그 특징을 관찰해 기록했다. 그 넓은 과수원에서 최종 선발된 돌연변이 가지는 세 개뿐이었다. 지영은 생각보다 적었지만, 해마다 찾아내면 반드시 좋은 것을 얻을 수 있다고 믿었다. 지영은 봄이 되어 돌연변이 가지를 접목할 기대로 부풀어 있었다.

지영은 원예학 수업 중에 들은 미국의 세계적 육종가인 '루터 버뱅크'가 존경스러웠다. '식물과 교감하면서 원하는 신품종을 많이 육종했다.'라는 얘기는 들을수록 감동이었다. 그는 고등학교밖에 안 나왔다고 했다. 마음으로 원하고 사람들이 원하는 육종을 해냈다. 인니안의 '흰' 산이라는 이름을 딴 '샤스타데이지'와 자신의 이름을 딴 스틱용 감자 '루터 버뱅크'였다. 지영도 그런 유용한 육종을 하고 싶었다.

1990년, 철민과 지영의 결혼 1주년인 10월 3일에 독일이 통일되었다. 서울 88올림픽의 영향이라고 했다.

그해 말에 지영이 아기를 가졌다.

다음 해 봄. 지영은 키가 짧게 자라는 왜성 사과 대목을 준비했다. 과수의 키를 줄여 작업이 쉽게 하는 대목이었다. 여기에 가지변이 세 나뭇가지 각각을 두세 개로 잘라 접수를 만들었다. 이렇게 해서 여덟 개의 접목묘를 만들어 각각의 라벨을 만들어 붙였다. 접목묘는 자주 돌보고 안전하게 관리할 수 있어야 했다. 집 가까이에 조그만 접목묘 포장을 만들어 정성껏 심었다. 접이 잘 되었는지 모두 싹이 트고 잘 자라 주었다.

포도도 제대로 달렸다. 집 근처 옛날부터 있던 농장 체험용으로 남겨 두었던 사과나무에도 사과가 가득 달렸다. 붉은색 홍옥과 홍로. 푸른색 아오리, 달콤하고 특이한 식감이 있는 인도 사과나무에도 탐스러운 사과들이 가득 달렸다.

할아버지가 서울 자하문 밖 지인에게서 구한 능금도 가득 달렸다. 와인용으로 새로 심은 3년째 된 부사도 열매가 달리기 시작했다. 저장용 저온 창고도 만들었다. 포도 따기, 사과 따기 농장 체험도 활성화되어 가족 단위, 인근 유치원, 먼 데서 관광차가 오기도 했다. 주말 하우스 바비큐장도 소문이 나기 시작해 주말이면 커다랗게 지어놓은 하우스가 만원일 때도 많았다.

수확한 사과와 포도 판매에 관한 일과 인력 수급 등의 일을 송 아저씨와 영진이 빈틈없이 해냈다. 민영농장 이름으로 농협에 출하했다.

간혹 말을 태워달라는 방문객 청에 승마 체험을 할 뿐인 승마장의 활성화만 남았다. 이 일은 지영이 무거운 몸을 푼 다음에 본격적으로 할 일이었다. 지영은 무거워진 몸으로 시험적으로 와인과 치즈 만들기에 몰두하고 있었다.

살아남은 별

추석 출하가 지나고 바쁘기는 해도 모든 게 순조롭게 돌아가고 있는 때, 철민에게 원주의 순영에게서 전화가 왔다. 소망원에 불이 났다고 했다. 이것저것 생각할 여유가 없었다. 농장 트럭에 사과를 가득 싣고 철민과 영진이 달려갔다.

생각보다 큰 화재는 아니었다. 철영 혼자 수습하느라 애쓰는 걸 보던 순영이 철민에게 전화한 거였다. 철영이 순영에게 '괜히 바쁜 사람에게 전화했다.'라면서도 철민과 영진을 반갑게 맞아주었다.

철영 결혼식에 왔을 때 얼핏 봤던 소망원은 거의 변하지 않았다. 소망원 사람들은 모두 음성인데, 손상돼 흉해진 부위가 복원되지 않아 사회에 끼어들어 제대로 된 일을 갖지 못하고 있었다. 철영은 그게 그들이 열악하게 사는 까닭이라고 했다. 철민은 소망원 식구들이 그들의 흉을 이겨낼 수 있으면 좋겠다고 생각했다.

어느 집 부엌에서 석유풍로를 쓰다가 불이 났다고 했다.

다친 사람은 없고 집 두어 채가 바람을 타고 부분적으로 탔다. 명희와 순영은 불난 집의 가재도구들을 수습하는 일에, 철영과 철민은 영진을 도와 필요한 목재를 사 와 불탄 실내와 지붕을 수리하느라 시간을 보냈다. 처음부터 집이 판자로 어수룩하게 진 거여서 부분적으로 뜯어내고 덧 대는 일은 생각보다 손쉬운 일이었다. 영진은 '다음 날까지 손보면 될 거'라고 했다. 철민은 그렇게 쉽게 말하는 영진을 보며 그가 처음 민영농장에 왔을 때가 생각났다. 고맙게도 그는 자신의 아픔을 잊고 자신감에 차 있었다. 그도 자기가 하고 싶은 일을 찾은 것 같아 보였다.

저녁을 먹은 후, 오후 내내 뭔가 말할 듯 말 듯 하던 순영이 명희가 후식으로 내놓은 참외를 보며 말했다.

"그날 철희가 참외를 참말로 맛나게 먹었지라. 사실 철영 오빠나 철민에게 변변히 미안하다는 말 한마디 제대로 못했지라. 철희가 철민이 니를 참 좋아했는디…. 내는 네게 아픔만 주고, 위로 한번 제대로 못했지라."

순영은 몇 년 고향을 떠나있었지만, 고향 사투리 그대로였다. 말하는 순영의 눈가에 눈물이 그렁거렸다.

"그날 철영 오빠와 철희가 날 찾으러 나올 줄은 몰랐지라. 난 그저 오빠와 철희가 집에 있겠거니 했지라. 5월 19일 오후에 간호과 대표의 전화를 받고 학교 병원에 갔지라. 거기서는 광주의 나쁜 소식을 속속 알 수 있었지라. 그때까지는 병원에 별일 없어 낮이 되어 시위가 벌어지고 있다는 애길 듣고 혹시나 하고 금남로에 흰 가운을 입은 채로 갔었지라. 거기서 도청 옥상 스피커에서 울려 나오는 애국가 소리를 들었제. 얼핏 앞쪽에서 지를 부르는 소리가 들렸는디 곧 사람들이 쓰러졌지라. 그게 오빠와 철희인 줄은 정말 몰랐지라."

그렇게 말하며 순영의 눈에서 그렁그렁하던 눈물이 쏟아졌다.

"그날 같은 시간, 같은 장소에 지랑 철영 오빠 철희가 같이 있었는디…"

순영은 그렇게 울다가 진정이 되면서 다시 말을 이었다.

"광주에서 철희가 잘못됐다는 애길 듣고는 학교 이외에는 바깥출입

접목(接木)

을 안 하다가 졸업하자마자 티베트로 갔지라."

그동안 아무에게도 말하지 못했던 순영의 얘기를 모두 말없이 들었다.

"그때가 3월 초였지라. 거기서도 지는 항상 마음이 편치 않았지라. 티베트 사람들은 지에 대해 아무것도 몰랐을 텐데 모두가 지만 쳐다보는 것 같았지라. 사람을 피해 밤하늘을 볼 수도 없었지라. 낮에는 멀리 포탈라궁 꼭대기까지 보이는 너른 하늘이 밤이 되면 그 깜깜한 먼 하늘은 별로 가득했지라. 사람이 죽어서 별이 된다고 했는데, 하늘에 가득한 별들이 눈을 뜨고, 지만 내려다보는 것 같았지라. 그 별들이 눈을 부릅뜨고 '왜 너만 살았냐'고 묻는 것 같았지라. 거기에서도 광주의 고통이 끈적한 피고름이 든 폐기물 통을 통째로 뒤집어쓴 것 같았지라."

순영은 그때를 회상하며 처음 들어보는 티베트의 아픔을 이야기했다.

"티베트는 3월 28일을 '티베트 농노 해방기념일'이라고 해서 기념일로 정해 축제를 하며 각종 행사를 하지라. 그런데 우리나라 5·18처럼 점령군인 중국군에 의하여 1959년 3월 10일에 대학살이 일어났지라.

14대 달라이 라마인 '텐진 갸초'를 중국군 당국이 경극 관람에 초대해 경호원 없이 오라고 한 것이 알려지자 민중이 그를 보호하려 시위를 했지라. 당시 티베트 인구 600만 중 거의 1.4%가 학살됐지라. 달라이 라마는 인도로 망명했고, 12만~16만 명의 티베트인 디아스포라가 생겼지라. 5·18을 생각나게 하는 티베트는 지가 숨어 있을 곳이 아니었지라. 그래서 그곳에서 일 년을 버티지 못하고 몽골로 갔지라."

순영은 몽골 생각을 하면서 눈물을 닦았다.

"몽골은 티베트와 같은 아픔을 겪지 않고 민주화가 된 나라지라. 어쩌면 티베트의 민족적 아픔이 무혈 민주화가 밑 걸음이 된 건지도 모르지라. 몽골은 소련에 이어 두 번째 공산국가였지라. 그런데 고르바초프가 개혁을 시작하자 집권당 몽골 인민혁명당이 국민들의 민주화 요구를 받았드렸지라. 피 한 방울 흘리지 않고 민주화가 진행됐지라."

순영은 '피 한 방울 흘리지 않고…'를 강조하며 계속 말했다.

"몽골은 수도 울란바토르에 인구의 절반이 몰려있지라. 처음엔 병원 자원봉사자로 도시 외곽 지역에서 의료봉사를 했지라. 보람은 있었지만, 그들 역시 그 도시 속에서 아등바등하며 사는 것을 보니 속이 갑갑했지라. 의료 봉사단에 청해서 남들이 싫어하는 유목민들의 천막 가옥인 게르를 찾아다녔지라. 시력검사를 하면 대부분 2.0이 넘는 사람들—지하수에 석회분이 섞여 위장약을 달고 살지라. 의료 행낭에 소화제와 소독약, 항생제 등을 넣고 징기스칸이 타고 세계 정복을 했다는 키 작고 다리가 짧은 몽골말을 타고 다녔지라. 가슴이 트이는 것 같았지라."

"사방이 트여 있는 몽골의 밤하늘은 산으로 둘러싸인 티베트하곤 달랐지라. 말을 타고 뚜벅거리면 뚜벅거리는 대로, 초원을 달리면 달리는 대로—티베트와 달리 사방이 탁 트인 몽골 하늘의 별은, 티베트의 별과는 달리 절 보며 웃어주는 거 같았지라. 철희를 비롯해 광주에서 희생된 이들이 아름다운 별이 되어 하늘에 가득했지라. 광주의 별들뿐이었을까. 혼자서 그 별들과 얘기하며 지내면서 어느 때부턴가 그 별들이 지를 용서한다고 하는 거 같았지라. '니가 어떻게 할 수 있는 일이 아니었다' 별들이 얘기해주는 것 같았지라.

언젠가는 지도 그 별이 된다 생각하면서 더 이상 하늘의 아래 숨지 않고 세상에 나설 용기가 생겼지라. 그래서 한국에 다시 돌아올 생각을 했지라. 대학 다닐 때 의료 봉사를 갔던 소록도로 갈 생각을 했지

라. 광주 집에 들렀을 때 철영 오빠가 신부가 되어 원주에서 한센인들과 함께 살고 있다는 소식을 듣게 됐지라. 오빠에게 조금이라도 속죄하는 마음으로 철영 오빠가 소개해준 원주의 병원에 와 여기 소망원에 다니게 됐지라."

순영이 어조가 다소 늦추어지며 말을 이었다.

"근데 소망원 사람들이 죄지은 사람처럼 성한 지를 제대로 쳐다보지 못했지라. 그들을 제대로 쳐다보지 못할 사람은 그들이 아니라 지였지라."

더 이상 순영은 눈물을 흘리지 않았다. 순영은 '꼭 자신 때문만이 아니라, 광주에서 죽음을 당했거나, 심신의 불구로 살아가는 이들에게 성한 자신이 빚을 갚아야 한다고 생각했다'고 했다고 했다.

순영이 좀 전과 달리 한센병과 소망원의 문제점을 걱정하며 말했다.

"처음 한센병 증세가 나타날 때 대부분 가장 먼저 눈썹을 잃지라. 그때 절망감을 여기 명희 언니에게서 들었지라. 세수하는 게 무서웠다 했지라. 지가 여기 처음 왔을 때도 그랬지라. 지도 여기 소망원 사람들을 볼 때 지도 모르게 제일 먼저 눈썹을 봤지라. 지가 여기 소망원에서 걸어 나오면 지나던 사람들도 먼저 지 눈썹을 살폈지라. 사실 지 마음의 눈썹은 광주 그때 이미 다 빠졌지라. 그때부터 지는 남의 얼굴을 제대로 쳐다보지 못하는 한센병 환자가 되어 있었지라. 여기 소망원에서 얼굴을 못 들고 다닐 사람은 그들이 아니라 지였지라. 우리 소망원 식구들이 지 앞에서 얼굴을 못 들고 다닐 일은 아니었지라."

순영은 명희의 손을 잡으며 "지에게 잘 대해 주어 감사하지라."며 담담히 말했다.

다음날, 어제처럼 화재 복구 일을 하고 돌아왔을 때, 점심 준비하기 위해 미리 와 있던 명희가 송 아저씨가 영진에게 전화 부탁한다는 말을 전했다. 송 아저씨와 통화한 영진이 철민의 어깨를 치며 말했다.

"농장주인이 오랫동안 농장을 비우는 게 아니제. 송 아저씨 말이 웬일인지 할아버지께서 손주를 보고 싶다고 하신다지라."

영진은 그렇게 농을 치면서 자신은 하던 일을 마저 마무리하고 저녁을 얻어먹고 갈 거라고 했다. 순영이 고속버스 터미널까지 철민을 데려다주기로 했고, 송 아저씨가 차를 가지고 버스터미널로 데리러 오기로 했다.

철민은 터미널에 오는 내내 순영의 말을 들었다.

"한센병은 옛날부터 천형이고 '신의 저주'라고 했지만, 지금은 아니지라. 리팜핀, 답손 같은 약을 먹으면 대부분 완치되지라. 이 병이 무서운 건, 병이 다 나았다고 해도 흉측한 부분이 다시 복구되지 않기 때문이지라. 눈썹이 빠지고, 물렁뼈가 녹아 코가 변형되고, 심하면 코 모양이 없어져 콧구멍만 남기도 하지라. 거기다 손가락, 발가락, 심하면 손발 팔다리까지도 잃어도 아픈 줄도 모르지라. 말단 신경세포가 파괴되어 통증을 느끼지 못하기 때문이지라…"

철민은 순영이 한센병 환자를 위해 참 많이도 알아봤다고 생각했다.

"한센병 환자였던 한하운 시인의 '손가락 한 마디'라는 시가 지 맴을 아프게 했지라. 시인은 공부도 많이 하고 직장도 좋았지라…"

순영이 그의 시를 낭송해 주었다.

손가락 한 마디

한용운

간밤에 얼어서

손가락이 한 마디
　　머리를 긁다가 땅 위에 떨어진다.

　　이 뼈 한 마디 살 한 점
　　옷깃을 찢어서 아깝게 싼다
　　하얀 붕대로 덧싸서 주머니에 넣어둔다.

　　날이 따스해지면
　　남산 어느 양지 터를 가려서
　　깊이깊이 땅 파고 묻어야겠다.

"그들에게 양지는 없었지라."
　울음을 삼키며 시 마지막까지 간신히 끝낸 순영의 눈에서, 눈물 한 방울 '똑'. 순영의 손을 잡고 있던 철민의 손등에 뜨거운 촛농이 되어 떨어졌다. 철민이 순영의 어깨를 감싸 안았다. 순영 누나가 그동안 혼자서 얼마나 힘들었을까. 나중에 자신을 안아 주던 철희 누나를 생각했다. 철희 누나도 혼자 얼마나 아프고 힘들었을까. 철민은 아버지와 할아버지는 레프라균보다 더 심한 병균에 신경이 파먹힌 건 아닐까 하는 생각마저 들었다.
　순영은 또 다른 고충을 토로했다.
"…빠진 눈썹은 그리고, 물렁뼈가 녹아버린 코는 보형물을 삽입하면 되지라. 없어진 손가락과 발가락 그리고 손발은 의수와 의족으로… 그런 보완 성형과 보조기구를 사용하면 외관은 물론 실생활과 보행에 도움이 되지라." 순영은 '그 비용이 만만치 않아 소망원의 자립이 시급하다.'고 했다. "거기에 성한 사람들의 따뜻한 눈빛이 있으면… 그게 그들을 양지로 나오게 하는 길이지라."

 철민을 배웅하려 차에서 내린 순영을 철민이 꼭 안아 줬다. 철민은 순영을 보며 광주에서 살아남은 사람들의 아픔에 가슴이 저렸다. 고속버스 좌석에 앉아 손을 흔드는 철민을—순영은 철희의 눈빛으로 바라보고 있었다.

일그러진 별

 영진은 철민을 먼저 보내 일단 안심은 되었다. 영진은 소망원에 직접 와서 그들의 생활을 보고 싶었다. 철영과 함께 광주에서 아픔을 겪었던 사람과 얘기해 보고 싶었다—그 상처로 피폐된 자신의 삶을 위로받고 싶었고, 소외된 소망원 사람들과 함께해보고 싶었다. 철영이 신부가 된 이유와 철영이 믿는 하느님의 정의를 듣고 싶었다.
 영진은 철영과 함께 소망원 화재 정리를 마무리하고 저녁을 먹었다. 명희가 와인과 사과 내놓았다. 지영이 들려 보낸 거였다. 처음엔 세 사람이 앉아 그날 일과 내일 마무리할 일들을 얘기했다. 그러다 영희를 보러 간다며 명희가 자리를 뜬 뒤에는 철영과 영진 두 사람이 마주 앉았다. 영진은 비가 올 거라는 예보 때문인지 와인 잔을 입에 대다 말고 철영의 애길 들었다. 어쩌면 곧 농장으로 돌아가야 할지도 몰랐다.
 세상에서는 땅도 주어져 있고 주변에 도와줄 사람도 있는데 그걸 못 할 사람이 어디 있냐고 할지 모르지만, 철민 민영 두 사람처럼 이렇게 실행할 사람은 드물 거였다. 할아버지와 아버지는 물론 철영 자신도 생각하지 못한 일을 두 사람이 시작했다고 했다. 영진이 철영의 말에 동의했다. 그 자신도 제법 큰 포도 농장을 가지고 있지만 남을 위한 생각은 미처 하지 못했다. 얘기 끝에 영진이 입을 열었다.
영진은 농업개발원에서 철민과 지영을 만났을 때 얘기로 시작했다. 그들 두 사람 모두의 '성실함에 놀랐다'라는 얘기부터 어려서부터 어머니를 잃었는데도 무척 밝아, 보기 좋았다는 얘기. 그러면서 세상에 좋은 일을 해보겠다는 게 대견했다고 했다. 영진이 염전을 나와 막판에 몰렸을 때 민영농장에 온 걸 그렇게 환영해줄 줄은 몰랐다고 했다.
영진이 철민과 지영 두 사람 얘기 끝에, 광주에서 총상을 입었던 얘길 계속 꺼냈다.
"뒤에서 총소리가 나서 죽기 살기로 차를 몰았지라. 허리에 총상을 입었어도 어떻게든 살아야겠다는 생각으로 터널을 빠져나와 병원 응급실 수술대에 올랐지라. 의사가 수술 후유증을 말했을 때도 딸애 하나만 있으면 된다고 생각했지라."
철영도 딸 영희를 생각하며 영진의 그다음 얘길 들었다.
"그런데 막상 목숨을 건지고 나니 다리 불구와 성불구가 지를 망가뜨렸지라. 그때 그 군인 놈들 탓하고 정치하는 놈들을 탓해도 책임을 물을 방도가 없었지라. 책임보다 먼저 불구에서 헤어날 방도가 없었지라. 그래도 맨날 아홉 시 땡 하면 TV에 나타나는 그놈 눈알을 빼고, 쥐뎅이를 찢어버리고 싶었지라."
철영도 그때를 떠올리며 살의와 실의가 뒤섞인 영진의 말을 들었다.
영진은 여전히 화가 풀리지 않는지 붉게 상기되어 '아홉 시 땡 인간'을 얘기하던 끝에 흘러간 물로 방아를 돌렸다.
"4·19 때는 이 대통령이 병원으로 총상을 입은 학생들을 위문했다지라. 거기서 '부정을 보고 일어서지 않는 백성은 죽은 백성이지, 이 젊은 학생들은 참으로 장하다.'라고 했다 지라. 그런 이틀 후 하야했다지라. 그런데 야는 살만 피둥피둥 찐 채 대통령까지 해 먹고…, 염라대

왕은 뭐하지라. 야차라도 잡아가서 쥐기던가, 아님 죽고 싶어도 죽지 못하는 병에 걸리게 해 자자손손 못 되는 꼴을 보게 해야지라."

영진이 숨을 고르는 사이 철영이 말했다.

"저나 영진 형제님은 민주화를 위해서거나, 남에게 좋은 일을 하려다 다친 건 아니었습니다. 어쩌면 철희의 죽음도 그렇습니다. 철희가 학교 데모에도 나서고 했지만, 광주에서는 순영을 찾기 위해서 단순히 그 자리에 있다가 그렇게 된 겁니다. 그게 천벌을 받을 일은 건 아닐 겁니다. 분명히 우리 모두가 피해자이기는 하지만, 순교자는 아닌 겁니다. 구태여 의미를 붙인다면 권력의 횡포와 그 참상에 대한 목격자는 될 것입니다. 그날 금남로에 있었던 사람들 각각은 조금씩 이유가 다르고 처지가 달랐을지라도 대부분 불의를 못 참아 그 자리 '함께' 있었던 것은 사실일 것입니다. 그 '함께'가 민주화를 이루어 낸 것입니다."

"영진 형제가 너릿재터널 입구에서 부상을 입은 건 그 '함께'는 아니었습니다. 사적인 이유로 거기를 지나다 총격을 받은 겁니다.

그 시대에 그곳에 있었기 때문입니다. 간호학과를 다니던 순영 자매는 이타적인 목적으로 그날 그 자리에 있었습니다. 그런데 순영 자매는 철희와 나 토마스의 희생에 대한 간접 가해자가 되어 괴로워했습니다. 그 일로 이모님은 이제껏 우리 집에 나타나지도 못하는데, 가해자는 한마디 사과도 없이 멀쩡히 얼굴을 들고 다니고 있지요."

철영이 잠시 말을 멈췄을 때 영진이 말했다.

"맞지라. 순영 씨는 티베트며 몽골, 소망원에서 봉사하면서 철희의 죽음을 자기 탓으로 생각했지라. 마음 고생하며 그 고행을 했는디…. 정작 총을 쏜 놈이나 시킨 사람들은 발 뻗고 자니, 그런 나쁜 놈들이 없지라."

"저도 철희의 죽음에 대해 자책하고 힘들어했습니다. 아무리 졸랐어도 시위대 앞에 나서는 건 말렸어야 했는데… 무엇이 정의인지… 마음이 지옥이었습니다."

"마음이 지옥이라요? 그 악귀들이 백주에 활기치고 돌아다니는 세상이, 지옥이지라. 죽은 사람들은 말이 없고, 목격자는 숨어다녀야 하는 세상, 이런 긴 나라도 아니지라…"

영진은 그렇게 말하며 치를 떨었다.

"사실 저도 그런 순영일 보면 마음이 편칠 않았습니다. 가해자가 분명 있는데, 용서를 빌어야 할 사람이 따로 있는데 말입니다."

"그렇지라. 지게 무슨 원한이 있어 가라 해놓고 내게도 버스에도, 총을 쏴댔지라. 양민들이 뭘 했다고… 천벌을 받지라…"

"저도 설마 그들이 시위대에게 무차별 사격할 줄은 몰랐지요. 그러나 그들은 훈련한 대로, 명령받은 대로 한 짓일 테지요. 그래도 그들 중에는 지금도 괴로워하면서 참회하는 사람들이 있다고 들었습니다."

"그런 사람이 몇이나 된다요? 쏜 놈 윗대가리가 빌지 않는디… 용서할 일이 아니지만 설령 용서한다고 해도 '집니다' 하고 나서서 빌 턱이 없지라. 그래 가지고는 세상이 바뀌지 않지라. 모두 잡아다가 공개로 처형시켜야 하지라."

영진의 울분을 들으면서 철영의 가슴속에는 어느 누구에게도 말할 수 없었던, 풀어진 줄 알았던 응어리가 다시 핏덩어리로 뭉쳐졌다. 철영은 잠시 말을 멈추고 광주에서의 부상이 치료되고 졸업이 가까이 오자 진로를 결정하느라고 힘들었던 때를 상기하면서 말했다.

"그러나 우리들은 제대로의 목격자는 아니었습니다. 광주가 고립되었을 때, 광주에 들어갔던 외국인 기자나, 광주에 잠입하여 소식을 알린 중앙지 어느 기자가 진정한 의미의 목격자일 것입니다. 그들은 사명감도 있었겠지만, 자기 말을 들어주고, 읽어주는 시청자와 독자가 있다는 걸 믿었기 때문일 거였습니다. 불의를 현장을 담아 후세에 전할 그들 신념은 역사가 정의의 편에 설 거라는 믿음을 가졌기 때문이었을 것입니다."

"신부님은 그때 그런 믿음이 없었던 기라요?"

"그러게요. 광주에서의 부상이 치료되자 집안일보다는 세상에 관심을 가지게 된 건 맞지요. 대학 졸업반이었던 저는 제 개인과 가족 때문에 고통스러웠습니다. 그러나 그 일이 있고 나서 나라와 세상을 바꾸는 일에 관심을 가지게 된 건 맞습니다. 그 당시 같이 신학대학 다니던 동료 중에는 직접 사회 개혁에 나선다며 정치와 노동운동을 하는 사람들이 있었지만, 제 개인적 성정으로는 혁명가보다는 기자가 맞는 것 같았습니다."

"그런데 왜 기자가 되지 않고 신부가 되신 기라요?"

자신의 개인사와 세상에 대한 울분을 털어놓던 영진이 물었다.

"영진 형제님이 농업개발원에 입학한 것과 비슷하지요. 뭔가 하긴 해야겠는데, 믿음에서 나오는 용기가 없어 할 일을 미루려 한 것이겠지요. 아니 우리 가족의 고통조차 이해할 수 없었기 때문이었을 것입니다. 아버지만 받으면 될 벌을 배우자와 자식들이 받는 그 업을 이해할 수 없었습니다. 그런데 어떻게 세상일에 나설 수 있었겠습니까. 이미 박통의 유신 반대 때 개신교와 가톨릭교의 젊은 성직자들과 승려들이 세상에 나서 민주화를 부르짖었습니다. 저는 그들과 같은 용기가 없었습니다. 투사도 자신 없고, 세상에 초연히 미사를 집전하는 신부도 자신이 없었습니다."

철영 토마스는 잠시 말을 멈추었다.

"세상에 나설 용기 없음을 탓하며 담쟁이덩굴처럼, 도마뱀붙이처럼 조용히 살기로 했나 봅니다. 그냥 보통 사람처럼 살면서 우리 가족의 고통과 세상의 부조리와 역사의 굴곡을 마주해 보기로 한 건지도 모릅니다. 불교 학교에서 배운 것―마주하기. 저 자신과 세상을 마주해 보기로 했습니다."

철영이 잠깐 숨을 고르고는 계속 말했다.

"불교에서는 비우라고 말합니다. 깨달음을 얻어 모든 중생을 이롭게―고통에서 해탈시키는 '자타불이(自他不二)'의 보리심―상대성에서 벗어나 궁극적 보리심을 깨달으라고 합니다. 그런 보리심에 측은지심은 있어도 복수는 없습니다. 세상일은 법으로밖에 할 수 없는 일이지요."

"성서는, 인간에게는 원초적인 죄성이 있어서 인간이 인간을 구원할 수 없다. 어린아이 같아야 천국 간다고 하고, 부자가 천국 가는 건 낙타가 바늘구멍으로 들어가는 것보다 힘들다고 합니다. 이어령 교수는 이웃 대학 채플 시간에 '낙타가 아람어로는 동아줄인데 잘못 번역된 거'라 했답니다. 성서는 낙타든 동아줄이든 그렇게 들어가기 힘든 천국을 들어가기 위해서는 형제의 허물을 일흔 번씩 일곱 번이라도 용서하라고 말합니다. '너희가 땅에서 처벌하면 하늘에서도 처벌할 것이며 너희가 땅에서 용서하면 하늘에서도 용서할 것이다.' 했습니다. 모든 게 피조물의 책임이 됐습니다. 궁극적으로는 하느님인 '사람의 아들'이 피 흘려 죄를 용서했으니 너희도 용서하며 살아라… 그 말을 한 '사람의 아들', '하느님의 아들', 하느님을 믿어야만 구원된다고 했습니다."

철영이 하는 말을 영진은 여전히 불만스럽게 듣고 있었다.

"인간이 수많은 선택을 하며 살지만, 상대가 있고, 소위 운명이라는 게 있는지도 모릅니다. 인연에 의한 것이라면 풀거나 감당할 수밖에 없고, 하느님의 섭리라면 받아들일 수밖에 없습니다. 그래서 저는 절 다치게 한 총알만 미워하기로 했습니다. 그 총알이―무작위로 겨눠진 것이라면, 나만 당하고 쏜 이는 용서하기로 했습니다. 나를 '콕' 집어 발사한 총알이 아니니 어찌 책임을 지라고 하겠습니까. 저는 고의적이 아닌 교통사고처럼 저 혼자 겪고 가해자는 용서하기로 했습니다. 가족이나 국가도 마찬가지일 겁니다. 그런 가정과 나라, 그런 시대에 태어난 이유 때문이라고… 업장이고, 섭리라고…. 운명을 마주 봐야 합니다. 운명이라는 핑계가 있어야 숨을 쉴 수 있습니다. 핑계가 있어야 자신과 타인을 용서할 수 있습니다. 용서해야 선한 선택도 할 수 있습니다. 선한 선택은 용기를 줍니다. 부모가 제 선택이 아니었듯이 소망원도, 명희도, 영희도 오로지 모든 게 제 선택만은 아니었습니다. 제 마음을 들여다본―운명으로 받아들이고, 마음의 선택으로 제 삶을 새 운명으로 바꾸고 싶었습니다. 지금은 제가 선택한 새 운명을 섭리라고 믿고 있습니다.

이렇게 말하며 영진의 손을 잡는 철영에게 영식이 반박했다.

"지는 그런 어려운 말은 모르지라. 맞은 놈이 때린 놈을 용서한다는 긴 말이 안 되지라. 지는 절대 용서할 수 없지라. 기들이 참으로 빌고, 법의 심판으로 죗값을 치루어야 하는 기라요. 지가 못하면 하늘이라도 천벌 내리라 빌끼라요."

잡은 손을 뿌리치려는 영진에게 철영이 말했다.

"맞는 말씀입니다. 그러나 영진 형제도 선한 선택을 할 수 있기를 바랍니다."

영진은 말이 없었다.

철영이 응어리를 뱉지 못하고 듣기만 하는 영진을 바라보며 다시 말했다.

"그러나 사람이 자유롭기 위해서는 사랑하고 용서하는 수밖에 없습니다. 용서만이 자신에게 마음의 평안을 줍니다. 사람은 무의식적이든 의식적이든 그가 한 선택이 운명이 됩니다. 그러므로 마음의 평안을 주는 선한 선택이 필요하다고 생각합니다."

"설령 그렇다손 치더라도 너무 억울하지라. 애 엄마 일도 결국 지가 선택해야 할 일이 되지라. 선택은 마음 약한 사람의 짐이지라."

영진이 울먹거렸다.

철영이 그의 손을 잡으며 말했다.

"그들이 받을 벌은 법에게, 그가 갈 지옥은 하늘에 맡깁시다. 그래도 억울하면 물고기처럼 운명을 거슬러 후회 없는 자신의 다른 삶을 살아봅시다."

"긴데요. 선택에는 신부님이 말씀하신 선한 것만 있는 게 아니 지라. 문어 대가리도 그렇고, 다른 악한 짓을 하는 사람들의 못된 짓도 그 나름대로 선택이지라."

"맞습니다. 선한 선택도, 악한 선택도 모두 사람의 일이지요."

철영은 '죄 없는 사람이 간음한 여인에게 돌을 던지라'는 성경 얘기를 꺼내려다 입을 다물었다. 오히려 영식의 '마음의 상처'를 헤집을 것 같아서였다. 영진은 여전히 억울한 표정이었지만, 철영은 더 이상 말하지 않았다. 철영은 다만 영진이 '운명을 거스르는 선한 선택'을 해주길 바랐다.

폭풍우

영진이 소망원에서 절망을 말하고 있을 때, 송 아저씨 전화가 왔다.

철민은 저녁께 도착했고, 대구의 빗줄기가 심상치 않다고 했다. 송 아저씨는 철민 할아버지가 10년 전과 비슷하다며 걱정한다는 얘기를 전했다. 영진은 잠에서 깨어나듯 자리에서 벌떡 일어났다. 영진은 10년 전 전남 남해안을 강타한 2등급 태풍인 아그네스를 기억해냈다. 전남 장흥, 보성은 물론 평지에 있었던 자신의 화순 포도 농장까지 초토화시켰던 태풍이었다. 그 풍수해로 특별 재난금이니, 농협 융자니 하면서 농장 복구하느라 어려웠던 게 떠올랐다.

철영과 얘기하느라 시간 가는 줄 몰랐다.

광주만이 아니었다. 태풍―이 또한 현실이었다. 태풍이 한 일에 선택하고 결정하는 게 또한 현실일 거였다.

영진은 함께 걱정하는 철영 토마스와 영희 엄마에게 '너무 걱정하지 말라'고 말하곤 곧 출발했다. 영진은 달리는 트럭 라디오에 귀를 기울였다. 원주는 태풍권이 아니어서 몰랐다. 재난 방송은 "A급 슈퍼태풍인 미어리얼이 초속 51m로 대한해협을 지나고 있다."라고 했다. 남해, 마산, 삼척, 태백 하는 소리도 들렸으나, '안동 157mm'라는 소리만 귀에 남았다. 안동이면 동대구에 있는 민영농장이 가깝다.

민영농장은 산기슭에 있고, 게다가 새로 개간해 목초지까지 만들어 놓았다. 지난달 열대 1등급 대형 폭풍이었던 글래디스는 초속 31m라고 했다. 다행히 민영농장 쪽으로는 비껴갔다. 속도는 느렸으나 비를 많이 품었던 글래디스로 지반이 많이 약해졌을 과수원 위쪽 방목지가 걱정되었다. 방목지에 문제가 생기면 사과원, 포도원의 피해는 말할 것도 없었다. 분양한 땅에 짓고 있는 주택과 상가는 어떻게 될까….

이 전쟁 같은 태풍은 민영농장만을 겨냥한 대포알은 아니었다.

영진은 '선한 선택이 운명을 이겨낼 것이다'라고 한 철영 토마스의 말이 머릿속에서 떠나지 않았다. 고장 난 펌프를 수리하기 위해 광주에 간 것, 수술, 염전. 지나온 모든 일들이 타의든 자의든 선택하지 않으면 안 될 선택의 연속이었다. 선택이 운명이라는 철영의 말에 마음 아팠다. 민영농원의 피해는 10년 전 2등급 태풍인 아그네스가 휩쓸고 간 평지인 화순 포도원에 비할 게 못 될 거였다.

영진은 안동 휴게소에 들러 공중전화로 민영농장에 전화했다. 전화는 불통이었다. 영진은 철영에게 알리고, 광주 큰집 형에게 미니 굴삭기를 수배해 달라고 부탁했다.

계속 폭풍우가 쏟아지고 낙뢰가 떨어졌다. 영진은 캄캄한 어둠 속을 너릿재터널을 통과하듯 액셀러레이터를 밟았다.

대한해협을 지난 '미어리얼' 태풍이 일본 서북 열도를 핥으며 엄청난 피해를 내고 있다고 했다. 일본 아오모리현은 올해 발생한 유리, 글래디스에, 이번 미어리얼 태풍까지 겹쳐 피해가 심각하다고 했다.

영진은 밤늦게 민영농장 입구에 다다랐다. 이미 산사태로 과수원 올라가는 길은 파이고 토사가 쌓여 진입이 불가능했다. 트럭을 엇비슷 돌려 전조등을 비춰 봤으나 과수원 쪽에 닿지 못했다. 언뜻 과수원 쪽에서 손전등 불빛이 비쳤던 것 같기도 했다. 큰 도로는 이미 결딴나 있었고, 전신주가 길 복판에 커다란 집게처럼 꺾여져 있었다. 길가에 늘어섰던 미루나무들이 뿌리째 뽑히고 부러져 여기저기 뒹굴고 있었다.

영진은 어렵게 차를 돌려 소방서와 구청으로 향했다. 마침 두 곳 모두 수해로 비상이었다. 영진이 소방서 담당자에게 고립된 농장 상태를 말하고, 혹시 모를 산모와 식구들 구조를 부탁했다. 영진은 무엇보다 지영이 걱정되었다. 재난 본부가 차려진 구청에 들러서는 농장 주변 도로와 전기, 전화 복구를 부탁했다.

옷을 갈아입고 늦은 저녁을 먹고 철민과 송 아저씨가 마루에서 함께 TV로 재난 방송을 봤다. 비는 여전히 추적추적 내렸다. 여기저기 골고루 내렸다. 사과원에도 포도원에도 엔실리지 사일로에도 마구간에도 골고루 내렸다. 땅속 깊이까지 비가 스며들었을 터였다.

무거운 비가 진종일 내렸다. 천둥 번개가 하늘과 땅에 스며들었다. 땅 밑에서 무슨 동물이 우는 것 같은 소리가 났다.

땅이 움직이는 것 같았다.

서로 바라보는 송 아저씨와 할아버지 낯빛이 하얗게 변했다. '지렁이 울음소리'라는 '땅 울음'이라고 했다. 산사태 징후라 했다.

"여기 기후는 대구 중심지와는 다를 때가 있는 기라. 지난번 과수원을 망가뜨렸던 때와는 마이 다르데이."

수심에 찬 할아버지가 말하곤 어깨를 두드리며 안방으로 들어가 누웠다. 같이 TV를 보던 지영이 몸이 이상하다며 방으로 들어갔다. 송 아저씨가 철민에게 따라 들어가 보라고 하곤 소망원에 다시 전화를 걸었다. 영진이 떠난 지 오래다고 했다.

비는 계속 내렸다.

송 아저씨는 '땅 울음'이라는 철민 할아버지의 말이 마음에 걸렸다. 그런 소리는 말만 들었지 처음 들어봤다. 새벽이 되면서 폭풍이 더 심해졌다. 농장 위 하늘에 번개가 갈라지고, 이어 '우릉' 하는 천둥소리가 집을 흔들었다. 창문이 흔들리고 지붕 기왓장까지 들썩이는 것 같았다.

철민은 지영 옆에서 밤새 걱정하다 새벽녘이 돼서야 잠깐 눈을 붙였다.

"우루르룽 쾅—"

철민이 눈을 떴다.

지난밤과는 달랐다. 한 번 지나가던 천둥소리가 아니었다. 아니 그보다 수백 배, 수천 배는 더 크게 들렸다. 과수원 전체가 흔들리는 굉음이었다. 철민이 숨도 안 쉬고 방문을 열고 나가 보니 밤새 재난 방송 보던 송 아저씨가 걱정스러운 눈으로 철민을 쳐다봤다. 그 옆에서 졸고 있던 박 영감이 놀란 얼굴로 두 사람을 쳐다봤다. 다시 한번 번개가 번쩍이자 그 섬광에 어둠 속에서 검은 괴수가 잇몸을 드러내고 우루르릉— 천지를 뒤흔드는 천둥소리가 뒤를 이었다. 하늘이 갈라진 후의 검은 침묵. 주변의 공기가 다 없어진 느낌이었다. 귓속이 먹먹해졌다.

"산사태야."

송 아저씨가 외쳤다. 산사태 말은 들어 봤지만, 겪어 보기는 처음이었다. 모두 뭔가 해야 했다고 생각했지만. 엄두가 나지 않았다.

먼저 송 아저씨가 일어섰다. 그는 재난을 대비해 창고에 두었던 재난 방지 비닐 마대를 꺼내 왔다. 그는 철민과 박 영감이 들고 있는 마대에 흙을 채우기 시작했다. 어느 정도 흙 마대가 만들어지자 손수레에 담았다. 송 아저씨가 앞에서 손수레를 끌고 철민과 박 영감이 뒤에서 밀었다.

집 근처와 냉장창고, 사일로, 우사, 마방 주변에 흙 마대를 밤새 쌓았다. 송 아저씨가 하라는 대로 협력하자 시설물들에 대한 방비는 대충 마무리 하였다.

비가 좀 잠잠해지자 송 아저씨는 이제 좀 쉬자며 박 영감을 먼저 들여보냈다.

철민도 송 아저씨와 함께 들어갈 채비를 하려 손수레를 치우려다 문득 집 뒤쪽 접목묘 포장이 생각났다. 지영과 영진이 애써 골라내 올봄에 접을 붙여 오가며 관리가 쉽도록 따로 포장을 만들었었다.

철민이 그 얘길 하며 다시 비닐 마대에 흙을 담으려 했다. 송 아저씨가 철민의 어깨를 치며 비닐 마대 입을 벌리게 하여 흙을 퍼 담기 시작했다. 손수레로 두어 번 흙 마대를 부려 놓고 접목묘 포장에 둘러쌓았다.

철민은 이젠 할 건 다 했다 싶었다.

철민과 송 아저씨는 접묘장을 떠나 다시 농장 주변을 돌아보았다. 인력으로 할 일은 다 해놓은 것 같았다.

그들이 옷을 갈아입으러 들어가려는 데 변이 접목묘 포장 쪽에서 지영의 비명이 들렸다.

비가 좀 잦아들자, 지영이 옷을 갈아입으러 들어 온 박 영감을 앞세워 변이묘 포장으로 나왔다. 지영은 라벨에 구멍을 뚫고 30cm 되는 털실로 각각 묶어 준비해 왔다. 지영은 철민과 송 아저씨가 흙 마대로 포장을 둘러쌓아 놓은 걸 보고 웃음을 지었다. 지영은 여덟 개 접목묘를 일일이 확인하며 각각에 맞게 긴 털실 라벨을 접목묘에 묶어 놓았다.

철민과 송 아저씨가 접목묘 포장에 왔을 때는 이미 지영이 접목묘에 라벨 털실을 다 묶어 놓고 배를 움켜쥐고 앉아 고통스러워하고 있었다. 철민이 지영을 안아 일으키려 하자 풀썩 주저앉았다. 철민이 "자신에게 부탁하지 그랬냐."고 말하자 지영은 "변이묘 구별은 나와 영진 선배님만 안다."라 대답하며 힘을 내어 웃었다.

다시 비가 내리기 시작했다.

지영의 몸에서 양수가 빗물과 함께 흘러내리고 있었다. 지영은 그 정황에서도 '어떻게 해' 하며 변이묘를 걱정했다. 하늘 가득 번개가 치고 곧이어 천둥소리―. 그 소리를 지영의 진통 소리가 묻어 버렸다.

박 영감의 떨리는 손에 들린 손전등 빛이 새 생명의 문을 안내하고 있었다. 철민이 지영에게 배에 힘을 주라고 말했다. 다시 창문 밖에 번개가 '번쩍' 스쳐 지나갔다. 이어지는 천둥소리. 지영이 자기 몸에 채찍질하듯 부르짖으며 입술을 악물고 힘을 주었다. 열린 문에서 아기의 까만 머리가 나타났다. 다행이었다. 교수님은 아이 머리가 먼저 나오지 않으면 아이가 질식사하거나 뇌 협착으로 정신적 불구가 될 수 있다고 말했었다. 지영의 힘이라고 생각할 수 없는 태초의 힘이 자궁의 새 생명을 세상으로 밀어내고 있었다. 철민은 그 힘에 실려 나온 아기를 조심조심 두 손에 받아냈다. 아기에 붙어 있는 탯줄의 한 뼘쯤 되는 길이 양쪽 중간을 실로 묶은 다음, 소독 가위로 잘랐다. 그동안 지영 몸에서 생명을 유지 받았던 탯줄이 끊어졌다. 교수님은 이때까지는 아기가 아픈 줄을 모른다고 했다. 그래서 울지 않는다고 했다. 아기의 입에 손을 넣어 입 안에 있는 것을 꺼내 주자 첫울음이 터졌다. '아파서가 아니라 막혀 있던 몸속에서 남아 있던 공기를 토해내는 것'이라고 했다. 그사이 또 한 차례 뇌성이 지나갔지만, 철민의 귀에는 윤식이 첫 울음 소리만 남았다.

윤식이 울음소리는 세상에 하나밖에 없는 새 생명의 소리였다. 접목은 이미 세상에 나온 줄기인 접수를 대목에 붙이는 거였다. 접목의 접수는 대목과 관계없이 무한히 복제될 수 있는 생명체였다. 그러나 윤식의 출산은 지영의 모성의 반과 철민의 부성 반을 모체가 받아 키워낸 세상에 하나밖에 없는 생명이었다. 윤식의 울음소리는 세상에 하나밖에 없는 새 생명의 존재를 세상에 알리는 선언이었다.

할아버지가 항렬에 따라 미리 지어놓은 윤식이 그렇게 폭풍우 속에서 태어났다. 철민이 지영에게 쥐여 주었던 탯줄 끝에서 태반이 무사히 빠져나왔다. 송 아저씨의 도움으로 따듯한 물에 윤식을 씻겨 커다란 수건에 쌌다. 달이 좀 모자라서 그런지 윤식이 얼굴 피부가 물에 부푼 것처럼 쭈글쭈글했다. 철민은 자신의 품에서 느껴지는 윤식이 무게와 꼼지락거림이 감동이었다. 윤식은 눈꺼풀 밑의 커다란 눈알이 움찔움찔하며 빛과 어둠의 경계를 가르려고 애쓰고 있었다.

박 영감이 준비한 따뜻한 물로 움찔움찔하는 윤식을 씻겼다. 생명은 움직이는 거였다. 손바닥에 닿는 윤식의 움직임이 철민의 심장을 뛰게 했고 뇌에 따뜻하게 각인되었다.

철민이 윤식이를 지영의 가슴에 안겨 주었다. 땀을 흘려 차가워진 지영의 몸에서 따듯한 체온을 찾는지 윤식이 엄마 젖가슴에 얼굴을 비벼대며 입을 오물거렸다. 철민은 그런 윤식이 볼에 입을 맞추는 지영 모자를 함께 마음으로 싸안았다.

그렇게 윤식의 세상 삶이 지영·철민 부모와 함께 시작되었다.

어둠이 걷히기 시작하면서 비바람 소리가 잦아들었다.

전깃불이 다시 들어오고 송 아저씨가 전화기를 들자 '뚜—' 하는 신호음이 났다.

조금 지나서 119 소방관과 응급구조사가 괴물 흙더미를 넘어 들이닥쳤다. 응급구조사는 모자의 건강 상태를 확인해 주고 윤식이 배꼽 위에 솟은 탯줄을 소독해 주었다. 새 생명을 세상에 내놓느라 지친 지영에게 '너무 수고 했다'며 링거를 놓아주고 돌아갔다.

아침이 밝아왔다.

철민은 송 아저씨와 함께 집 앞에 웅크리고 있는 흙더미 괴물을 넘어 농장을 둘러보았다. 흙더미는 산기슭을 평탄해 만든 방목지가 파여 나가면서 밀려나 온 거였다. 굴삭기 기사가 기술 좋게 땅속 깊이 숨겨 놓았던 나뭇등걸이며 바윗덩이들은 오간 데 없었다. 방목지 가운데 커다란 골짜기가 파였다. 할아버지의 마음을 아프게 해가며 벌목해 만든 목초지에 마음속 깊은 해구가 생겼다.

추석 출하를 끝내고 남겨져 있던 사과들이 찢어진 가지와 함께 토사에 파묻혀 있었다. 수확을 끝낸 포도원은 융단폭격을 받은 것처럼 모든 게 흐트러져 있었다. 중심 지주로 세워 놓았던 사각 시멘트 기둥들은 오래된 장승처럼 기운 채로 서 있고, 그 사이 사이에 꽂혀 있던 나무 지주들은 여기저기 흙바닥에 널브러져 있었다. 포도덩굴은 와이어에 몸이 묶인 채, 전쟁에 집단 학살당한 양민들처럼 토사 더미에 묻혀 있었다.

마상 결혼식을 했던 승마장도 토사로 덮였고, 지영이 정성을 들였던 접목묘 포장도 붉은 펄로 덮여 있었다. 할머니가 좋아했던 백작약을 옮겨 심었던 화단도 초토화되었지만, 그 뿌리가 남아 있어 쉽게 복구되었다.

철민이 호기롭게 마상에 올라 하얀 웜블러드를 탄 지영을 바라보던 결혼식장인 승마장이 사라졌다. 승마의 꿈도 지영이 공들였던 가지변이 신품종의 꿈도 사라진 것 같았다.

산사태는 이런 큰비를 예상한 충분한 토목공사를 하지 못하고 서두른 까닭이었다. 아직 시뻘건 황토물이 쏟아지고 있었다. 방목지 평탄으로 땅속에 묻혀 있던 그 숱한 바윗덩이와 토사가 밀려 내려와 쌓였다. 새로 조성한 과수원을 덮쳤다. 큰길 건너 오천여 평을 분양하여 한창 짓고 있던 농가 주택과 상가를 덮었다.

큰길에 줄지어 서 있던 미루나무 덕에 그만한 게 다행이었다. 굵은 미루나무가 떨어지는 바윗돌을 막다 부러져 길 위아래에 널려 있었다. 그때 전봇대가 함께 꺾여져 정전되었던 거였다.

쏟아지는 토사를 직격으로 맞은 길 앞 2층의 긴 상가건물이 버려진 성채처럼 토사를 받아내 버텨냈다. 큰 바위를 받느라 버텼던 시멘트 기둥 속 철근이 게 앞발 속 인대처럼 노출되어 있었다. 상가건물 뒤쪽 골조만 완성된 주택 중에는 벽돌 벽을 무너뜨리고 굴러 내린 바위가 껴 있는 것도 있었다. 길가 굵은 미루나무가 떨어지는 바윗돌을 막다 부러져 길 위아래에 널려 있었다.

철민은 눈앞에 벌어진 상황이 가름이 안 되어 잠시 멍하니 넋을 놓은 채 앞만 바라보고 있었다. 철민은 난감한 얼굴로 송 아저씨를 쳐다봤다. 송 아저씨는 그런 철민을 도닥거려 지영과 윤식에게 올려보내고 이곳저곳을 살피다 올라왔다.

박 영감이 끓인 미역국으로 새로 태어난 윤식을 합친 민영농장 식구들이 늦은 아침을 먹었다. 영진의 빈자리가 한결 커 보였다. 지영 모자와 박 영감을 두고 철민과 송 아저씨가 함께 나서는데 길 아래쪽에서 왁자지껄한 사람들 소리가 들렸다.

큰길가에 새 전봇대가 세워져 있었다. 그래서 전기가 들어왔고 전화가 되었던 거였다. 패진 도로가 응급 복구되고 있었다. 불도저와 굴착기가 쓰러진 미루나무와 토사가 정리되고 있었다. 철민은 "어떻게 알았냐."라고 굴착기 기사에게 물어봤다. "누가 새벽에 신고했다고 들었다."고 대답했다. 전화는 불통이었는데, 철민은 영진이라고 생각했다.

신고 당사자는 아직 나타나지 않고 있었다.

빗물에 씻긴 둥근 해가 을씨년스러운 민영농장 위를 비출 때 주택과 상가를 짓던 건물주들이 철민과 송 아저씨 앞에 몰려들었다.

성질 급한 건물주에게 철민이 다짜고짜로 멱살을 잡혔다. 그러자 눈치 보던 다른 사람들이 철민 주변에 몰려들었다. 그들은 삿대질까지 해가며, "천재지변이긴 해도 과수원 토목공사 부실에 있다. 당장 보상책을 내놓아라."라며 을러댔다.

과수원에서 오래도록 일했던 송 아저씨도 그들의 이유 있는 항의에

접목(接木)

속수무책이었다.

　두 사람이 그들에게 둘러싸여 시달리고 있을 때, 철영의 봉고와 순영의 하얀 차가 나타났다. 새벽에 영진의 전화를 받고 부랴부랴 청바지 차림으로 내려온 철영도 난감하긴 마찬가지였다. 철영은 무슨 상황인지는 알겠는데, 철민을 도울 방법을 몰라 어쩔 줄 모르고 있었다.

　그들은 철영과 순영을 힐끗 쳐다보고는 다시 철민을 다그쳤다.

　그저 난감해서 "내가 이 농장주인 철민의 형이다."라고 선 듯 나설 수가 없었다.

　그때 소망원 식구들이 차 문을 열고 나타났다. 이제까지 을러대던 사람들이 일시에 멈추고 그들을 바라봤다. 얼핏 보아도 정상적인 얼굴의 사람들이 아니었다.

　홍수 복구를 위해 달려온 소망원 식구들은 수줍게 그 사람들을 바라봤다. 그 사람들이 둘러싸고 으르는 사람이 소망원에 왔던 철영 토마스의 동생일 거라고 짐작하고 있었다. 옛날 같으면 정상인들은 그들을 보기만 하면 도망치거나 돌을 던지곤 했었다. 그들이 홍수 재해를 복구한다고 삽과 괭이를 들고 나타나자 멈칫했다. 그들의 탈을 쓴 듯 표정이 철민을 어르던 이들의 울퉁불퉁한 화난 표정도 멈추게 했다.

　영진은 큰집 형님이 구해 놓은 미니 굴삭기 네 대가 트럭에 실리는 것을 보고 88올림픽고속도로를 달려왔다. 옛날 같으면 어림도 없는 거리였다. 왕복 열 시간은 넘을 길이었다. 그게 반으로 줄었기에 가능한 일이었다.

　광주 북구 문흥동에서 대구 달성군 옥포읍을 182km로 줄어 2시간 30분 대로 줄었다. 담양 나들목에서 동고령 나들목 사이 죽음의 구간을 두 번이나 지났다. 아무 사고도 나지 않았다. 광주와 염전에서 살아

낸 목숨이었다.

 칠흑 같은 어둠 속을 자동차 와이퍼가 폭풍우를 헤치고 달렸다. 최초의 시멘트 고속도로인 광주와 대구, 대구와 광주를 오가며 그 거리를 두 번 다졌다. 생각이나 해봤을까. 광주를 생각하면 오금이 저렸다. 대구에까지 와서 농장 일을 하리라고는 생각도 못 했다.

 소망원 식구와 건물주들이 서로 외면하듯 힐긋거리고 있을 때 영진이 나타났다.

 뒤이어 광주에서 미니 굴삭기를 실은 트럭들이 도착했다.

 원주 소망원 식구들이 먼저 와 있었다.

 "왔나? 생각보다 빨리 왔데이, 수고 많이 했다이!"

 송 아저씨가 영진의 어깨를 치며 웃었다.

 "형님이 더 고생했지라."

 송 아저씨는 영진의 손을 잡으며 몰래 공모한 계획이 성공했다는 듯이 그 북새에도 환하게 웃었다. 두 사람의 서로 다른 사투리가 철영과 철민에게는 새삼 정겹게 들렸다.

 "많이 힘들었것소."

 영진이 철민의 손을 잡으며 말했다.

 철민도 영진의 손을 맞잡으며 감사를 표했다

 "선배님도 고생 많이 하셨습니다. 감사합니다."

 서로 급한 대로 인사를 끝내자 영진이 나서서 모여 있던 건물주들을 둘러보며 단호히 말했다.

 "여러분은 이 과수원 땅과 그 식구들과 미래를 함께하는 식구들이지라. 이 민영농장을 이대로 폐허가 되면 여러분들의 주택이나 상가는 가치가 떨어질 수밖에 없을 기라요. 이 농장이 바로 되어야 여러분들도 이익이 되지라."

그러면서 영진이 계속 말했다.

"다행인 건 이미 추석 출하가 끝나 받은 어음을 돌리면 기본 복구 비용은 곧 지불할 수 있을 거라."

영진은 "이 집 어르신이 동네 유지로 아직 부동산이 많지만, 당장 헐값으로 내놓을 수는 없지 않으냐."고 전제한 후, "이번 수해로 이 동네에서는 복구할 사람조차 구할 수 없지 않으냐, 복구 인력을 힘들게 데리고 왔으니 먼저 과수원 복구하는 것이 급선무다."라고 말하고, "여러분들도 할 수 있는 데까지 신속히 복구에 임해 주시면 한 달 안에 깔끔하게 보상해 드린다."라고 약속까지 했다.

영진의 단호함에 모여 있던 건물주들이 차츰 조용해졌다.

"10년 전 아그네스 태풍 때도 지는 혼자 해냈지라. 지금은 이렇게 많은 농장 식구들이 있는데 이런 일은 일도 아니지라."

영진의 신념에 찬 마지막 말 한마디에 건물주들은 슬금슬금 자리를 떠났다.

철민은 영진과 송 아저씨에게 복구 작업을 맡겨 놓고, 철영과 순영을 데리고 지영에게 갔다.

철영이 밝게 웃으며 지영에게 말했다.

"애 많이 썼어요. 사람들은 우리 딸 영희를 보고 '꽃사슴'이라고 부르는데, 윤식이는 '송아지'로 불리겠어요."

철영의 말에 철민은 영희는 백도 복숭아꽃, 윤식은 백목련 꽃봉오리를 닮았다고 생각했다.

철민은 철영이 달려와 준 것도 고마웠지만, 여유를 회복하여 이런 우스갯소리를 해 주는 철영이 고마웠다. 순영은 윤식과 지영의 건강 상태를 살핀 후, 복구 작업이 끝날 때까지 지영의 산후 뒷바라지를 해주었다. 순영은 티베트와 몽골의 생활과 밤하늘 얘기하면서 철희 대신 지영의 동무가 되어 주었다.

순영은 지영에게 윤식이 별자리는 천칭좌라고 했다. 천칭좌는 옛날 농민들이 씨뿌리는 시기를 알려주던 별자리라고 했다. 인간이 죄를 심하게 지어 모든 신들이 인간을 떠났지만, 정의의 여신 '아스트라이아'는 끝까지 인간을 포기하지 않고 천칭 저울을 남겨 두어 인간 사회에 상식과 균형이 이루어지게 됐다고 했다. 지영은 순영의 말을 들으며 '윤식이 세상의 저울 역할을 해주면 좋겠다'고 생각했다.

소망농장

송 아저씨와 영진의 진두지휘 아래 민영농장 수해복구가 이루어졌다.

송 아저씨는 사과원을, 영진은 포도원 복구를 지휘했다. 오후 늦게는 영진이 연락한 농업개발원 동기들까지 복구에 합류했다. 송 아저씨는 농장 복구할 동안 그들 잠자리를 위해 비닐바비큐장 시공사에 부탁해 긴급 보수하게 하고 바닥엔 스티로폼을 깔았다.

송 아저씨와 영진은 필요한 지주목과 와이어 등의 남은 자재들을 이미 꺼내 놓고, 모자라는 자재를 배달시켰다.

네 대의 미니 굴삭기에 각각 서너 명의 소망원 식구들이 배치됐다. 굴삭기가 쓰러진 사과나무 주변의 토사를 대강 치우면 그 뒤를 소망원 식구가 따라가며 사과나무 주변을 삽으로 정리한 후 바로 세우고 부목을 대고 고정했다. 포도원도 소망원 식구들이 흙에 덮인 포도덩굴을 정리해 놓으면 미니 굴삭기가 쓰러진 시멘트 기둥과 흩어져 있던 나무 기둥들을 수습했다. 농업개발원 팀은 와이어를 보수한 다음, 그 위에 포도나무 줄기를 적당히 전지하여 얹어 고정했다.

다행히 말 두 마리는 송 아저씨가 끌어내어 집 근처 커다란 나무에 고삐를 길게 매 놓아 화를 면했으나 젖소 두 마리가 심한 상처를 입어 기립이 불가능한 상태로 발견되었다. 우사와 마방은 많이 훼손됐으나 박 영감이 임시로 수리해 놓았다.

모두 경황이 없는 사이에 철민은 지영이 정성을 들였던 변이묘를 뻘 흙 속에서 푸른 띠 능금 변이묘 한 주와 붉은 띠로 표시한 사과 속까지 빨간 홍로 변이묘 두 주를 포함해, 노랑 띠로 표시한 와인용 부사까지 모두 다섯 주의 변이묘를 찾아냈다. 지영이 비를 맞으며 변이묘에 묶어 놨던 굵은 실이 흙더미에서 변이묘를 찾아내는 데 큰 도움이 됐다.

구사일생으로 살아난 변이묘는 새 묘포장을 만들어 잘 심어놨다.

농장이 제모습을 찾아가자 철민은 영진이 건물주들과 한 약속이 머릿속에서 떠나지 않았다. 건물주들이 슬쩍슬쩍 얼굴을 내밀고 있었다. 미래를 위해 놔두었던 5천 평을 매각할 수밖에 없었다.

그 눈치를 챈 영진이 말했다.

"그 땅은 어떻게든 지켜야 하지라. 한번 팔면 지가가 올라 되찾을 수 없는 게라."

철민이 영진을 쳐다봤다.

"그렇지 않아도 먼저부터 내가 결정을 내놨지라."

옆에 있던 송 아저씨가 아는 체를 하며 거들었다.

"이 와중에 일 보느라 고생했데이, 대구에 살 집도 알아봤는교?"

"야, 형님. 애 겨울방학이 되면 이사하지라."

두 사람이 약속이라고 한 듯한 말에 철민은 할 말이 없었다.

영진은 지난번 소망원에 갔다 오면서 결심하게 되었다. 그는 자신의 선한 선택으로 새 운명을 만들 작정을 했다. 힘 모자라면 지금처럼 함께 하면 될 터였다. 옛날부터 눈독 들이는 작자가 있어 기왕에 싫어진 화순 집과 포도 농장을 팔고, 딸애도 대구의 여자고등학교로 전학하기로 얘기가 됐다.

철영은 그 얘기에 '결국 결심하셨군요.' 하며 영진의 손을 잡았다.

철민은 영진의 도움으로 팔지 않게 된 5천여 평을 할아버지와 의논하여 영진의 이름으로 등기해 주자고 했다. 영진이 극구 사양했지만, 철민의 설득으로 그렇게 하기로 했다. 내친김에 할아버지의 의견도 받아들여 송 아저씨가 관리했던 사과밭 중 천 평을 그의 명의로 해주기로 했다. 영진과 송 아저씨가 농장의 주주가 된 셈이 되었다.

엿새 동안 대충 과수원 복구 작업이 거의 끝난 오후 무렵 비가 부슬부슬 내리기 시작했다. 철민은 큰비는 아닐까, 마음 졸이며 하늘을 바라봤다. 영진은 오히려 잘 되었다며 저녁에 바비큐 파티를 하자고 했다. 송 아저씨가 도축장 수탁계에 부탁해 기립불능우인 두 마리의 젖소 도축을 부탁했다. 푸줏간에는 정육으로 나누어 다섯 근씩 포장하고 국거리도 함께 냉장창고에 보관해 놨다. 철민은 피해 본 건물주들까지도 파티에 초대하기로 했다.

몸을 추스른 지영이 시범으로 만든 사과 와인과 포도 와인을 내왔다.

피해를 본 사람들이 농장을 둘러보며 순식간에 복구된 농장에 놀라고 있었다. 철민이 자리에서 일어나기 전에 지영의 귀에 대고 의논했다. 지영은 철민의 생각에 동의한다는 뜻으로 고개를 끄덕거렸다.

철민이 주위를 환기시키며 일어나 감사 인사를 했다.

"이 농장을 복구하면서 아내하고 의논한 게 있습니다. 원래 이 농장 이름이 우리 부부의 이름에서 한 자씩 따서 민영농장이라고 지었었습니다. 그런데 수해를 만났던 민영농장이 여러분의 도움으로 이렇게 새로 다시 태어났습니다. 이제 이 농장은 우리 두 사람만의 농장이 아닙니다. 이번 일로 여러분과 함께 일하면서 새로운 희망을 보았습니다. 이제 이 농장을 희망농장이라 부르기로 했습니다. 소망원이 소망원 사람들만의 소박한 삶의 둥지라면 이 희망농장은 세상의 여러 가지 소망을 담는 농장으로 거듭 태어날 것입니다.

함께 수해를 복구해낸 여러분 모두가 이 희망농장의 식구들입니다. 저희는 이번 수해로 희망을 잃을 뻔했지만, 우리 아들 윤식이 태어났습니다. 여러분 도움으로 이 농장이 희망농장으로 새로 태어났습니다. 여러분들이 아니었으면 이 농장은 수마로 잃었을 겁니다. 그동안 소망원 식구들과 농업개발원 동기님들, 그리고 믿고 기다려준 건물주 여러분 모두 감사드립니다. 사실 오늘이 저희들 결혼식 했던 날인 줄 몰랐습니다. 여기 송 아저씨가 일러 주어 알았습니다. 잊지 말자고, 뭔가 새롭게 해보자고 개천절로 잡아 놓은 건데, 정말 잊을 뻔했습니다. 오늘은 저희 2주년 결혼기념일이기도 하지만, 여러분들의 도움으로 이 농장이 세상의 희망으로 새로 태어난 날이기도 합니다."

철민이 형 철영 토마스 신부를 소개하며 치하의 말을 부탁했다.

바비큐장 구석에는 영진이 철심 꿰어진 통돼지를 참나무 장작불 위에 빙글빙글 돌리고 있었다.

자리에서 일어선 철영 토마스가 그를 보며 치하의 말을 시작했다.

"얼 듯 소망과 희망이 같은 말인 것 같지만, 약간의 차이가 있는 말일 것입니다. 소망은 가까이 이루고 싶은 것이라 했습니다. 그래서 원주는 '소망원'으로 이름 지었습니다. 오늘 철민 내외가 이름 지은 '희망농원'은 적절하다고 생각됩니다. 저나 소망원은 사람답게 사는 것이 소망이었다면, 이제 희망농장은 세상에 희망을 불어넣을 힘이 생겼습니다. 우리 소망원도 그 꿈이 커졌습니다. 올해 새롭게 시작한 옻칠 공예가 우리의 소망원의 자립의 밑거름이 되어 사람답게 살 수 있는 '소박한 꿈'을 도울 것입니다."

박수가 쏟아졌다.

"저기서 우리들을 위해 통돼지를 돌리고 있는 영진 형제님은 11년 전에 저와 마찬가지로 광주에서 부상을 입고, 가정은 물론 자신까지도 피폐되어 희망을 잃어버릴 뻔했습니다. 제가 소망원에서 소망을 가지게 되었듯이 그도 이 민영농장에서 새 꿈을 가지게 되었다고 했습니다. 이번 수해를 복구하기 위해 생각하기도 싫은 광주에 가서 지인에게 사정하여 미니 굴삭기들을 끌고 광주-대구 고속도로를 통해 이곳 대구에 와서 여러분들과 함께 수해를 복구해 낼 수 있었습니다. 그뿐만 아니라 수해 보상을 위해 농장 일부를 매각하여야 했을 때, 자신의 화순 농장을 팔아 이곳 농장 식구들의 꿈을 함께 지킬 수 있게 되었습니다. 산사태가 난 그 밤에 제게 도움을 청했습니다. 또 농업 전문가인 농업개발원 동기들까지 모셔 와 단시간 내에 제대로 농장을 복구할 수 있었습니다. 힘이 약한 사람들의 도움이 힘이 강한 사람들보다 더 큰 힘을 낼 수 있는 걸 이번에 우리가 봤습니다."

그러면서 철영이 박수를 받고 일어선 영진에게 한마디 하라고 했다. 거듭되는 박수에 손사래를 치면서 영진이 말했다.

"지가 광주에서 몸을 다친 건 고통이었지만, 이제는 더 이상 세상을 원망하지 않지라. 이곳을 몰랐으면, 지는 그냥 일개 포도원 농사꾼이면 다행이고, 아니면 술에 절어 염전 소금쟁이로 망가졌을 거라요. 농업개발원에서 공부할 때 철민 민영 두 사람을 만난 게 지겐 행운였지라. 제 인생에서 어려울 때 이 두 사람이 생각났고, 두 사람은 아무것도 묻지 않고 지를 받아 줬지라. 지는 여기 와서 새 꿈이 생겼지라. 여기 토마스 신부님과 송 형님 도움이 없었다면 그런 꿈은 꾸지 못했지

라. 지는 이 젊은 내외를 도와 지 꿈도 함께 이뤄 볼라요."

영진이 말을 마치면서 대신 바비큐 통돼지를 돌리고 있는 송 아저씨를 일으켜 소개하려 하자 송 아저씨는 "치아라. 내가 뭐 했다고?" 투박한 말씨로 영진을 끌어 앉혔다.

영진과 송 아저씨가 서로 웃으며 어르는 사이 철영이 다시 일어서려 하자 이제껏 잠잠히 듣고만 있던 철민 할아버지가 철영의 손을 붙잡아 앉히며 말했다.

"송 씨와 김 씨 두 사람 덕이 컸소. 특히 김 씨가 광주에서 심하게 다쳤다고 하던데 그 몸으로 대구 우리 농장에 와 큰일을 했소. 내 명이 이제 얼마 안 남았지만, 어려운 고비를 함께 잘 넘기는 걸 보이 이젠 걱정하지 않고 눈을 감을 수 있겠소. 오늘 여기 오신 모든 이들에게 감사합니다. 고맙심더."

할아버지가 기침을 쿨럭거리며 말을 마치며 쓰러지듯 주저앉았다. 순영이 할아버지를 부축했다. 순영에게 몸을 기댄 할아버지는 순영을 물끄러미 쳐다 순영의 어깨를 도닥거렸다. 지긋이 바라보는 외할아버지 눈길에 순영의 눈에서 눈물이 흘렀다.

영진과 할아버지의 지원에 힘을 얻은 철민이 다시 일어나 말했다.

"여러분 중에는 농장에 말까지 들여놓고—너무 철없고 허황된 짓이 아니냐는 분도 있었으리라고 생각합니다. 특히 우리 농장 때문에 피해를 보신 분들이 그렇게 생각하셨을 것입니다. 승마가 전공인 우리 윤식이 엄마가 졸라서 그런 건 아닙니다. 남보란 듯 으스대려고 한 건 더더욱 아닙니다. 사실 저는 경영학과를 나와 좋은 직장 다니며 그냥 '잘 먹고 잘살면 된다'며 생각 없이 살아왔습니다. 윤식이 엄마를 처음 만났을 때도 그렇게 말했었습니다. 윤식 엄마나 저나 어머니가 일찍 돌아가셔서인지 자신도 모르는 마음의 병이 있었습니다. 저는 윤식 엄마에게서 승마를 배우면서 '심신이 함께 치유되는 걸 체험했습니다.' 나 혼자 잘 먹고 잘살기보다는 할아버지의 농장을 승계하여 과수원이 1차 산업만이 아닌, 가공, 유통, 승마를 포함한 체험 등 2, 3차산업으로 발전시켜 4차에서 5차, 6차, 7차산업까지 발전시키고 싶어졌습니다."

앉아 있는 사람들이 7차산업이라는 철민의 말에 귀를 기울였다.

"세상에서 어떻게 분류할지 모르지만 제 마지막 7차 산업은 일반적인 부를 창출하는 산업이 아니라 세상에 마음의 희망을 심는 일입니다."

철민은 숨을 고르고 나서 식구들을 돌아보며 머쓱한 표정을 지으며 다시 말했다.

"저는 농사 분야에는 아는 게 거의 없었습니다. 먹었던 복숭아씨를 심어 놓기만 하면 그대로 큰 복숭아가 달리는 줄 알았습니다. 오늘 내놓은 복숭아는 우리 송 아저씨 도움으로 저희 두 사람이 직접 접을 붙여 딴 겁니다. 농사라고는 아무것도 모르는 저희가 겁 없이 시작한 일입니다. 지금처럼 송 아저씨와 영진 선배와 여러분이 계속 도와주시면 잘 해낼 수 있을 것으로 믿습니다. 또 여기 송 아저씨와 영진 선배님 두 분은 물론 여러분들도 이 희망농장을 계속 도와주시길 바랍니다."

철민이 말을 마치고 자리에 앉자, 사람들이 '잘 먹고 잘살자' 왁자 웃으며 손뼉을 쳤다.

할아버지를 비롯해 철영과 영진의 눈에 눈물이 비쳤다. 송 아저씨도 말없이 소매로 눈물을 훔치고 있었다. 농업개발원 식구들과 건물주들은 먼저 떠났다.

밤이 깊어 갔다.

탁자와 의자를 치우고 스티로폼을 위에 잠자리를 만든 다음 소망원 식구들 옆에 철영, 영진, 송 아저씨, 철민 순으로 누웠다. 철민은 철영과 이런저런 얘기 하던 끝에 잠이 들었다가 한기에 눈을 떴다. 옆자리가 비었다. 눈을 뜨고 주위를 살펴보니 송 아저씨가 난로에 장작을 넣고 있었다.

철민은 장작불에 뜨거워진 송 아저씨의 손을 잡고 눈으로 감사한 후 밖으로 나왔다. 새벽녘 밖은 쌀쌀했다. 임시 복구한 위쪽 산기슭은 엷은 안개 속에 가랑비가 내리고 있었다. 집에 올라가 보았다. 지영이 윤식에게 젖을 물리고 있었다. 윤식에게 입을 맞추자 찔끔 눈을 떴다가 다시 지영의 품을 파고들며 오물오물 젖을 빨았다. 철민이 지영의 이마에 입을 맞추곤 지영 모자 옆에 누웠다가 깜박 잠이 들었다.

철민은 농약을 치는 펌프가 돌아가는 소리에 잠이 깨었다. 송 아저씨가 영진과 함께 농약을 치고 있었다. 비는 그치고 날씨는 화창했다. 어제까지 어수선했던 농장이 비에 씻겨 말끔해졌고, 쓰러져 곧추세워 놓았던 과수들의 잎들이 햇볕 아래 제자리를 잡으면서 물기를 머금은 이파리들이 생기를 되찾았다. 박 영감이 소머리와 꼬리에 우족을 넣고 부산식으로 끓인 국밥을 아침 겸 점심으로 함께 먹었다.

소망원 사람들을 위해서 커다란 아이스박스에 소고기를 넉넉히 담아 봉고차에 실었다. 철영은 지영의 품에 꼭 안겨있는 윤식에게 성호를 그어주며 바랬다.

'영희와 윤식은 갈등 없는 세상에서 사랑 듬뿍 받으며 살아가기를… 이 아이들이 살아갈 세상이 더 희망적이기를… 그리고 이 아이들이 세상을 조금은 따듯하게 해주기를' 바랐다.

함께 있던 송 아저씨와 영진의 손을 잡고 "두 분 너무 애쓰셨습니다. 감사합니다."라 하고 성호를 그어 주곤 소망원 차에 올랐다. 순영의 차가 그 뒤를 따랐다.

철민은 윤식을 안고 있는 지영의 어깨를 감싸 안고 그들을 배웅했다. 그의 왼쪽에 송 아저씨가 오른쪽에는 영진이 섰다. 그들은 소망원으로 돌아가는 순영의 하얀 자동차가 시야에서 사라질 때까지 그렇게 함께 서 있었다.

철민은 철영 형이 떠난 그 길로 내년 윤식이 돌에 아버지가 올라오기를 바랐다.

바로 세운 전봇대 위에 까치 한 쌍이 나뭇가지를 물어다가 집을 짓고 있었다. 하늘은 맑았다.

철민은 추석 전에 대부분의 사과를 수확하여 출하한 것을 다행으로 생각했다. 그 덕에 약속대로 수해 복구비를 일부 지출할 할 수 있었다. 일본의 대표적인 사과 산지인 아오모리현은 태풍 미어리얼의 직격탄을 맞아 사과 90%가 떨어졌다고 했다. 그러나 실망하지 않고 사과나무에 붙어 있던 남아 있던 10%의 사과를 입시 철에 맞추어 '떨어지지 않는 사과'로 홍보해 열 배나 비싼 가격에도 순식간에 다 팔려 손해를 보상할 수 있었다고 했다. 합격 기원과 피해 농가에 대한 국민들의 격려였을 것이다.

철민은 일본의 '합격 사과' 이야기를 접하며 새로운 아이디어를 얻었다. 경제학에서 말하는 '일반적 니즈(수요)에 스토리를 입히면, 새로운 원츠(욕구)를 일으킬 수 있다'는 생각이었다. 이번의 절망적 상황에서 민영농장 식구와 소망원 식구의 협동을 이미지 메이킹하기로 했다. 고품질 생산물에, 여러 사람이 함께 이겨낸 수해복구 스토리가 입혀진 새 이름의 희망농장이 새로운 농장으로 발돋움할 수 있으리라고 생각되었다. 그러한 마케팅이 성공하면, 제대로 된 3, 4차산업(농업과 가공 및 서비스 결합)으로까지 도약할 수 있을 거였다. 희망농장의 상표를 단 모든 상품이 세상의 희망이 되기를 바랐다. 소망원 식구들의 보완 성형과 생활 개선을 돕고, 소망원의 칠기 산업 지원과 의료 보조기구 생산도 꿈꿔볼 수 있을 거였다.

그러는 사이 윤식이 백일이 잊힐 뻔했다. 이번에도 송 아저씨가 "경황이 없겠지만, 간단한 백일 상을 차려 사진이라도 찍어야 하지 않겠냐."라고 말해 주었다. 윤식이 백일이 새해 1월 5일이었다. 마침 일요일이었다. 철민이 할아버지에게 말한 후 농장 관련 식구들하고만 조촐하게 축하하기로 했다.

윤식이 백일 전날 아침에 철영이 할아버지의 전화를 받았다. 보통 철민이나 송 아저씨를 통해 연락해 오던 할아버지가 직접 전화해서 철영에게 당부했다. '윤식이 백일에 꼭 내려오라' 했다. 전화에 할아버지는 힘없는 목소리에 기침까지 콜록거렸다.

철영은 물론 철희, 철민까지 백일은 물론 돌상도 제대로 받은 적이 없었다. 할아버지는 생전에 처음 해 보는 손주 백일이어서인지 아침부터 하나하나 신경을 써줬다.

할아버지는 아이가 장수하라고 흰 백설기를, 액을 막아준다고 붉은 수수팥떡을 한다고 했다. 백설기 몇 시루 더해서 사과 몇 상자와 함께 소망원에 보내기로 했다. 지영이 윤식이에게 그냥 평상의 면옷을 입힌다는 걸, 송 아저씨가 색동옷을 내놓았다. 할아버지는 '애는 백일서부터 사람 냄새가 난다'라며 색옷을 입혀 남도 안아 볼 수 있게 한다고 했다.

할아버지는 배냇머리를 깎아서 보관했다가 성년에 내주어 부모님 은혜를 잊지 않도록 하는 거라고 했다. 윤식이 배냇머리를 깎아줄 이발기는 소망원에서 쓰던 것을 잘 소독해서 순영이 카메라와 함께 준비해 왔다.

송 아저씨가 종류대로 준비한 사과로 백일 상을 차렸다. 농사체험장 어린이 의자를 꾸며 윤식을 앉히고 철민과 지영이 옆에서 보듬고 앉았다. 윤식이는 색동저고리와 밑이 열려 있는 풍차바지(개구멍바지)를 입고 머리에는 도령 두건을 썼다. 윤식이 백일 사진도 찍었다. 할아버지는 한참을 앉아 있다가 방으로 들어갔다. 더 올 사람도 없는데 흡사 올 사람이 오지 않아 삐친 것처럼 누어버렸다.

식구들이 떡국으로 때늦은 아침을 먹었다.

할아버지는 가끔 쿨럭쿨럭 기침할 뿐 안방에서 나오지 않았다. 송 아저씨도 인기척을 살피듯 가끔 밖을 내다보곤 했다. 그렇게 두서너 시쯤 되어 송 아저씨가 안방에 들어갔다 나와 철영에게 늦은 점심이라고 함께 하자고 했다. 할아버지는 끝내 나오지 않았다.

할아버지는 점심도 마다하고 여전히 방에 누워 가끔 콜록거리는 기침 소리로 생존 신호를 보내고 있었다. 색동옷을 입은 윤식이를 안아준다는 영희를 말리느라 명희가 혼나고 있었다. 철영은 그런 윤식이와 영희를 보며 눈물이 핑 돌았다. 이제껏 본 적이 없었다. 집에서도 소망원에서도 백일이며 돌이며 하는 것을 제대로 차려 본 적이 없었다.

철영은 설에 부모님과 할아버지 할머니에게 절하곤 세뱃돈을 챙겨 군것질하러 나가는 여느 집에서 하는 그런 기억이 없었다. 어머니 기일과 할머니 기일에 제사를 지내거나 한식에 산소에 간 기억이 없었다. 천진난만한 영희는 그렇다고 해도 명희와도 여태껏 그랬다. 철영 자신이 아무 말도 안 하니 명희도 말을 꺼내지 못했을 것이다. 소망원에서 장례미사는 드렸지만, 기일 미사는 드려본 적이 없었다. 장례에도 고인의 성한 모습의 영정 없이 그냥 화장하는 데만 급급했었다.

철영 자신이 그런 생각을 해 본 적이 없으니 소망원 식구들도 아무 말 못 했을 것이다. 설령 그들 중 그런 생각을 했다 하더라도 그들조차도 아무도 말을 꺼내지 못했을 거였다. 철영은 잠시 이런저런 생각을 하다가 아버지를 떠올렸다. 윤식이 할아버지를 잊고 있었다. 할아버지가 철영에게 전화까지 걸어 윤식이 백일을 챙기라는 건 윤식이 친할아버지인 아들 생각을 했기 때문일 거라고 생각되었다.

항렬(行列)

저녁때가 다 되도록 할아버지는 방에서 나오지 않았다. 철영은 할아버지가 누워있는 방으로 들어갔다. "할아버지."를 부르고 문을 열자, 문 쪽을 보고 누워있던 할아버지가 벽 쪽으로 몸을 바꾸어 누웠다. 철영이 그런 할아버지를 바라보며 말없이 앉아 있을 때, 빼꼼히 문을 열고 영희가 들어 왔다. 좁아진 증조할아버지의 어깨를 흔들며 영희가 "할아버지—"를 불렀다. 잠깐 움찔하던 증조할아버지가 돌아누웠다. 영희가 고사리 같은 손으로 증조할아버지의 마른 손을 끌었다. 그러나 거기까지였다. 철영의 눈과 마주치자 할아버지는 다시 돌아누웠다. 영희는 무릎을 꿇고 앉아 있는 아버지 옆에 함께 무릎을 꿇고 단정히 앉았다. 방 안이나 밖이나 조용—. 그렇게 얼마 지났을 때, 밖에서 수런거리는 소리가 들렸다.

송 아저씨와 철민 뒤로 꾸부정히, 초로의 아버지가 따라 들어왔다. 사업이 실패해서 남의 집 문 칸 방에 세 들어 산다고 했다. 원래 키가 작았으나 보기 좋던 풍채는 어디에도 보이지 않았다.

"아배요, 애들 벌 세우지 말고, 지한테만 하소."

아버지가 철영 옆에 돌아누워 있는 할아버지에게 던진 첫 마디였다. 아버지, 철영, 철민, 영희가 나란히 앉았고, 송 아저씨는 조용히 지켜보고 있었다.

　아버지의 또 한마디. "이 어린 얼라는 나가 있으라 카이소."

　증조할아버지가 어깨를 멈칫했다. 영희가 증조할아버지의 어깨를 잡고 일으켜 내려 애를 썼다. 철민이 들어와, 영희와 함께 할아버지의 어깨를 잡아 일으켰다. 팔순을 바라보는 할아버지의 몸은 매미 껍질처럼 가벼웠다.

　할아버지는 억지로 일어나 앉았다. 노기를 띤 할아버지는 점심을 거른 까닭인지 백일 백이 윤식이처럼 목을 잘 가누지 못했다.

　"송 씨는 애들 데리고 나가 보레이."

　할아버지는 눈으로 철민도 나가 있으라 했다. 아버지와 철영만 남았다.

　"니 이제 그만하면 돼지 안 했나?" 아버지의 질타에 아들이 말했다.

　"아부지가 지 인생 망쳐놨다 아입니꺼?"

　"다 니 잘 되라고 한 기 아이가?"

　"그래서 이게 지 잘 된 깁니꺼?"

　"결국 다 니 뜻대로 댄 기 아이가?"

　"아부지가 지 인생 뒤바꿔나 이 지경 된 기 아입니꺼?"

　"기게 와 내 잘못인교? 집안 좋고, 인물 좋고, 큰 아 어미 어때서."

　"아부지가 그 집 도움받아 국유지를 불하 받을라꼬 한 거 아입니꺼?"

　"내만 그랬나? 지도 지 욕심 있어 해놓고. 어디다 핑계고?"

　서로 묻고 핑계만 대는 두 부자 사이의 대화가 갑갑하기만 했다. 그러다 아버지의 속 마음이 나왔다.

　"지는 어려서부터 봐왔던 복순이가 좋았던 기라요. 다소곳한 복순이가가 진짜 지 여자였던기라요."

아버지한테서 나온 이름, 아버지가 철민이 어머니를 그렇게 불렀다. 아버지는 할아버지의 질책에 대한 대답이 아닌 속 마음을 말하고 있었다. 어머니가 목숨을 끊은 후, 철영은 철민과 철민 어머니를 죽도록 미워했었다. 그러다 철민 어머니마저 세상을 떴다. 자신이 철민 어머니를 미워해서 그렇게 된 건 아닐까 하는 자책감이 들기도 했다. 허무해지고, 비감이 들었다. 한때 머리 깎을 생각도 했었다.

아버지는 다시 자기 의중을 말했다.

"유산이고 뭐고 국물도 없다고 겁박했다 아입니꺼? 거기다 장인이 사업도 지원해줄 기라고 구슬렸다 아입니꺼?"

"기러면 목숨을 걸고 아이라고 해야 했제."

"돈 벌어 복순이도 놓치지 않을기라 생각했지예."

"이 노무 자슥, 완전 도둑놈 심보아닝교?"

"그럼 어쩝니꺼? 사업이 잘 되면 될수록 지 맘엔 복순이 그 아 뿐있었는데."

"그래서 그 짓거리를 했노? 한 집에 두 각시, 기러고도 니 사람 새끼가?"

"지 속은 편한 지 알았습니꺼?"

"그래서 두 애들 어미 다 그 모양 만들었나?"

"그 여자들을 쥐긴 건 지가 아이고 아부지라예. 철민 에미마저 그렇게 가고… 지 아들들 얼굴도 볼 수 없고, 지가 왜 타락하지 않았겠습니꺼? 큰애 어미는 밤마다 꿈에 나와 혀를 빼물고, 작은 아 에미는 뼈만 남은 몰골로 맨날 질질 짜쌌는데, 어찌 사업이며 사람 꼴이 되겠습니꺼?"

"그렇다꼬 니 애들 둘 다 장개 가고 애들까지 낳았는데 궁금치도 안 했나?"

그렇게 계속 묻기만 하던 할아버지가 작심한 듯 말했다.

"그렇게 애들 등한시하니 다 큰 가시나 총 맞아 쥐기고…"

나름대로 참고 있었던 아버지가 박차고 일어났다.

철영은 아버지를 말리려고 급히 일어났다가 그대로 쓰러졌다. 이제껏 갑자기 다리를 쓸 일이 없어서 몰랐었다. 광주에서 다친 다리가 그를 주저앉혔다. 그렇게 쓰러진 채로 급하게 철민을 불렀다. 아버지를 말려야 했다.

철영의 부르짖음에 문밖에 있던 송 아저씨가 급히 들어 왔다. 밖에 철민이 없다고 했다. 상황을 본 송 아저씨가 다시 몸을 돌려 철민 아버지를 쫓아 나갔다.

철영은 자기 어머니보다 철민 어머니가 더 복이 있었다고 생각했었다. 철민 어머니가 돌아갔을 때도 아버지 대신 송 아저씨가 모든 궂은 일을 도맡아 했었다. 자신이 그 일로 철민을 미워해 아버지가 과수원 할아버지에게 철민을 맡기고 왔을 때 철민을 보살펴줬었다. 그 후 과수원을 떠났던 그가 철민이 과수원을 하겠다는 얘길 듣고 과수원으로 다시 돌아왔다. 지난 태풍에도 윤식 부부와 농장을 지켜줬다. 철민 어머니 복순이 돌아간 이후에 잠시 떠났었다. 송 아저씨는 여전히 독신으로 살다가 철민에게 돌아왔다. 철영은 철민 어머니에 대한 아버지의 삐뚤어진 사랑도, 대를 이은 송 아저씨의 철민에 대한 헌신을 이해할 수 없었다.

철영도 명희를 꼭 사랑하여 결혼한 것인 게 아니었기 때문이었을 것이다. 철영은 소망원에 오게 되었을 때 지인 신부들이 결혼을 권했다. 그 권고가 아니라도 독신으로 사역하는 게 매우 불편했다. 그래서 자신에게 걸맞다고 내민 손을 명희가 잡아 준 거로 생각했다. 그게 하느님의 섭리라 생각했었다.

철영이 할아버지를 바로 눕히고 손을 잡고 있을 때, 아버지가 송 아저씨와 철민에게 이끌려 들어왔다. 송 아저씨가 아버지의 손을 두 손으로 잡으며 말했다.

"사장님, 이젠 피하지 마시소. 사업 말아먹었다 케도 이젠 걱정 안 해도 됩니더. 이렇게 훌륭하게 자란 아들들과 손주들 보고 사이소."

"내 말이 그 말 아이가? 니 말대로면 니나 내나 실패한 인생 아이가?" 할아버지가 삐뚤게 앉아 있던 몸을 다시 세우며 말했다. "애들 짐은 되지 말아야제, 안 그렇나?"

할아버지는 여전히 묻고 있었다. 아버지도 그랬다. 철영이 인도철학과에 들어갔을 때 "니 그기 들어가 뭐 할라꼬?" 철영도 아버지의 물음이 싫었었다. 그러면서 아까 할아버지가 아버지께 던졌던 무수한 물음이 아버지도 싫었겠다는 생각이 들었다. 그래서 '아부지 그래야 안 하겠습니꺼?'라고 나올 뻔한 말을 "아부지, 그렇게 하시소."라고 했다. "맞심더, 그렇게 하시소." 옆에 있던 철민도 쓰지 않던 사투리로 거들었다.

아버지가 빙긋 웃었다. 철영도 철민도 그런 아버지의 웃음이 기억에 없었다. 그 웃음이 겸연쩍었는지 아버지가 자리에서 일어서며 말했다.

"아부지, 몸조리 잘 하시소."

늙어가는 아들이 늙은 아버지한테 당부했다.

"니는 느그 아들하고 손주들한테 아직 해줄 일이 많데이…"

돌아서 나가는 아들 뒤에 아버지의 아버지가 모처럼 물음 없는 '당부'를 했다.

물맴이같이 이들 일가를 돌보았던 송 아저씨의 눈가에 눈물이 맺혔다.

아버지는 아직 치우지 않은 윤식이의 백일 상을 물끄러미 보다가 영희에게 눈길을 돌렸다. 그 잘 웃던 영희가 엄마 뒤에 반쯤 숨어 수줍은 듯 창문 밖을 내보다가 빼꼼히 할아버지를 바라봤다. 아버지는 모처럼 아들들한테 보였던 웃음을 영희에게 보이곤 집을 나섰다. "역까지 모셔다 드리겠심더."라는 철민에게 아버지는 "개안타." 한마디 하곤, 구부정한 등을 보이며 과수원 길을 걸어 내려갔다.

설날 아침, 송 아저씨는 지난번처럼 윤식이 할아버지 주인집 아주머니에게 전화했다. 윤식이 할아버지가 안 계신다 해서 전해달라고 부탁만 해놓고 다시 연락하지 못했었다. 농장 일도 일이었지만 철민 어머니에 대한 자신의 속마음을 들킨 지 오래되었었다. 그래서 그런지 철민 아버지와는 좀 데면데면하게 되었다. 당연히 철민 아버지도 그럴 거였다. 오늘 원주로 출발하면서 주인집 아주머니에게 전화하자 출타 중이라 했다. 주인아주머니는 할아버지에게 오늘 일을 전하기는 했다고 했다. 어쩌면 벌써 철민 아버지가 소망원으로 가고 있는지도 모른다.

소망원은 들떠있었다. 철민 내외를 비롯한 희망농장 식구들이 설날을 소망원에서 보내기로 했기 때문이었다. 아들들의 만류에도 희망농장 언덕길을 고집스럽게 내려가던 시아버지의 뒷모습을 보며 지영이 생각해 낸 거였다. 지영이 그 말을 하자 윤식이 백일에 쓰러지기까지 한 증조할아버지의 낯빛이 밝아졌다. 이날까지 기력이 쇠약해져 거의 누워있던 증조할아버지도 철민의 부축을 받으며 따라나섰다.

소망원에 먼저 온 순영은 항상 밝게 웃던 영희가 울고 있는 걸 봤다. 눈싸움 끝에 오빠뻘 아이가 눈덩이를 영희 목덜미 속에 집어넣고 도망가 속상해 우는 거였다. 순영이 그 사내아이를 데려다가 놓고 커다랗게 눈덩이를 영희에게 쥐여 주며 똑같이 해주라 했다. 영희가 고개를 설레설레 흔들며 계속 울었다. 순영이 사내아이의 머리를 쓰다듬으며 "영희에게 사과하고 잘 데리고 놀아라."라고 했다.

"미안해."

사내아이가 말하자, 영희가 그 사내아이에게 손을 내밀었다. 사내아이가 영희의 손을 잡고 다른 아이들에게 뛰어갔다.

명희의 안내로 소망원 집회소에 희망농장 식구들이 짐을 풀었다. 집회소에는 마루 중앙에 강단이 있고, 왼쪽에 풍금이 놓여 있었다. 그 옆 의자에 일곱 명의 성가대 어린이가 앉아 있었다. 영희가 아까 그 사내아이와 웃으며 장난을 치고 있었다.

강단 오른쪽에는 소나무로 만든 크리스마스트리가 아직 놓여 있었다. 불이 켜져 있지 않은 색색 전구가 달린 전선이 소나무에 감겨 있었다. 소나무는 커다란 화분에 담겨 있고 노란 금박지로 싸여 있었다. 화분 속 흙에는 하얀 약솜이 눈처럼 덮여 있었다. 크리스마스트리에는 소망원 어린이들이 초록색, 빨간색, 노란색, 은색, 금박지로 만든 별이며, 종, 장갑, 장화 모양 장식이 나뭇가지에 걸려 있었다.

소나무 트리 꼭대기에는 가게에서 사 온 황금색 별이 얹혀 있었다. 하얀 약솜으로 만든 눈이 솔가지 군데군데 얹혀 있었다. 트리 밑에는 볏짚이 깔린 벽돌색 플라스틱 함지에 눈을 감은 서양 애 인형이 놓여 있었다. 뉘면 눈이 감기는 인형이었다.

소망원 식구들은 각 집에서 쓰던 밥상을 들고 와 식구들끼리 마주 앉았다. 희망농장 식구들은 명희가 안내하는 대로 강단 제일 앞쪽 교자상에 둘러앉았다. 소망원에 새 환자로 들어온 옻칠 장인이 새로 칠한 거라 했다. 옻칠 냄새가 아직도 났다. 철영이 말했다. "원주는 새 옻칠의 고장이 돼가고 있지." 그렇게 말하는 철영의 속내에 소망원에서 칠기를 생산할 꿈이 배어있었다.

영희가 성가대석에서 나와 윤식이를 안아본다고 난리를 쳤다. 증조할아버지가 조심조심 영희의 손을 이끌어 윤식이 얼굴을 만져 보게 해주었다. 그 모습을 보며 지영은 명희가 있는 바깥 부엌으로 갔다. 희망농장에서 준비해 가져간 한우 양지머리가 특유의 푸근한 쇠고기 냄새를 '훅' 풍기며 커다란 솥에서 끓고 있었다. 명희는 소망원 아줌마들과 함께 전이며, 지단이며를 장만하느라 분주히 움직이고 있었다.

"형님, 저는 뭘 할까요?"

지영의 부름에 명희는 흠칫하며, "네…, 동서." 명희는 잠시 우물쭈물하다가 "내가 잘 모르니 희망농장에서 가져온 것들 중, 점심에 쓸 것들을 상에 놔 주세요. 나머지는 여기 식구들과 제가 할게요."

"형님, 그냥 하라고 하세요." 지영이 명희의 손을 잡으며 말했다.

"익숙해지면 그때 할게요." 명희도 지영의 손을 마주 잡았다.

지영은 농장에서 가져온 사과와 포도며 잼, 주스, 말린 사과칩과 우유, 치즈, 요구르트, 와인 등을 순영과 함께 각 상에 놓았다. 화분에 심어진 소나무 트리에 불이 들어왔다. 간단히 설 미사를 드린다고 했다.

철영 토마스는 윤식이 백일 날 생각한 대로 크리스마스에 설날과 추석을 축일로 정해 미사를 드리기로 작정했다. 어린 시절부터 명절을 모르고 살았다. 한식은 물론 이제껏 할머니와 두 어머니의 기일에 선산 묘소를 돌아볼 생각조차 못했다. 소망원 가족들의 생일이며 기일에 기념 미사도 드리기로 했다. 그날은 떠났던 가족이 모이고, 문제 있는 가족이 화해하는 날이 되기를 바랐다.

설 미사 시작할 시간이 다 돼가고 있었지만, 아버지는 나타나지 않았다. 철영이 강단에 서서 미사를 집전하기 위해 아직 들어오지 않은 소망원 식구들을 헤아리고 있을 때, 집회소 입구에서 술렁거리는 소리가 났다.

부엌에서 음식 점검을 마치고 나오던 명희의 놀란 외마디 소리가 들려왔다. 지영이 달려갔다. '어쩌면 시아버지가 올지도 모른다'는 송 아저씨의 귀뜸이 있었다. 그렇지만 철영은 설마 했다.

"아버님."

두 며느리의 부축을 받으며 시아버지가 집회소 안으로 들어섰다.
철민이 자리에서 일어섰다. 송 아저씨와 영진도 일어났다. 윤식이를 어르고 있던 순영도 애를 안은 채로 일어섰다. 강대 상에서 한 발짝 나섰던 철영은 아버지와 식구들에게 목례를 보내곤 다시 제자리에 섰다. 철영은 순서에 따라서 미사를 집전하기 시작했다.

철영 토마스는 아버지가 나타나자 강론 내용을 바꾸었다.

철영은 오늘 아버지가 오리라고는 생각하지 못했다. 철영은 자신과 아버지를 빗대어 '돌아온 탕자' 이야기를 준비했었다. "양 백 마리가 있는데 그 가운데 한 마리를 잃으면 아흔아홉 마리를 들판에 두고 잃은 양을 찾아다니지 않겠느냐?"라는 누가복음 구절을 봉독하려고 했었다.

아버지 하느님의 질문은 인간 아들과 달랐다.

태초의 하느님 물음. "아담아, 네가 어디에 있느냐?" 아담은 대답하면 될 일이었다. 그러나 하느님과의 선악과 약속을 어겼기 아담은 그 물음이 싫었을 것이다. 아담은 이브를 핑계를 댔고, 에덴에서 쫓겨났다. 지난번 윤식이 백일 날도 할아버지는 아버지에게 묻기만 했고, 아버지는 변명하기에 바빴다. 급기야는 아버지는 할아버지에게 대들기까지 했다. 그렇게 떠난 아버지가 오늘 나타날 줄은 생각도 못 했다.

소망원에 들어와서부터 철영은 소망원 식구들 앞에서도, 다른 데서도 한센병 환자들 만날 때에도 나병 환자라던가 한센병 환자라는 말을 쓰지 않았다. 그 병으로 고통받는 이들에게는 그 말 자체가 그들에게 상처가 되고 죄없이 정죄된다고 생각했다. 마찬가지로 가족끼리 사과를 말하는 것 자체가 곧 정죄라고 생각했다.

아버지의 출현에 아버지를 빗대는 것 같은 강론 내용을 바꿨다.

서두를 바꿨다. "…하느님께서는 '태초에 말씀이 있었다'고 하신 때부터, 오늘 이 설날에도, 하느님은 영원한 사랑으로 함께 하실 것입니다…. 하느님은 사랑이십니다." 그렇게 시작은 했다.

'사람의 아들' 인자(人子)는 '아흔 번씩 일곱 번이라도 용서하라'고 했다. 인자는 알았다. 인간은 불완전한 존재로, 잘못하면 용서받고, 또 용서하기도 하는 존재인 것을. 하느님은 선악을 알게 돼 낙원에서 추방된 아담의 후예를 모두 홍수로 멸망시켰다. 그리고 변심하여 살아남은 노아와 생물들에게 약속했다.

"…내가 무지개를 구름 속에 두었으니 이것은 나와 세상 사이에 계약의 표가 될 것이다…", "…이것이 바로 '모든 생물과 맺은 계약'의 표시다…"

선악을 앎은 하느님의 속성이었다. 선악과를 먹어 하느님과 같은 속성을 가지고 있은 인간을 용서하기로 하신 것인가.

어차피 선함 속에 또 잘못하고 말 인간을, 사랑으로 품기로 하신 건가. 아니면 방법이 없어 사람 속에 사랑을 심고 믿어보기로 한 걸까. 핏줄의 사랑—내리사랑은 참회 요구 이전에 용서였다. 인간은 내리사랑을 하는데, 인간을 창조한 하느님의 사랑은 처음부터 '선악과'를 둔 조건부 사랑이었고, 여전히 심판자이다. 그러나 철영 토마스 신부는

"조건 없는 내리사랑이 하느님의 사랑일 것입니다."라고 '돌아온 탕자' 대타 강론을 끝냈다.

할아버지는 왜 아들에게 모질었을까. 그 모짊은 내리사랑의 회초리일 것이다. 낙원 추방과 홍수 심판 후의 새 계약 무지개―하느님의 속성을 느끼게 했다. 하느님이 어쩌면 실낙원과 함께 노동도, 죽음까지도 그분의 사랑 방식일지 모른다. 어쩌면 그 사랑은 세상 끝에야 그분의 무지개를 걷어갈지도 모른다.

철영은 강단에서 내려와 거의 쓰러져 상에 엎드려 있는 할아버지에게 가서 아버지의 손과 할아버지 손을 맞잡게 했다. 아버지와 할아버지 눈에 눈물이 비쳤다. 철영은 철민과 함께 아버지의 다른 편 손을 잡았다.

철영은 생각했다.

송 아저씨는 혈연 없는 철민을 도와 농원을 새로 시작하게 했다. 무너질뻔한 농장을 말없이 헌신적으로 다시 일궜다. 사랑이다. 영진은 딸애의 미래를 위해 아내의 불륜을 덮기로 했다. 용서다. 그에게는 망각이 약이었을 거였다.

철영 토마스도 긴 망각의 시간이 필요했었다. 영희가 태어났다. 영희에 대한 사랑이 망각을 앞당겼다. 거기다 소망원 사람들에 대한 애증이 철영의 상처에 새 살을 돋아나게 했다. 그들 몸에 남아 있는 상흔은 보완 성형과 보조기구로 보완할 수 있게 되겠지만, 그들이 받는 손가락질은 시간이 지나도 잊기 어려울 거였다.

가해자였던 아버지는 두 아내를 잃고 가족의 마음을 잃고, 사업체마저 무너지고… 아버지도 힘들었을 것이다. 다리를 다치고 성불구가 된 영진은 신의 섭리에 맡기자는 철영의 말에 동의하지 않았다. 그러나 그는 소금쟁이 대신 가정을 선택했다. 순영은 철희의 죽음에 방황하다

원주 의료원과 소망원에 자리 잡았다.

　소망원은 양계와 마늘과 같은 농사 외에 새로 들어온 옻칠장이 윤씨 중심으로 칠기 숟가락, 젓가락 등의 소품부터 시작해서 부가가치 있는 데로 사업을 확장할 것이다. 이제 사포로 곱게 갈아 정성껏 옻칠을 하는 일만 남았다.

　민영농장도 주변의 도움으로 희망농장으로 회복해 각종 가공농산물의 유통과 승마체험장 활성화가 이루어지면 원주 소망원에 장애인을 위한 의족이나 의지 생산 공장도 세우게 될 것이다. 그때 순영의 활약이 기대될 거였다.

　철영의 아버지에 대한 미움은 사라졌다. 광주에서의 부상도 잊을 수 있었다. 결국은 모두 시간과 함께 희석되고 망각될 거였다.

　함께 있었던 철희의 죽음은 손에서 없어진 중력의 기억으로 아직 남아 있었다. 죽음은 불가역적인 일이기 때문일 것이다. 그런 일이 일어난 역사의 상처는 어느 학자가 말한 내부적 '원형'에 덧붙여진 '아픈 켜'로 남아, 미래의 원인이 될지도 모를 일일 거였다.

　음식을 먹기 전에 철영이 철민에게 간단한 인사를 하라고 했다.

　철민이 자리에서 일어나 말했다.

　"곧 출하될 희망농장의 잼, 주스, 말린 사과칩과 우유, 치즈, 요구르트, 와인 등… 내년에 이 모든 것이 '희망' 상표로 출하될 것입니다. 와인의 이름도 희망와인―영어로 '위시와인'이 될 것입니다. 우리 모두가 희망농장의 식구입니다. 감사합니다."

　철민이 말을 마치자 박수가 쏟아졌다.

　재(在)자 항렬의 아버지 손을 잡고 있던 석(錫)자 항렬의 아들이 눈물을 머금고 철민을 바라봤다. 박수가 멈추자 영진이 일어나 철영에게 말했다.

"오늘 이후로 소망원 미사주는 희망농장의 '위시와인'을 쓰도록 하시지라, 지가 열심히 포도를 키우고 윤식 엄마가 맛있는 와인을 담글 거지라요."

할아버지의 손을 잡고 있던 아버지의 손을 잡고 있던 철(澈)자 항렬의 철영 토마스가 미소로 '그렇게 하겠다'며 감사의 말을 했다.

다시 박수가 쏟아졌다.

영진이 철민에게 건배를 청했다.

"아이 위시 유어 메리 설~날, '위시와인!' 설날을 축하합니다."

서로 마주 보며 함께 환호했다. 철민 할아버지와 지영의 눈에도 눈물이 고였다.

모두가 한목소리로 외쳤다.

"아이 위시 유어 메리 설~날, '위시와인!' 설날을 축하합니다."

한쪽 손이 없는 이는 의수로 둔탁한 박수를 쳤다. 한쪽 손발까지 없는 이는 어깨에 겨드랑이에 낀 목발을 두들겼다. 송 아저씨도 영진도 힘껏 손뼉을 쳤다. 송 아저씨 눈에 눈물이 고였다.

송 아저씨는 복순을 마음에 품고 살았다. 복순은 과수원집 부엌일을 거드는 어머니를 따라 가끔 과수원에 들렸다. 그는 주인집 아들 민석이 복순을 눈독 들이는 걸 알고 노심초사했으나 주인 아들이 미스코리아 여자와 결혼하여 한시름 놓았었다. 그는 농장주인 재환의 눈치만 봤지만 이보다 더 큰 장애는 복순 어머니였다. 그녀는 송 아저씨가 딸에게 마음에 두고 있는 걸 알고 접근조차 하지 못하게 했다. 한참 뒤 민석의 욕심으로 복순이 서울로 올라갔다. 복순이 죽은 뒤 그는 철민을 돌봤으나 과수원을 떠났다가 다시 철민에게 돌아왔다.

두성(頭聲)

 어린이 성가대가 '까치 까치 설날'을 불렀다. 모두가 함께 손뼉 치며 불렀다. 한 사내아이의 목소리가 순영의 귀를 울렸다. 티벳에서의 산울림이었다. 맑은 두성이었다. 노래가 끝나자 영희가 그 사내아이의 옆구리를 손가락으로 '콕' 찔렀다.
 사내아이가 영희의 코끝을 '콕' 눌렀다.
 영희가 웃었다. 눈덩이로 영희를 울렸던 사내아이였다.
 순영은 자신도 모르게 '쿡' 웃음이 났다.
 모두가 맛있게 소박한 떡국을 먹었다. 영희는 떡국 덕에 새해에 초등학교에 갈 거였다. 윤식이 돌에 또 모두 다시 모일 터였다. 이제 아무 걱정이 없었다.
 지영이 품에 있는 윤식이의 손을 잡고 있던 증조할아버지 손이 힘없이 떨궈졌다.
 그 다른 쪽 손을 잡았던 철영 아버지의 손에서 빠져나가는 할아버지의 온기는, 둔한 아버지였을지라도 오래 남아 있을 거였다. 그 아버지의 손을 큰아들 철영이 잡았고 그 위에 동생 철민의 손이 얹어있었다. 철영의 손에 얹어진 철민의 손에 이제껏 몰랐던 형의 따듯한 온기가 느껴졌다.
 순영의 외할아버지가 하늘의 별이 되었다.
 소망원에서 처음으로 한센인이 아닌 영희와 윤식 증조할아버지가 세상을 떠났다.
 할아버지가 잡았던 윤식과 아버지 손을 철영과 명희가 잡고 있었다.
 순영은 티베트에서 장례를 치르는 걸 본 적이 있었다. 티베트 사람들은 환생을 믿고 있었다. 티베트에는 사찰마다 천장터가 있었다. 이

곳까지 상여나 관 없이 자루에 든 시신을 운구해 오면 독수리에게 공양하는 조장을 지냈다. 천장이라고도 했다. 티베트 사람들은 참 순진한 것 같았다. 전생의 업을 씻기 위해서 머리, 두 손, 두 발을 땅에 던지는 오체투지로 카르마를 씻어낸다고 믿었다. 경전이 들어 있는 마니차를 돌리며 복을 빌고, 경전을 적은 타르초라는 깃발로 세상의 복을 빌었다.

그런 믿음의 연장선일까, 일반적인 불교와 달리 티베트 라마승려는 죽은 이의 영이 완전히 떠나기 전인 49일 동안 귀에 매일 같이 죽음의 준비와 좋은 환생을 위해 가르침을 준다고 했다. 이때라도 깨달으면 영적인 능력에 따라 환생의 급이 달라진다고 했다. 세상 것에 집착하면, 그 집착 대상에 따라 환생한다고도 했다. 그 대상이 사람이면 사람으로, 동물이면 동물로, 거룩함을 사모하면 거룩하게 환생한다고 했다.

순영은, 외할아버지는 적어도 자식에 대한 애증에서 벗어났을 거라 믿었다. 그녀는 더는 이 집에, 혈연에 의한 갈등과 아픔이 없기를 바랐다. 그녀는 철희가 못다 한 새 삶을 얻었기를 바랐다. 그녀는 철희와 같은 희생자가 없는 세상이 되기를 바랐다. 철희가 꿈꿨던 세상이 이루어지기를 바랐다.

순영의 생각 때문이었을까, 소망원 뒤 곁 숲의 까치둥지에서 까치 우는 소리가 들렸다.

장례미사는 3일 후 아침, 소망원에서 토마스 신부의 집전으로 하기로 했다.

희망농장에서 노제를 지낸 다음 대구 선산의 할머니 곁에 모시기로 했다. 영진은 장례식 전에 희망농장에 가 있기로 했다.

밤새 눈이 내렸다. 장례미사가 있는 소망원의 아침, 눈덩이를 뭉치기 좋은 흰 눈이 칙칙하고 남루했던 마을을 포근히 감쌌다. 예배소 지붕의 작은 십자가가 눈에 덮여 뭉뚝한 눈사람이 되어 얹혀 있었다. 그 어깨 위로 아침햇살이 빗겨 내리고 있었다. 치악산 먼 끝자락에서 소리 없이 지내 온 소망원에서 철영과 철민의 할아버지 장례미사가 진행되었다.

철영 토마스 신부는 눈물의 기도로 할아버지의 죽음에 간구했다.

"…전능하신 하느님, 주께서는 죄인의 죽음을 원치 아니하시고 모든 인류가 구원받기를 원하시나이다. 비오니, …이재환의 영혼을 불쌍히 돌아보시고… 그를 위한 기도를 들으시어 마지막 심판 날에 엄히 심판치 마시고 주님의 자비로 안식을 누리게 하소서…. 이어 성수를 뿌리고 고별성찬례를 끝냈다.

철민은 지영의 품에 안겨있는 윤식의 손을 잡았다. 할아버지가 놓았던 손이었다. 할아버지는 철민에게 땅문서를 모두 내어줬을 때 이미 자신의 모든 걸 내려놓은 거였다.

윤식의 증조할아버지 재환이 장손 토마스 신부의 집인 소망원을 돌아보고, 대구보다 먼 길을 떠나고 있었다.

영구차는 중간에 검은 띠를 두른 하얀 장의버스였다. 운전자 오른쪽 앞자리에 철민이 할아버지의 영정을 모시고 앉았다. 영구를 모신 운전석 뒤로 재환의 아들 민석과 장손 철영 토마스 신부가 앉았고 그 옆에 명희와 영희가 나란히 앉았다. 그 맞은편 좌석에는 지영이 윤식을 안고 앉았고 그 옆에 순영이 앉았다.

민석은 흰 장갑을 낀 오른쪽 손을 철영의 왼손에 맡기고 왼손은 위로 솟아나 있는 운구칸 위에 얹고 있었다. 철영의 오른손은 명희의 손을 잡고 명희는 영희의 어깨를 감싸 안았다. 영희의 고사리 같은 손이 엄마 허리를 잡고 있었다. 맞은편에 앉아 있는 지영은 자신 앞에서 땅문서를 내놓던 할아버지, 윤식을 해산할 때 어찌지 못하고 조바심하던 할아버지를 생각하며 눈물을 닦고 있었다. 그런 윤식 모자를 순영이 감싸곤 역시 눈물을 흘렸다. 외할아버지는 돌아앉아서 멀쩡히 살아 있는 순영을 쳐다도 보지 않았었다. 송 아저씨는 그들 사이에서 고인의 발밑에서 앉아 마음으로 이 식구들과 하나가 되어 속에서 뜨거운 눈물을 흘리고 있었다.

영구차가 하얀 길에 움푹움푹 하얀 궤적을 남기며 천천히 떠나고 있었다. 소망원에 반가운 사람들이 드나들었다가 떠나서일까 '깍깍' 까치가 울며 그들을 배웅했다.

희망농원에 영구차가 도착했다. 눈은 없었다. 따듯한 봄볕이었다. 영식과 박 영감이 맞이하기 전에 까치가 그들을 맞았다. 민영농원 산사태 후 복구된 전봇대 위에 까치가 나뭇가지를 물어와 새 집을 지었었다. 새 봄엔 새끼를 낳아 희망농원의 새 식구가 될 거였다.

영구차가 말 운동장이며를 돌아보고 바비큐장 옆에 멈췄을 때 영식이 하얀 상자를 들고 영구차에 올라왔다. 사과 상자에 흰 종이를 바른 거였다. 상자 속에는 홍수와 산사태에서 건져 옮겨 놓았던 백작약 몇 뿌리가 들어 있었다. 송 아저씨가 얘기해 준비한 거였다.

송 아저씨는 할아버지가 할머니 묘소 밑에 둔 철영 어머니 옆에 철민 어머니 묘를 쓰는 걸 반대했지만 철민 아버지가 강하게 주장하여 두 묘를 나란히 썼었다. 묘비에는 두 사람의 이름만 각각 새겼다. 철희가 광주에서 돌아와 제일 밑에 잠들었을 때도 그랬다. 철희를 찾아오는 사람은 아무도 없었다.

그동안 아무도 찾아오지 않는 묘들이 됐다. 송 아저씨는 마음이 아팠다. 그는 농장을 떠나면서 나비라도 찾아오라고 무덤가에 꽃을 심었었다. 언젠가 이 무덤 가족들이 찾아올 때까지 쓸쓸하지 말라고 꽃을 심었었다. 철영 어머니 묘 쪽에는 분홍 장미를 심었고 철민 어머니 묘 옆에는 흰 월계화를 심었다. 그 아래 철희의 묘 쪽에는 붉은 영산홍을 심었었다.

　철민이 농장을 한다며 다녀간 뒤 돌아온 철민 할아버지가 돌아오라고 말했을 때 그는 아무에게도 말하지 않고 묘들을 돌봐왔다. 그는 이런 날이 오길 바랐다. 영식이 사람을 시켜 철영 철민 할머니 옆에 할아버지 쉴 곳을 마련해 놨을 거였다. 새 무덤 사이 할머니가 좋아했던 백작약을 심을 거였다.

　이제 때가 아니어도, 언제든지 선산 묘역에 할아버지 할머니에게, 두 아내에게 어머니에게, 그리고 동생 누나를 보러올 거였다. 기일에도 명절에도, 또 오고 싶을 때 식구가 아니라도 올 수 있을 터였다.

　영구차가 산사태로 새로 포장된 길로 나섰다. 남아 있는 식구들이 재환과 함께 아직 순도 아직 나지 않은 백작약을 심으러 선산으로 떠났다. 푸르디푸른 북쪽 하늘엔 구름 한 점 없었다.

단발머리

1쇄 발행일 | 2025년 11월 15일

지은이 | 한태진
펴낸이 | 정화숙
펴낸곳 | 개미

출판등록 | 제313-2001-61호 1992. 2. 18
주소 | (04175) 서울시 마포구 마포대로 12, B-103호(마포동, 한신빌딩)
전화 | (02)704-2546
팩스 | (02)714-2365
E-mail | lily12140@hanmail.net

ⓒ 한태진, 2025
ISBN 979-11-993786-4-3 03810

값 17,000원

잘못된 책은 바꾸어 드립니다.
무단 전재 및 복제를 금합니다.